Oliver Uschmann · Sylvia Witt

Log out!

Oliver Uschmann
Sylvia Witt

LOG OUT!

Roman

GULLIVER
von BELTZ & Gelberg

Dieses Buch ist auch als E-Book erhältlich
(ISBN 978-3-407-74536-1)

FSC
www.fsc.org
MIX
Papier aus verantwortungsvollen Quellen
FSC® C089473

www.beltz.de

script5 ist ein Imprint der Loewe Verlag GmbH, Bindlach
Lektorat: Kerstin Kipker
Neue Rechtschreibung
Einbandgestaltung: Christian Keller, unter Verwendung eines Motivs
von iStockphoto/Brandon Laufenberg
Gesamtherstellung: Beltz Bad Langensalza GmbH, Bad Langensalza
Printed in Germany
ISBN 978-3-407-74523-1
1 2 3 4 5   19 18 17 16 15

„Erst wenn man liegt,
weiß man, wie erschöpft man ist.“

ALLEIN

Ich bin allein, denke ich, während ich mich durch die Menge dränge. Um mich herum flattern Menschen durch die gläsernen Gänge des Frankfurter Flughafens wie Vögel in einer Voliere. Zielstrebige Adler in Krawatte und Anzug. Nervöse Kolibris in Hawaiihemden. Piepsende Junge in einem Nest aus Koffern und Taschen. Sie haben alle ein Ziel. Und ich? Ich versuche, das Parkhaus wiederzufinden, um den mächtigen Landrover meines Vaters nach Hause zu fahren. Papa sitzt mit Yvonne im Gate und wartet auf den Abflug. Die beiden sind immer noch im selben Gebäude, aber es fühlt sich so an, als wären sie bereits jetzt Tausende von Meilen weit weg. In zwölf Stunden landen sie zum Umsteigen in Singapur. Von dort aus geht es weiter nach Jakarta. Mit einer kleinen Maschine setzen sie zu guter Letzt über nach Balikpapan auf Borneo.

Yvonne hat keine Sekunde gezögert, als mein Vater ihr den Vorschlag machte, vier Monate dort zu verbringen. Spätestens da wusste ich, dass sie die Richtige für ihn ist. Er hatte eine halbe Ewigkeit gewartet, bis er überhaupt wieder eine Frau ansah. Er hat seit sieben Jahren keinen Urlaub gemacht. Er ist nie gereist. Jetzt holt er alles nach.

Im Parkhaus suche ich den Wagen. Ich habe mir die Platznummer nicht aufgeschrieben und irre völlig planlos umher. Ein Mann öffnet die hintere Tür seines Mercedes', zieht sein Sacko aus, nimmt einen Kleiderbügel von der Handschlaufe und hängt es sorgsam auf. Er wirkt gelassen, als hätte er alle aufreibenden Reisen schon hinter sich. Ich überlege, ihn zu fragen, ob er einen riesigen Landrover gesehen hat. Ein Monster von Auto, wie es nur ein erfolgreicher Landschaftsgestalter fährt. Oder sein Sohn, der ihn zum Flughafen bringt und sich auf dem Rückweg durch das Menschengeflatter schlägt. Der Mann mit dem Sakko steigt ein. Ich frage ihn nicht.

Es dämmert bereits, als ich vorfahre. Hinter der Gärtnerei erstrecken sich Felder bis an den Horizont. Auf den fernen Hügeln beugen sich Zypressen lautlos im Wind. Ich kenne sie seit meiner Kindheit. Schlanke, stille Wächter in der Ferne. Im Gewächshaus ist noch Licht. Stephan vertritt meinen Vater, solange er weg ist. Er ist sein erster Vorarbeiter, seit fünfzehn Jahren. Alle anderen wechseln. Er bleibt. Stephan ist ein gutmütiger Mann, so wie Papa, aber er hat nicht denselben Überblick. Er sieht immer nur die Pflanze, die direkt vor ihm steht. Trotzdem hat mein Vater betont, ich müsse ihm nicht auf die Finger gucken. Das werde ich auch nicht tun. Wer bin ich denn, dass ich einem zwanzig Jahre älteren Mann auf die Finger schaue? Einem Mann, der mein halbes Leben lang für mich »Onkel Stephan« war. Er der Onkel und ich der kleine Junge. Rechts vom Betrieb steht still das Haus meines Vaters, in dem ich bis zu meinem achtzehnten Lebensjahr wohnen durfte. Auf der Wiese gegenüber wächst eine alte Kastanie. Ich steige aus, hole mir ein Bier aus dem Haus und setze mich noch ein wenig auf die Motorhaube. Stephan hat die Wiese rund um die Kastanie frisch gemäht. Es ist mild, genau so, wie es Mitte Mai sein sollte, und der Sommer steigt sachte aus den Bodenporen. Eigentlich würde ich heute Abend mit Benjamin unser privates Radrennen machen, aber der ist auch weg. So ist das in diesem Sommer. Der Vater in Borneo, der beste Freund in Bamberg.

Ich trinke. Über den Asphalt der Straße schlurfen Gummisohlen. Ein junger Punk mit abgewetzten Chucks und Bundeswehrrucksack sucht in den Büschen nach Pfandflaschen. Ich greife in meine Hosentasche, um mein Portemonnaie zu ziehen. Er wird mich gleich nach einem Euro fragen. Das kann ich nicht ablehnen, wenn ich auf der Motorhaube eines Siebzigtausend-Euro-Jeeps vor dem weitläufigen Firmengelände meines Vaters sitze.

»Lass stecken!«, sagt der Punk.

»Bitte?«, frage ich und er hebt den Blick. Er hat ein nettes Gesicht. Es passt nicht so richtig zu seinem Outfit. Er sagt: »Ich will kein Bargeld. Ich bettele nicht. Ich verdiene meine Kohle selbst.« Auf seiner schwarzen Jacke sind mit weißem Stift Bandnamen aufgemalt: *Total Chaos, The Unseen* und *Incoming Leergut.*

»*Incoming Leergut?*«, frage ich.

»Ja«, sagt er, »das ist eine Band. Lustig, oder? Ist aber auch meine Berufsbezeichnung.« Er spürt, dass ich schmunzle. »Lach nicht«, sagt er, »der Landesrekord im Pfandsammeln liegt angeblich bei dreizehntausend Euro im Monat. Das ist natürlich Schwachsinn, das war eine Schlagzeile in der Schmierblattpresse. Selbst bei einem Festival sind kaum mehr als hundertfünfzig Euro am Tag drin. Aber es reicht immer zum Leben. Man muss nur wissen, wo man hingeht.«

»Und woher weiß man das?«

»Zeitung lesen. Radio hören. Es gibt mittlerweile auch eine Webseite, auf der die Veranstaltungen mit Bodenschätzen stehen. Sie heißt *Pfandfinder*.«

»Echt?«, sage ich und denke mir: Bodenschätze ist ein schönes Wort für Leergut.

»Trinkst du die in den nächsten fünf Minuten noch leer?«, fragt der Pfandpunk. Ich nehme einen kräftigen Schluck, als müsse ich mich beeilen. Er setzt sich auf die frisch gemähte Wiese und zieht eine Sprudelflasche aus seinem Rucksack: »Dein Auto?«

»Vater.«

Er deutet mit der Flasche in der Hand zum Gewächshaus und macht eine kreisende Bewegung. »Das alles hier?«

Ich nicke.

»Und du?«

»Abiturient. Frisch gebacken.«

»Vor zwei Wochen habe ich rund um die Stadthalle gesammelt. Da war dieser Abi-Ball.« Ich überlege einen Augenblick, ob ich wirklich mit dem Jungen einen Small Talk anfangen möchte. Ich bin nicht gut in so was. Ich sage: »Das war mein Jahrgang.«

Der Pfandpunk sagt: »Du siehst ziemlich deprimiert aus für einen, der einen erfolgreichen Papa und ein Abitur hat.«

Es geht ihn eigentlich nichts an, aber ich spüre, dass ich es loswerden muss. Ich bin unruhig, denn eigentlich ist jetzt die Zeit, in der ich normalerweise die Füße in die Pedalschlaufen stecke. Ich leere die Flasche in einem Zug, rülpse und sage: »Ich durfte heute eine Wahl treffen.«

Der Pfandpunk sieht mich an und hört mir aufmerksam zu.

»Entweder ich bringe meinen Vater und seine Lebensgefährtin zum Flughafen und verabschiede sie für vier Monate nach Borneo – oder ich fahre mit meinem besten Freund Benjamin in seinen neuen Wohnort Bamberg und helfe ihm dabei, in seiner Wunsch-Studenten-WG zu landen. Da war heute Bewerbungstag. Und zwar nur heute.«

»Man muss sich bewerben, um in eine WG einziehen zu dürfen? Wie bei einer Castingshow?«

»Wenn die WG ein begehbares Flachdach mit Liegestühlen und Blick über die Altstadt hat, ja.«

Der Pfandpunk setzt erneut seine Flasche an. Die Kohlensäure pitzelt, als er sie wieder absetzt. Er stößt auf, wischt sich über den Mund und sagt: »Bamberg ist weit weg.«

»Ja, aber er kommt nächstes Wochenende wieder. Wir sind schon verabredet.«

»Und dann?«

»Wie, und dann?«

»Denkst du, dann pendelt er jedes Wochenende endlose Kilometer, damit ihr beiden zusammen weggehen könnt?«

Es ärgert mich – was geht ihn das an? Aber er merkt es nicht.

»Und du?«, fragt er. »Du bleibst hier?«

»Ja, ich bleibe hier«, äffe ich ihn nach, als hätte er etwas Saublödes geäußert.

»Und was wirst du hier machen?«

»Ein hauptberuflicher Leergutsammler fragt nach meinen langfristigen Plänen.«

»Dieser Jemand heißt Mirko«, kommentiert er. »Und Mirko gibt jetzt mal einen Tipp ab: Du studierst Landschaftsarchitektur und steigst später in Vaters Firma ein.«

»Nein«, erwidere ich, »ich gehe nicht studieren. Ich bin kein Planer. Ich werde ein ganz normaler, handfester Gärtner. Und die Ausbildung mache ich nicht bei meinem Vater. Am Montag hole ich mir meine Lehrstelle.«

Mirko prustet Pitzelwasser aus: »Du gehst am Montag los und *holst* dir deine Lehrstelle? Denkst du, die kauft man sich im Supermarkt, oder was?«

»Mein Vater ist der beste Landschaftsgestalter des Kreises. Ob ich mit diesem Pfund nun wuchere oder nicht – die wissen das alle!«

»Mein Vater ist der beste Säufer des Kreises und trotzdem trinke ich Sprudel.« So ehrlich muss er nicht sein. Wir kennen uns doch gar nicht. Er sagt: »Du hast deine Bewerbungen also schon überall liegen und bist dir sicher, dass sie dich nehmen?«

»Ja, natürlich. Ich habe ein Zweier-Abitur und mein Vater …«

»Ja, ja, schon klar.«

Was diskutiere ich hier mit einem fremden, obdachlosen Jungen über meine berufliche Zukunft? Sicher, ich habe die Bewerbungen auf den letzten Drücker abgeschickt. Papa saß in meiner Küche und trank so lange Tee, bis ich an meinem Schreibtisch nebenan die letzte Briefmarke aufgeklebt hatte.

»Wir fassen also zusammen«, sagt Mirko, »dein Papa und seine Perle gehen auf Weltreise, dein bester Freund zieht zum Studieren nach Bamberg und ansonsten hast du anscheinend nicht so die große Anhängerschaft.« Ich verziehe die Lippen. Das klingt jetzt auch wieder hart. Aber es stimmt schon. Seit sechs Jahren machen Benjamin und ich an drei Abenden in der Woche unsere Wettbewerbe.

»Jetzt hast du endlich Ruhe, Paul«, hat mein Vater letzte Woche beim Abschiedsumtrunk hier im Hof gesagt, »kein alter Herr mehr, der dir sagt, was du tun sollst, und kein Benjamin, der dich jeden zweiten Tag zum Sport treibt.« Dabei war es genau andersrum. Ich trieb Benny an. Ich führte Buch über unsere Ergebnisse beim Schwimmen, beim Laufen und beim Radfahren. Aber das zählt natürlich nicht. Seit meiner Kindheit heißt es: »Paul ist faul.« Wahrscheinlich, weil es sich so schön reimt. Und weil ich es hasse zu planen. Gewohnheiten muss man nicht planen. Die sind jede Woche schön gleich. Sie *waren* jede Woche schön gleich.

»Hier«, sage ich und werfe Mirko die leere Flasche zu. Er steht auf und sieht rüber zum Gewächshaus. »Ähm …«, sagt er.

»Ja?«

»Habt ihr vielleicht alte Pflanzen übrig? Aussortierte Setzlinge. Irgendwas?«

»Gibt's dafür auch Pfand?«, scherze ich.

»Nein, es ist nur … Ach, vergiss es!« Mirko winkt ab. »Danke für die Flasche.« Langsam geht er die Straße hinab, den Blick nach unten. Ich sehe ihm nach.

Im Gewächshaus erheben sich Stimmen und nähern sich der Tür. Stephan ist anscheinend nicht alleine. Er diskutiert mit einer Frau. Sie betreten den Hof und die Debatte wird schlagartig lauter, als hätte jemand an einem Regler gedreht.

»Es geht einfach nicht, dass Sie bei mir eine so schöne Teichanlage bauen – und dann gucken seit sechs Wochen die Lichtkabel aus den Steinen. Was ist, wenn es regnet und es einen Kurzschluss gibt?«

»Da gibt es keinen Kurzschluss, Frau Daems.« Stephan sieht

in meine Richtung und rollt mit den Augen, als sei die Frau bekloppt. »Wieso haben Sie die Kabel nicht *unter* dem Unkrautvlies verlegt, sondern darauf? Das verstehe ich nicht. Sie einfach nur unter dem Kies zu verstecken ist Schwachsinn. Man läuft einmal drüber und alle Kabel liegen frei. Ich verstehe ja, dass Sie nicht die Zeit haben, die Teichpumpe stundenlang mit Hasendraht und Steinen zu verkleiden. Das habe ich selber gemacht, mit meinem Mann. Zwei Tage hat das gedauert, aber das ist dieses kleine Paradies ja auch wert. Und dann? Dann schlüpfen da bei jedem Schritt die Kabel aus dem Kies!« Ich stelle mir gerade vor, wie es aussehen muss, was die Frau da beschreibt. Wenn Stephan und seine Gehilfen das wirklich so gemacht haben, regt sie sich völlig zu Recht auf.

»Ich sage doch, wir kommen und korrigieren das.«

»Das haben Sie letzte Woche auch schon gesagt.«

»Wir sind kommende Woche bei Ihnen.«

»Warum sagen Sie mir nicht ein konkretes Datum und eine Zeit?«

»Weil ich noch andere Termine koordinieren muss.«

»Sie denken wohl, ich kann ruhig rund um die Uhr warten, weil ich Hausfrau bin? Das war alles besser, als Ihr Chef das noch koordinierte.« Die Frau betont jedes ihrer Worte mit Bewegungen, die so zackig sind, als wolle sie damit die Luft schneiden.

Stephan lenkt ein: »Ich rufe Sie Montagmorgen an, versprochen.«

»Das rate ich Ihnen auch!« Die Frau rauscht an mir und dem Landrover vorbei. Ihr Gang ist sehr aufrecht. Sie trägt ein türkisfarbenes Kostüm. Dass ich der Sohn des Chefs bin, ahnt sie nicht und ich halte den Mund. Sie steigt in einen schwarzen Audi, der auf der anderen Straßenseite parkt, und fährt davon.

»Ihr habt Lichtkabel über dem Vlies verlegt statt darunter?«, frage ich.

»Soll sich nicht so anstellen, die feine Madame«, antwortet Stephan.

Ich zucke mit den Schultern. Papa hat gesagt, ich muss ihm nicht auf die Finger gucken.

»Montag Frau Daems anrufen«, murmelt Stephan und tastet seine Taschen ab. »Hast du einen Zettel da?« Ich schüttele den Kopf. »Egal. Merke ich mir auch so.« Er geht wieder hinein. Die Gewächshaustür klappert. In meinem Handy in der Hosentasche pocht eine SMS von innen gegen das Gehäuse. Ich schaue auf das Display. Sie ist von Benjamin.

Die haben mich genommen! Bin in der WG! Kann leider nächstes WE nicht kommen. Muss wahnsinnig viel regeln. Melde mich. Hau rein. Benny

Ich lösche die SMS, steige auf mein Fahrrad, das ich heute Morgen an der Wand abgestellt habe, und fahre heim in meine eigene Wohnung.

GEWOHNHEITEN

Was ich für einen Scheiß in meiner Filmsammlung habe! Wie ist das alles in meine Wohnung gekommen? Ungläubig halte ich die Hülle in der Hand: *Mega Shark vs. Giant Octopus.* Das ist schon kein B- oder C-Film mehr. Das ist ein Z-Film. Die Monsteranimationen sehen aus wie bei Billigspielen für die erste Playstation, die Synchronisation klingt schlechter als ein Porno, und bei den Schauspielern fragt man sich die ganze Zeit, was die eigentlich beruflich machen. Der Film steht in meinem alphabetischen Sortiment zwischen *Megapiranha* und *Mighty Ducks.* Da kann man sich vorstellen, wie lang alleine die M-Reihe ist. Die schmalen Regale füllen alle Wände des Wohnzimmers in meiner Zweizimmerwohnung. *Mega Shark vs. Giant Octopus* ist so peinlich, dass ich ihn noch im Gedächtnis habe, obwohl ich sonst das allermeiste ganz schnell vergesse. Ich gucke immer das Gleiche, wenn ich ehrlich bin: *Navy CIS*, rauf und runter, Staffel eins bis neun. Ich mag es, wie das Ermittlerteam jedes Mal die gleichen Abläufe durchspielt. Der Womanizer Tony DiNozzo neckt den nerdigen Computerfreak Tim McGee oder kalauert mit seiner knallharten Killerkollegin Ziva David. Dann rennt der mürrische Chef Jethro Gibbs mit einem Kaffeebecher durch den Raum und ruft: »Nehmt euer Zeug!« Am Tatort zupft der gelehrte Gerichtsmediziner Donald »Ducky« Mallard an der frischen Leiche herum und im Labor untersucht Gothic-Girl Abby Sciuto mit genialen Methoden kleinste Hautfetzen oder halb verkohlte

Handychips. Alle Figuren in dieser Serie pflegen ihre Gewohnheiten und Ticks immer und ohne irgendeine Ausnahme.

In jeder Folge.

So wie ich.

Bis letzte Woche.

Gestern wären Benjamin und ich im Radfahren gegeneinander angetreten. Fünfunddreißig Kilometer über die Dörfer. Bei meiner besten Leistung kam ich zwölf Minuten vor ihm wieder hier vor der Tür an. Es ist eine Hammermischung aus Anstrengung und Entspannung, wenn die Weiden und Waldränder an dir vorbeifliegen und die Sommermücken an deinen Wangen zerschellen wie sonst nur an Windschutzscheiben von Autos. Nach dem Sport essen wir Pizza, schauen einen Film aus meiner Sammlung oder spielen eine Runde PS3. Immer.

Ich gehe in den kleinen Flur und öffne den begehbaren Schrank in der Wand. In einer hellblauen Kiste liegen Playmobilfiguren aus meiner Kindheit. Es sind Männer mit weißen Oberteilen, eine seltene Farbe bei Playmobil. Auf ihrem Rücken sind mit feinem Edding Trikotnummern und Namen aufgemalt. Die Männchen stellen die Nationalmannschaft von 2003 dar. Auf dem Boden rechts im Schrank stapeln sich jede Menge alte Geräte, die ich schon lange nicht mehr benutze. »Technische Totgeburten«, nennt Benjamin sie. Ein DAT-Kassettendeck zum Beispiel, digitale Tapes. Oder ein MiniDisc-Player. Warum habe ich das alles? Gut, ich gebe zu, mein Papa war großzügig in diesen Jahren. Er schlug mir nichts ab. Er wollte mich doppelt lieben und er hat zehnfach gekauft, und das, obwohl wir die meiste Zeit draußen waren. Er gab sich Mühe, damit ich rund um die Uhr pausenlos beschäftigt war.

Ich schließe den Schrank, nehme eine *Navy CIS*-DVD aus meinem Wohnzimmerregal und lege sie ein, da ich die Stille nicht leiden kann. Normale Menschen lassen sich willkürlich vom Radio oder vom Fernsehprogramm berieseln, aber das kann ich nicht. Nicht, wenn das Risiko besteht, dass sie plötzlich Robbie Williams spielen. Das darf nicht passieren. Ich gehe nicht mal auf Partys deswegen, ich bin feierfrei aufgewachsen. Dafür sind Benny und ich viel gereist, mit dem Rucksack quer durch Europa. Frankreich, Spanien, Holland, Belgien, die Schweiz, Österreich.

Die Folge startet mit einem »Zusch!«-Geräusch und einem Schwarz-Weiß-Standbild. Ich drehe den Ton auf, gehe in die Küche, schiebe mir eine Pizza in den Ofen und schaue in meinem Laptop nach, ob Benjamin eine Mail geschickt oder ein paar Fotos von seiner neuen WG auf seinem Facebook-Profil gepostet hat. Hat er nicht. Der Backofen wringt mit seiner Hitze Düfte aus der Pizza. Mein Handy klingelt. Mein Vater ist dran. Seine Stimme arbeitet sich durch heftiges Rauschen und Kratzen.

»… nicht … Verbindung … angekommen … grüßt … schlecht … hören?«

»Papa?«

»… weil … gut … Hitze … Affen …«

»Papa, ich verstehe fast nichts!«

»… will … sonst …«

»Papa! Wenn du mich hören kannst, lass es! Schreib mir, wenn du Internet findest. Übers Telefon hört man nichts!«

Mein Vater schickt noch ein paar unverständliche Laute über den Pazifik. Dann endet die Verbindung.

Mein Herd sagt, die Pizza brauche noch zehn Minuten. Ich schleiche an meinen Regalen entlang und schaue mir meine Musik-CDs an. Diese Reihe beginnt tatsächlich mit A, also mit einer Band, die *A* heißt, das ist poppiger Rockpunk wie *Green Day*, ich erinnere mich noch. Ich sah ein Video von denen, irgendwas mit einem Zeitungsjungen, der durch die Nachbarschaft düst, und ich fand das Lied ganz nett. Dann habe ich von denen drei Alben für fünf Euro auf eBay gekauft. Weil ein Lied ganz nett war. Mein Vater sagt immer: *»Ganz nett« darf nie ein Argument sein. Weißt du, was auch ganz nett ist? Efeu. Aber fängst du einmal damit an, wuchert dir alles zu.*

Die Pizza ist fertig. Ich setze mich vor den Fernseher, wo meine Kriminalistiker schon seit geraumer Zeit arbeiten. Gibbs sagt: »Ziva, Sie nehmen die Frauen, McGee, du nimmst die Männer. Ich sehe mir die Verhafteten an, die nicht auf DiNozzos Liste stehen.«

Ich beiße in die Pizza und wippe mit dem Sessel. DiNozzo sagt: »Moment, du tust doch nie was.« Gibbs gibt ihm einen Klaps auf den Hinterkopf. Ich kenne die Folge, natürlich. Sie heißt *In der Falle*. Tony wird selbst des Mordes beschuldigt und das Team muss ihn reinwaschen. Gleich wird ein Ermittler das Büro betreten, den Gibbs gut kennt, da sie sich eine Exfrau teilen. Der Ermittler hat die deutsche Stimme von Dr. House. Gibbs und er gehen ans Fenster. Ich weiß, was sie jetzt sagen werden, also spreche ich es mit, den Pizzateller unter meine Nase haltend, wörtlich: »Jemand will ihm eins auswischen. – Ich glaube ihm. Das habe ich selbst erlebt. Ich kümmere mich um ihn.«

Auf dem Beistelltisch neben dem Sessel liegt das Ergebnisheft, das ich seit Jahren führe. Ich schlage es auf. Letzten Samstag sind wir noch geradelt, Benjamin und ich. Seine Zeit: 1:17:12. Meine Zeit: 1:22:03. Ich notiere auf dem karierten Papier das gestrige Datum. Darunter: Radrennen ausgefallen. Ich denke an Mirkos Worte: *Denkst du, dann pendelt er jedes Wochenende endlose Kilometer, damit ihr beide wie immer zusammen weggehen könnt?* Ich ziehe meine Nase hoch. Ich schreibe das Datum des nächsten Samstags auf das Papier. Den Platz darunter lasse ich frei.

SISSINGHURST

»Da sind Sie aber überpünktlich«, sagt Herr Lohmeyer von der Gärtnerei *Lohmeyers Landleute* und tippt mit dem Finger auf meine Mappe. Seine Fingernägel sind abgewetzt, als würde er die Pflanzlöcher mit den Händen graben. Ich sehe ihn fragend an. Er sagt: »Nun ja, diese Bewerbung hier, die ist doch für das *kommende* Jahr, oder?«

Ich schlucke. Das ist bestimmt wieder so ein Scherz wie unter Gärtnern üblich, das macht Stephan gerne mit neuen Gehilfen, wenn sie das erste Mal mitfahren. Er sagt ihnen dann, sie sollen alle Käfer und Maden, die sie beim Unkrautjäten finden, in einem Glas sammeln für das Labor, da ihr Mageninhalt Auskunft über die mikrobiotische Struktur des Bodens gebe. Natürlich machen sie das.

»Nö«, sage ich, »die Bewerbung ist für dieses Jahr.«

Herr Lohmeyer sagt: »Sie haben sie am 21. März geschickt.«

»Ja.«

Herr Lohmeyer zieht einen Aktenschrank auf. »Das sind Ihre Mitbewerber«, sagt er und zeigt auf eine prall gefüllte Hängeregistratur. »Der erste hat seine Bewerbung am zweiten November eingesandt.«

»Ich weiß, dass ich spät dran bin, aber …«

Herr Lohmeyer schiebt mit einem lauten Knall die Schublade zu, wirbelt wieder herum und verschränkt seine kräftigen Arme vor der Brust. »Aber was?«

»Ich habe Abitur. Und einiges an Vorwissen, denn mein …«

»… denn Ihr Vater ist Jürgen Planbaum und seine Gärten standen schon in der *Landlust*, ich weiß.«

Das wollte ich eigentlich gar nicht betonen, vor allem nicht das mit der *Landlust*. Da prahlt mein Vater auch nicht groß mit herum, obwohl es ihn stolz macht, dass so ein wichtiges Magazin über seine Arbeit schreibt.

»Interessieren Sie sich für Fußball?«, fragt Herr Lohmeyer. Ich nicke.

»Dann kennen Sie Marko Arnautovic von Werder Bremen?«

Ich schwenke den Kopf hin und her. Herr Lohmeyer lehnt sich in seinem alten Drehstuhl zurück. Die Lehne quietscht. An der Wand hängt ein Werbekalender von Compo. »Das ist ein Spitzenspieler. Begnadeter Techniker. Und was macht er? Geht in die Disco ohne Erlaubnis. Beschimpft Schiedsrichter. Stolziert herum, immer die Nase oben. Und dann wird er aus der Mannschaft genommen. Weil er sich zu sicher ist.« Ich verstehe den Mann nicht. Ich bin doch nicht arrogant. Ich beschimpfe auch niemanden.

»Mein Vater hat mir viel beigebracht. Ich bin also …«

»Der Vater!«, unterbricht mich Herr Lohmeyer, hebt die Hände und tut so, als kitzele er mit den Fingern den Bauch einer Schäfchenwolke, die über ihm schwebt. »Der allmächtige Vater, der die Pflanzen wachsen lässt.«

»Ach, jetzt verstehe ich das«, sage ich, »Sie sind neidisch!« Oh Gott. Das wollte ich eigentlich gar nicht sagen. Das wollte ich nur denken. Aber manchmal passiert mir das, da fallen die Gedanken als Worte aus mir heraus, und ich merke es erst, wenn es zu spät ist. Ich plane das nicht. Es kommt, wie es kommt. Herr Lohmeyer nimmt einen Schluck aus seiner Tasse, macht mit seinen Lippen einen Fischmund und schüttelt dann den Kopf. Ich stehe auf und er hält mich nicht zurück.

Herr Hönekop ist ein ganz anderer Mann als Herr Lohmeyer. Rundlich, herzlich, bärtig. Sein Büro ist mit dunklem Teakholz verkleidet. An der Wand hängt ein gerahmtes Riesenfoto eines unglaublich schönen Gartens. Herr Hönekop stellt mir eine heiße Tasse Kaffee hin und sagt: »Das ist der Schlossgarten von Sissinghurst in der englischen Grafschaft Kent.«

»Toll«, sage ich und meine es auch so. »Das ist so was wie der Olymp der Gartengestaltung, aber das weißt du ja.« Ich sage: »Sicher.« Herr Hönekop nimmt aus einem Keramikdöschen mit einer Zange ein Stück Zucker und lässt es feierlich in seinen Kaffee plumpsen: »Du bist so groß geworden.« Ich stutze. Dann weiß ich, was er meint. Herr Hönekop ist ein alter Freund meines Vaters. Er ist nicht neidisch, auf gar nichts. Sie haben gemeinsam Landschaftsarchitektur studiert. Heute haben sie nicht mehr viel Kontakt. Sie sind das, was Männer »Jugendfreunde« nennen. Herr Hönekop umfasst sein Kinn mit der Hand, reibt es, zeigt auf einen Punkt links neben meinem Ohr und sagt: »Ich habe dich zuletzt auf der Trauerfeier gesehen. Da warst du noch die Hälfte. Wie lange ist das jetzt her? Sieben Jahre! Meine Güte, wie die Zeit vergeht.«

Muss er davon sprechen?

Muss er jetzt davon sprechen?

»Es tut mir heute noch leid, das mit deiner Mutter. Schrecklich war das. Ganz schrecklich.« Er schüttelt den Kopf, stülpt seine Augenbrauen weit nach vorne und meditiert einen Augenblick in die schwarze Oberfläche seines Kaffees hinein. Er meint es nur gut, wenn er so was sagt, aber ich spüre, wie sich mein Hals verengt, weil sich darin Steine bilden. Also beeile ich mich zu sagen: »Ja, danke. Was ist nun mit meiner Bewerbung?« Herr Hönekop nimmt sich ein paar Sekunden, um wieder umzuschalten. Er schlägt meine Mappe so behutsam auf wie ein Archivar eine alte Originalschrift von Goethe. Seine Augen wandern über die Zeilen auf dem Papier. Dann sagt er: »Paul, ich darf dich doch duzen als Jürgens Sohn?« Ich nicke. Er beugt sich ein wenig vor: »Paul, so gerne ich würde, ich *kann* dir keine Ausbildungsstelle geben.«

Ich atme tief aus und betrachte das Foto des Schlossgartens Sissinghurst.

»Ich kann dir keine Stelle geben«, sagt Herr Hönekop, »weil du als einfacher Gärtner verschenkt wärst.« Ich atme wieder ein und sehe ihn an. Er zieht eine Schublade auf und wirft mir ein paar Faltblätter hin. Es sind Prospekte der Hochschulen, an denen man Landschaftsarchitektur und Gartenbau studieren kann. Rhein-Main, Anhalt, Berlin, Erfurt, Osnabrück, Nürtingen-Geislingen, Ostwestfalen-Lippe und Weihenstephan-Triesdorf. Er sagt: »Paul, du bist Jürgen Planbaums Sohn. Du solltest nicht Gärten *pflegen*, du solltest Gärten *bauen*. Du könntest eines Tages einen Park wie Sissinghurst erschaffen.« Ich lächele. Es schmeichelt mir, dass er mir so etwas zutraut, aber es ärgert mich auch, dass er mir nicht einfach eine Lehrstelle gibt, wenn ich doch so talentiert bin. Ich sage: »Ich kann später immer noch studieren.«

»Nein«, sagt Herr Hönekop und haut auf den Tisch, dass das Zuckerdöschen hüpft, »du verlierst zwei Jahre mit der Ausbildung. Zeit ist kostbar.«

»Wer sagt denn, dass ich so gut sein könnte?«, frage ich. »Soll ich ganz ehrlich sein, Herr Hönekop …«

»Nenn mich Bruno.«

»Gut. Soll ich ganz ehrlich sein, Bruno? Ich bin kein Planer. Ich kann nicht planen und ich will es auch nicht. Planen ist …«, – ich suche nach einem Bild –, »… eine Anmaßung. Als wenn man die Zukunft im Griff haben könnte.«

»Was ist die Kulturform des Weißdorns?«, fragt Bruno, und ich antworte wie aus der Pistole geschossen, ohne bewusst zu überlegen: »Der Rotdorn.«

»Wie verhindert man, dass Pampasgras im Winter kaputtgeht?«

»Man bindet die langen Blätter nach oben.«

»Sag mir eine Pflanzenfreundschaft bei Gemüse.«

»Blumenkohl und Sellerie. Der Blumenkohl schützt den Sellerie vor Sellerierost und der Sellerie den Blumenkohl vor der Kohlweißlingsraupe.« Scheiße, woher weiß ich das alles noch? Sicher, mein Vater hat mich häufig zur Arbeit mitgenommen und er hat erklärt und geredet, den ganzen Tag. Ich konnte es gut behalten, weil mit jeder Tatsache ein Duft verbunden war oder ein anderer Ort. So, wie man noch genau weiß, wo man welches Lied zum ersten Mal gehört hat. Aber trotzdem, ich bin erstaunt – Bruno ist es nicht. Er schmatzt nur selbstgefällig.

»Dass ich viel weiß, heißt noch lange nicht, dass ich kreativ bin«, sage ich.

Brunos Zeigefinger tanzt durch mein Blickfeld wie ein Scheibenwischerblatt: »Ich werde nicht der Mann sein, der dafür verantwortlich ist, dass du dein Potenzial vergeudest.«

»Aber nicht mal mein Vater drängt mich zum Studium!«

»Dein Vater ist zu weich. Ich kann das verstehen nach allem, was war. Umso wichtiger, dass dir jemand mal den Weg zeigt.« Er schiebt die Hochschulprospekte ein Stück weiter auf meine Seite des Schreibtisches.

»Und was mache ich jetzt?«, sage ich und überfliege ein Prospekt. »Die starten alle erst im Wintersemester. Und die haben einen hohen NC, da muss ich mit einem 2,1-Abitur womöglich noch warten.«

»Mach Urlaub und lerne«, sagt Bruno. »Fahr nach Sissinghurst.«

Ich brumme.

Ich blättere einen weiteren Prospekt auf. »Hier steht, man muss ein Vorpraktikum machen. Geht das nicht bei dir?«

Bruno seufzt: »Du hast deinen Papa seit deiner Kindheit bei der Arbeit begleitet. Du weißt, ohne auch nur eine Sekunde überlegen zu müssen, dass der Sellerie den Blumenkohl vor der Kohlweißlingsraupe schützt. Lass dir dein Vorpraktikum von Jürgen ausstellen und nutze die paar Monate Wartezeit, um dich wirklich vorzubereiten. Geh nach Sissinghurst. Nach Sanssouci. Lerne von den Großen. Verschenke dich nicht!«

Ich trinke meine Tasse aus, stehe auf, stecke die Prospekte ein und reiche ihm die Hand über dem Teakholz. Er drückt sie ganz fest und sieht mir vertrauensvoll, aber streng in die Augen. »Nutze die Zeit und erspüre, was du liebst«, sagt Bruno. Dann lacht er, senkt den Kopf und winkt ab: »Tut mir leid, das war sehr kitschig ausgedrückt, oder?«

»Och«, sage ich.

»Mach's gut, Paul.«

»Mach ich«, antworte ich.

Zu Hause blättere ich durch die Prospekte der Hochschulen und surfe halbherzig im Netz herum, während im Hintergrund wieder meine Navy-Freunde plappern. Bei *landschaftsarchitektur-blog.de* beschreibt jemand das Semesterprojekt *Atmosphären einer Region – Altmark zwischen Stadt und Land*. Da steht:

> Dies war das erste Projekt, bei dem es nicht mehr um die Objektplanung ging, sondern vielmehr um die Weiterentwicklung einer Region, die stark vom demografischen Wandel betroffen ist.

Man sieht vier sogenannte A0-Layouts, also große Präsentationsplakate, welche die Studenten entwerfen mussten. Sie machen mir Angst. Sie sind so aufwendig gestaltet, als müsste man erst mal Grafikdesign studieren, bevor man sich an die Landschaftsgestaltung heranwagen darf. Sie schreien: »Arbeit! Arbeit! Arbeit!« Hinter mir im Fernseher sagt Agent Gibbs: »Hier wird nicht mehr geschlafen, ehe der Täter gefunden wurde!« Das ist alles nichts für mich. Ich will einfach nur in Ruhe Büsche beschneiden, von der alten Kundin einen Kaffee kriegen und ihr sagen: *Ja, Frau Althoff, genau, das Unkraut da in der ungemachten Ecke hinter der Garage, das ist Schafgarbe. Das weht vom Feld rüber.* Ich klappe den Laptop zu, kippe mir in der Küche Vanillemilch auf einen Zentner Honigpops, weil ich zu bequem bin, mir was Warmes zu machen, und setze mich vor die Glotze. Der DVD-Player sirrt, weil der Laser einen Sprung macht. Ich tunke den Löffel in die Trostpampe und fange an, den Dialogtext mitzusprechen.

DER WALDKAUZ

Es ist erstaunlich, wie lang sechs Stunden sein können, wenn man sie damit füllt, sich demütigen zu lassen. Sechs Stunden lang klapperte ich die Kreisgärtnereien ab und holte mir Körbe. Die Ausbildungsstellen sind längst vergeben. Ein Vorpraktikum für das Studium könnte ich hier und da machen, aber das will ich nicht. Ich klappe den Laptop auf und schaue nach, ob es Neuigkeiten aus Bamberg gibt. Gibt es nicht. Keine Post von Benjamin, kein Eintrag auf seiner Facebook-Seite. Vater hat eine kurze Mail geschickt.

> Möchte mich nur kurz abmelden. Wir erkunden jetzt
> Borneo. Alles fantastisch, spannend, einzigartig.
> Gruß von Yvonne. Papa.

Ich habe Hunger, aber keine Lust, den Backofen anzumachen und auf die Pizza zu warten. Im begehbaren Flurschrank stehen meine Konservendosen. Ich suche nach den Ravioli und finde ein aufblasbares Biertablett, das wie eine kleine Luftmatratze aussieht. Benjamin und ich haben es benutzt, auf unseren Rucksackreisen. Die ganzen Sommerferien waren wir unterwegs. Planlos. Wir wussten nie, wo es morgen hingeht. Wann immer wir ein wildes Gewässer fanden, zogen wir uns aus, steckten sechs Bier in das Alkoholfloß, warfen es rein, sprangen hinterher und blieben drin, bis das Tablett leer getrunken war. Was waren das für Orte! Ein Fluss unter einem Viadukt nahe

Bordeaux. Ein Yachthafen bei Hondarribia in Nordspanien. Oder der schwimmtiefe Teich in den Bergen der Provence, wo Benjamin ständig tauchen musste, da er Angst vor den Libellen hatte, die groß waren wie elektrische Modellhubschrauber. Überall war das aufblasbare Tablett dabei. Jetzt liegt es hier. Die Luft ist raus. Ich suche weiter, finde die Ravioli und stoße mir das Schienbein an der Kante des DAT-Kassettendecks. Ich ersticke meinen Schrei hinter geschlossenen Lippen. Was haben die Hi-Fi-Typen damals für spitzkantige Gehäuse gebaut!? Ich bleibe stehen, schnappe nach Luft und halte mich am oberen Regalboden fest. Der Playmobilspieler mit der Rückennummer 7 grinst mich aus der Spielzeugkiste heraus an. Tief unten im Schrank liegt mein Campingzeug. Das alte Igluzelt. Luftmatratze. Gaskocher. Der große Rucksack. Das liegt da seit unserer letzten Reise, wahrscheinlich sind noch französische Grasfetzen drin. Ich halte eine Dose Ravioli in der Hand. Draußen wird es wärmer. Drinnen kann ich jede Folge *Navy CIS* auswendig mitsprechen. Ich reibe mein Schienbein, starre auf die Utensilien und sehe plötzlich Agent Gibbs vor mir. Mit einem Kaffeebecher in der Hand hastet er durch meinen Flur, wirft einen Blick auf die Campingsachen im Flurschrank und sagt: »Paul, nimm dein Zeug!« Ich lächele, sage: »Jawohl, Sir!«, laufe zu meinem Laptop, schaue die Wetterlage für heute Nacht nach, fasse einen Entschluss und halte ihn fest, bevor er mir wieder entkommen kann.

Der Laubmischwald nahe unserer Kleinstadt ist so, wie ein Wald sein soll. Tief, verschlungen und groß. Sattgrünes Moos umhüllt tote Stämme wie ein watteweicher Bademantel. Wo wenig Licht einfällt, modert feucht der Waldboden. Hier habe ich Tage und Nächte mit meinem Vater verbracht. Er zeigte mir, wie man in der Wildnis klarkommt. Es war, als sollte ich unbedingt lernen, daran zu glauben, dass man die Welt in den Griff kriegen kann.

Ich habe mein Zelt nahe einem Bach aufgestellt. Mein Rad steht auf einem Wanderparkplatz, eine Stunde quer durch den Wald entfernt von hier. Den Weg von dort bis zu meinem Lager habe ich auf Knöchelhöhe mit Kreide an Bäumen markiert. Es ist Abend geworden und ich räume mein Zelt auf. Ich stapele T-Shirts und Handtücher, Taschenbücher und Konservendosen, Geschirr und Kocher. Ich denke an Benny und wie spießig er es immer fand, dass ich im Urlaub so gerne die Sachen sortierte. Es ist aber toll, ein Zelt aufzuräumen, weil man so schnell fertig damit ist. So richtig fertig. Man kann komplett überschauen, was man um sich hat, ganz anders als daheim, wo Octopusse im DVD-Regal hausen und man sich die Schienbeine an DAT-Rekordern kaputtstößt. Hier weiß ich genau, was ich besitze. Das ist ein gutes Gefühl.

21 Uhr, und mir ist immer noch nicht langweilig, obwohl ich gar nichts mache. Ich gucke nur. Ich lausche und rieche. Das reicht schon. Im Grunde ist es wie am Meer. Einerseits bewegt sich das Wasser ständig wie ein hyperaktives Kind, das die Beine nicht stillhalten kann, und andererseits liegt der Ozean im Großen und Ganzen still da. So ist es auch hier. Blätter rascheln und Wipfel wiegen sich im Wind. Der Bach treibt Wasser über glitzernde Steine und macht niemals Pause. Überall knackt es, als staksten Wölfe durch das Unterholz, dabei huschen hier

nur Hörnchen. Im Topf auf dem Gaskocher vor meinem Zelt köcheln die Ravioli vor sich hin. Danach werde ich mir einen Kaffee kochen. Das Glas mit dem Instantpulver versteckte sich in einem alten, knallroten Einkaufstrolley. Er war das erste Objekt, das ich mir kaufte, nachdem mein Vater mich vor eineinhalb Jahren mit der eigenen Wohnung überraschte. Ich habe den Trolley für acht Euro auf dem Trödelmarkt erworben, weil ich dachte, wenn man ein eigenes Reich hat, muss man auch selbst einkaufen gehen. Ich nehme die Ravioli von der Flamme, löffele sie und fühle mich beobachtet. Ich taste das Umfeld mit zusammengekniffenen Augen ab. Nichts. Nur Bäume, Büsche, Bach. Aber irgendwer ist da. Man spürt das, wie an der Ampel, wenn der Fahrer im Wagen nebenan den Kopf dreht. Jetzt habe ich den Beobachter! Er hat sehr große Augen und ist für den Aufenthalt im Wald herausragend gut gekleidet. Es ist ein Waldkauz, rundlich und klein. Sein Baumloch habe ich den ganzen Tag lang nicht bemerkt, da er sich erst jetzt darin zeigt. Er beobachtet mich und meine mitgebrachten Sachen. Das Zelt, den Gaskocher, die drei Taschenbücher vor dem Klapphocker, auf dem ich sitze. Wüsste ich es nicht besser, würde ich sagen, dass er den Kopf schüttelt; weil er keinen Hals hat, sieht man das kaum, da verschieben sich nur ein paar flauschige Federn gegeneinander.

»Du hast recht«, sage ich, »für eine einzige Nacht hätte ein Taschenbuch gereicht. Und eine Konservendose statt …«, – ich blicke mich um und schaue ins Zelt –, »… sieben Stück?« Ich habe echt sieben Dosen mitgenommen? Unglaublich. »Du brauchst gar nichts zu sagen!«, rufe ich zum Baumloch hoch. »Ja, ich habe auch Wechselklamotten dabei. Drei T-Shirts, zwei

Pullover und eine Extrahose. Liegt alles da drin, gefaltet wie im Schrank.«

Der Kauz guckt.

»Ich weiß, du brauchst keine Wechselklamotten«, sage ich. »Hast ja recht, hast ja recht.« Sicher macht es Spaß, beim Camping aufzuräumen, weil man den Überblick hat. Aber wie viel Überblick hat erst der Kauz? Der ruht in sich, da oben im Loch. Der wartet ja auch nicht vergeblich auf Post aus Bamberg. Er ist eigentlich ein Vorbild, diese puschelige halbe Portion. Ich nicke ihm zu. Ich esse zu Ende. Ich lese im Schein meiner Gaslaterne in dem Taschenbuch. Und in dem Moment, als ich ins Zelt krieche und einschlafe, beginnt der Kauz mit seinem lang gezogenen, heulenden »Huh-Huhuhu-Huuuh«. Es stört mich nicht. Im Gegenteil. Mag er singen. Schnell schlafe ich ein.

DIE ARTIKELSCHLANGE

Um 9 Uhr am nächsten Morgen steige ich aus dem Wald wie ein Eingeborener. So muss es zumindest für die Touristenfamilie aussehen, die mit ihrem Van auf dem Parkplatz steht. Normalerweise verlassen oder betreten Wanderer den Wald gesittet über den Fußweg, aber ich wuchte mich mitten aus dem Geflecht.

Die Familie beachtet mich allerdings nicht. Die Kinder toben wie Spatzen über den Boden. Der Vater diskutiert mit seiner Gattin über die Beladung des großen Wagens: »Jutta, ehrlich, ich muss das halbe Auto ausräumen, um an meinen Atlas zu kommen!«

»Hättest du den Navigator reparieren lassen, müsstest du gar nicht nach dem dicken Atlas suchen.«

Der Mann räumt aus. Schweißperlen glitzern auf seiner hohen Stirn. Er flucht, während er schuftet: »Der Straßenatlas ist das einzige Objekt, das wirklich in diesen Kofferraum gehört. Und wo ist er? Vergraben unter Zeug. Als hättet ihr ein halbes Shoppingcenter in den Van geschüttet. Aua!« Der Berg aus Sachen ist gekippt und dem Mann vor den Schädel gefallen. Ein orangefarbener Fußball mit dem Aufdruck *Die Wilden Kerle* rollt aus dem Auto an den Waldrand. Der Mann nestelt sich aus dem Laderaum und das halbe Shoppingcenter purzelt auf den Asphalt. »Das braucht man doch alles gar nicht!«

»Ja, gut, Volker, wir können uns in den nächsten Ferien auch alles vor Ort leihen.«

»Ich rede nicht von den Ferien. Ich rede vom Leben. Man braucht das *grundsätzlich* nicht.«

»Sollen wir alles verkaufen, Volker? Alles bei eBay verkloppen? Gut, dann stellen wir daheim aber auch deine Bierkrugsammlung zur Versteigerung ein. Dann verwandeln wir einfach alle diese Staubfänger in Geldscheine.«

Volker murrt. Er sagt: »An Geldscheinen kann man sich wenigstens nicht den Kopf stoßen.«

Ich schleiche an der Familie vorbei; den ganzen Hausrat einer Nacht auf dem Rücken, nur das Tausendstel eines Shoppingcenters, aber immer noch viel zu viel. Volkers Spruch bringt mich zum Schmunzeln, aber vor allem: Er bringt mich auf die Idee, womit ich mir heute daheim die Zeit vertreiben werde.

* * *

Sie bieten auf

Sony DTC 790 Digital Audio Tape Deck - DAT Rekorder

Technische Details:

- Wählbare Abtastfrequenzen: 32 kHz; 44,1 kHz; 48 kHz
- Aufnahme und Wiedergabe auch im Longplay-Modus möglich
- Analogsignale mit 44,1 kHz aufnehmen möglich (wichtig für CD-Mastering)
- manuelles Setzen von Subcodes zur schnellen Titelsuche
- D/A Wandlung 16 bit, linear, longplay 12 bit, nicht linear
- Frequenzgang 2-22.000 Hz
- Signal-Rauschabstand über 90 dB

- Dynamikumfang über 90 dB

- Klirrgrad Standardplay unter 0,008 %

- Gleichlaufschwankungen unterhalb der Messgrenze (±0,001 %)

Abmessungen: Breite: 430 mm, Höhe: 122 mm, Tiefe: 355 mm

So.

Startpreis: ein Euro.

Verpackung und Versand, sagen wir: acht Euro. Jetzt muss ich nur noch den Nachtrag machen, ohne den man heutzutage keine Auktion mehr einstellen kann. Ich habe das extra nachgeschlagen, schließlich ist mein letzter Verkauf bei eBay über zwei Jahre her. Einkäufe nicht. Eingekauft habe ich in dieser Zeit unfassbare einhundertsiebenundzwanzig Mal. Sagt mein Konto. Der DAT-Rekorder steht neben mir auf dem Schreibtisch und macht mir Vorwürfe, weil ich ihn aussortiere. Aber wie sagte Vater Volker vorhin auf dem Parkplatz so schön? An Geldscheinen kann man sich wenigstens nicht den Kopf stoßen. In meinem Fall heißt das: An Geldscheinen kann man sich wenigstens nicht das Schienbein stoßen. Ich tippe noch einmal mit der Fingerkuppe gegen das Gehäuse des DAT-Decks, so vorsichtig, als würde ich die Spitze eines Samuraischwertes anfassen. Ich nehme einen Schluck Kaffee und kopiere den Nachtrag unter den Auktionstext:

WICHTIGER HINWEIS:

eBay-Gebühren übernehme ich, Kosten für den Versand und Verpackung der Käufer.

Bei allen meinen Auktionen handelt es sich um einen
Privatverkauf von Gebrauchtware.

Die Artikelbeschreibung erfolgte nach bestem
Wissen und Gewissen.
Garantieleistungen bzw. Rückgaberecht sind
ausdrücklich ausgeschlossen.

Bieten Sie nicht, wenn Sie damit nicht einverstanden sind!

* * *

Fertig.

Das Produkt steht nun in der Artikelaufstellung des Programms *Turbo Lister 2* und wartet darauf, hochgeladen zu werden. Das Gerät ist dort nicht alleine. Ihm zur Seite stehen bereits die DVDs *Mega Shark vs. Giant Octopus* und *Megapiranha*. Zu Letzterem habe ich geschrieben:

* * *

Megapiranha

Neuwertige Kauf-DVD
Deutsche Erstveröffentlichung!
Produktionsjahr USA 2010

INHALT: Übergroße prähistorische Megapiranhas gelten seit Millionen von Jahren als ausgestorben. Eine kleine Gruppe von ihnen hat jedoch in einem abgelegenen Nebenarm des Orinoco bis heute überlebt. Durch menschliche Eingriffe in die lokale

Umwelt werden die Urzeitwesen aus ihrer Isolation befreit und begeben sich auf den Weg nach Florida – rechtzeitig zum Höhepunkt der Badesaison.

Ein Einsatzteam arbeitet daran, die Megapiranhas zurück nach Venezuela zu drängen. Aber schon bei der Grenzüberquerung geraten sie in Schwierigkeiten mit den dortigen Behörden. In der Zwischenzeit wachsen die mörderischen Fische stetig weiter und ihre Fressattacken hinterlassen verheerende Schäden …

Für alle Fans von *Piranha, Der weiße Hai* oder *Godzilla!*

Umfangreiches Bonusmaterial (Making of, Outtakes, Trailershow etc.) und Wendecover ohne FSK Logo!

* * *

Den Text zum Film habe ich nicht selbst erfunden, sondern aus dem Netz kopiert. Zu dem alten DAT-Deck habe ich nichts gefunden, also schrieb ich die Fakten aus der verstaubten Anleitung ab. Es dauerte fünfzehn Minuten, bis ich sie fand. Sie war auch im roten Einkaufstrolley, der im Flurschrank alles schluckt, was sich nicht rechtzeitig in Sicherheit bringen kann. Ich werde ihn ebenfalls verkaufen, er steht schon in der Reihe der aussortierten Dinge. Sie zieht sich durch den Flur wie eine Schlange von Urlaubern, die am Flughafen auf das Boarding warten.

Da ich im Netz bin, schreibe ich Benjamin eine Mail. Er ist jetzt vier Tage in Bamberg, und ich verstehe ja, dass er sich nicht meldet. Er muss sich in einer neuen WG einleben und eine Studienordnung begreifen. Aber auf Post von mir antwortet er bestimmt. Ich bin sein bester Freund. Und ich muss jetzt dringend was loswerden.

18.05. // 12:27

Hallo Benny,
was machst Du gerade? Schränke einräumen? Du errätst nicht, was ich mache! Schränke *ausräumen!* Gerade stelle ich einen DAT-Rekorder bei eBay ein, an dem ich mir seit Monaten das Schienbein anstoße.
Warum ich Dir das schreibe?
Nun, es fühlt sich irgendwie … fantastisch an. Ich kann das gar nicht erklären. Es ist, als würfe man Ballast ab. Schreibt man das so? Würfe? Du warst in Deutsch besser als ich. Apropos Deutsch – was ist eigentlich so besonders an der Literaturwissenschaft in Bamberg? Kann man das nicht überall studieren? Ich weiß, ich habe Dich das schon mal gefragt.
Ich muss jetzt weitermachen, Sachen aus der Bude werfen. Fühlt sich an, als säße ich auf einem Boot und mit jeder Auktion ragt es wieder etwas höher aus dem Wasser. Obwohl noch gar nix verkauft ist.
Grüße aus der Heimat,
Dein
Paul

Absenden.

Gesendet.

Noch mal *Neue E-Mail* anklicken. Die Adresse vervollständigt sich von selbst: B E… da ist sie: *benny_black@freenet.de*

PS: Ich war gestern campen, im Wald. Habe im Mondschein mit einem Waldkauz geplauscht. Für Waldkäuze muss man also auch nicht nach Oberfranken ziehen. ☺

Absenden.

Gesendet.

Grinsemännchen dahinter, das ist wichtig. Sonst klingt es zu scharf. Aber ein bisschen reizen muss ich ihn. Ich gehe wieder auf eBay und tippe aus Spaß *Mondschein* in die Suchleiste ein. In der Artikelliste tauchen sofort zwei Poster auf, die den Gipfel in Sachen Kitsch darstellen. Heulende Wölfe im Mondschein. Es gibt so was auch auf der Kirmes zu kaufen. Heulende Wölfe im Mondschein sind die Motorradfahrer-Entsprechung zu röhrenden Hirschen über den Sofas alter Omas. Beide Poster sind exakt gleich, 59 × 42 cm, Hochglanz, eingestellt vor vier Tagen. Das eine steht immer noch bei einem Euro, während das andere bereits auf acht fünfzig hochgetrieben wurde. Ich klicke auf das Ein-Euro-Poster und lese die Beschreibung.

* * *

Poster »Wolf im Mondschein«

59 × 42 cm

Makellos. Hochglanzpapier.

Wird gerollt verschickt.

* * *

Dann der übliche Sermon von wegen eBay ich, Porto Sie, keine Gewähr für gar nichts. Ich klicke auf das Poster, für das bereits einige Leute geboten haben, obwohl es das gleiche Produkt ist.

* * *

Wolfgang und das Wolfsposter

Wolfgang ist einer dieser Menschen, die man irgendwann nicht mehr zum Geburtstag einlädt, weil er einem Sachen schenkt, bei denen man sich vor den Gästen schämen muss. Weil die denken: Wenn der Wolfgang, den der Udo schon seit Kindertagen kennt, ihm ein Poster »Wolf im Mondschein« schenkt, dann wird der Udo sicher darauf stehen. So wie der Udo in den letzten Jahren darauf stand, CDs von den Zipfelbuben und Bettwäsche von Schalke 04 geschenkt zu bekommen: als Dortmunder!!!

Der Udo hat also nicht nur einen Geschmack wie ein Ackergaul, denken dann die Gäste, er ist auch noch ein Vaterlandsverräter. Trotzdem habe ich Wolfgang wieder eingeladen. Aber dieses Jahr ändert sich was. Ich verkaufe das Poster (59 × 42 cm, unangetastet) heimlich auf eBay! Nicht, dass ich Dir einen schlechten Geschmack unterstelle, lieber Bieter! Ich denke nur, vielleicht hast Du auch einen Freund, den Du ein wenig necken willst. Könnte ja sein.

Viel Spaß beim Bieten!

* * *

Ich kichere. Das ist gut. Eine witzige Geschichte. Ergebnis: Er wird das Ding, wenn das noch drei Tage so weitergeht, für zwanzig bis fünfundzwanzig Euro verticken. Und der andere, der nur kurz Fakten auflistet, der bleibt auf seinem Wolfsposter sitzen. Ich schaue nach links in die Flughafenschlange meiner Artikelpassagiere, die auf ihren Check-In in den *Turbo-Lister*-Jet warten. Der rote Einkaufstrolley lächelt mich an und deutet mit seinem Reißverschlussgesicht auf die Tastatur, als wolle er sagen: »Komm, trau dich!« Auf dem Schreibtisch liegen meine Bewerbungsmappen, die ich erfolglos wieder mitnehmen musste. Das Geld auf meinem Konto reicht noch bis zum Herbst, wenn ich Papa nicht anschnorren möchte, der ohnehin schon meine Miete zahlt. Es wäre von Vorteil, auf eBay so viel Geld wie möglich rauszuschlagen.

Ich atme tief ein, hole mir ein Bier aus dem Kühlschrank, nehme einen kühlen, tiefen Schluck, denke kurz nach und tippe meine Geschichte.

* * *

Der magische Einkaufstrolley

An meinem achtzehnten Geburtstag sagte mein Vater:
»Komm, ich habe etwas für dich!« Ich dachte, jetzt schenkt er
mir ein Auto. Draußen steht es, am Bordstein. Ich will es aber
nicht, denn es ist bestimmt ein Anfängerauto. Ein VW Polo,
ein Renault 19 oder einen Smart! Meine Religionslehrerin fuhr
einen Smart. Sie parkte ihn zwischen dem BMW des Sport- und
dem Audi des Physiklehrers – und zwar quer! Wie ein Puffer-
poller zwischen Yachten. Ist das nicht demütigend?

Bei uns stand kein Auto am Straßenrand. Nur Vaters großer Landrover. Ich setzte mich rein und er fuhr mit mir in ein nettes Viertel. In einem Mietshaus mit acht Parteien schloss er eine Zweizimmerwohnung auf. Er sagte: »Mit achtzehn muss ein Mann lernen, sein Leben selbst in die Hand zu nehmen.« Er zeigte mir die Küchenzeile und wischte mit den Händen über die Waschmaschine. Ich war dankbar und verwirrt zugleich.

Ich kaufte diesen roten Trolley für meine Einkäufe. Ich hatte keine Ahnung, dass nur alte Omas so ein Ding benutzen. Oder junge Mütter, die ihre Kinder anschreien. Beim Türken fiel ich mit meinem Trolley nicht auf, aber als der eines Samstags geschlossen hatte und ich mich ausnahmsweise in einen großen Supermarkt zwang, stand eine Oma mit meinem roten Modell vor der Fleischtheke und bestellte zwei Kilo Rinderlunge. Ich fand das eklig, denn ich esse nur Blumen. Und höchstens ab und zu mal Fisch.

Zwei junge Männer lästerten an der Kasse leise über meinen Trolley. Ich verstand Worte wie »Frührentner« und »weibisch«. Am Zeitschriftenstand vor den Kassen kaufte ich demonstrativ Männermagazine, um den Typen zu beweisen, dass ich ein ganzer Kerl bin. Ich besitze einen albernen, reizbaren Stolz, gegen den ich nichts ausrichten kann. Die Rinderlungen-Oma stand derweil bei der Lottofrau und erzählte ihr von Lothringen. Ich nahm meinen Trolley und lief heim. Zu Hause fand ich darin zwei Kilo Rinderlunge.

Falls Sie also Fleischesser sind, erwerben Sie diesen Trolley. Lassen Sie ihn irgendwo stehen und am Ende ist er voll mit Delikatessen.

Ach ja, der Wagen ist im besten Zustand. Er hat 95 cm Griff-

höhe und 30 Liter Volumen. Er kann sogar Treppen steigen, wenn man ihn lässt.
eBay ich, Porto Sie, Gewähr niemand, Sie kennen das Gedöns.
Viel Spaß beim Bieten!

* * *

Da bin ich mal gespannt, ob das was wird. Spaß gemacht hat es auf jeden Fall. Der Trolley hat eingecheckt. Doch neben mir warten noch andere Artikel in der Schlange.

19:30 Uhr.

19:30 Uhr?

Wirklich?

Die Zeit verflog, während ich Geschichten zu den Produkten erfand. Alle Storys haben einen wahren Kern, sind aber zur Hälfte aus der Luft gegriffen. Nur zu ein paar CDs habe ich bloß die reinen Fakten geschrieben, denn bei Alben von *A* fällt mir nichts Gescheites ein. Ich öffne Live Mail und freue mich auf die hoffentlich eingegangene Antwort von Benny. Normalerweise beantwortet er seine Post zweimal am Tag. Es müsste also was im Posteingang sein.

Ist es aber nicht.

Ich habe drei neue Nachrichten, alle Werbung.

Bamberg schweigt.

Im Treppenhaus surrt die Haustür und eine Horde Menschen stampft durch den Flur in die Wohnung meines Nachbarn. Mein Nachbar heißt Jörg, ist zweiunddreißig und trägt Hemden wie Charlie Sheen in *Two And A Half Men*. Er lebt aber nicht so. Innerlich ist er eher wie Alan, sensibel und treu wie ein Täuberich. Sein einziger regelmäßiger Besuch ist seine Freundin Rosi und das ist mir sehr recht, denn mit Rosi ist Jörg still, weil sie kochen, statt zu feiern, oder weil sie Ausflüge machen, die mehrere Tage dauern. Rosi reist gern. Jörg ist ein geruhsames Gemüt wie ich, er reißt sich kein Bein aus. Wenn sein Name auf der Putzliste für das Treppenhaus steht, fegt er lediglich den gröbsten Dreck weg und spritzt dann mit einer Sprühflasche Zitronenwasser in die Luft, damit es so riecht, als sei gewischt worden. Ich weiß das, weil ich es genauso mache. Hinsichtlich der lärmenden Horde beschleicht mich eine böse Ahnung, und ich klicke auf das Programm, in das man Termine eintragen kann. Tatsächlich. Da steht's, ich habe es letztes Jahr extra notiert. Jörg hat heute Geburtstag. Der einzige Tag im Jahr, an dem er Partygäste hat. Der einzige Tag, an dem die Musik so laut wird, dass sie durch die Wände sickert wie Kaffee durch Filterpapier. Scheiße! Ich wollte mir eigentlich jetzt eine Pizza machen, *Navy CIS* in den Player legen und entspannen. Stattdessen muss ich das Haus verlassen, weil Jörg ein Kind der Neunzigerjahre und es somit nur eine Frage der Zeit ist, wann er Lieder von Robbie Williams spielt. Und das geht nicht. Es geht einfach nicht! Scheiße! Nebenan klimpern Willkommensgläser und es startet die Musik. Jörg spielt *You're Beautiful* von James Blunt, das ist von 2005. James Blunt. Als der ganz oben war, war auch Williams ganz oben. 2005 war eines *seiner* größten Jahre und es war *das* Jahr. Das Jahr, an das ich nicht denken will und dass mir Jörg nicht akustisch aufzwingen darf. Ich drücke hastig auf den Button *Alle Angebote zu eBay übertragen*, lasse den Laptop selbstständig weitermachen, renne in den Flur, stopfe den Gaskocher, einen Topf, eine Dose und den Schlafsack in meinen Rucksack und renne durch den Zitronensprühduft im Treppenhaus. Ich renne, als hinge mein Leben davon ab, und ich renne gerade noch rechtzeitig, denn als die Tür zufällt, glaube ich, den ersten Tonfetzen von *Angel* zu vernehmen. Ich verziehe mein Gesicht und japse, aber der Ton wird vom Haus verschluckt. Ich steige aufs Rad und rase zum Wald.

WALD GEBIERT MANN

Ich stelle das Rad auf dem Parkplatz ab, stürze in den Busch, achte auf meine Markierungen an den Bäumen und renne, bis ich die Stelle wiederfinde, an der ich letzte Nacht gezeltet habe. Erst dort werde ich ruhiger, Atemzug für Atemzug unter dem Plätschern des Baches. Ich lege meinen Rucksack ab und setze mich auf einen Baumstamm, da ich meinen Klapphocker nicht dabeihabe. Ich schäme mich, obwohl niemand mich beobachtet. Was ist das für ein Mist? Ich flüchte aus meiner eigenen Wohnung, weil der Nachbar ein Lied abspielen könnte, das ich nicht ertragen kann. Nicht in dem Sinne, dass ich es nicht mag. Nein, ich kann es wörtlich nicht ertragen, es zerreißt mich aus meinem Inneren heraus. Meinen Hausrat kaufe ich deswegen im Internet und für Essen und Trinken fahre ich meistens weit raus zum türkischen Supermarkt. Nur dort riskiere ich nicht, beim Einkauf plötzlich einen Weinkrampf zu kriegen, weil mir dieser verfluchte Sänger das Messer in die Seele sticht, denn da läuft kein Radio, sondern immer nur Turkish Pop von CD.

Der Bach plätschert. Der Wind rüttelt stärker an den Wipfeln als gestern. Es ist warm. Ich bin geflohen. Peinlich. Ich nehme mein Handy und wähle die Nummer von Benjamin. Wir würden heute laufen, entweder zehn Kilometer oder Halbmarathon, wie jeden Mittwoch. Es tutet. Sieben Mal. Dann geht die Mailbox ran. »Hier spricht der Anrufbeantworter von Benjamins Unterwegstelefon. Ihr wisst, was ihr zu tun habt.« Ich räuspere mich und sage: »Ja, hallo, Benny, hier ist Paul. Du, wie soll ich sagen, ich stehe ziemlich im Wald, also, ich bin wieder campen, aber heute ohne Zelt. Es tut mir leid, dass ich in der Mail angefangen habe von wegen Literatur kann man überall studieren und so. Ich meine, du kannst natürlich studieren, wo du willst. Ich hoffe, du lebst dich gut ein. Heute wäre Laufen gewesen. Ich habe noch eine Revanche offen für neulich. Es steht 78:78, ist dir das eigentlich klar? Das kann so nicht bleiben, oder?« Was rede ich denn da? Ich rede ins Leere, im Wald, auf eine Mailbox. »Wie auch immer. Wir hören uns. Oder lesen. Tschüss.« Ich lege auf.

Ich schaue nach links oben. Der Waldkauz sitzt in seinem Loch und beobachtet mich. Ich öffne meinen Rucksack, hole den Gaskocher und den Topf heraus und sage: »Ja, da staunst du, was? Heute habe ich keine Wechselklamotten dabei. Nicht mal ein Zelt. Ich kann auch anders. Ich habe heute nur diesen Kocher«, – ich drehe ihn ein wenig in den weichen Boden, damit er gut steht –, »diesen Topf« –, ich zeige dem Kauz den Topf –, »und diese Dose …«, – ich ziehe die Dose aus dem Rucksack und stottere: »… dabei. Lecker … Lack. Lack?« Ich schlage die Hand vor den Kopf. Der Kauz lacht lautlos. In der Hektik habe ich keine Ravioli aus dem Flurschrank gezogen, sondern Lack. Aus dem Baumarkt. Fantastisch! Mein Magen knurrt. Ich zeige mit dem Finger zum Kauz und sage: »Du glaubst, ohne Konserve komme ich nicht aus? Dann warte mal ab!« Ich seufze, stehe auf und ziehe los, um Ausschau nach leicht stachelig gezackten Blättern an üppigen Büschen zu halten. Man kann sie nicht übersehen, wenn man sein Hirn auf die Suche einstellt. Man wird dann zum wandelnden Google des

Waldes. Kaum hat man den Suchbegriff in sich selbst eingegeben, stechen die Brombeerbüsche aus dem Dickicht förmlich hervor. Mein Vater hat mir das beigebracht, viele Jahre lang. Sinnvoller wäre es, Haselnüsse zu essen, wegen des Fettes und des Energiegehalts, aber die sind erst im September genießbar. Selbst für die Brombeeren bin ich eigentlich zu früh dran, sie sind noch klein und schrumpelig, aber es geht. Es tut gut, eine Aufgabe zu haben und zu laufen, bis man einen Busch findet, denn während des Laufens zerstreuen sich meine Zittrigkeit und Angst. Ich pflücke die kleinen Beeren und esse sie sofort, weil ich sie nicht einstecken kann, ohne mir alles zu versauen. Vielleicht koche ich mir noch was. Brennnesseln stehen hier überall. Sie strecken sich mir entgegen wie Groupies und schreien tonlos *nimm mich mit!* und das mache ich auch. Es mag ja sein, dass ich vor bestimmten Liedern flüchte und deswegen Lack statt Ravioli einpacke, aber hier draußen macht mir keiner was vor. Ich tippe den Begriff *Waldsauerklee* in mich ein und sofort schalten meine Augen auf diese kleine Krautpflanze um. Sie wächst da, wo es feucht ist und wenig Licht einfällt. Sie kann mit einem Hundertsechzigstel des Lichts auskommen, das andere Pflanzen brauchen. Ich finde eine Kolonie, bediene mich, kehre zu meinem Lager zurück, mache den Gaskocher an, hole mit meinem Topf Wasser aus dem Bach, bringe es zum Kochen und werfe die Brennnesseln und den Klee hinein. Nach zehn Minuten brodelt das Süppchen leise vor sich hin. Mit einem großen Stock zerstampfe ich die Nesselkleemasse. Der Kauz ist beeindruckt. »Ja, jetzt guckst du«, sage ich. Es sind zwei Stunden vergangen. Benny ruft nicht zurück. Die Suppe schmeckt – Brennnesseln sind oft besser als Spinat aber zur Belohnung für meine Leistung als Naturbursche hätte ich gerne eine Pizza obendrauf. Während ich schlürfe, starrt der Kauz. Als der Boden des Topfs sichtbar wird, fühle ich mich zu meinem eigenen Erstaunen recht satt. Als ob der Körper Nahrung besser verwertet, wenn man sie selbst gesucht hat. Ich will dem Kauz wieder was vor den Latz knallen, aber der schaut seltsam in die Ferne, gibt seinem kleinen Körper einen Ruck und zieht sich in sein Loch zurück. Drei Minuten später höre auch ich, warum er das getan hat.

Es grollt.

Es grollt weit in der Ferne, aber es ist eindeutig. Ein Gewitter nähert sich.

Oh nein!

Nein, nein, nein!

Warum habe ich bei *wetter.de* nicht nachgesehen, bevor ich losgefahren bin? Wie gestern? Wie ich es immer mache, wenn ich länger rausgehe als bloß eben zum Laufen nahe der Zivilisation? Warum bin ich vor Jörgs Musik ausgerechnet in den Wald geflohen? Weil ich gestern schon mal hier war und ein Gewohnheitsmensch bin! Und weil ich eine doofe, gutmütige Zuneigung zur Natur habe, die ich meinem Vater verdanke und die mein Herz nicht abschalten kann, obwohl mein Kopf weiß, dass die Natur nicht »gut« ist. Die Natur, das sind Sonnenuntergänge und gelbe Blüten und Strandläufer im Wattenmeer, ja sicher. Aber die Natur, das sind auch Gewitter, die normalen Menschen nichts ausmachen, mir aber schon.

Ich spüre, wie es anfängt. Wie mein Körper macht, was er will. Mein Herz schlägt mir bis zum Hals, es treibt glitschige, große Steine in meine Kehle hinauf. Ich bekomme Atemnot und schwitze. Ich brauche sofort einen Unterschlupf. Ich stehe von dem alten Baumstamm auf, werfe mich auf die Knie und grabe mit bloßen Händen und dem Stock, mit dem ich eben noch meine Suppenzutaten stampfte, eine Kuhle. Ich höhle die Erde vor dem Stamm so schnell und so tief aus, wie es nur geht. Faule, feuchte Klumpen wälzen sich unter meinen Händen nach oben und geben Maden, Asseln und Würmer frei. Das Grollen ist immer noch weit weg und ich sehe nicht mal einen Blitz, aber das beruhigt mich nicht. Das Unwetter ist ein Monster, groß wie eine ganze Stadt, sein Maul kann Häuser verschlucken. Seine Augen sind uralte Baggerseen, die man mitsamt dem Schlick aus der Erde gerissen und ihm ins Gesicht geschleudert hat. Wenn so etwas Gigantisches noch ein paar Kilometer entfernt ist, beruhigt mich das nicht, sondern macht mir noch mehr Panik, denn mit jeder Sekunde kriecht es näher heran. Der Todeskandidat ist schließlich auch nicht ruhiger, weil es bis zum Schafott noch hundert Schritte sind. Ich grabe, bis die Hautschichten der Fingerkuppen in Fetzen hängen, dann quetsche ich mich in die Kuhle vor dem Baumstamm, lege meinen Schlafsack über mich und ziehe ihn über den Kopf. Nichts sehen und nichts hören, dann ist das Monster auch nicht da. Das ist Kinderlogik und ich bin gerade ein Kind mit Todesangst. Ich weiß das, aber ich kann nichts dagegen tun.

Das Grollen dauert Stunden, Tage, Wochen. Ich kann es nicht sagen. Aber es kommt nicht näher. Es bleibt in der Schwebe, in halber Ferne, es spielt mit meiner Angst und irgendwann verändert sich sein dumpfer, gurgelnder Ton und wird zu einem

Geräusch wie menschliches Gebrabbel. Das Monster spricht. Ich halluziniere. Ich werde wahnsinnig. Ich bin vollkommen durchfeuchtet von der Erde unter mir. Die Stimmen werden lauter. Das Monster sagt: »Du hast doch Empfang hier, ich weiß gar nicht, was du willst. Google geht doch.«

»Ja, aber egal, ob Earth oder Maps, ich verstehe trotzdem nicht, wo wir sind. Das ist alles nur grüne Fläche.«

»Wie du dich aufregst, herrlich. Das muss ich direkt twittern. Robin rastet aus. Das wäre übrigens auch ein geiler Blog. *Robin rastet aus*. Das muss ich mir merken.«

»Und ich blogge nachher, was du für eine Pfeife bist. Der Wald ist eine Abkürzung. Pah! Und dann twitterst du, anstatt bei der Wegsuche zu helfen.«

Das ist kein Monster.

Das ist nicht mehr das Gewittergrollen. Das sind zwei Berufsjugendliche Anfang dreißig, die sich verlaufen haben. Ich krieche aus meinem Loch und die zwei Männer schreien wie am Spieß. Ein Zombie gräbt sich aus der Erde. Ich stöhne, weil mir von dem verkrampften Liegen alles wehtut.

»Uhhhhhh…«

»Was ist das denn???«, sagt der Twitterer.

»Hallo?«, fragt sein Kumpel Robin. »Alles klar bei Ihnen?«

»Du kannst du sagen«, sage ich und klopfe mir den Dreck ab, »und du brauchst auch nicht zu schreien.«

»Wer bist du?«, fragt Robin.

»Und was machst du hier?«, fragt der Twitterer.

»Ich … ähm …«, sage ich, »ich mache Survival.« Ich suche im Gebüsch nach meinem Topf, packe meine Sachen und rede weiter. Es ist gut, jetzt zu reden, es baut das Adrenalin ab. Ich schwenke den Topf. »Da war Brennnessel-Sauerklee-Suppe drin«, sage ich. Ich zeige auf die Kuhle. »Dachte, das Gewitter kommt schneller. Hatte keine Zeit, mir einen richtigen Unterstand zu bauen.«

»Wow!«, sagt der Twitterer und tippt. Sein Kumpel kaut auf der Unterlippe. Robin sagt: »Wir waren bei einer Party, und der Schlauberger hier meinte, quer durch den Wald wäre es kürzer. Danke jedenfalls. Ich bin Robin. Das ist Marc.« Ich zeige nach Südwesten und sage: »Paul. Da geht's übrigens raus.« Mit einem rustikalen Ruck schultere ich meine Sachen. Jetzt bin ich nicht mehr der würdelose kleine Junge, der Panik hat. Jetzt bin ich ein souveräner Waldführer für verwirrte Medienmenschen. Ich fühle mich wie John Locke bei *Lost*, mit Glatze und Jagdmesser. »Kommt!«, sage ich.

Die beiden folgen mir.

Wir gehen eine Stunde, dann betreten wir den Parkplatz. Alles ist dunkelblau. »Wie spät ist es eigentlich?«, fragt Robin. »Gleich drei Uhr«, antworte ich. Fast fünf Stunden kauerte ich im Loch. Auf dem Parkplatz liegt der *Wilde Kerle*-Ball, der neulich aus dem Van gekullert ist. Ich gehe zum Ball, hebe ihn auf und stecke ihn mit Gewalt in den Rucksack. »Nix verkommen lassen«, sage ich.

»Machst du das schon seit Langem?«, fragt Robin.

»Was? Bälle sammeln?«

»Survival.«

»Ach so. Ja, klar. Seit Jahren.«

»Das war Wahnsinn, wie du den Weg aus dem Wald gefunden hast. Und das in der Nacht! Woran orientierst du dich?«

An meinen kleinen, weißen Baummarkierungen auf Knöchelhöhe, über die ich dezent die Taschenlampe huschen ließ, denke ich mir, sage aber: »Als Profi hat man so seinen Blick. Wuchsweisen, Baumkronenausrichtungen, Moosdichte, alles Mögliche.«

»Du solltest darüber schreiben«, sagt Robin.

»Wie? Schreiben?«

»Ja, im Netz. Bloggen. Survival und so. Das kommt wieder in Mode! Wegen der Wirtschaftskrise und der Naturkatastrophen. Sich selbst versorgen können, zur Not ohne alles überleben. Das Thema interessiert die Leute brennend! Das ist der kommende große Trend!«

»Tatsächlich? Bist du Trendforscher oder was?«

»Ja«, sagt Robin und nestelt eine Visitenkarte aus der Hosentasche. Ich halte sie unter das Licht einer Laterne, die den Parkplatz fahl erleuchtet. Auf der Karte steht tatsächlich: *First Mover – Marktforschung und Trendanalyse.*

»Hm«, sage ich. Ich denke daran, was mein Vater zu solchen Berufen sagt: *Die sitzen in teuren Konferenzzimmern, aber weißt du, wo die eigentlich sitzen müssten? In dunkelblauen Zelten auf der Kirmes, direkt neben der wuchtigen Wahrsagerin.*

»Wir haben knapp 750 000 Fans bei Facebook und eine Millionen Follower bei Twitter. Wir sind einer der Marktführer.«

»Glückwunsch«, sage ich, »dafür kann ich von Brennnesseln leben.«

Robin lacht: »Siehst du, das ist genau das, was ich meine! So was solltest du schreiben. In so einem Tonfall.«

»Ich kann nicht schreiben«, sage ich.

»Unsinn«, sagt Robin. »Du hast was zu sagen. Und wenn wir

gefilmt hätten, wie du dich Zombie-like aus dem Boden geschält hast, hätten wir damit 250 000 Klicks bei YouTube geholt. In zwei Tagen.«

»Genau«, sagt Marc, »das Video hätte dann *Wald gebiert Mann* geheißen oder so.«

»Ich muss jetzt weiter«, sage ich. »Die Hauptstraße ist dahinten.«

»Danke«, sagt Robin. »Aber überlege es dir. Solltest du jemals bloggen, sende mir den Link. Wir empfehlen das dann bei uns und du hast sofort sechsstellig Leser für deinen ersten Eintrag. Die sind alle neugierig. Danach musst du aber auch dranbleiben, sonst sind die alle wieder weg. Und der erste Eintrag, der muss richtig knallen. Da muss irgendwas neu dran sein, verstehst du? Also auch in der Form. Die Form ist wichtig. Erzählt wurde ja schon alles, es kommt daher sehr auf das *Wie* an, Trendthema hin oder her.«

»Ja, alles klar«, murmele ich.

»Das sind wir dir schuldig«, sagt Robin im Gehen.

»Okay«, sage ich. Dann verschwinden sie in der Nacht und lassen mich stehen, weil sie denken, dass so ein harter Held wie ich schon allein klarkommt.

RETROGIRL_18

Als ich um fast vier Uhr heimkomme, sitzt Jörg auf der flachen Stufe vor unserer Haustür und hat den Kopf auf seinen Armen abgelegt. Neben ihm steht ein Putzeimer, in dem Bierflaschen kühlen sollen. Vor ein paar Stunden waren noch Eiswürfel darin. Jörg hebt den Kopf, als er meine Schritte hört, nimmt einen Schluck aus der Flasche, die wie angewachsen in seiner rechten Hand klebt, und sieht mich an. Er hat geweint.

»Sie ist weg«, lallt er. Damit habe ich nicht gerechnet. Ich wollte ihm eigentlich gerade gratulieren. Charlie Harper würde sich jetzt freuen. Ich sage: »Rosi?«

»Ja«, sagt Jörg, reicht mir zitternd ein frisches Bier aus dem Eimer und öffnet es mit seinem Feuerzeug. Ich trinke einen Schluck. Jörg schweigt und schaut in die Ferne. Binnen Sekunden wandelt sich der Ausdruck in seinen Augen von weich und traurig zu hart und trotzig.

Den Blick auf ein paar Tannenwipfeln hinter der flachen Hausreihe gegenüber gerichtet, sagt er: »Ich werde jetzt anfangen zu leben, weißt du das? Nicht mehr kochen und turteln. Leben.«

Ich sage: »Mhm.« Er lallt, hebt den rechten Zeigefinger und schwenkt die Flasche. »Einmal im Jahr habe ich eine Party gegeben. Einmal im Jahr. Und den Rest der Zeit? Rucola und Reisen. Rosi wollte immer Rucola-Salat, wusstest du das? Zu jedem beschissenen Gericht wollte sie Rucola-Salat.«

»Das ist tragisch«, sage ich und denke daran, dass ich eben

zwei Männern aus dem Wald geholfen habe, nachdem ich mich stundenlang in seinem feuchten Leib verkrochen hatte.

»Ich werde kräftig feiern«, kündigt Jörg an und kann kaum die Konsonanten kontrollieren. »Glaub mir, Nachbar, ab morgen ändert sich das ganze Leben!«

Gut, dass du betrunken bist und dein Vorhaben morgen früh schon wieder vergessen hast, denke ich mir und sage: »Geh ins Bett, Jörg. Das wird schon wieder.« Ich helfe ihm auf und führe ihn ins Haus. Er stößt mit dem linken Fuß den Eimer um und das kalte Wasser fließt in die Buchsbaumhecke vor dem Haus. Als ich seine Tür hinter ihm schließe, höre ich ihn aufs Bett plumpsen.

Ich kann jetzt noch nicht schlafen; zu aufwühlend waren die Stunden im Wald. Der *Turbo Lister* hat sämtliche Produktpassagiere ausgeflogen. Ich leere meine Hosentaschen und werfe die Visitenkarte auf den Schreibtisch. Ich öffne den Browser und sehe mir die Seite an. Sie ist wie ein Nachrichtenmagazin gestaltet. *First Mover. Lesen, was morgen ist.* Der aktuelle Beitrag trägt den Titel *Notstrom, Gold und Unterstand – der neue Drang zur Autarkie.*

Wirtschaftskrise, Katastrophen, Entfremdung – in Zeiten der Unsicherheit sehnen sich die Menschen nach handfesten Methoden, wie sie im Ernstfall auch ganz alleine überleben können. Ohne Geld, ohne Staat, ohne iPad. Der Trend der Zukunft heißt: Reality 2.0

»Wen rufen Sie an, wenn es hart auf hart kommt? Was packen Sie ein? Was machen Sie, wenn das Stromnetz zusammenbricht? Die Wasserversorgung? Das Finanzsystem?«

Gerhard Winckler sieht die fünfzig Teilnehmer seines Seminars *Die Krise kommt – was tun?* provozierend an. »Wer steht Ihnen bei? Ihre Facebook-Freunde?« Winckler lacht. Früher war er Professor für Linguistik und Literatur an der Universität Tübingen, ein »Theorie-Hansel«, wie er heute sagt. Das ist vorbei. Heute zahlen die Leute dafür, dass er ihnen erläutert, wie schnell unsere Zivilisation untergehen kann. »Im Dezember 2007 bestand für die gesamte Welt nur noch eine Weizenreserve von 30 Tagen«, zitiert er. »Mitten im Münsterland brach 2005 für mehrere Tage das Stromnetz zusammen und Menschen saßen frierend in eingeschneiten Dörfern fest. Das Geldsystem der Welt ist auf Schuldenbergen aufgebaut. Ganze Staaten gehen bankrott. Und wir? Wir laden ein neues Profilfoto hoch!«

Wincklers Publikum lacht, aber mit einem Kloß im Hals. »Für die ältere Generation war Vorsorge für den Krisenfall noch eine Selbstverständlichkeit, doch wir sind allem gegenüber völlig hilflos.« Die Kursteilnehmer nicken. Sie müssen es zugeben. Und dann geht es los. Der Survival-Experte und Krisenmanager erklärt das Rundum-Paket. Vorratshaltung und Notproviant, Erste Hilfe und Ernährung aus der Natur, Kletterkunde und Feuermachen. Bis hin zu Fluchtoptionen

> beim Bürgerkrieg geht der Praktiker, und alle, die sich sonst nur über das Überleben bei *World of Warcraft* Gedanken machen, hängen an seinen Lippen.

Ich überspringe ein Stück des Artikels und lese direkt den letzten Abschnitt.

> Doch selbst wer nicht an die große Krise glaubt, kehrt nach und nach den Zeitfressern des Wohlstands den Rücken. MySpace ist tot, es lebe MyLife, draußen in der Wirklichkeit. Menschen räumen ihre Regale aus. »Krempel zu Geld«, rät Winckler ganz konkret seinen Schülern, »das ist der erste Schritt. Oder besser noch: zu Konserven. Zu Jagdmessern. Zu tragbaren Solarzellen oder Notstromaggregaten.« Die Message kommt an, nicht nur hier im Seminarraum. Reality 2.0. Das ist erst der Anfang.

Wow. Was für ein Pathos. Aber die Seite hat Leser. Ich klicke auf die ihr zugehörige Facebook-Page und sehe, dass Robin recht hatte: 550 068 Leuten gefällt das. »Wen rufen Sie an, wenn es hart auf hart kommt?«, fragt dieser Apokalypse-Guru in seinem Seminar. Ich würde Benny anrufen. Habe ich auch. Er rief nicht zurück.

Ich öffne *Live Mail* und verfasse eine neue Nachricht, während das Programm gleichzeitig meine eingehende Post ansaugt. Ich tippe:

19.05. // 04:29

Hey Ben,
habe den Wald überlebt und bin wieder daheim. Es ist nach vier Uhr morgens an einem Donnerstag. Heute Abend würden wir schwimmen gehen. Hast Du ein gutes Bad in Bamberg? Ich schaue jedenfalls mal nach, ob sie den Sprungturm endlich restauriert haben. Ich gebe Dir Bescheid.
Paul

Abgesendet. Im Posteingang fettet sich die Zahl und zeigt neunzehn neue Nachrichten an. Von Benny ist keine. Dafür beziehen sich alle auf meine Auktionen bei eBay, die erst seit sechs Stunden im Netz sind. Ein User fragt, ob ich vom DAT-Rekorder noch den Originalkarton besäße. Ein anderer will wissen, ob auf der Hülle von *Megapiranha* ein störendes Preisschild klebt. Geboten hat auf diese Sachen noch niemand. Aber da! Mein roter Einkaufstrolley mit der Geschichte von der Oma und der Rinderlunge steht schon bei 12,50 Euro! Ausgerechnet der! Ich klicke auf die Abfolge der Bieter. Eine Userin namens RetroGirl_18 führt die Auktion zurzeit an. Sie hat mir ebenfalls geschrieben, aber ihre Mail ist keine kurze, dämliche Frage, sondern ein langer Text, der mit einem Smiley beginnt.

18.05. // 21:20

Hallo Faulpaul19,
☺
habe Deinen Text zu dem Trolley gelesen. Was soll ich sagen? Er hat mir den Tag gerettet! Ich habe vor Lachen auf dem Schreibtisch gelegen. Du solltest mehr solcher Geschichten schreiben. Sie allein sind schon zehn Euro des Gebotes wert!
Wie Du an meinem Namen siehst, sammele ich veraltete Sachen. Besonders gerne, wenn sie eine persönliche Geschichte haben, denn die gibt ihnen Charakter. An Deinem Text merke ich, dass Du auch Charakter hast, und bitte Dich vorsorglich um Verzeihung, wenn ich Dich neugierig frage, warum Dein Nutzername Faulpaul lautet? Jemand, der sich die Mühe macht, bei eBay so gewitzt die Geschichte seines Trolleys zu erzählen, kann so faul ja nicht sein, oder? Wenn Du magst, schreib es mir nicht über dieses eBay-Menü, sondern direkt an *retrogirl_18@web.de*. Würde mich freuen!
RetroGirl_18

PS: Hast Du noch mehr veraltete oder obskure Sachen?

Ich schlucke. Diese Mail ist schön. Benny hat früher so geschrieben, selbst wenn er wusste, dass wir uns morgen in der Schule wiedersehen. Heute sehen wir uns auf keinen Fall und ich höre nichts von ihm. Stattdessen schreibt mir eine achtzehnjährige Sammlerin veralteter Sachen schmeichelhafte Komplimente. Eine Achtzehnjährige, die noch dazu gut schreiben kann. Ich stelle sie mir vor, unwillkürlich, mein Kopf macht das ganz von alleine. Rote Haare, hellwache, grüne Augen und diesen süßen, leichten Schwung nach oben in der Nasenspitze. Kein *Sex & The City*-Hühnchen, eher ein Mädchen, das in einem geheimen Archiv wie dem *Warehouse 13* arbeitet oder unten im Keller der Forensik; eine Mischung aus Pink, Abby Sciuto und Lara Croft ohne Botox. Mein Herz klopft und drückt wieder glatte Steine in meinen Hals, dieses Mal aber nicht aus Panik vor einem Gewitter. Es ist fast fünf und ich bin aufgekratzt.

19.05. // 04:42

Hallo RetroGirl_18,
den Spitznamen »der faule Paul« gaben mir Verwandte und Freunde, weil er sich so schön reimt und ich vieles einfach nur geschehen lasse, statt groß zu planen. Ich habe zum Beispiel nicht geplant, dass ich direkt nach dem Schulabschluss von Beruf »eBay-Geschichten-Händler« werde. Das ergibt sich gerade so. Es ist keiner mehr hier und ich habe viel Zeit.
RetroGirl, ich muss Dir ein Kompliment zurückgeben. Du bist der einzige Mensch, den ich kenne, der in der Anrede das »Du« noch großschreibt. Das spricht mich an, also im wörtlichen Sinne. Du sprichst mich an. Also, ich meine, mit dieser Schreibweise. Alte Sachen habe ich noch eine Menge, zum Beispiel einen Mini-

Disc-Player oder ein aufblasbares Biertablett. Ich habe auch Playmobilmännchen, denen mit Edding Rückennummern und Fußballernamen aufgemalt wurden, aber das ist alles unverkäuflich, denn es gehört zu anderen Geschichten.
Komm gut in den Tag,
Paul

Ist das zu vertraut? Zu nett? Flirte ich mit ihr? Mit Pink-Abby-Croft? Und wennschon. Es ist die Stunde zwischen Nacht und Morgen und ich pumpe körpereigene Wachbleibdrogen. Ich sende die Mail ab. Ich habe Hunger. Brennnesseln und Sauerklee sind schnell verdaut. Ich erinnere mich daran, dass ich in einer Wohnung sitze. Mit Ofen! Mit Pizza! Ich habe mich noch nie so sehr darüber gefreut.

Beim letzten Bissen der Pizza ist es halb sechs. Agent Gibbs und seine Ermittler sind auch noch wach. Sie haben die Nacht über durchgearbeitet, wie sie es immer tun, wenn ein Fall dringend zu lösen ist. »Geht nach Hause und schlaft euch aus«, sagt Gibbs, als Tony dem Verräter aus den eigenen Reihen endlich die Handschellen anlegt, und ich wuchte mich aus meinem wippenden Sessel und sage: »Das mache ich, Boss.« Bevor ich ins Bad gehe, um meine Blase vor dem Schlafengehen zu leeren, drücke ich pro forma auf den *Synchronisieren*-Button meines Mail-Programms. Als ich vom Klo wiederkomme, hat es trotz der extrem frühen Stunde Post angesaugt. Ich will den Laptop gerade zuklappen, weil so frühmorgens nur Maschinen wach sind, die Spam versenden, als ich den Absender sehe.

retrogirl_18@web.de. Ich stehe einen Augenblick still hinter meinem Drehstuhl und halte mich an der Lehne fest. Meinen besten Freund Benny versuche ich seit fast fünf Tagen zu erreichen – ohne Erfolg. Und dieses fremde Mädchen antwortet auf meine nächtliche Post bereits vor sechs Uhr?

19.05. // 05:22

Hallo Paul,
was heißt denn: »Es ist keiner mehr hier?« Wo sind sie denn alle? Wer ist alle? Und wieso bist Du mitten in der Nacht wach und schreibst Mails? Kommst Du von einer Party? Wo war die, wenn keiner mehr da ist? MiniDisc interessiert mich nicht so sehr. Wenn Du VHS oder einen grauen, klassischen Game Boy auf Lager hättest, wäre das was anderes. Auf die Playmobilfiguren würde ich bieten. Die gibt es in Deiner selbst bemalten Auflage schließlich nur ein einziges Mal auf der Welt. Und hast Du auch alte Comics?
Bis später,
RetroGirl_18

Eben wollte ich mich nur noch in die Kissen drehen. Jetzt will ich einen Kaffee und diesem Mädchen schreiben. Ich mache die Maschine an. Sie gurgelt.

19.05. // 05:52

Hallo RetroGirl,
das klingt jetzt vielleicht komisch, aber ich komme aus dem Wald. Also nicht generell. Generell komme ich aus einer Kleinstadt. Heute Nacht habe ich Camping im Wald gemacht und gestern Nacht auch. Warum? Weil ich es kann und weil mir die Decke auf den Kopf fällt. Sie fällt mir auf den Kopf, weil

Soll ich das wirklich schreiben? Die Wahrheit? Ich kenne dieses Mädchen doch gar nicht. Benjamin kenne ich seit Jahren und selbst dem sage ich nicht alles. Aber Benny antwortet ja nicht mehr, seit er im Bermuda-Bamberg verschwunden ist. RetroGirl schon. Also schreibe ich das jetzt. Es will ja raus, es drängt von innen wie eine Menschentraube vor dem Stadioneingang.

mein Vater mit seiner Lebensgefährtin ein halbes Jahr auf Borneo ist. Mein bester Freund Benjamin ist zum Studium nach Bamberg verschwunden, während ich weder einen Studienplatz noch eine Ausbildungsstelle habe. Wir waren kommendes Wochenende verabredet, aber Benjamin hat zu viel damit zu tun, sich in seine neue WG einzuleben. Er kommt halt gerade nicht dazu, mir zu antworten, wenn ich ihn anfunke. Also zelte ich. Oder ich sitze daheim und schaue mir *Navy CIS* an, während ich meine Sachen ausmiste. Das macht irgendwie Spaß. Alte Comics habe ich auch noch irgendwo, aber ich glaube, die sind nichts mehr wert. Das ist ganz komisches Zeug, das ich mal auf dem Trödel gekauft habe. *Wastl* zum Beispiel oder die *Profi-Stars,* diese alten Bruchpiloten-Comics von der Raiffeisenbank.

Warum bist Du so früh schon wach? Hast Du einen so langen Weg zur Schule oder zur Arbeit? Bist Du Rettungssanitäterin? Feuerwehrfrau? Polizistin in Ausbildung?

Entschuldige meine Neugier, das ist bei mir immer so, wenn der Sommer kommt.

Liebe Grüße,

Paul

Ich sende die Mail ab, hole mir schnell meinen Kaffee, trage ihn im gleichen Armbeugewinkel wie Agent Gibbs und setze mich wieder vor den Laptop. Nur zehn Minuten später habe ich eine Antwort.

19.05. // 06:02

Hallo Paul,

Du bist Fan von *Navy CIS*? Ich auch! Ich liebe die Lebensfreude von Abby! Ist eine schöne Ironie, dass eine Frau, die einen Sarg als Bett hat, lebensfroh ist, oder? Am meisten mag ich allerdings Ziva David, das ist die taffeste Frau, die es gibt.

Apropos gefallen lassen. Verstehe ich das richtig? Dein bester Freund geht nach Bamberg zum Studieren, und er fragt dich nicht, ob Du ihm beim Umzug hilfst?

Das ist ja schon frech. Aber jetzt meldet er sich nicht einmal seit fünf Tagen, obwohl Du ihn »anfunkst«? Was heißt anfunken? Welche Kanäle? Wie oft? Entschuldige auch meine Neugier, aber so was kann ich nicht unbeantwortet im Raum stehen lassen.
Auch liebe Grüße,
RetroGirl_18

PS: Manchmal wäre ich froh, wenn ich im Krankenhaus arbeiten dürfte, aber ich bin lieber ehrlich zu Dir. Ich sitze im Callcenter und verkaufe den Leuten Lotterielose. Muss gleich los. Also tippe schnell!
PS2: Kannst Du mir mal eine Liste der Comics machen? Die nehme ich eventuell direkt, ohne eBay dazwischen; das spart Dir die Gebühren.
PS3: Was ist Deine Lieblingsfolge von *Navy CIS*?

Ich tippe schnell. Ich will, dass sie mir noch mal antwortet, vor allem, da sich nach dieser Mail auch noch ein bisschen Ziva David in ihr von mir vorgestelltes Aussehen mischt, neben Abby Sciuto, Pink und Lara Croft.

19.05. // 06:18

Hallo RetroGirl,
ich musste mich entscheiden: Bringe ich meinen Vater zum Flughafen oder fahre ich mit Benny nach Bamberg? Halb so wild. Ich habe Benny ein paarmal gemailt und aus dem Wald angerufen. Er wird sich

schon melden. Ich kann mir vorstellen, wie die Zeit rast, wenn man ein neues Leben anfängt. Da muss man sich erst mal einrichten.
Meine Lieblingsfolge ist Folge 64, *Der letzte Sonnenuntergang,* also *Bait,* falls Du auf Englisch guckst. Die, wo der Junge gezwungen wird, seine Mitschüler als Geiseln zu nehmen. Wo Gibbs zu ihm reingeht und Tony den Boss spielt. Mich fasziniert es, wie ruhig alle bleiben.
War das schnell genug getippt?
Fragt
Paul

Senden.
Kaffee.
Synchronisieren.

19.05. // 06:27

Hallo Paul,
die Folge ist herausragend, ja! Die Ruhe von Gibbs fasziniert mich auch, aber seine Ruhe bedeutet nicht, dass er sich irgendwas gefallen lässt. Denk mal an seine berühmten Regeln. Wie lautet die #11? Sie lautet: *Entschuldige Dich nicht, das ist ein Zeichen von Schwäche.* Und die #16 heißt: *Bringe keine Ausreden, sondern Ergebnisse.* Und was machst Du gerade?

Was ist denn das?

Mein Herz klopft plötzlich, als ich das lese, und bestimmt nicht vom vielen Kaffee. Es klopft, weil ich das Gefühl habe, dass sie mir gleich den Kopf waschen wird. Warum macht mich das nervös? Aber in der Tat. Sie wäscht mir den Kopf.

Du entschuldigst Benjamin und erfindest Ausreden dafür, warum es okay ist, dass er Dich verlassen hat. Denn das hat er, Paul! Wie lange wart ihr Freunde? Ich denke, sehr lange, oder? Lass mich raten. Ihr habt Euch fast jeden Tag gesehen? Ihr hattet viel gemeinsam? Und jetzt? Jetzt ist er weg und fängt »ein neues Leben« an? Das machen sie nämlich gerne, von jetzt auf gleich, »ein neues Leben« anfangen!!! Einfach so, als hätte es die gemeinsame Zeit nie gegeben. Als wäre sie nur eine Probe gewesen. Oder eine Serie, die vom Sender eingestellt wird. Und Du nimmst das einfach so hin und entschuldigst es auch noch??? Würde Gibbs das tun?

Tut mir leid, es geht mich ja nichts an. Aber ich muss das loswerden, sonst wäre unser Mailen nur Blabla und Blabla ist schon mein mieser Job und nicht meine schöne Post am PC.

Kopfschüttelnd,

RetroGirl_18

Ich stehe auf, öffne die Balkontür und puste die verbrauchte Luft meiner Lungen in den beginnenden Morgen. Ich fühle mich, als hätte dieses Mädchen mir den Boden unter den

Füßen weggezogen. Nein, das ist nicht richtig. Der Boden war schon weg. Der Scheißboden ist seit fünf Tagen verschwunden, und sie ist die Erste, die mir sagt: »Sieh hin und gib es zu! Er ist weg! Er ist einfach weg!« Abby-Pink-Ziva-Croft ist die Erste, die mich dazu bringt, das einfach mal so zu sagen. Es zu sehen, wie es ist. Die Erste. Ist ja auch keine Kunst, ist ja auch sonst keiner mehr da. Ich stapfe wieder in die Wohnung, wische ein paar dämliche DVDs vom Schreibtisch und tippe die ersten Buchstaben meiner Antwort, noch bevor die Hüllen auf dem Teppich aufschlagen.

19.05. // 07:04

Hallo RetroGirl,
Du hast recht. Er ist einfach weg. Weg! Seit sechs Jahren machen wir beide dreimal in der Woche etwas zusammen, und zwar immer das Gleiche. Willst Du wissen, was? Ich kann Dir eine Aufstellung machen, eine sorgsame Aufstellung, fast wie von Agent McGee.

Tag	**Disziplin**	**Spielstand**
Mittwoch	Laufen, Distanz 10 o. 20 km	78:78
Donnerstag	Schwimmen (50 Bahnen)	87:69
Samstag	Radrennen (35 km)	85:71

Zu erklären, wie die Punkte beim Spielstand sich zusammensetzen, führt jetzt zu weit, aber Du siehst, dass die Partien beim Laufen sogar unentschieden

stehen. Will er das dabei bewenden lassen? Er tut so, als sei das alles nichts gewesen. Von jetzt auf gleich!
Ich sage mir immer wieder: Es sind erst fünf Tage. Aber wir teilen seit Jahren unser Leben!
Du hast recht. Ich glaube, ich funke ihn noch mal etwas lauter an!
Paul

PS: Ich finde es gut, dass unser Mailen kein Blabla ist. Und ich finde es gut, dass Du unsere Mails »schöne Post« nennst.

Senden.
Kaffee.
Eine neue Mail an Benny beginnen.
Posteingangssignal.
Sie.

19.05. // 07:25

Paul, stopp!
Keine Mail an Benny schreiben! Denk an Gibbs! Du bettelst um Bennys Aufmerksamkeit. Das ist schwach. Du zeigst ihm damit, dass Du ihn dringender brauchst als er Dich. Selbst, wenn das stimmt, darfst Du das nicht so offen zeigen! Und Du zeigst es selbst dann, wenn Du ihn beschimpfst. Dann merkt er, dass er Dich verletzt hat und dass Dein Glück von ihm abhängt.
Glaub mir, Paul: Man darf sein Glück niemals von dem

Verhalten eines anderen abhängig machen! Und wenn es doch so weit gekommen ist, dann darf man es wenigstens nicht zeigen.
Hörst Du mich?
RetroGirl_18

19.05. // 07:32

Ich höre Dich.
Aber was kann ich sonst tun?

19.05. // 07:34

Zeig ihm, dass Du schon lange kannst, was er kann. Dass Du auch bereits Dein eigenes neues Leben lebst. Ein spektakuläres Leben. Ein besseres Leben sogar.

19.05. // 07:35

Aber wie?

19.05. // 07:45

Indirekt. Was weiß ich. Vielleicht machst Du einen Blog über Dein neues Dasein und den Link dazu sendest Du an Dein ganzes Adressbuch und somit auch an ihn. Dann ist er nur einer von vielen »undisclosed recipients«. Das schmerzt. Oder Du kündigst es auf Facebook an, falls Du weißt, dass er da draufguckt.

19.05. // 07:50

Du bist schon die Zweite innerhalb von vierundzwanzig Stunden, die mir sagt, ich soll einen Blog schreiben.

19.05. // 07:52

Gut. Auf eBay ist Dein Talent sowieso verschenkt. Aber die restlichen Sachen mache ruhig als Auktion fertig. Bis auf die Comics. Da schreibe mir bitte eine Liste.

Das ist eine gute Idee. Das aufblasbare Biertablett und die Playmobilfiguren haben bei mir sowieso verschissen, seit Benny unser gemeinsames Leben anscheinend für beendet erklärt hat. Ob es mir guttäte, sie zu verkaufen? Vielleicht. Und der Blog? Ich weiß es nicht.

19.05. // 07:59

Ich denk drüber nach. Über den Blog und die Männchen. Wenn ich Dir die Comics direkt verkaufen soll und Du die Playmobilmannschaft ebenfalls sowieso haben willst, wieso soll ich dann zu den Männchen überhaupt eine Auktion machen?

19.05. // 08:05

Weil ich unbedingt ihre Geschichte lesen will. Und denk an Gibbs. Zögern zählt nicht! Ach du Scheiße!

Acht Uhr durch??? Ich komme zu spät zur Arbeit. Wir lesen uns heute Abend, ja?
Bis dann,
RetroGirl

Ich tippe noch ein schnelles *Bis dann!* und lehne mich in den Stuhl zurück, als hätte ich Schwerstarbeit geleistet. Ich müsste mal eine Runde schlafen, eigentlich. Zwei Stunden, das muss reichen. Ich werde ihr die Comicliste schicken und die Playmobilfiguren einstellen, und zwar, bis sie nach Hause kommt. Ich tippe eine letzte Mail, bevor ich den Laptop ausschalte. Sie geht an Robin von *First Mover*. Ich frage ihn, wie man einen Blog macht. Wenn man das wollte. Theoretisch. Nur rein theoretisch. Dann falle ich aufs Bett und werde bewusstlos.

UNDISCLOSED RECIPIENTS

* * *

Die Versager-Elf

Wissen Sie noch, was Sie am 6. September 2003 gemacht haben? Ich schon. Ich saß mit meinem Vater, seinen Mitarbeitern und meinem Freund Benny vor einem Fernseher im Hof. Wir sahen uns das Spiel Deutschland gegen Island an. Qualifikation zur Europameisterschaft. Deutschland spielte miserabel und trotzte den Isländern ein mühseliges 0:0 ab. Kommentator Gerhard Delling nannte das Spiel daraufhin einen »neuen Tiefpunkt« in der Geschichte des Fußballs. Und dann geschah es. Im Interview-Sessel bei Waldemar Hartmann rastete Rudi Völler aus. Gefühlte zwei Stunden lang beschimpfte er in der Trainingsjacke den überforderten Moderator. »Du sitzt hier gemütlich im Sessel und hast schon dein drittes Weizenbier getrunken!« Erinnern Sie sich? Haben Sie die berühmten Sätze noch im Ohr? Sätze wie:

»Ich sitze hier seit drei Jahren und muss mir diesen Schwachsinn anhören.«

»Ich kann diesen Käse nicht mehr hören.«

»Es ist natürlich auch ein Gegner auf dem Platz.«

Die Männer konnten es nicht fassen. Katzen und Mäuse hielten im Existenzkampf inne und starrten auf den Bildschirm. Sogar die Pflanzen zerrten im Gewächshaus an den Wurzeln, um nach draußen an den Fernseher kommen zu können.

Mein Freund Benny und ich sammelten nach diesem Tag alle weißen Playmobilfiguren und bemalten sie mit den Nummern und Namen der schlechtesten deutschen Nationalmannschaft (siehe Artikelfoto). So wollten wir das Team festhalten, das bald auseinanderfallen würde. Das Team mit dem ehrlichsten Trainer aller Zeiten.

Diese Kollektion ist einmalig auf der ganzen Welt. So, wie Rudis Rede es war.

Viel Spaß beim Bieten!

* * *

So. Die ist drin. Ich lächele, als ich an diesen Abend denke. Es war kurz, bevor meine Mutter … Ich lenke mich schnell ab, klaube den MiniDisc-Player aus der Warteschlange und tippe hektisch eine weitere Auktionsgeschichte, um nicht daran denken zu müssen, was wenige Wochen nach Rudis Rede geschah.

* * *

Die Technik der Sieger

Wer hat eigentlich damit angefangen, alles für uns einfach zu machen?

Früher lasen wir Landkarten. Heute lenkt uns der Navigator.

Früher mussten wir bei Videospielen von vorne anfangen, wenn wir starben. Heute speichert die Software alle zwei Sekunden. So lernen wir aber nichts. Und wir sind niemals stolz auf uns. Weil wir den Weg nicht alleine finden. Wir starren auf das Navi anstatt auf die Straße und dann rammen wir eine Scheune.

Ein echter Mann mag es anstrengend.

Ein echter Mann will Herausforderungen.

So eine Herausforderung ist der **Sony MiniDisc-Player**, eine ausgestorbene Technik, verdrängt von iPod und MP3-Player. Nur die Besten sind in der Lage, Lieder auf diese Disketten aufzuspielen und dort anzuordnen. Die Steuerelemente am Player selbst sind so klein, dass eine normale Hand wie ein Schaufelbagger an den Schaltern und Knöpfen herumdrückt. Versucht man es über die Softwareschnittstelle, ist das Ende des Computers gekommen. Stürzt er nicht ab, versteht man die Benutzeroberfläche nicht. Nur die härtesten aller Männer wurschteln sich durch diese technologische Hölle. Schafft man es, klingt selbst ein Lied von Dieter Bohlen gut, bloß, weil man es auf das Gerät gekriegt hat. Nur wer durch die Wüste wandert, weiß ein einfaches Wasserloch zu schätzen. Der Rest schreit nach Coca Cola, startet sein iTunes und wird nie erleben, wie es ist, stolz auf sich zu sein, weil man sich anstrengen musste.

Sony MZ-G755 MiniDisc-Rekorder mit Longplay und Radio (FM und AM)

Aufnahme & Wiedergabe im Longplaymodus möglich

Antishock

Radiofunktion über mitgelieferte Kabelfernbedienung

Umfangreiche Edit- und Wiedergabefunktionen

Mikrofoneingang, Kopfhörerausgang, Analogausgang, optischer Digital- und Analogeingang

Batteriekapazitätsanzeiger, Tastensperre (Hold), Bassverstärkung (2 Stufen)

Im Lieferumfang enthalten sind:

MD-Player Sony MZ-G755 mit Tasche
Kabelfernbedienung mit Radio Digital Tuner FM und AM mit LCD Anzeiger
Kopfhörer
Netzteil
Anleitung

* * *

Ich kopiere die üblichen Geschäftsbedingungen unter den Text und speichere die Auktion. Ich kichere. Mein Mailprogramm zeigt einen Briefumschlag an. Robin von *First Mover* schreibt:

19.05. // 13:37

Hey Waldmeister!
Im Anhang findest du eine detaillierte Anleitung zum Bloggen bzw. zum Bedienen der Benutzeroberfläche Dashboard, wo du deine Artikel eingibst, falls du einen Wordpress-Blog haben willst. Wenn du magst, richte ich dir das Ding schon gebrauchsfertig ein und du kannst loslegen. Ich lege es dann auf unseren Server, wir haben einen eigenen, dann kostet dich das nichts. Ist das Mindeste, was ich für dich tun kann, nachdem du uns aus dem Dickicht des Waldes geführt hast. Was willst du denn so schreiben? Hast du schon was zum Lesen? Wäre da sehr neugierig …
Robin

Das ging schnell. Erst heute Morgen habe ich ihm geschrieben und jetzt – nach ein paar Stunden Schlaf und eBay – bekomme ich schon Antwort und eine Anleitung. Und das, obwohl ich den Mann kaum kenne und nicht jede Woche mit ihm Sportwettbewerbe bestreite. Ich kopiere die Texte über die Playmobilmännchen und den MiniDisc-Player in eine Mail und sende sie ihm mit dem Betreff *Leseproben*. Ich sollte mal was essen. Ich krame das Zeug aus dem Küchenschrank zusammen, schmiere, beiße, kehre an den Laptop zurück und habe schon Antwort von Robin. Der kann aber schnell lesen. Ich stelle den Teller ab.

19.05. // 14:40

Hallo Paul!
Das sind schöne Texte, ich musste ganz schön schmunzeln. Du hast einen guten Tonfall. Schön kurz und knackig. Den Ansatz beim MiniDisc-Player fand ich sehr lustig. Texte brauchen solche Pointen. Oder Thesen, wenn du so willst, also so was wie: »Echte Männer strengen sich gern an.« Aber für einen Blog, der knallen soll, ist das noch zu wenig. Und das ist schade, denn ich spüre dein Talent.
Blogs gibt es wie Sand am Meer, Paul, und damit einer, der an diesem Strand spaziert, anhält, muss das Sandkorn sich von den anderen abheben. Es muss eine andere Farbe haben. Es muss sich anders anfühlen.
Du brauchst einen Aufmacher. Ein blaues Sandkorn, groß wie eine Erbse. Etwas, das sofort jeder versteht und das die Leute auf Dauer interessiert. So was wie

»Ab heute laufe ich nur noch nackt rum!«, jetzt mal ganz doof gesagt. Und am besten nicht nur als Text, sondern direkt noch mit einem Video dazu, eingestellt auf YouTube und dann in den Blog eingebunden. Aber auch das muss irgendwie neu sein. Hast du da was?
Verstehst du mich, Paul?
Robin

Ich beiße von dem Nutellabrot ab und lehne mich in den Drehstuhl. Wer sagt denn, dass ich überhaupt will, dass mein Blog »knallt«? Und wieso sollte ich mir die Arbeit machen, mir blaue, erbsengroße Sandkörner auszudenken? Aber gut, dieser Robin schreibt, ich hätte Talent. Da kann man mal sehen. Benjamin geht ins Bermuda-Bamberg, um Literatur zu studieren, und der faule Paul bleibt einfach zu Hause und hat plötzlich Schriftstellertalent. Benjamin konnte meine Wohnung nie betreten, ohne mindestens einen Witz darüber zu machen, wie viele DVDs ich besitze und wie wenig ich angeblich lese. Er sagt dann Sachen wie: *Shakespeare, du weißt schon, das ist dieser Typ, in den sich Gwyneth Paltrow verliebt!* Dabei lese ich gar nicht so wenig, nur halt nicht so viel wie er. Es macht mir nichts aus, dass ich in unserer Freundschaft die Rolle des Kulturbanausen einnehme. Eigentlich. Ich frage mich, was er gerade macht. Was machst du gerade, Benjamin? Sitzt du mit deinen neuen WG-Freunden auf dem Flachdach in der Sonne und denkst über große Dichter nach? Robin Piller von *First Mover* sagt, ich hätte Schriftstellertalent. Ich surfe noch mal auf Robins Homepage und sehe mir seine Biografie an. Einflussreicher Trendforscher. Ehemals Redakteur und Mitarbeiter bei *Zeit, Stern, Neon* und *Impulse.* Er hat mehrere Bücher veröffentlicht, u. a. den Titel *So werden wir leben*. Ich klicke auf das Cover und werde zu Amazon geleitet. Das Buch hat siebenundachtzig Kundenrezensionen und eine Durchschnittsbewertung von viereinhalb Sternen. Der User *Seven Of Nine* schreibt:

> **Hohe Trefferquote**
> Die erste Auflage dieses Buches erschien vor fünf Jahren. Seither wird das Werk regelmäßig aktualisiert. Liest man die erste Fassung heute wieder, ist man erstaunt über die Trefferquote, die Piller als Trendforscher an den Tag legt. Im Internetbereich hat er gut vorhergesagt, welche Strömungen sich durchsetzen und welche wieder eingehen werden wie die Primeln. Man muss allerdings dazusagen, dass Piller als Medienmultiplikator mit seinen vielen Lesern und Followern im Netz selbst beeinflussen kann, was er prognostiziert. Was und wen er fördert, wird mit großer Wahrscheinlichkeit gelesen und angeklickt. Es ist ein bisschen so, als wenn einer zu den Reitern und Fußballspielern, auf die er wettet, zumindest, sagen wir, einen guten Draht hat. Trotzdem fünf Punkte.

Ich lasse diese Besprechung sacken und klicke auf *Synchronisieren*. Kann es Zufall sein, dass es ausgerechnet Robin war, dem ich aus dem Wald geholfen habe? Ich plane so was ja nicht. eBay bestätigt mir, dass meine Artikel nun eingestellt sind. Mein Provider teilt mir mit, dass sich zurzeit neunzig Mails in meinem Spamordner befinden. Ich will diese Nachricht gerade löschen, als mir ein Gedanke kommt. Er weht in diesen staubigen digitalen Mittag herein wie eine frische Brise. Für eine Sekunde kommt mir das ganze Getue vor dem Bildschirm affig und albern vor. Ich spüre den Boden unter meinen Turnschuhfüßen, das Wasser an meiner Haut und die Lenkergriffe in den Handflächen. Vielleicht *hat* Benny mir ja doch schon geschrieben! Vielleicht *habe* ich längst Post aus Bamberg und sie ist bloß im Spamfilter gelandet! So was passiert! Womöglich hat er direkt von einer neuen Uni-Adresse gemailt. Ich surfe zu meinem Anbieter und logge mich ein, um online den Müll zu durchwühlen. Jede Menge Porno, Viagra und afrikanische Konsulate, die angeblich drei Millionen Euro für mich haben. Aber da, auf Seite drei des Spamordners! Absender: *benny_black@freenet.de*! Eine Nachricht, gesendet von seiner ganz normalen Adresse!!! Betreff: *Posthorn aus Bamberg.* Gesendet vor drei Tagen! Eine Mail an … eine Mail an … ich glaub es nicht. Die Nutella verwandelt sich in meinem Magen in einen harten, schwarzen Teerklumpen. Dieses *Posthorn aus Bamberg* ist nicht gesendet an mich, sondern an *undisclosed recipients.* Eine Rundmail an sämtliche Bekannte, wahrscheinlich pauschal an sein ganzes Adressbuch.

16.05. // 19:25

Hallo zusammen!
Ich bin gut in Bamberg angekommen und lebe mich gerade ein. So eine Uni ist eine Welt für sich, rätselhafter als ein Labyrinth. Die Stadt ist toll und alt und würdevoll. Dieser Tage ist hier der Weltkulturerbelauf,

ein riesiger Volksmarathon zugunsten der Erhaltung
der Altstadt.
Ich hoffe, es geht euch allen gut.
Liebe Grüße,
der Neubayer
Benjamin

Ich lese die Mail sieben Mal. Hallo »zusammen«. Marathon fürs Volk. Jahrelang sind wir gemeinsam gelaufen, nur wir, bis in die letzte Woche hinein. Und jetzt bin ich ein Teil von »zusammen«, ein Haufen Daten in den »undisclosed recipients« und er läuft den Weltkulturerbelauf nebenher ohne mich mit. Ich schließe den Ordner, gehe in mein Mailprogramm und tippe:

Hallo Neubayer!
Es freut mich sehr, dass Dir Dein neues Lebensumfeld
so gut gefällt und Du nun endlich ein »würdevolles«
Leben gefunden hast, das Dir hier so lange abging.
Viel Spaß beim Volkslauf. Jetzt weiß ich auch, wofür
wir beide all die Jahre geübt haben. Es erfüllt mich mit
Freude, dass unsere Läufe zu etwas nütze waren.
Der Altrheinländer

Soll ich das absenden? Mein Finger ist auf der Taste. Ein Klick und die Mail wäre bei ihm. Ich muss daran denken, was RetroGirl gesagt hat. Es klingelt in meinen Ohren, so laut wie die Glocke des Kölner Doms. *Keine Mail an Benny schreiben! Denk an Gibbs! Du bettelst um Bennys Aufmerksamkeit. Das ist schwach. Du zeigst ihm damit, dass Du ihn dringender brauchst als er Dich. Selbst, wenn das stimmt, darfst Du das nicht so offen zeigen.*

Undisclosed recipients.

Der Arsch.

RetroGirl hat mir geraten, Benny anderweitig zu demonstrieren, dass auch ich schon jetzt mein eigenes Leben lebe. Robin hat mir geraten, meinen Blog mit einem großen Knall anzufangen. Robin sagt, ich hätte Talent. Von RetroGirl kenne ich bis heute nicht mal den Namen. Ich merke, dass mein Augenlid zuckt und mein rechtes Bein nervös auf und ab wippt. Ich kann das so nicht stehen lassen! Ich kann Benny aber auch nicht mailen. Gibbs würde das nicht tun. Ich atme heftig aus, stoße mich vom Schreibtisch ab, mache mir einen Kaffee und schreibe Trendforscher Robin.

19.05. // 15:20

Hallo Robin!
Kannst Du mir den Blog gebrauchsfertig einrichten?
Ich schreibe derweil den ersten Eintrag vor und mache einen Film dazu. Und glaub mir: Es wird knallen!
1000 Dank,
Dein
Waldmeister

Dann wollen wir doch mal sehen, wer hier spektakulärer in sein neues Leben startet, Herr Neubayer! Noch ist das Spiel nicht abgepfiffen. Ich lese noch einmal Benjamins Rundmail an alle im Spamfilter. Dann klicke ich auf den Button *Log Out*, um mich abzumelden, und schreibe eine Mail an RetroGirl, um ihr zu sagen, dass sie absolut richtiglag und dass ich mich nun erst mal um den Blog kümmern muss, wie sie es mir empfohlen hat. Sie dürfe gespannt sein. Und ehrlich, ich bin es auch.

26 TEILE

»Mann, hast du je was anderes gemacht, als Filme zu gucken?« Jörg streift vor meinen Regalen umher wie eine Katze vor der Terrassentür. Auf dem Boden neben dem Sessel stehen halb gepackte Versandkartons. Gelbe Päckchenaufkleber der Post liegen wie aufgefächerte Kartenspiele auf dem Teppich.

»Haha.«

»Ich denke, du treibst so viel Sport mit deinem Kumpel. Ich sehe euch doch immer rausfahren.«

»Er ist in Bamberg. Und die meisten DVDs habe ich gar nicht gesehen.«

»Warum verkaufst du das überhaupt?«, fragt mein Nachbar. »Das ist doch alles Arbeit.« Aber du, denke ich mir. Jahrelang hat er für seine Rosi gekocht und ihr Ausflüge organisiert. Erst seit sie weg ist, hat er den Müßiggang für sich entdeckt. Er trägt weiße Socken zur kurzen Khakihose und hat schon mittags ein Glas Whiskey Cola in der Hand. Ich habe ihn rübergeholt, weil er eine vernünftige Digitalkamera mit Stativ besitzt. »Ich hab gerade sonst nichts zu tun«, sage ich. »Außerdem macht es irgendwie Spaß.«

»Ich hatte mal einen Kollegen«, sagt Jörg und nippt an seinem Glas, »Rüdiger. Als seine Freundin ihn verließ und die Hälfte aus allen Regalen mitnahm, hat er angefangen, den Rest auch zu reduzieren. Er beschloss, fortan von jedem Medium nur noch exakt 26 Teile zu besitzen. Also 26 CDs, 26 DVDs,

26 Computerspiele, 26 Bücher. Käme jemals wieder ein neues dazu, müsste ein altes dafür weichen.«

»Warum 26?«, frage ich.

»Wegen des Alphabets.«

»Er hat die Sachen nach dem Alphabet übrig gelassen?«

»Genau. Ein Film mit A, ein Film mit B, ein Film mit C ...«

»Welchen Film hatte er mit Y?«, frage ich.

»*Young Guns.*«

»Und mit Q?«

»*Quatermain 2.*«

»Und welche CD?«

»Ja, Queen natürlich. Ich glaube, es war *Innuendo.*«

»Das Konzept gefällt mir«, sage ich. Es ist wie beim Zelten im Wald, wenn man genau überschauen kann, was man hat. »Komm«, sage ich, »hilf mir, den Kühlschrank auf die Straße zu tragen.« Ich stehe neben dem ausgeräumten Gerät bereit. Die Reste aus dem Tiefkühlfach und der Tür haben wir in Jörgs Wohnung verfrachtet. Er zuckt mit den Schultern und packt mit an. Unter großem Ächzen und Fluchen wuchten wir das Gerät vors Haus und stellen es ab. Es klemmt zwei kleinblättrige Zweige der Buchsbäumchen unter sich ein.

»Nur dass ich das richtig verstehe«, sagt Jörg, »wir drehen jetzt ein Video, wie du mir angeblich deinen Kühlschrank verkaufst?«

»Ja.«

»Und wir machen das, weil du bald einen Blog schreibst, in dem es darum geht, dass du alles ausmistest und dein Leben umkrempelst?«

»Kann man so sagen!«

»Dir ist aber schon klar, dass so ein Blog eine enorme Verpflichtung ist?« Ich sehe ihn an. Da steht er. Der Alan, der plötzlich ein Charlie ist, weiße Socken und ein Whiskeyglas. »Das Internet ist nicht wie die Regale von Rüdiger«, sagt Jörg. »Da ist nicht irgendwann Schluss. Das geht immer weiter und weiter und weiter. Du musst ständig nachliefern, wenn du die Leser halten willst. User sind unersättlich. Wie Frauen.« Er lacht. Dann klopft er auf den Kühlschrank, nimmt einen Schluck von seinem Whiskey Cola und sagt: »Weißt du was? Ich *kaufe* ihn!«

»Wen?«

»Na, den Kühlschrank!«

»Aber …«

»Wie, aber? Jetzt sag nicht, du willst ihn gar nicht verkaufen? Also auch nicht an jemand anderen?«

»Ich, also …« Das überrumpelt mich jetzt.

»Dann soll der Film nur ein Fake werden und der Blog auch? So ein geflunkertes Geschwader, wie es alle machen?« Dieser Satz beißt. Aber er hat recht. Robin hat gesagt, es soll knallen. Wie kann es knallen, wenn es eine Lüge ist? Ich sage, ehe ich es zu Ende gedacht habe: »Okay. Dann verkaufe ich ihn eben in echt. Aber was willst du damit? Du hast doch einen.«

»Sicher habe ich einen, aber den anderen stelle ich in den Keller, nur für Bier und Schnaps. Ich habe es dir doch gesagt, Paul. Ab jetzt wird alles anders! Ich werde mehr feiern. Das Leben ist zu kurz, um es mit Rucola zu bestreiten.«

Ach du Scheiße. Und ich dachte, er hätte sein Vorhaben längst vergessen.

»Bist immer herzlich eingeladen«, sagt Jörg und ich reibe mir die Schläfe.

»Okay«, sage ich, »danke. Lass uns schnell das Filmchen drehen.«

Unser »schnell« dauert über eine Stunde. Wir drehen Dialoge, die so gestelzt klingen, als ob kleine Mädchen *Vater-Mutter-Kind* spielen. Wir filmen Handschläge und Geldscheine. Es ist langweilig und lausig.

»Das ist doch alles Scheiße!«, sage ich, gehe zur Kamera auf dem Stativ und drücke auf Stopp. Jörg sieht mich betroffen an wie ein kleiner Junge, der Papa den Tag versaut hat. Dann drängt ein Grinsen seine Mundwinkel nach oben und kichernd beginnen seine Schultern zu beben. »In der Tat«, lacht er und beschaut die ganze Situation vor der Haustür mit einem Kopfschütteln, »es ist total Scheiße.« Wir stehen einen Moment ratlos herum, wie Jungs, denen auf dem Bolzplatz genau ein Mitspieler fehlt.

»Der Kühlschrank macht Pipi«, sagt Jörg und zeigt auf eine Lache Schmelzwasser, die sich auf dem Boden zu bilden beginnt. »Hast du den vorher nicht abgetaut?« Ich schüttele den Kopf und betrachte das Wasser, wie es sich langsam sammelt. »Ich weiß nicht, was ich in dem Film erzählen soll«, sage ich. »Ja, meine Güte, dann erzähl halt nix!«, sagt Jörg.

»Das wäre mal was Neues«, sage ich. »Ein YouTube-Video, in dem sieben Minuten lang wortlos auf der Straße ein Kühlschrank abtaut.« Jörg stiert in die Landschaft, weil ihm nicht klar ist, was ich gerade gesagt habe. Es dämmert ihm erst langsam, während bei mir der Groschen fällt. Oder besser: ins Rollen kommt wie ein mächtiger, alter Mühlstein. »Verflucht, Jörg. Das wäre *wirklich* was Neues! Die Leute warten und bleiben dran, weil sie denken, dass gleich jede Sekunde noch was passieren muss. Es passiert aber nix!« Ich kichere: »Nix! Bis zum Schluss!«

Wir sehen uns an.

Jörgs Gesicht gebiert ein breites Grinsen.

Dann drehen wir … nichts.

Eine Stunde später sitzen wir vor meinem Laptop und schnappen nach Luft, weil wir so lachen müssen. Wir haben tatsächlich einen Kühlschrank beim Abtauen gefilmt. In den sieben Minuten gibt es keine Musik, keinen Text, keine Moderation. Nur das Zwitschern von ein paar Amseln im Hintergrund und das leise »Plopp«, wenn hin und wieder ein Tropfen auf den Boden des Gefrierschranks fällt.

»Das könnte ich mir tausend Mal ansehen«, sagt Jörg und wischt sich eine Lachträne aus dem Augenwinkel.

»Das ist wahrscheinlich Kunst«, sage ich.

»Und du hast nicht so viel Arbeit beim Schneiden«, sagt Jörg. Er hat rote Wangen, da er schon seinen vierten Whiskey Cola getrunken hat. Meine sind rosa, denn ich hatte erst einen. Da ich sonst immer nur Bier trinke, hat der eine allerdings schon eine erstaunliche Wirkung. Außerdem habe ich die Cola weggelassen, denn Agent Gibbs trinkt seinen Whiskey zu Hause auch immer pur. »Weißt du was?«, sage ich und halte mich am Drehstuhl fest, auf dem Jörg vor meinem Laptop sitzt, »ich habe tatsächlich keinen Bock, auf ewig einen Blog zu machen.«

»Hab ich's mir doch gedacht. Dann löschen wir den Quatsch jetzt.«

»Finger von der Taste!«, sage ich und Jörg hebt die Hände. Ich lasse die Lehne los und gieße mir Whiskey in meinen Kaffeebecher nach. Agent Gibbs trinkt ihn in seinem Hobbykeller auch grundsätzlich aus der Tasse – oder aus dem Nagelglas. »Ich sagte, ich habe keinen Bock, *auf ewig* einen Blog zu machen«, erkläre ich ihm, »aber *anfangen* will ich damit schon. Weißt du, warum ich das will?«

Jörg schüttelt den Kopf. Ein Teil von mir will mich davon abhalten, meinem Nachbarn gegenüber so ehrlich zu sein, aber der Alkohol klopft mir auf die Schulter und sagt: *Komm schon, Paul, lass es raus, du willst es doch!* Also sage ich: »Ich will das machen, damit mein Kumpel in Bamberg sieht, dass ich ein neues Leben habe. Außerdem sagt Robin Piller, ich hätte Talent.«

»Wer ist Robin Piller?« Ich ignoriere Jörgs Frage, denn mein Kopf arbeitet. Warum soll ich es nicht einfach mit diesem absurden Film versuchen? Wenn's nichts wird, sollte es eben nicht sein. Es kommt, wie es kommt. Ich brauche dazu nur einen coolen Text. Aber wenn es funktioniert, wenn es »knallt«, dann wäre ich drin. Auf ewig?

»Warum hörst du nicht einfach irgendwann wieder auf?«, fragt Jörg und lallt ein wenig.

»Wie meinst du das?«, frage ich.

»Na ja«, sagt er, »wer sagt denn, dass so ein Blog immer unendlich sein *muss?* Ein Buch ist doch auch irgendwann zu Ende. Du fängst ihn an mit einem witzigen Text und unserem obskuren Kühlschrankfilm da, und dann kündigst du an, dass das Teil eins von, was weiß ich, hundert Teilen ist. Und dann ist aber auch Schluss.«

»Eine Begrenzung«, sage ich.

»Ja«, sagt Jörg. »Ich weiß ja nicht, was das da mit deinem Kumpel für eine Sache ist, aber wenn er den Wink bis dahin nicht kapiert hat, dann rafft er es doch eh nicht mehr, oder?« Es ist unglaublich klug, was mein angetrunkener Nachbar da sagt. Er rülpst und nimmt eine DVD in die Hand, die im Gewühle auf meinem Schreibtisch liegt und schon auf eBay in der Versteigerung ist. Es handelt sich um den Film *187*, in dem Samuel L. Jackson einen Lehrer im sozialen Brennpunkt spielt, der gegen seine ekligen Gangsta-Schüler selbst zur Waffe greift. Jörg lacht. »Bei so was hat mein Kollege Rüdiger lange überlegt, ob er den 26 Buchstaben des Alphabets noch die Zahlen von 1 bis 9 beifügen soll oder ob *One-Eight-Seven* zum Buchstaben *O* gehört.«

Ich lache. Dann geht mir inmitten der goldenen Dämmerung des Whiskeys ein Licht auf. »Das ist es!«, sage ich.

»Was?«, fragt Jörg.

»Der begrenzte Blog! Der Blog, der irgendwann endet! Ich mache bloß 26 Einträge. Einen für jeden Buchstaben des Alphabets!«

»Und der erste heißt *Abgetaut!*«, schießt Jörg heraus.

»Ja!«, jubele ich und halte ihm die Hand zum Einschlagen hin. Ein Film, in dem absolut nichts passiert. Ein Text dazu, der davon handelt, dass ich meine Wohnung ausmiste. Ein Blog, der, sobald er beginnt, schon ein Verfallsdatum hat. Wie meine Bude, die immer leerer wird. Entweder bin ich total naiv und neben der Spur oder aber mein betrunkener Nachbar und ich haben soeben am Strand das knallblau strahlende, erbsengroße Sandkorn gefunden.

Abgetaut

On. 20.05.2012 · Leave a Comment

Der Kühlschrank ist ein Arschloch.

Er weiß ganz genau, dass ich mit dem Gemüse nichts anfange. Dass nichts daraus wird. Keine Brokkolisuppe. Kein Möhrensalat. Er weiß sogar, dass ich die Kiwi nicht mag. Trotzdem gehe ich jedes Mal los und kaufe Brokkoli und Möhren. Und Kiwi. Lege sie in sein kaltes Maul und warte ab, bis er sie zermanscht hat. Bis sie faulen. Dann werfe ich sie weg, mit schlechtem Gewissen. Und er lacht.

Nachts ist sein Lachen ein Brummen. Der Kühlschrank rückt näher gegen die Wand. Der Kühlschrank presst sich an sie wie ein Spion, der um die Ecke späht. So kriegt er die Wand zum Vibrieren. Der Kühlschrank will, dass die ganze Wohnung dröhnt, damit ich schlecht schlafe und von Brokkoli träume.

Wenn der Kühlschrank kühlt, schmilzt dem Eisbär in der Arktis die Scholle unter den Füßen. Dem Kühlschrank ist das egal. Weil er ein Arschloch ist. Er schickt mich los, um Radieschen zu kaufen. Die saugt er dann aus, bis sie schrumpelig sind. Für nichts und wieder nichts. Der Kühlschrank ist Zyniker.

Wer ich bin?
Ich bin Paul.
Und ich habe heute meinen Kühlschrank verkauft.

Auch sonst verkaufe ich viel. Alles fliegt raus, raus, raus und landet in meinen Auktionsgeschichten auf eBay, die ich jeden Tag von 12 Uhr mittags bis 19 Uhr abends schreibe. Dann gehe ich in den Wald. Dort ist immer alles frisch, ohne Kühlung. Und essbar. Ich verbringe dort die Nacht und den nächsten Morgen. Meine Wohnung nutze ich nur noch, um den Ballast abzuwerfen, der sich in ihr angesammelt hat. Ich staune darüber, was der Mensch alles produziert, während dem Bär die Scholle schmilzt. Das sind die Top 5 der idiotischsten Dinge, die ich in meinem Haushalt gefunden habe:

5. *Mega Shark vs. Giant Octopus* (DVD)

Unfassbarer Trash über zwei gigantische Urzeitmonster, die aus Versehen in der Arktis aufgetaut werden. Lorenzo Lamas muss einen U-Boot-Captain spielen, weil ihm das Geld ausging. Das macht nichts, das kann jedem mal passieren. Auch Fußballstars landen im Alter in der Sechsten Liga. Nur, dass man als Zuschauer davon nichts mitbekommt und sich somit das Fremdschämen ersparen kann.

4. Fernbedienungskarussell

Ein Stahlgeflecht auf einem drehbaren Holzquadrat, in das man seine vielen Fernbedienungen reinstecken kann. Wie soll man das den Eisbären erklären? Unsere Urgroßväter hatten nicht mal einen Fernseher!

3. Rattenfilet in Dosen

Zwei Dosen Rattenfilet, natürlich nicht gefüllt mit Rattenfilet, sondern mit Gummibärchen, aber mit Rattenfilet-Etikett. Ein Scherzartikel, den ich mal zum Geburtstag bekam. Was habe ich gelacht.

2. Mickie Krause – Ok Folgendes. Meine größten Erfolge 2 (CD)

Ich habe absolut keine Ahnung, wie diese CD in meinen Haushalt gekommen ist, aber ich zitiere Lied #7, *Der Ober bricht:*

Der Ober bricht (jawohl),
der Ober bricht (jawohl),
denn er verträgt den Glühwein nicht.
Der Ober bricht (der Ober bricht),
der Ober bricht (der Ober bricht),
es fällt ihm so aus dem Gesicht.
Jetzt spuckt er in die Tüte,
oh Gott, du meine Güte.

Jetzt bläst er sie noch auf; es knallt.
Ich lauf und lauf und lauf.
Und die Scholle schmilzt weiter …

1. Das schwimmende Biertablett

Der mit Abstand unsinnigste Artikel, den ich beim Ausmisten finden konnte. Ein aufblasbares Biertablett für sechs Dosen. Säuft man schließlich tatsächlich sechs Bier, während man im Wasser ist, kann man sich auch gleich einen Betonblock um die Füße hängen.
Das waren meine Top 5.

Von diesen Blogs wird es insgesamt 26 Teile geben, einen pro Buchstaben des Alphabets. Dann ist Schluss. Ich fülle ihn nicht stumpfsinnig nach wie meinen Kühlschrank.

STILL. JETZT.

Es wirkt.

Der Film und der Text. Ohne den Film wäre es was anderes. Aber liest man, was ich geschrieben habe, während darüber bloß leise der Kühlschrank tropft, dann hat es was. Ich weiß nicht, was, aber es hat was. Es ist ein blaues Sandkorn. Ob es allerdings *so viel* hat, wie Robin in seiner Meldung über mich auf der Topseite von *First Mover* behauptet, das weiß ich nicht. Als ich ihm gestern das Video mit dem Kühlschrank schickte, flippte er völlig aus. Er rief mich sogar an, statt mir zu mailen.

»Diese Idee!«, johlte er. »Diese fantastische Idee! Ein begrenzter Blog! Nur 26 Teile! Und dein Tonfall, Paul, dein arschtrockener Tonfall. Aber vor allem dieser Film. Wie dreist das ist! Paul! Lass uns das ganz schnell an den Start bringen!« Er half mir bei offener Telefonleitung, endgültig alles einzurichten oder zu renovieren. Den Blog, den YouTube-Kanal, mein verwahrlostes Facebook-Profil. Ich machte und klickte, den plappernden Robin im Ohr, es war fast, als sei ich sein Praktikant und würde ihm ein neues Projekt einrichten. Den Blog nannte ich *Log Out!* nach dem Button, der mich neulich aus dem Spamordner holte, weg von Benjamins demütigender Rundmail an »alle«. Den Namen für die Filmreihe, die man sich auf YouTube schließlich auch ohne Blogtext darunter ansehen kann, erfand Robin. Er taufte sie *Still. Jetzt.* Da war er auch ganz aus dem Häuschen, als ihm das einfiel. »Das hat mindestens drei Bedeutungen«, erklärte er mir, »je nachdem, wie du es in deinem Kopf aussprichst. Sprichst du es langsam und nachdenklich, steht es für die Ruhe der Gegenwart.

Still.

Jetzt.

Sprichst du es laut und zusammen aus, ist es ein Befehl, den diese Filme in die hektische Welt brüllen, als Gegenentwurf zu dem ganzen Lärm und den schnellen Schnitten.

Still jetzt!!!

Und drittens heißt »still« ja auch Standbild. Und das macht man ja, wenn man sich das ansieht. Man guckt im Grunde sieben Minuten lang auf ein Standbild. Paul, das ist alles ganz großer Sport.«

Wie gesagt, ich weiß nicht, ob Robins Begeisterung derart gerechtfertigt ist oder nur von zu viel Kaffee und Red Bull herrührt, aber die Ankündigung, die er über mich verfasste, hat mir schon heute, am ersten Tag, 9 237 Leser auf meinen Blog gespült. Er hat sie überall verlinkt, auf allen Profilen, die *First Mover* betreibt. Und er hat angeblich seinen alten Kollegen vom Medienressort der *Zeit* und vom Magazin *Neon* Bescheid gesagt, mich ab sofort »in den Blick zu nehmen«. Er selbst beschrieb die Sache auf der *First-Mover*-Seite so:

> STILL. JETZT.
> Letzte Woche schrieben wir an dieser Stelle über den Trend zum handfesten Überleben in der Reality 2.0. Jetzt macht ein junger Mann damit ernst. Er wechselt aus der Wohnung in den Wald und dreht nebenbei Filme, an denen David Lynch und

Quentin Dupieux ihren Spaß hätten. Dazu reicht er Texte, so trocken und scharf wie Beef Jerky. Und er weiß jetzt schon: Er macht das nicht ewig. Paul Planbaum ist der Blogger der Stunde.

Wann sind Sie das letzte Mal querfeldein durch den Wald gelaufen? Als Kind? Als Junge? Ich versuchte es vor wenigen Tagen als Abkürzung nach einer Feier und verirrte mich mit dem Kollegen Guthmann gnadenlos. Und das, während ein Gewitter aufzog! Dann schälte sich zu unserem Schrecken ein junger Mann aus dem Boden, der sich vor dem Donnergrollen in einer professionellen Schutzkuhle in Sicherheit gebracht hatte. Er führte uns aus dem Wald, traumwandlerisch sicher. Zur blauen Stunde um drei Uhr nachts! So, wie unsereins blind durch das Dickicht der digitalen Verlinkungszweige findet, kannte dieser junge Mann im real life jeden Baum und jeden Zweig.

Der junge Mann heißt Paul Planbaum, und er macht, was wir alle gerne machen würden und uns einfach nicht trauen: Er macht weniger.

Aus seiner Wohnung wirft er jedes Teil, was der Mensch nicht braucht.
Aus seinem Blog *Log Out*! wirft er jedes Wort, das der Text nicht braucht.
Und aus seinen Filmen der Reihe *Still. Jetzt.* – das müssen Sie selber sehen!

Der Neunzehnjährige hat keine Ahnung davon, wie gut er ist.

Wie alle Guten.

»Ich miste doch nur aus«, sagt er und genau das tut er. Er mistet aus. Seine Wohnung und unsere Lese- und Sehgewohnheiten. Und da den jungen Überlebens-Künstler nichts so sehr anwidert wie Überfluss, hat er sogar in sein Projekt ein Verfallsdatum eingebaut. Genau 26 Folgen wird es geben, folgend den Buchstaben unseres Alphabets.

Dann ist Schluss.

Seien Sie dabei!

Als ich diesen Artikel das erste Mal las, musste ich nachschlagen, wer Quentin Dupieux ist. Er hat einen Horrorstreifen namens *Rubber* gedreht, in dem ein Autoreifen durch die Gegend rollt und Menschen umbringt. Sehr seltsames Zeug. David Lynch kenne ich, der ist auch seltsam, aber das passt schon besser, denn er lässt die Kamera häufig sehr lange ohne Schnitt auf einem Motiv stehen. Sein Film *The Straight Story* zeigt, wie ein Mann in Schrittgeschwindigkeit mit einem Trecker quer durch Amerika fährt. Trotzdem ist es mir ein wenig unangenehm, auf welche Art und Weise Robin mich hier als großen Künstler feiert. Andererseits stelle ich mir vor, wie Benny in Bamberg mit seinen neuen WG-Freunden abhängt. Er sitzt am Tisch und schreibt schnell eine Rundmail an »alle«; ein Mitstudent mit Hornbrille reicht ihm ein Bier und sagt: »Hey, Benjamin, hast du schon von dem Blogger der Stunde gehört? Diesem Künstler mit den Videos, in denen kein Wort gesprochen wird?

Ganz großer Sport.« Und dann schaut Benny nach und sieht, zu was Paul Planbaum imstande ist, wenn er sich nicht mehr dreimal in der Woche beim Sport verausgabt. Ob Benny den Blog schon bemerkt hat, weiß ich nicht. Das Video haben jedenfalls schon über 12 500 User gesehen, an einem einzigen Tag. Robins ruhmreiche Rede wirkt. Mein Facebook-Profil verzeichnet 107 Freunde. Vorher waren es zwei, Benny und Papa. An der Pinnwand und in meinem Blog stehen Kommentare. *Was ist das denn?*, schreibt Sushimob, und man weiß nicht, ob es ein Lob ist. *Gutes Motiv mit der Eisbärscholle*, lobt Nature Boy und fügt hinzu: *Und meinen Respekt für die radikale Umstellung deiner Lebensweise.* Ein gewisser Pitch Black postet als Kommentar zu Nature Boys Kommentar: *Das Eisbärbild hat Paul ironisch gemeint, du Hippie! Trotzdem cool, dass du Survival machst, Paul! Das Land hat keine echten Männer mehr.* Klickt man auf die Homepage, die Nature Boy für sich angibt, gelangt man zum Bundesverband der grünen Jugend. Der Link von Pitch Black führt zu einer Wehrsportgruppe. Ein User namens Brüllzeichen schreibt etwas, das ich nicht verstehe: *Der Kühlschrankfilm ist das beste Video seit Jahren. Es zeigt uns unsere Erwartungen und überrascht uns durch die Freude, die wir empfinden, wenn sie am Ende nicht erfüllt werden. Die Pointe ist, dass keine Pointe kommt. Damit entsteht Wahrheit, denn »Storys« sind am Ende immer Lügen.*

Ich reibe mir die Schläfen. Leute, lasst mal die Kirche im Dorf! Der einzig wichtige Kommentar zu meinem ersten Artikel steht nicht auf dem Blog oder im Profil, sondern in meinem Posteingang. Es ist eine Nachricht von RetroGirl und ich habe sie heute schon drei Mal gelesen.

20.05. // 18:35

Hallo Paul!
Ich hatte heute eine alte Dame am Telefon. Ich wusste schon, als sie den Hörer abnahm, dass sie keine Chance gegen mich hat. Ich wusste: Für die brauche ich nicht mal meine Dialog-Checkliste. Die liegt bei uns auf dem Tisch und enthält alle Argumente von Leuten, die versuchen, sich von uns nicht über den Tisch ziehen zu lassen. Wenn sie aber überhaupt mit uns reden, ist es sowieso zu spät. Wer sich auf eine Diskussion einlässt, verliert, weil er *keine* Anleitung auf dem Wohnzimmertisch liegen hat nach dem Motto: »Wenn er das sagt, sage ich das.«
Na jedenfalls, bei dieser alten Dame war klar, dass ich nicht mal meine Liste brauche. Sie wirkte fröhlich und naiv. Wie ein Kind, das die Welt noch staunend anguckt. Ich dürfte Dir das gar nicht schreiben, Paul. Würde mein Chef diese Mail sehen, wäre ich draußen. Aber ich muss das loswerden. Ich bekam neulich sowieso schon mächtig Ärger fürs Zuspätkommen. Egal. Diese alte Frau jedenfalls hat mir leidgetan, aber ich muss meinen Job machen und am Ende hatte ich ihr die Lotterielose aufgeschwatzt.

Ich werde nicht mehr oft so weich. Im Gegenteil, ich habe nach zehn Monaten in diesem Job manchmal sogar Spaß daran. Ich habe da jeden Tag Macht über Menschen. Man kann Leute total manipulieren. Nur

ein paar einfache psychologische Prinzipien und eine Checkliste und ich kriege sogar gestandene Männer herum. Aber diese alte Dame? Bei ihr hatte ich das Gefühl, dass ich ein kleines Kätzchen schlachte. Und dann? Dann komme ich nach Hause und lese den ersten Artikel in Deinem Blog und schaue diesen Film dazu und die Welt bekommt wieder Licht. Ich lache, aber ich lache nicht auf diese billige Art, wie bei Comedy im Fernsehen. Da hat man ja hinterher diesen Lachkater, dieses saure Aufstoßen, weil es so platt war. Bei Dir lache ich so, dass ich mich danach gut fühle. Ich meine, wie abgefahren ist das auch? Vor allem dieser Film! Ich habe ja wirklich gedacht, da passiert noch was, da springt gleich was aus dem Tiefkühlfach oder was weiß ich. Aber dann, irgendwann, nach 6 Minuten und 59 Sekunden, macht es noch ein letztes Mal »Plopp« und es ist Schluss. Dann sitzt man da und weiß gar nicht, ob man sich totlachen oder verarscht fühlen soll. Aber das ist gut so! Das ist viel besser, als wenn sie bei »lustigen« Serien die Lacher einspielen, damit wir auch wirklich an den richtigen Stellen lachen.
Aber das Beste ist, dass Du praktizierst, was Du predigst. Das tust Du doch, oder, Paul? Du gehst wirklich täglich in den Wald und löst gerade Deinen Krempel auf, oder? Bitte sag mir, dass das kein Fake ist!
Ich bin jedenfalls stolz auf Dich und ich freue mich auf die Buchstaben B bis Z. Wobei ich froh bin, dass es auch noch Deine eBay-Geschichten gibt. Und viel-

leicht eine Mail, hin und wieder? Ich brauche das als Trostpflaster an so einem Tag wie heute, an dem ich Kätzchen schlachte. Die Playmobilgeschichte fand ich großartig. Ich habe bereits geboten. Die Comicliste habe ich gelesen und sende sie Dir anbei mit gelben Markierungen zurück. Was markiert ist, möchte ich haben, und ich hoffe, die angebotenen 75 Euro sind okay für die 25 Hefte?

Jetzt muss ich erst mal was in die Mikrowelle schmeißen und die Scholle ein wenig schmelzen lassen. ☺

Ach ja, ich habe übrigens auch einen echten Namen. Ich denke, es wird Zeit, ihn Dir zu offenbaren, wo ich hier schon meine Seele ausschütte.

Alles Liebe,

Deine

Sonja

So. Jetzt habe ich diese Mail zum vierten Mal gelesen. Sonja. Seit ein paar Tagen kennen wir uns, und ich habe keine Scheu mehr, es »kennen« zu nennen. Was sie mir heute geschrieben hat, ist persönlicher als alles, was ich je von Benjamin erfuhr. Ich hab ihn gern, immer noch, denn wir teilen die Erinnerungen von 156 Radrennen, 156 Läufen und 156 mal 50, also, Augenblick, 7800 50-Meter-Bahnen im Schwimmbad. Und natürlich von unseren Reisen. Aber wir haben dabei meistens geschwiegen oder nur über die Sache selbst geredet. Vielleicht ist das so unter Männern, bei meinem Vater ist das nicht anders. Er hat immer etwas mit mir unternommen in der schlimmen Zeit. Ständig haben wir etwas *gemacht*, als verschwände der Schmerz, wenn man im Wald Pflanzen pflückt. Das tut er auch, für den Moment. Aber wird es still, kehrt er zurück wie das Brummen des Kühlschranks, das man erst hört, wenn man den DVD-Player ausgeschaltet hat. Ich habe den Kühlschrank verkauft, und schon ist da jemand, der *tatsächlich* mit mir redet. Ich schaue auf die Uhr. Zeit, in den Wald zu gehen. Zeit, Sonja nicht zu enttäuschen.

20.05. // 19:22

Hallo Sonja!
Der Abend naht, und es wird Zeit für mich, zu meinem Kauz zu gehen, damit Du bald etwas Neues zu lesen bekommst. Womit schon Deine Frage beantwortet wäre: Ja, ich mache das tatsächlich! Ich lebe im Wald, ab sofort, von abends bis mittags. Meine Wohnung behalte ich natürlich, aber es steht kein Kühlschrank mehr darin. Mal schauen, was damit passiert, vielleicht werden die zwei Zimmer so karg wie ein Kloster und nur der kleine Fernseher bleibt, ohne Anschluss, nur mit dem DVD-Player dran, für *Navy CIS*. Das würdest Du verstehen, oder?
Ich danke Dir für Dein Vertrauen in Deiner Mail, aber ich weiß nicht genau, was ich Dir zum Trost sagen soll. Vielleicht stellst Du Dir einfach vor, diese alte Dame am Telefon war gar kein Kätzchen, sondern in Wirklichkeit eine als Kätzchen getarnte böse Schwiegermutter, die nur immer so lieb tut. Hundertprozentig kannst Du es schließlich nicht wissen, oder? Also nimm das eine

Prozent Wahrscheinlichkeit, dass sie ein schlechter Mensch sein könnte, und halt Dich an ihr fest. Warum machst Du keinen anderen Job? Du bist doch jung!

Die Comics packe ich Dir ein und den Trolley dann wohl auch, es sieht ja alles danach aus, dass Du die Auktion gewinnst.
Ich muss los, aber ich schreibe mehr. Versprochen!
Dein
Paul

Ich versende die Mail, frage mich, ob sie nicht zu kurz war, und packe den Karton mit den Comics, um ihn zur Post zu bringen, bevor ich in den Wald gehe. Sonja hat alle obskuren Titel gekauft, die ich sonst niemals losgeworden wäre und von denen ich auch nicht weiß, wie sie jemals in meinen Bestand gekommen sind. Taschenbücher von *Wastl* oder *Die Rächer* und Hefte von den *Profi-Stars* oder *Micky Maus*, alles unsortiert gesammelt ohne Sinn und Verstand. Ich lege die Hefte sorgfältig in den Karton und packe in einer kleinen Schachtel Pfefferminztaler, Schokonüsse und Schaumgummimäuse dazu. Bei der Post kaufe ich eine Postkarte, auf der eine Katze einem Schäferhund das Futter aus dem Napf frisst. Darunter steht: *Das Leben ist hart, aber ungerecht.* Ich lege sie in den Karton und schreibe darauf: *Liebe Sonja! Zu den Comics noch ein wenig Nervennahrung für Deine harten Tage im Callcenter. Ich denk an Dich. Paul.*

Als ich den Karton zuklebe, kommt mir kurz in den Sinn, dass ich noch niemals auf diese Weise an ein Mädchen gedacht habe, wenn ich was mit ihr hatte. Mit Sonja hatte ich nicht mal was. Sonja ist bloß Text. Ich lächele, bezahle das Porto, verabschiede mich und gehe in den Wald.

DAS ESSEN HAT SCHLECHTEN GESCHMACK

Der zweite Eintrag in meinem Blog handelt vom Feuermachen ohne mitgebrachte Hilfsmittel. Den Film dazu drehe ich im Wald, das erste Mal mit meiner eigenen Kamera, gekauft von den Einnahmen des Ausmistens. *Krempel zu Kamera*, würde Gerhard Winckler sagen. Das Video zeigt erneut nur eine einzige Einstellung, klar und idyllisch. Eine Holzscheibe mit Zundermaterial darauf, auf der zwei Hände ein Stöckchen reiben. Sieben Minuten ohne Worte und Musik, nur das Kratzen von Holz auf Holz und das leise Rascheln der Baumwipfel im Hintergrund. Sieben Minuten, für die ich 280 Minuten Rohmaterial aufnehmen musste! Da ich nie wusste, wann mein Material endlich Feuer fangen würde, ließ ich die Kamera ständig mitlaufen. Das Vierzigfache des Films musste ich aufzeichnen, bis es endlich funktionierte! Ich habe dieses Material in einem Ordner namens *Outtakes* auf meiner Festplatte gespeichert. Niemand wird es jemals zu Gesicht bekommen. Was die Leute in *Jetzt. Still.*, Folge 2 von 26 sehen, ist der eine Moment, in dem der Funke überspringt. Und was sie lesen, ist ein Text über das Feuer.

Brennbar

On. 22.05.2012 · Leave a Comment

Das Feuer ist ein Arschloch.

Es überfällt einen, wenn man es nicht erwartet. Es kommt mit der Wucht von 2500 Atzen bei einer versehentlich ausgerufenen Facebook-Party. »Hab dich nicht so«, sagt es, während die Atzen alles in Schutt und vor allem in Asche legen – »die haben halt ein hitziges Gemüt.« Es kann einem das Leben in Minuten versauen. Aber wenn man es braucht, ist es nicht da. Dann versteckt es sich in Hölzern und Nadeln. Dann lugt es aus Astlöchern. Dann beobachtet es einen, wie man stundenlang durch den Wald streift, um es anzulocken.

In der Zivilisation ist es leicht zu kriegen. »Hast du mal Feuer?« ist eine normale Frage in einer Stadt des 21. Jahrhunderts. In der Steinzeit hätten sie einen dafür wegen Lästerung der Götter mit dem Knüppel erschlagen. Braucht man hier im Wald Flammen und Wärme und ist nicht entsprechend ausgerüstet, hat das Feuer Spaß in den Backen. Es spielt Verstecken mit einem wie ein bösartiger kleiner Junge.

Das Feuer weiß, dass man drei Bestandteile braucht. Eine Holzplatte und einen Reibestab, um es anzulocken. Zunder, um es zum Tanzen zu bringen. Brennmaterial, um es bei sich zu halten. Das Feuer glaubt nicht, dass man dafür die Geduld aufbringt. Es traut einem nichts zu. Das Feuer ist eitel.

Das Feuer lacht mich aus, als ich durch den Wald laufe und die Zutaten suche.
Ein flaches Stück Holz als Grundplatte. Einen stabilen Zweig als Reibestab. Tote Äste als Brennmaterial, abgebrochen von Bäumen selbst, da alles, was auf der Erde liegt, Wasser zieht. Als Zunder trockene Nadeln und Birkenrinde wegen der weißen Schuppen. Holzmehl aus Bohrlöchern von Insekten. Daunen, die trottelige Vögel irgendwo verloren haben. Das Feuer weiß, dass dieses Zeug überall verteilt liegt. Nicht bequem rund um mein Lager, sondern kreuz und quer im Gelände. Wie bei einem Computerspiel: *Hole Birkenrinde im Osten des Waldes. Hole Holzmehl im Süden.* Das Feuer weiß: Selbst, wenn ich alles habe, heißt das noch lange nicht, dass es klappt.

Zum Schluss hocke ich da und alles ist bereit. Und das Feuer denkt: Er vergisst es. Der faule Paul vergisst es. Er wird den Fehler machen, den sie alle immer wieder begehen. Das Holz seines Reibestabs wird genauso hart sein wie das Holz seiner Grundplatte. Stundenlang wird er reiben und fluchen und das physikalische Gesetz vergessen: weich auf hart. Nur wenn der Stab weicher ist als die Platte, reibt er sich zu Sägemehl auf. Nur dann verliert das Mehl seine Feuchtigkeit, speichert Reibungswärme, kokelt an und glüht. Das wird er vergessen, denkt sich das Feuer, aber es juckt sich schon, weil irgendwas passiert. Ihm wird ganz blümerant, dem arroganten Feuer, und dann kapiert es, dass ich weiß, was ich tue. Weich auf hart. Ich reibe und reibe und reibe und schließlich kann das Feuer nicht anders. Es springt aus seinem Versteck in den Zunder. Einmal drin, frisst es ihn gierig auf und ruft seine Kumpels von der Facebook-Einladung. Die Flammen lodern. Doch heute Nacht sind es nur wenige, und sie verwüsten nichts, weil ich die Sache im Griff habe.

Den Blog über das Feuer habe ich vor ein paar Tagen geschrieben. Gestern habe ich die dritte Folge eingestellt, sie heißt *Camping* und zeigt, wie ich aus eingekerbten und ineinandergesteckten Ästen eine Behelfsunterkunft baue. Ich habe nur die letzten sieben Minuten gefilmt. Man sieht, wie die finalen Äste zueinanderfinden und die Hütte ein Dach aus Laub und Tannenbaumzweigen bekommt. Erneut alles ohne Schnitt, ohne Musik, ohne Text und ohne die Kamera von der Stelle zu nehmen.

Heute habe ich keine Zeit, denn die *Zeit* ist da. Ein Redakteur aus dem Online-Ressort und sein Fotograf. Sie sitzen in meinem Waldlager und befragen mich. Robin hat seinen ehemaligen Journalistenkollegen empfohlen, mich in den Blick zu nehmen. Das weiß ich. Aber dass Mitarbeiter einer so wichtigen Zeitung hier mit mir unter dem Baumloch des Kauzes sitzen, erstaunt mich schon, auch wenn sie »nur« für die Internetseite arbeiten. *Online ist heute sogar wichtiger als die gedruckte Aus-*

gabe, hat Robin mir gemailt. *Eine Zeitung mit Ansehen UND davon dann die Netzversion: Das ist das Nonplusultra! Das Thema steht im Raum und ist geadelt. Ist das Interview einmal online, löst es weitere aus.* So schwärmte Robin, dabei weiß ich nicht mal, ob ich was auslösen will. Der Redakteur amüsiert sich jedenfalls bei mir. Er schüttelt sich vor Lachen. Zwischendurch zwinkert er mir zu, als würde ich alles ironisch meinen und wir beide verstünden schon, was ich für ein Spielchen treibe. Ich treibe aber gar kein Spielchen. Im Gegenteil. Ich beantworte die Fragen einfach nur ehrlich.

ZEIT ONLINE // 30.05.

»Die Frage verstehe ich nicht.«

Paul Planbaum ist das neue Internetphänomen der Stunde. Der Blogger und Filmemacher setzt konsequent auf neue Einfachheit. Selbst im Gespräch.

ZEIT ONLINE: Sie bloggen über das Leben ohne Luxushilfsmittel. Ihre Videos haben keinen einzigen Schnitt und schon jetzt über 50 000 Klicks auf YouTube. Da steckt doch ein Plan dahinter.
Paul Planbaum: Ich plane nie.
ZEIT ONLINE: Paul Planbaum plant nie?
Paul Planbaum: Nein. Grundsätzlich nicht.
ZEIT ONLINE: Wie kann es dann sein, dass Ihre Videos jetzt schon Thema auf Kunst- und Filmwebseiten sind?

Paul Planbaum: Keine Ahnung.

ZEIT ONLINE: Kommen Sie. Wer so einem radikalen ästhetischen Prinzip folgt, hat doch seine Beweggründe.

Paul Planbaum: Habe ich auch. Ich muss keine aufwendige Schnittsoftware lernen.

ZEIT ONLINE: Dafür verwenden Sie viel Sorgfalt auf Einstellung und Perspektive.

Paul Planbaum: Die Kamera muss richtig stehen, ja.

ZEIT ONLINE: Und da liegt die Parallele zwischen Form und Inhalt? In der stillen Aussage: Fuchtelt nicht blindwütig herum, sondern überlegt euch in Ruhe, was ihr machen wollt? So, wie das Holzsammeln für ein Feuer auch länger dauert als das Anfachen selbst?

Paul Planbaum: Die Frage verstehe ich nicht.

ZEIT ONLINE: Ihr neuer Beitrag *Camping* beginnt mit dem Satz: *Das Haus ist ein Arschloch.*

Paul Planbaum: Es will ständig was von einem. Es treibt seine Bewohner in den Wahnsinn, weil es nie perfekt ist. Früher half ich meinem Vater dabei, Gärten zu restaurieren. Da machen sie aus einer Wiese einen Rasen. Auf der Wiese kam es auf einen Löwenzahn mehr oder weniger nicht an. Sobald die Wiese ein Rasen ist, werden die Leute schon hysterisch, wenn ein Gänseblümchen seinen Hals aus den Halmen streckt.

ZEIT ONLINE: Dann also lieber ein Unterstand im Wald?

Paul Planbaum: Der Wald sieht immer gut aus, selbst wenn man nichts daran macht. Die Hütte gibt einem das tolle Gefühl, sie mit den eigenen Händen gebaut zu haben. Das schafft beim Haus keiner mehr.

ZEIT ONLINE: Ihre Texte sind so schlicht gebaut wie eine Behelfsunterkunft.

Paul Planbaum: Also, ich weiß nicht …

ZEIT ONLINE: Das ist ein Kompliment.

Paul Planbaum: Tatsächlich?

ZEIT ONLINE: Ja.

Paul Planbaum: Na, dann.

ZEIT ONLINE: Ist diese klare, lakonische Prosa von der jungen Literatur der Jahrtausendwende beeinflusst? So nach dem Motto: Waldhaus, später?

Paul Planbaum: Jetzt verstehe ich schon wieder nicht, was Sie sagen. Meine Texte sind beeinflusst davon, dass ich in wenigen Sätzen fertig werden will.

Ein Interview in der *Zeit*. Eigentlich müsste Benjamin das lesen als Literat und Germanist. Robin schreibt mir schon wieder Lobeshymnen, wie »virtuos« ich mit dem Gespräch umgegangen sei. Mein Nachbar Jörg kommt fast täglich in seinem Charlie-Harper-Outfit mit zwei Gläsern und einer Flasche in der Hand vorbei, um auf den Erfolg meines Projektes anzustoßen. In der Zwischenzeit ließ er zwei Partys steigen. Ich konnte sie guten Gewissens meiden, weil ich um diese Zeit im Wald weile. Eines Mittags stellte er die Musik nach dem Aufstehen wieder genauso laut an, wie sie am Abend zuvor bei der Feier gewesen sein musste. Ich ging rüber, klopfte gegen die Tür und rief: »Der Künstler muss hier schreiben!« Daraufhin lachte er und stellte sie leiser. Auf seinem Facebook-Profil schwärmt er über *Log Out!* und *Still. Jetzt.* und empfiehlt mich allen seinen Kontakten. Das werden immer mehr, seit Rosi weg ist und er seinen Status auf »Single« geändert hat. Irgendwelche Webseiten über Film und Kunst verlinken meinen Blog oder leiten das Interview aus *Zeit Online* weiter. Der Freundespegel steigt. 1127 sind es bereits. Mein Blog wurde über 100 000 Mal angeklickt und die Videos auf YouTube haben noch mehr Leute gesehen. Wenn ich bedenke, dass Bands wie die Arctic Monkeys oder Kasabian, die ich überaus mittelmäßig finde, schon mehrere Millionen Klicks haben, haut mich das nicht vom Hocker, aber Robin meint, diese Zahlen wären »sensationell« für einen Web-2.0-Newcomer. Ich kann das nicht beurteilen. Diese Welt war mir bis vor Kurzem scheißegal. Da ging ich lieber laufen und aß danach Pizza. Seit der Abschaffung meines Kühlschranks esse ich tatsächlich nur noch das, was ich im Wald finde. Weil meine Leser das glauben und das mein Image ist. Ich will sie nicht bescheißen. Ich will mich nicht bescheißen. Es klappte auch bisher ganz gut mit dem ganzen Grünzeug, aber jetzt muss ich einen Schritt nach vorne machen. Dieser Schritt ist mir nicht ganz neu, denn selbst das hat mir mein Vater damals beigebracht. Es ist ein kleiner Schritt für mich, aber ein großer Schritt für die Menschen vor den Monitoren und die Journalisten, die mich »im Blick behalten«, weil andere Journalisten das sagen.

Delikatessen

On. 01.06.2012 · Leave a Comment

Das Essen ist ein Arschloch.

Jeder Gebrauchtwagenverkäufer ist vertrauenswürdiger. Es gibt Hühnersuppe mit 0,1 % Huhn drin. Die nehmen sich *ein* Huhn und verteilen es auf 10 000 Suppentüten. Das ist doch grausam. Im finsteren Mittelalter wurden die Leute gevierteilt. In der Moderne werden die Hühner gezehntausendteilt.

Das Essen hat einen schlechten Geschmack, denn es hört deutschen Schlager. Deswegen kaufte ich es früher auch beim Türken. Da hört es osmanischen Schlager. Einmal war ich beim Deutschen. Und was lief da? *Ich bin Rewe, und Rewe bist auch du!* Eine Melodie wie Zuckerwatte. Ich kaufte eine halbe Stunde ein. Währenddessen lief *Ich bin Rewe, und Rewe bist auch du!* ganze sieben Mal hintereinander. Als *Ich bin Rewe, und Rewe bist auch du!* das achte Mal startete, nahm ich mir eine Zuckerrübe und zog los, um den Filialleiter niederzuschlagen.

Im Wald gibt's keine Schlager. Hier singen nur die Vögel und sie singen nicht *Wir sind Mischwald, und Mischwald bist auch du!*. Im Wald gibt's auch kein Essen, sondern Nahrung. Nahrung nimmt man zu sich, um sich zu nähren. Das ist mit dem Essen anders. Kein

Mensch mampft ein 10 000stel Hühnchen, um sich zu nähren. Das muss andere Gründe haben.

Die essbaren Pflanzen im Wald sind u. a. Brennnessel, Klee, Vogelmiere, Wiesenschaumkraut oder Nachtkerze. Wurzeln haben mehr Biss und enthalten viel Energie. Aus den Rhizomen der Distel wird nicht umsonst Speiseöl gemacht. Man kann sogar Blätter essen, von der Linde zum Beispiel. Farne auch, da isst man gleich die unterirdische Knolle mit. Haselnüsse und Walnüsse je nach Jahreszeit. Brombeeren, Himbeeren, Walderdbeeren. Eine Erdbeere teilen sie in der Stadt auf 90 Erdbeerjoghurts auf. Hier im Wald beträgt der Erdbeeranteil der Erdbeere 100 %. Das muss man sich mal vorstellen. Ein Essenshersteller fände die Natur ineffizient.

Im Supermarkt kann man nicht erkennen, ob man an der Pflanze stirbt. Sie kann EHEC oder Salmonellen haben.

Im Wald achtet man auf Folgendes:

- Liegen tote Insekten unter der Pflanze?
- Stinkt die Pflanze widerlich, wenn man sie zwischen den Fingern zerreibt?
- Ist die Haut gereizt, nachdem man ein Stück darauf zerrieben hat?

Man kann nicht nur von Pflanzen leben. Man braucht Proteine. In der Stadt kommt das alte Arschloch Essen um die Ecke und reicht uns Wurst. Da steht dann *Delikatess* auf der Folie. Delikatess-Salami. Delikatess-Geflügelwurst. Irgendwo bei Florenz wird ein Huhn angefahren, eine Feder wird vom Wind in die Luft getrieben und nach Rügenwald verweht. Dort wird die Feder in 10 000 Stücke geraspelt und bildet schließlich den Huhnanteil in der Delikatesswurst.

Der Madenanteil in der Made beträgt 100 %. Der Wurmanteil im Wurm um die 50, je nachdem, wie viel Erde er gefressen hat. Diese Tiere sind leicht zu finden und echte Energiebomben. Die Vögel fressen sie nicht umsonst täglich. Und den Vögeln kann man vertrauen. Sie singen *tschiwitt tschiwitt* statt *Ich bin Rewe, und Rewe bist auch du!*. Das spricht für ihre Intelligenz.

Im Supermarkt kann man nicht erkennen, ob man an einem Tier stirbt. Es kann Vogelgrippe oder Rinderwahnsinn haben.

Im Wald achtet man auf Folgendes:

- Iss nichts, was zu langsam ist, um weglaufen zu können (außer Kröten und Nacktschnecken).
- Iss keine Raupe, die Haare hat.
- Iss keine Insekten mit Flügeln, die zu Pulver zerfallen.

- Iss keine Käfer (außer Kakerlaken).
- Iss kein Tier, das rot ist.

Wenn man Würmer und Maden direkt in den Mund steckt, schmecken sie nicht wie Smarties. Das spricht für ihre Natürlichkeit. Ich zerstampfe sie und koche sie in einer Art Suppe aus Quecken, Baumflechte (die ich über Nacht eingelegt habe, um ihr die Bitterkeit zu entziehen) und meinen geliebten Brennnesseln. Das Ergebnis ist Nahrung, kein Essen. Dafür ist es ehrlich, ehrlicher noch als der Gebrauchtwagenverkäufer.

Ich lade den Film zu dem Beitrag hoch. Sieben Minuten Suppenherstellung inklusive Würmern und Maden, die Kamera von oben in den Topf gerichtet. Ich verbinde den Film mit dem Blog. Ich schreibe eine Meldung auf Facebook. Ich bekomme Routine in diesen Abläufen und ich mag Routine, denn Routine ist Gewohnheit und Gewohnheit ist das Gegenteil von Plänen. Hinter mir in meiner Wohnung stehen fertig geschnürte Pakete mit Waren, die ich weiterhin auf eBay verkaufe, zu immer höheren Preisen. Das DVD-Regal ist auf seine Essenz zusammengeschrumpft. Gleich, wenn alles erledigt ist, muss ich wieder in den Wald. Aber bevor ich das tue, schreibe ich Sonja. Die Mail an sie ist der Höhepunkt meines Nachmittagsaufenthalts in der Wohnung. Alles, was ich blogge, scheint mir nur wie eine Vorbereitung auf diese Post. Gleich muss ich wieder in den Wald. Warum kommt in dem Satz plötzlich ein »muss« vor? Ich blättere durch die Mails von Sonja, um mich daran zu erinnern, wofür ich das eigentlich alles mache.

31.05. // 19:18

Lieber Paul!
Was Du da tust und wie Du es tust, das macht Spaß! Nein, anders. Es macht Freude. »Spaß« ist das, was wir hier bei der Arbeit haben sollen. Habt gefälligst Spaß, sagt mein Chef, und wenn einer Geburtstag hat, schleppt er Limonadenbier an. Spaß ist nicht Freude. Freude geht tiefer.
Dein Interview mit der Zeit – unglaublich! ☺ Ich kann jetzt damit angeben, jemanden zu kennen, der schon in einer großen Zeitung war! Alles, was Du von Dir gibst, macht Freude, Paul, und das ist was Besonderes. Deswegen feiern Dich die Leute im Netz, jeden Tag mehr. Weißt Du, weswegen man mich in der Firma feierte? Weil ich sieben Abschlüsse gemacht habe. Das ist viel für halbtags. Sonst kriegt man von zwanzig Leuten einen rum. Meine Leistung bestand also darin, sieben unschuldigen Menschen ihre Kontonummer zu entlocken, damit die Firma Monat für Monat bei ihnen abbuchen kann. Toll, oder?
Wir sitzen vor einem Spiegel, Paul. Wir beobachten uns selber beim Telefonieren in den Kabinen, damit wir nicht vergessen zu lächeln. Unten auf dem Spiegel steht: »Du bist einmalig!« Jedes Mal, wenn ich das lese, schäme ich mich zu Tode. Es sind noch 99 andere Leute im Raum einmalig. Wir hocken nebeneinander wie die Hühner in der Legebatterie. Der Lärm ist unbeschreiblich.

Dann komme ich nach Hause, setze mich an den PC und lese Deinen Blog. Schaue Deine Filme. Komme zur Ruhe. Ich habe mir diese stillen Standbilder schon mindestens zehn Mal angeschaut. Ich kann das selbst nicht glauben. Ich sitze da und gucke sieben Minuten lang zu, wie Du in aller Ruhe Dein Stöckchen reibst, bis es endlich feuert. *lol*
Im professionellen Fernsehen würden in sieben Minuten mindestens zehn aktuelle Hits angespielt. Und dann, kurz vor dem Höhepunkt, gäbe es ein feierliches Lied von Coldplay. Aber bei Dir? Sieben Minuten Stille! Nur Tropfen, Reiben, Rascheln. Oh Paul, weißt Du, wie gerne ich einmal das hätte, was Du hast, selbst wenn es mühsam sein mag? Sieben Minuten Stille? In meiner Quasselbude, dem Callcenter?
Du bist kompromisslos – als Überlebenskünstler und als Filmkünstler. Du lebst für mich, was ich nicht leben kann, und ich danke Dir dafür! Was Du da machst, das ist das Wahre und Reine. Oh Gott, das klingt jetzt sicher übertrieben, was? Aber es ist so. Du scherst dich um keine Erwartungen.
Vormittags muss ich Menschen Mist andrehen, an den ich nicht glaube, aber abends nehme ich mir die Zeit und empfehle Deinen Blog allen ganz freiwillig. Abends mache ich für Dich in einer Stunde hundert Abschlüsse. Und fühle mich gut dabei.
Mach's gut, mein Tagesretter!
Deine
Sonja

Ich seufze, als ich das lese. Was ist das? Was bewirkt dieses Mädchen bei mir? Ich höre sie sprechen, wenn ich ihre Mails lese, und stelle mir vor, wie sie sich eine Strähne aus dem Gesicht streift und auf der Unterlippe knabbert, bevor sie weitertippt. Sie ist so jung wie ich und im Grunde viel mehr eine Survival-Künstlerin. Sie ging von zu Hause weg, als sie achtzehn wurde, an ihrem Geburtstag, so viel weiß ich schon. Warum, das hat sie mir noch nicht geschrieben. Sie muss selbst wissen, ob und wann sie das erzählen will. Jedenfalls bezahlt sie ihre Wohnung selber, nicht wie ich, der alles Papa zahlen lässt. Ich bewundere sie und will sie zum Lachen bringen, wenn sie heimkommt. Sie ist immer in meinem Kopf. Dabei ist sie doch nur Text.

Ich klicke auf *Neue Nachricht erstellen*, um ihr die Wahrheit zu schreiben. Die Wahrheit, die noch wahrer ist als die »Wahrheit« in meinem Blog und in meinen Filmen. Bisher habe ich auch ihr nicht geschrieben, dass ich für das kleine Feuer in Wirklichkeit 280 Minuten brauchte, aber heute hat sie die Wahrheit verdient. Ich bin nämlich an einem Punkt angekommen, wo ich nicht weiterweiß, gerade *weil* ich in meinen Filmen ehrlich bin. Gerade *weil* ich mein Publikum niemals betrügen würde, indem ich zu Hause heimlich Konserven aufesse. Was ich jetzt schreibe, liest nur sie.

01.06. // 18:32

Liebe Sonja!
Ich muss gleich wieder los, und ich ärgere mich, weil ich »muss« schreibe. Ich mag schließlich, was ich

gerade tue, auch wenn ich keine Ahnung habe, wozu es führt. Ich habe in den letzten zehn Tagen fast zehn Kilo abgenommen. Das ist mir nur zur Hälfte recht. Fünf wären genug gewesen. Ich will nicht angeben, aber mit mehr als fünf Kilo »zu viel« haben mich die Tiefkühlpizzas und Raviolidosen nicht ummantelt, als ich sie noch aß. Schließlich haben Benjamin und ich ständig Sport gemacht. Was ich sagen will, Sonja: Selbst Würmer und Maden reichen nicht aus. Ich esse ja zu Hause tatsächlich nichts! Ich muss also dringend anfangen, Fische zu fangen oder zu jagen, wenn ich »echt« bleiben und nicht heimlich Vorräte im Supermarkt anschaffen will. Das Problem ist nur: Jagen will ich nicht und Fischen kann ich nicht besonders. Es ist lange her, dass mein Vater es mir gezeigt hat. Ich habe es nie sonderlich gemocht, die Fische am Haken baumeln zu sehen. Und um ganz offen zu sein: Selbst die Würmer gehen nicht völlig spurlos an meinem Gewissen vorüber. Sie flutschen aber noch ganz gut, weil ich mir sagen kann, dass diese Fressröhrchen auch ohne mich nicht besonders lange leben würden.

Es ist alles nicht so leicht, wie es sich liest, Sonja. Ich fühle mich wohl in dem neuen Tagesrhythmus, der durch diese Waldsache entstanden ist. Ich bin froh, dass meine alten Comics, mein Trolley und die Playmobilfiguren bei Dir einen würdigen Platz gefunden haben. Ich finde es gut, dass irgendwo da draußen sogar ein Mensch an *Mega Shark vs. Giant Octopus* seine Freude

hat. Oder besser seinen Spaß, wenn man das sauber auseinanderhalten will. ☺ Und ich finde es noch besser, wenn ich daran denke, dass der geflohene Germanist Benjamin im Netz entdeckt, was für ein großer Künstler ich laut den Journalisten und »Experten« bin.
Jedenfalls will ich nicht jagen, aber wenn ich nicht jage, weiß ich nicht, wie lange ich noch durchhalten kann. Und wenn Robin und andere sagen, ich sei ein Künstler, dann muss ich jetzt leider wie ein neurotischer Künstler sagen: Ich bin in eine Sackgasse geraten.

Grübelnd,

Dein

Paul

Ich breche noch nicht auf, weil ich heute einfach eine Antwort von ihr brauche. Also bringe ich die Post weg, halte die Luft an, als ich eine Frittenbude passiere, und finde ihre Rückmail, als ich nach einer halben Stunde wieder heimkomme. Sie hat ein Bild von Abby Sciuto in ihre Mail kopiert, eine dieser Szenen, in denen die harte Gothic-Forensikerin ihre Kollegen mit einem ganz weichen, mädchenhaften Blick ansieht, als wolle sie einfach nur, dass sie jemand in den Arm nimmt und ihr sagt, dass alles gut wird.

01.06. // 19:02

Bitte nicht aufgeben, Paul!

Du bist doch mein Held!

Ich habe die letzte Viertelstunde sehr intensiv über Dein Problem nachgedacht. Ich habe mich furchtbar beeilt, da ich weiß, dass Du loswillst, also habe ich so viele Gedanken wie noch nie in fünfzehn Minuten gepackt. Und ich komme so oder so auf drei Möglichkeiten, die Dir wahrscheinlich alle nicht gefallen. Also …
a) Du isst ab und zu heimlich was handfestes Vegetarisches aus der Zivilisation und tust das mit gutem Gewissen. Deine Filme zeigen ja nur, wie man ohne alle Industrieware in der Wildnis überleben *kann*. Es hat keiner von Dir verlangt, das rund um die Uhr durchzuziehen. Wenn ich im Internet »Survival« google, dann finde ich tausend Seiten mit Überlebenspaketen, in denen vorgefertigte Nahrungsmittel für den Notfall drin sind. Selbst Soldaten haben doch Hartkekse und Proteinriegel dabei. Wieso solltest Du das nicht dürfen?
b) Du überwindest Dich und jagst tatsächlich.
c) Du – ich wage es kaum zu sagen – isst Tiere, die bereits tot sind. Das dürfte Dir nicht neu sein, wenn Du Dich mit Survival beschäftigst, oder? Da wärst Du nicht der Erste, der das Aas von der Landstraße kratzt, solange es noch frisch ist. Ich weiß, es klingt eklig, aber das hat damals auch immer der Rüdiger Nehberg gemacht.
Bist Du überhaupt noch da? Ich sende das jetzt erst mal ab.
Deine
Sonja

Seltsam. Sie schlägt mir vor zu schummeln, obwohl sie sonst an meiner Aktion das »Wahre und Reine« so mag? Oder hat sie recht, und es wäre gar kein Schummeln, weil die Filme ja nicht behaupten, dass ich ausschließlich so esse. Bin ich zu hart mit mir? Wie beim Triathlon und beim Schwimmen?

01.06. // 19:18

Hallo Sonja!
Ich bin noch da und ich gebe nicht auf. Ich weiß noch nicht genau, was ich tun werde, aber ich danke Dir für Deine Anregungen.
Dein
Paul

Ich weiß wirklich noch nicht, was ich tun soll. Gehört das Töten nicht einfach dazu? Wie inszeniere ich das? Ich weiß es nicht. Ich kann nicht planen. Ich weiß nur, dass ich wieder Lust habe, in den Wald zu gehen, und dass aus dem »muss« wieder ein »will« geworden ist. Weil ich für Sonja etwas lebe, was sie nicht leben kann. Weil ich ihr »Freude« mache statt nur »Spaß«. Weil sie jeden Abend hundert Leuten meinen Blog empfiehlt. Ich setze den Betreff *Meine Heldin* über die kurze Mail, zögere einen Moment, weil ich nicht weiß, ob das zu dick aufgetragen ist, sende die Mail ab und fahre los.

KANINCHEN KILLEN

Regel #9 nach Agent Gibbs: *Gehe niemals ohne Dein Messer aus dem Haus.* Ich befolge sie. Agent Gibbs hat schon Menschen getötet. In der Natur tötet jedes Jagdtier seine Beute, weil es muss. Wer weiß schon, was in Tiergehirnen vorgeht? Vielleicht haben die Labortypen ja recht und da sind nur Automatismen und Instinkte. Kein echtes Bewusstsein. Ich spitze mit meinem Messer einen Stock, damit er zum Speer wird. Es ist Hainbuche, das härteste Holz, das wir in unseren Wäldern haben. Wird die Spitze entsprechend lang, kann sie den Körper eines Fisches wie Butter und den eines kleinen Säugetieres immer noch wie einen Laib Brot durchdringen. Während ich schweigend schnitze (und dabei still voraussetze, dass beim Survival ein Messer aus der Zivilisation in jedem Fall erlaubt ist), rede ich mir selbst gut zu, damit ich böse werde. Böse aus der Sicht, die ich seit Kindertagen habe. Das »böse«, das eigentlich »weich« heißt. Ich rede mir ein, dass Fische nur ein Kurzzeitgedächtnis von drei Sekunden haben und selbst Kaninchen von ihrem Tod nicht viel mitkriegen. Ich sage mir, dass ich als Kind viele Tiere verspeist habe, die andere Leute für uns gejagt haben. Sogar Rehe und Hirsche, wenn es an den Feiertagen Wild gab, in dunkler Soße, mit Klößen und Rotkohl. Ist es nicht viel legitimer, jetzt selbst zu töten, als damals andere für sich töten zu lassen? All das sage ich mir weiterhin, als der Speer fertig ist und ich durch den Forst pirsche. Aber es ist nutzlos, denn als ich nach fast zwei Stunden der Suche tatsächlich vor einem Kaninchen stehe, dreht es sich um und sieht mich an, anstatt zu flüchten. Es sieht mir einfach in die Augen, furchtlos, unschuldig und naiv. Von wegen kein Bewusstsein! Dümmlich wie ein Ork mit Knüppel stehe ich vor dem kleinen Kerl und halte meinen Hainbuchenspeer in der Hand. Ich weiß zwar nicht, wozu es gut sein soll, aber ich hebe vorsichtig die Kamera und filme das Tier mit Zoom, gehe immer näher ran, bis man seinen Nasenpelz vibrieren sieht. Dann trete ich auf dem Boden auf, damit es losrennt, und laufe filmend hinterher, so lange ich kann, mit wackeliger Kamera.

Eine Stunde später filme ich mich, wie ich am Feuer sitze und bräunliche, große Stücke esse, die ich am Speer über den Flammen gare. Ich habe die Kamera auf die Unschärfe eingestellt, die bei *Navy CIS* im Fernsehen üblich sein soll, wie Benny mir mal erzählte. Ich kenne ja nur die DVDs. Was ich da esse, ist nicht das Kaninchen, sondern Wurzelknolle vom Scharbockskraut, das um diese Jahreszeit schon seine Blüte abgeschlossen hat. Ich erwähne einfach nicht, dass es nicht das Kaninchen ist, was ich da futtere. Ich werde das erste Mal einen Film machen, der aus zwei Einstellungen besteht. Eine, wie ich das Tier erst schweigend ansehe und dann jage. Die dauert vielleicht dreißig Sekunden. Und dann eine stille, gewohnte, die nur zeigt, wie die Knolle über dem Feuer röstet. Ob die eine mit der anderen zu tun haben muss, bleibt offen. Ich habe heute Abend noch keine Ahnung, was ich morgen Mittag dazu schreiben werde. Fragend schaue ich hoch zum Kauz, aber der weiß es auch nicht. Die Knolle gibt mir was zum Kauen. Sie ist »Nahrung«. Aber, ganz ehrlich, langsam vermisse ich das »Essen«.

Evolutionstheorie

On. 02.06.2012 · Leave a Comment

Die Evolution ist ein Arschloch.

Sie sagt: *Fressen und gefressen werden, das ist mein Gesetz.* Dann erschafft sie Vegetarier. Tiere haben Klauen und Zähne. Wir haben ein Gewissen. Gewissen bringt nichts. Klauen bringen was. Oder die Fähigkeit wiederzukäuen. Größe bringt auch was. Der pflanzenfressende Diplodocus war siebenundzwanzig Meter groß und hatte allein sechs Meter Hals. Den machte kein Raptor dumm von der Seite an und beschimpfte ihn als Körnerfresser. Aber wir? Wir haben Gewissen. Und Appetit. Beides zusammen führt zu Ausreden. Wir sind Meister darin, den Fresstrieb komplex zu begründen. Den Kaninchenbraten essen wir nur, um die Tante an Weihnachten nicht zu enttäuschen. Das Hühnchen essen wir, weil es Bio ist. Das Rindfleisch haben wir dem Metzger abgenommen, weil es kurz vor dem Verfallsdatum war.

Wenn die blauhäutigen Na'vi in dem Film *Avatar* ein Tier erlegen, bedanken sie sich bei ihm. Wenn man heute im Wald ein Tier erlegt, ehrt man es, indem man alles von ihm nutzt. Einen Teil des Fleisches isst man sofort, den anderen salzt man, um ihn zu konservieren. Aus dem Darm macht man Schnüre. Die Harnblase ist aufgepumpt und getrocknet ein Behälter für

Wasser oder für das gesalzene Fleisch. Natürlich nur bei größeren Tieren, bei Kaninchen reicht die Blasentasche gerade als Beutel für das Klimpergeld. Aus den Sehnen lässt sich Nähmaterial machen oder eine Angelschnur. Die Kralle kann man dann als Angelhaken verwenden. Sogar das Blut kann man trinken. Es ist reich an Vitaminen und Mineralien. Die Vampire nehmen es nicht umsonst täglich zu sich. Sie hören privat ja auch lieber die Mondscheinsonate als *Ich bin Rewe, und Rewe bist auch du!*

Wäre ich ein Kaninchen, ich würde lieber ausgeschlachtet als auf der Weihnachtsfeier der Tante angefressen. Entweder frisst ein Tier oder es frisst nicht. Es macht aber kein Heckmeck.

Mein Eintrag *Evolutionstheorie* und der Film dazu haben erneut gute Quoten, wie man beim Fernsehen sagen würde. Ein Tierfilmer schreibt mir, dass die Anfangsaufnahmen mit dem Kaninchen für einen Amateur sehr beachtlich seien. Ein Jäger lobt meine wahren Worte. Sonja fragt, ob ich das Kaninchen wirklich gegessen habe, und bekommt eine ehrliche Antwort. Sie hält den kleinen Trick auch nicht für eine echte Lüge. Den Film lobt sie mit Worten, die ich nicht zitieren kann, weil sie in jedem anderen Kopf als meinem eigenen kitschig klingen. Trotzdem sitze ich heute, einen Tag nach dem Kaninchen-Blog, nicht jubelnd vor meinem Rechner, sondern mache eine mürrische Miene. Meine User verübeln mir, dass der neue Film nicht mehr so aussieht wie die alten. Nicht, dass bisher noch niemand etwas Negatives in die Kommentarspalten geschrieben hätte, aber jetzt häufen sich die Gehässigkeiten.

One Response to Evolutionstheorie

Andreas S. sagt:

02.06. um 22:23

Na toll!
Vier Folgen lang hast du mit der einen Kameraeinstellung durchgehalten und jetzt kommt der erste Schnitt. Wie geht's weiter? Kommt als Nächstes Musik unter die Szenen? Und was soll der Weichzeichner plötzlich? Aber das ist ja immer so. Etwas startet konsequent und dann wird es Kommerzkacke. Ich hoffe, du reißt das Ruder rechtzeitig wieder rum.

Birgit I. sagt:

02.06. um 22:35

Ein Klimpergeldbeutel aus einer Kaninchenblase?
Verrecke, Mistkerl!

Björn G. sagt:

02.06. um 22:37

Wo ist der radikale Paul geblieben? Der, der bis zum Schluss des Films im Grunde keine Geschichte erzählt? Jedenfalls nicht so plump?

Pitch Black sagt:
03.06. um 09:39

Warum waren am Schluss die Bilder so unscharf? Du hast das Kaninchen nicht gegessen, oder? Sonst hättest du nicht nur die »Jagd« gezeigt, sondern auch den Fang. Da war ja nur Wackelkamera, wie bei *Blair Witch Project* damals. Da gab es keine Hexe und bei dir gab es kein Kaninchen.

Überleben bedeutet töten. Ganz schwach, dass du das nicht begreifst! Ganz schwach, ehrlich. Ich hatte die Gnade, auf einem Hof aufzuwachsen, auf dem selbst geschlachtet wurde, und einen Großvater zu haben, der noch den Krieg erlebt hat. Was denkst du, wie viele Vegetarier es in den letzten Kriegsjahren gab??? Es ist ein Luxus, Mitleid haben zu dürfen. Es ist auch okay, solange man ein Leben als Konsumbürger führt. Aber du machst hier einen auf Aussteiger und dann bleibst du auf halbem Weg stehen? Ich bin enttäuscht.

Nature Boy sagt:
03.06. um 11:02

Seine Tiere nach Tagesbedarf selber zu jagen ist sicher ehrlicher und besser als die Massentierhaltung, die auch noch das Klima zerstört. Aber ist es nicht auch traurig zu sehen, dass schon nach so kurzer Zeit das friedfertige Zusammenleben mit den Mitgeschöpfen

enden muss? Muss es das wirklich? Ist es tatsächlich unmöglich, nachhaltig von dem zu leben, was Mutter Erde uns bietet? Dein heutiger Eintrag sollte uns alle sehr nachdenklich machen, und wenn er das erreicht, ist ja auch schon wieder was getan.
PS: Warum sammelst du eigentlich nie Pilze?

Mit diesen Postings kann ich noch leben, sie kratzen bloß wie ein alter Pulli oder wie Strandsand im Schuh. Aber was ein User namens Godot schreibt, fühlt sich an, als hätte man mich in einen See mit Megapiranhas geworfen. Ich habe es heute schon drei Mal gelesen. Ich will es gerade ein viertes Mal tun, da drängt sich unvermittelt Robbie Williams durch meine Wand. Er singt *Angels*. Meine Hand verkrampft sich und in meinem Hals sammeln sich die Steine. Die Erinnerungen drängen von unten dagegen, und wenn der Steinwall nicht hält, werden sie meinen ganzen Kopf ausfüllen und dann falle ich und niemand kann mich halten. Ich drücke mich aus meiner Schutzzone am PC wie aus einem Becken mit Teer, renne nach nebenan und schlage auf Jörgs Tür ein. Unter der lauten Musik höre ich Norwegersocken auf Holzbohlen zur Tür hasten. »Was ist denn???«

»Mach das sofort aus!!!«, schreie ich ihn an, dränge an ihm vorbei in seine Bude und stürze auf die Anlage zu. »Hey, die Stereoanlage eines Mannes ist heilig!«, beschwert er sich und greift mir dazwischen. Ich rupfe willkürlich eine CD aus seinem Regal, auf der nicht Robbie Williams steht, und sage: »Spiel Musik so laut, wie du willst, Jörg, aber nicht das!« Er wirft einen schnellen Blick auf die CD in meiner Hand: »Du willst lieber, dass ich Rammstein auflege als Robbie?«

»Ja!!!!!«

»Ist ja gut …«

Er wechselt die Platte. Der deutsche Marsch-Metal setzt ein und der hünenhafte Mann singt: »Lass mich deine Träne reiten/Über's Kinn nach Afrika/Wieder in den Schoß der Löwin/Wo ich einst zu Hause war.« Jörg fragt nicht, warum ich so reagiere. Er lässt das Gebretter aber genauso laut laufen wie vorher die Musik, die ich nicht ertragen kann. Ich stehe auf und gehe zur Tür. Er sagt: »Ich mache demnächst wieder eine Party. Ich weiß nur noch nicht genau, wann.«

»Lass Robbie weg«, sage ich, und er schüttelt den Kopf, als er die Tür zumacht. Ich setze mich an den Rechner und mache aus Prinzip wieder das, wobei ich unterbrochen wurde, allein schon, um mich abzulenken. Besser, ich ärgere mich, als dass ich diese Erinnerung zulasse. Und dieses Posting, das ich jetzt zum vierten Mal lese, ärgert mich wirklich.

Godot sagt:

03.06. um 12:00

Einfach nur lächerlich! Leute, seht ihr denn nicht, was hier abläuft? Es ist völlig gleichgültig, ob er das Kaninchen gegessen hat oder nicht. Die ganze Aktion ist doch eine Farce! Was ist mit euch los, dass ihr den Kerl so gut findet??? Jeden Mittag kehrt er gemütlich in seine warme Wohnung zurück, um auf eBay gewinnbringend seinen Hausrat zu verkaufen. Die Texte zu den Artikeln verknüpft er mit seiner Aussteigergeschichte und der heuchlerischen Meckerei auf die Wohlstandsgesellschaft. Erkennt denn keiner hier die Masche dahinter??? Denkt keiner daran, dass es Menschen gibt, die echte Probleme haben? Und was faseln alle von Kunst? Der Junge ist bloß zu faul, sich Schnittprogramme beizubringen. Das hat er doch selber in einem Interview gesagt!!! Warum nimmt denn keiner mehr wörtlich, was der »Künstler« persönlich von sich gibt???

Für den Fall, dass du das doch alles ernst meinst, Paul: Denkst du, nur weil du deine Sachen verkaufst, werden plötzlich keine neuen mehr hergestellt? Denkst du, secondhand rettet die Eisbärscholle? Wie naiv kann man sein?

Mich regt auf, wie hier ein Wohlstandskind im wärmsten Juni seit Jahren (!) ab und zu den Fuß vor die Tür setzt, unter dem Verbrauch von zig Akkus pro Tag ein paar Filme über altbekannte Überlebenstechniken macht und das dann als Revolution verkauft. Mal abgesehen davon, hat Survival nichts damit zu tun, Würmer zu fressen oder auf jedes fremde Hilfsmittel zu verzichten. Survival spielt man nicht mal (allein) im Wald. Survival ist kein angenehmes, kribbelndes Abenteuer mit Wohnung und Kontokarte als Sicherheitsnetz, aus dem man ohne Schrammen herauskommt, während im Hintergrund das Orchester den Triumphmarsch aus Aida spielt. Survival bedeutet nicht, die ein oder andere Pflanze gut zu erkennen und die Städte

zu meiden. Survival ist eine
L.E.B.E.N.S.E.I.N.S.T.E.L.L.U.N.G.!!!

Es bedeutet, in einer Welt, die von Kommerz bestimmt wird und uns alle weich gemacht hat, wirklich OHNE ALLES klarzukommen. Sich komplett auszuklinken! Nicht, nachmittags wieder in die Wohnung zu gehen, dort zu duschen, womöglich heimlich ein Schnitzel zu essen und sich dabei puritanisch zu fühlen! Albernes Junggesellenspielchen.

Was du hier machst, ist eine Beleidigung für alle Männer, die sich jemals im Leben richtig anstrengen und unter wirklich harten Konditionen überleben mussten! Weichei!

Du Arsch.

Du mieser Arsch.

Soll ich dir meine Liste mit den 156 sportlichen Auseinandersetzungen schicken? Pro Disziplin? Soll ich für dich ausrechnen, wie viele Kilometer das »Weichei« Paul in den letzten Jahren zu Wasser, auf Sohlen und auf dem Rad zurückgelegt hat? Was treibst du denn für einen Sport? Hast du schon mal in so kurzer Zeit so viele Filme gedreht, Texte geschrieben und 280 Minuten lang versucht, ein Feuer anzufachen? Was weißt du von meinem Leben und ob ich es schwer hatte oder nicht? Was weißt du von den Steinen in meinem Hals?

Warum regt mich das so auf?

Benjamin hat früher gesagt, wenn ich mal etwas mache, dann

hätte ich darin einen leicht übertriebenen Stolz. Das »leicht« war untertrieben, wenn man bedenkt, dass er das sagte, nachdem mich der Bademeister aus der Bewusstlosigkeit geholt hatte, weil ich die fünfzig Bahnen unbedingt trotz Grippe schneller als Benny schaffen wollte.

Weichei.

Wohlstandskind.

Vielleicht hätte ich den Kommentar löschen sollen. Oder gar nicht erst autorisieren. Als Betreiber meines Blogs lese ich jeden eingesendeten Kommentar, bevor er öffentlich wird. Ich habe Godots Geschimpfe freigegeben. So, wie ich *jeden* Kommentar freigebe, den User bei mir tippen. Weil ich Paul bin, ein Gärtnersohn und kein Diktator. Ein Mann mit Ehre, keine feige Sau, die löscht, was ihr nicht in den Kram passt.

Trotzdem nagt es an mir. Vielleicht regt es mich auch so auf, weil Godot recht hat? Nebenan ballern Rammstein ihre Bässe durch die Ziegel. Der Tenor schmettert: »Wer zu Lebzeit gut auf Erden/Wird nach dem Tod ein Engel werden/Den Blick gen Himmel fragst du dann/Warum man sie nicht sehen kann.« Ich schreibe eine Mail an Sonja, in der ich mich über alles beklage. Sie wird sehr lang. Zehn Minuten nach dem Absenden kommt schon eine Antwort.

03.06. // 13:12

Lieber Paul!
Jetzt nimm Dir nicht so zu Herzen, was der böse Mann sagt. Du hast mir über seinen Kommentar die längste Mail geschrieben, die ich je von Dir bekam. Ist es das

wert, sich so zu ärgern? Wahrscheinlich hat der Typ gerade selber Probleme und lässt sie zufällig an Dir aus. Und selbst wenn nicht, was willst Du machen, um zu beweisen, dass Du hart bist? Deine Wohnung aufgeben und nur noch draußen leben? Da fehlen mindestens noch über 500 Auktionen, bis Du alles verkauft hast, oder? ☺ Wenn Du sie Dir sparen willst, pack einfach alles ein und schicke es mir für einen Pauschalpreis. Willst Du das? Nur, weil ein anonymer Nörgelheini Dich ärgert? Was denkst Du, wie viele Leute mich am Tag ärgern?
Deine
Sonja

Ich lese Sonjas Antwort immer und immer wieder. *Nimm Dir nicht so zu Herzen, was der böse Mann sagt.* Der böse Mann? Sie redet mit mir wie mit einem kleinen Jungen. Sie meint das sicher gut, sie fährt die Abby-Sciuto-Ich-brauch-Trost-Schiene, aber sie offenbart damit unfreiwillig, dass sie mich ebenfalls für ein Weichei hält. Nur ein Weichei hat diese Art von Ansprache nötig. Aber sie hat ja recht. Genauso wie Godot recht hat. Gleichzeitig. Ich weiß nicht, was ich heute tue, aber ich fahre erstmals mit Wut im Bauch in den Wald.

Gegen 22 Uhr stapfe ich durch das Unterholz wie ein Wikinger auf Landgang. Statt meines Speers habe ich eine Keule in der Hand. Es ist der dicke Ast einer Buche mit einer Wucherung am Ende, die den Schlagkopf bildet. Mein Magen knurrt.

Weichei.

Wohlstandskind.

Ich werde heute Abend etwas erschlagen, dann wollen wir doch mal sehen, wer hier das Weichei ist!

»Mann!«, brülle ich und haue den Knüppel gegen Bäume und Büsche. Ich bin bereit. Jetzt bin ich bereit.

Dann steht das Kaninchen vor mir. Das gleiche wie neulich. Und guckt.

Guckt, als wolle es sagen: *Aha. Jetzt wird meine Blase zur Geldbörse für dein Klimpergeld, oder was?* Ich hebe meinen Knüppel. Wortlos spricht das Kaninchen: *Wie willst du eigentlich genau vorgehen nach dem Häuten? Weißt du, wie man meine Blase unversehrt heraustrennt?*

Ich lasse den Knüppel sinken.

Hallo?, fragt es. *Was ist jetzt? Tod oder Leben? Kein Heckmeck!*

Ich kann das Kaninchen nicht killen.

Das ist doch alles lächerlich. Ich bin kein Urmensch, ich bin ein Wohlstandskind. Und wenn ich sowieso ein Weichei bin, ein Fake, ein selbstgerechter Betrüger, dann kann ich jetzt auch nach Hause fahren, *Navy CIS* in den DVD-Player schmeißen und Kommerznahrung aus der Dose mampfen. Dann war es das eben mit dem Projekt *Log Out!* Dann ist halt schon nach fünf Folgen Schluss statt nach sechsundzwanzig. Das muss auch Sonja verstehen. Ich kann ja noch weiter meine eBay-Geschichten schreiben.

Ich komme bis zum Anfang meiner Straße. Es sind noch zweihundertfünfzig Meter bis vor die Tür, aber Robbie Williams schallt mir schon hier entgegen, weil der Wind ungünstig steht. *Ich mache demnächst wieder eine Party*, hat Jörg gesagt, aber sein Versprechen, diese Lieder zu vermeiden, hält er nicht. Streng genommen hat er es auch nicht abgegeben. Ich bremse so stark, dass ich fast vorn über den Lenker kippe. Die Steine nehmen im Hals ihre Position ein, um die Flut aus meinem Inneren zurückzuhalten. Ich schnaufe wie ein verwundetes Tier. Ins Haus meines Vaters kann ich nicht, denn der Schlüssel hängt noch in meiner Wohnung, also mitten in der akustischen Sperrzone, die für meine Seele so giftig ist wie die nuklear verseuchten Gebiete von Tschernobyl und Fukushima. Es ist zum Kotzen, dass Musik so was anrichten kann. Ich habe Hunger. Ich kann kein Kaninchen killen. Jörg macht eine Fete. Ich kann nicht wissen, wie oft er den verdammten Song heute noch mal spielen wird, weil jemand ihn sich wünscht oder weil er denkt, dass er später den perfekten Rausschmeißer bildet. Ein Damoklesschwert, das die ganze Party lang über meinen Ohren schweben wird. Ich drehe um und fahre in die Stadt, da ich jetzt mindestens bis drei Uhr Zeit totzuschlagen habe.

FUCK MANNI!

Die Stadt fühlt sich an wie ein französischer Badeort, so warm ist die Abendluft und so orange die Beleuchtung der Dönerbude, vor deren Glastheke ich stehe. Ich frage den Türken hinter der Theke, ob ich die Teigtaschen, die schon seit heute Morgen in seiner Auslage gammeln, zum halben Preis haben könnte. Als würde das etwas daran ändern, dass ich aufgebe. Paul, der große Überlebenskünstler, nimmt wenigstens nur die Altware. Das Geschäft wird akzeptiert und ich esse mit Gier. Schafskäsekrümel kullern auf den Boden.

»Hey, unser Abiturient ist ein Sparfuchs. Und er frisst wie ein Berserker.«

Ich drehe den Kopf. Neben mir steht Mirko, der Pfandpunk. »Bin im Dienst«, lacht er, schiebt vier Flaschen über das fettbefleckte Glas und nimmt vom Türken einen Euro entgegen. »Du siehst frustriert aus«, sagt er.

Ich brumme.

»In solchen Fällen gehen Männer normalerweise wohl einen saufen, aber bei uns zweien söffest nur du und das ist für dich auch langweilig. Oh, hast du das gehört? Söffest. Gibt es das Wort eigentlich?«

Ich muss schmunzeln.

»Siehe da, er lacht schon wieder!«

Ich wische mir Feta aus dem Mundwinkel.

»Ich könnte dir anbieten, mit mir Pfand sammeln zu gehen. Also, wenn du Gesellschaft brauchst. Das Geld behalte ich.

Entscheide dich aber zügig. Es ist Freitagabend. Leerguthochsaison. Das heißt, die Konkurrenz schläft nicht.«

»Ich komme mit!«, sage ich.

Wir ziehen ein paar Stunden durch die Straßen. Es beruhigt, es macht Spaß. Ich gebe Mirko einen Hinweis, wenn ich einen Flaschenhals aus einem Spierstrauch oder einer Weißdornhecke ragen sehe, den er nicht bemerkt. Wir reden nicht viel. Wir laufen. Wir gucken. Die Nachtluft ist mild. Es ist ein Zustand ehrgeizloser Selbstzufriedenheit. Nur eine Frage liegt mir auf der Zunge und irgendwann, so gegen zwei, kann ich sie nicht mehr zurückhalten. »Wie konntest du so leicht mit dem Trinken aufhören?«

Mirko durchwühlt gerade konzentriert einen Mülleimer und steckt zwei Dosen ein, aber er hat mich gehört.

»Du säufst nicht, weil dein Vater säuft, das hast du damals gesagt. Aber trotzdem ist es doch nicht so einfach, wenn …«

»Wann hast du mit dem Rauchen aufgehört?«, unterbricht er mich.

»Ich brauchte nicht aufzuhören«, sage ich. »Ich habe niemals angefangen.«

»Aha.«

»Du hast nie getrunken? Nicht mal mit fünfzehn oder so?«

»Wie sagt man, wenn ein Vater gut ist. Ein leuchtendes Vorbild? Meiner war ein verdunkelndes Vorbild. Dunkel ist gar kein Ausdruck. Der Wichser war ein verfluchtes schwarzes Loch. Du weißt, welche Kraft schwarze Löcher entwickeln? Wenn du nicht früh genug abhaust, verschlucken sie dich. Sie reißen dich ins Nichts.«

Ich sehe eine Flasche in einem Geflecht aus Disteln und Efeu, hebe sie auf und gebe sie ihm.

Er sagt: »Ich bin dem schwarzen Loch vor zwei Jahren entkommen. Besser frei durchs All taumeln als untergehen.«

»Wow«, sage ich.

»Von Respekt kann ich mir nichts kaufen«, sagt er.

Viel mehr reden wir in dieser Nacht nicht. Seine Taschen sind am Ende voll.

Jörgs Fete ist beendet und seine Wohnung dunkel. Es ist halb vier, genau wie damals, als ich das Unwetter überstanden und Robin mit seinem Kollegen aus dem Wald geleitet habe. Die blaue Stunde. Wenn ich um die Zeit noch wach bin, stellen sich die Dinge anders dar. Ich schalte den Laptop ein und antworte auf den Kommentar von Godot, den ich trotz des stundenlangen Umherwanderns mit Mirko nicht aus dem Kopf kriegen konnte. Dafür betrachte ich ihn jetzt anders. Ich grübele nicht mehr darüber nach wie ein schuldiger Schuljunge. Und ich will auch nicht mehr einfach alles hinschmeißen. Mein Stolz ist zurück.

Paul Planbaum sagt:

04.06. um 03:45

Hey Godot!

Heute habe ich die halbe Nacht mit einem obdachlosen Punk verbracht. Er lebt davon, Flaschenpfand einzusammeln. Er ist ein Profi darin, er bittet niemals um Geld. Und er trinkt keinen Schluck Alkohol, da sein Vater ein Säufer ist. Er will sich ein besseres Leben aufbauen, auf einem Fundament aus Glas. Er hat keine Sekunde gezögert, mich mit ihm durch die Nacht streifen zu lassen, und das, obwohl Menschen wie er Wohlstandskinder wie mich sonst gar nicht leiden können.

Ich stehe auf, leere meine Blase, lasse mir eine Minute lang kaltes Wasser über den Kopf laufen, kehre an den Rechner zurück und finde eine Antwort von Godot vor. Was ist das denn? Der Sack ist wach? Um vier Uhr nachts? Ich gebe den Kommentar frei, noch bevor ich ihn lese. Ich habe keine Angst.

Godot sagt:
04.06. um 03:55

Punks sind Schmarotzer und betrügen sich selbst. Sie essen die Krümel, die vom Wohlstandstisch fallen, und tun so, als würden sie ihm am liebsten die Beine absägen. Selbst das Pfand, das dein Kumpel sammelt, hat jemand anderes bezahlt. Nimm mal deinen Punk und setze ihn zu Ärzten, die in Sierra Leone ehemalige Kindersoldaten behandeln. Oder lass ihn in Somalia überleben, zwischen Warlords und Dürre. Hier in Deutschland »obdachlos« zu sein wäre für diese Menschen bereits ein Riesenfortschritt.

Aber immerhin – der Junge schlägt sich durch. Aber du? Du hast deine Wohnung, deine EC-Karte, deine

Sicherheiten. Du machst ein bisschen Waldcamping im Sommer (!) und dann gehst du ein paar Schritte mit einem Obdachlosen und fühlst dich hart und authentisch? Wer bist du? Veronica Ferres, die sich eine Minute neben ein gewalttätiges Problemkind setzt, betroffen guckt und dann hektisch zum nächsten Drehtermin rennt?

Ich sag's ja … Weichei. Und auch noch selbstherrlich.

Ich fixiere Godots Sätze, als könnte ich die bösen Buchstaben wie Kühlschrankmagnete vom Monitor auf den Boden fallen lassen und unter den Teppich kehren. Kann ich aber nicht.

Weichei.

Selbstgerecht.

Du bist wach, Godot? Du kennst mich gar nicht. Du weißt nichts von meiner Härte. Vielleicht sollte ich erst mal schlafen. Schlafen selbstgerechte Weicheier viel, oder laufen sie nur durch die Gegend und erzählen jedem, wie toll sie sind, obwohl sie nichts Beeindruckendes leisten? Nichts, was im Vergleich zu Ärzten in Sierra Leone, Überlebenden in Somalia oder obdachlosen Nicht-Trinkern in unserer Stadt irgendwie beeindruckend wäre? Vielleicht sollte ich schlafen. Denke ich … und hacke gleichzeitig Antwortzeilen in die Tastatur. Ich malträtiere die Tasten wie ein manischer, kettenrauchender Fünfzigerjahre-Schriftsteller seine gusseiserne Schreibmaschine unter der alten Lampe.

Was ich getippt habe, ist nicht bloß ein Kommentar zum Kommentar. Es ist ein neuer regulärer Blog-Eintrag. Ich muss sogar etwas recherchieren, um ihn fertig stellen zu können, einen Ortungsdienst für Mobiltelefone, bei dem alle nachschauen können, wo man sich gerade befindet. Als der Text komplett ist, korrigiere ich ihn noch mal. Ich mache mir einen Gibbs-Kaffee, so stark, dass der Löffel darin stecken bleibt. Ich kann die Tasse umdrehen und hochhalten wie einen aufgespießten Blumentopf. Ich brauche noch einen Film zu meinem Text. Schlicht und ohne Schnitt, so »konsequent wie früher«, denn nur Weicheier ändern ihren Stil. Der Kaffee schießt durch meine Adern wie die Bahnradrennfahrer durchs Velodrom. Das Koffein vermischt sich mit dem Übermut der Nacht und dem Eiter aus der Wunde meines verletzten Stolzes. Ich nehme meinen Papierkorb aus Metalldraht, trage ihn auf den Balkon, werfe eine Schicht Kartonpappe und Papierschnipsel hinein, mache ein Feuer wie in der Bronx, richte die Kamera darauf aus und lasse es einen Moment flackern. Die Linse ist nur auf den Korb und die Flammen gerichtet. Man weiß nicht, was gleich passieren wird. Dann werfe ich aus dem Off eine Münze hinein. Und noch eine. Und noch eine. Erst Centstücke, dann Euro. Schließlich einen Schein. Langsam brennt er ab und zerfällt in den Flammen zu Staub. Es knistert und gibt manchmal einen kleinen Knall, ein »Puff!« in der Nacht. Die Grillen zirpen in den Wiesen unter dem Mond. Ich überspiele den Film in den Rechner, lade ihn als sechsten Teil von *Still. Jetzt.* auf YouTube und setze den Text dazu auf meine Seite, bevor ich es mir anders überlegen kann.

Fuck Manni!

On. 04.06.2012 · Leave a Comment

Geld ist ein Arschloch.

Ein Hochstapler. Nennen wir ihn Manni.

Manni makes the world go round.
Manni kann nichts.
Manni ist immer bloß ein Vermittler. Ein grinsender Agent, der auf tausend Hochzeiten tanzt.

Ein Gärtner kann was oder ein Automechaniker oder ein Arzt. Manni sagt: Besorge ich Dir! Dann fährt er zum Gärtner, zum Mechaniker und zum Arzt und hofft, dass sie ihm die Tür aufmachen. Das tun sie auch, weil er ihnen verspricht: Ich besorge euch demnächst auch was. Einen neuen Bagger, eine neue Hebebühne oder eine frische Yacht. Das Dämliche ist nur, dass Manni längst keine Sicherheiten mehr hat. Er lebt von Versprechungen. Und eines Tages machen die Leute ihm die Tür nicht mehr auf. Dann hört Manni von drinnen den Arzt rufen: Ich gebe dir nichts mehr raus für den Paul. Der soll herkommen und im Tausch gegen Tabletten direkt meinen Garten machen.

Manni tut alles dafür, damit das nicht passiert. Er ist ein Dealer im Maßanzug, der uns süchtig macht. Süchtig nach ihm. Er hetzt Menschen gegeneinander auf, setzt für sie auf Pferderennen oder besorgt ihnen Lotterielose. Außerdem ist er eitel. Er hält sich lieber in Dubai auf als in Somalia. Auf den Boden von Sierra Leone setzt er kaum einen Fuß. Er will immer in die VIP-Loge.

Fuck Manni!
Ihr habt recht.
Ihr habt alle recht.
Was ich bislang getan habe, kann man nicht Survival nennen. Denn im Hintergrund gab es immer Manni, der mich absicherte. Was man so »sicher« nennt.
Er hat mir DVDs wie *Mega Shark vs. Giant Octopus* angeschleppt!

Damit ist jetzt Schluss!

Survival bedeutet nicht, sich das Feuerzeug zu verkneifen. Survival bedeutet zu testen, wie es ist, komplett ohne Manni auszukommen. Nicht nur ohne Job und dafür mit Betteln. Ganz ohne! So, dass Manni überhaupt nicht mehr vorkommt. Dass ich ihm nicht einmal die Hand gebe. Dass ich meinen Dealer in die Wüste schicke.

Deshalb kündige ich, Paul Planbaum, ehemaliges Wohlstandskind, hiermit an, dass ich meinen restlichen Besitz aufgebe. Ich verlasse meine Wohnung und schaffe es, *hundert Tage ohne Geld* zu überleben. Ihr seid skeptisch? Ihr denkt, der Paul bescheißt, genau wie der Manni? Dann meldet Euch bei mir, und ich schalte Euch dafür frei, mein Handy über piCOS orten zu dürfen. So könnt Ihr überall vorbeikommen, wo ich mich gerade aufhalte. Mich überraschen und prüfen, ob Manni bei mir ist oder nicht.

Als Start meiner hundert Tage lege ich Samstag, den 15. Juni, fest. Die Reise beginnt vor meiner Haustür um Punkt 12 Uhr mittags. High Noon. Bis dahin übe ich noch ein bisschen und verteile den Rest meines Hab und Guts.

Folge 8 bis 26 werden nicht länger das Tagebuch eines Wohlstandskindes sein. Sie werden der Bericht eines Mannes, der auszog, um zu beweisen, dass es auch ohne Manni geht.

Na?

Godot?

Was sagst du jetzt?

Da hast du dein Weichei!

Mein Kopf wird schwer. Die Anstrengung, diesen Blog zu schreiben und den Film zu machen, hat die letzten Reste von Glucose aus meinem Gehirn gepresst. Den Mülleimer habe ich mit der Gießkanne gelöscht. Es stinkt verkokelt auf meinem Balkon. Zehn Minuten nachdem ich alles eingestellt habe, postet Godot eine Antwort.

Godot sagt:

04.06. um 05:35

Jetzt bin ich beeindruckt. Schön, dass ich doch noch auf jemanden Einfluss habe. Ohne Manni? Respekt! Ich bin gespannt.

Ich schalte den Laptop aus, frage mich, warum mir der Respekt dieses fremden Menschen wichtig ist, und schlafe bereits ein, während ich auf das Bett falle.

WAHNSINNIG MÄNNLICH

Es bollert.

Hände auf Holz.

Fäuste auf Fichte.

Mit meinen Augen öffnet sich auch die Welt. Träge wird sie von einem schmalen Bild mit dunklen Kinostreifen zu einem verwaschenen, aber vollständigen Rundum-Panorama. Der Wecker auf dem Nachttisch mahnt zum Mittag. Ich krieche aus dem Bett und gehe zur Tür. Bis auf Boxershorts und eine Socke am linken Fuß bin ich nackt.

»Endlich machst du auf!«, sagt Jörg. Ich gebe ein Geräusch von mir, das klingt, als sauge man mit dem Miele einen Igel durch den Schlauch. »Es haben bereits zweiundsechzig Leute zugesagt!«, jubelt Jörg. Aus seiner Wohnung wippt heiterer Reggae von Gentleman. »Zugesagt? Was? Wozu?«

»Na, zu der Party, die ich am 15. Juni steigen lassen werde.«

Nicht schon wieder, denke ich.

»*Deine* Party!«, sagt Jörg und schüttelt mich. Meine Augen fallen halb zu und er wird zwischen Kinostreifen gequetscht. »Die Party zum Start deiner Wanderung. Hundert Tage ohne Geld! Ohne Manni! Ein bisschen platt das Wortspiel, aber geil. Die Kohle, die du auf dem Balkon verbrannt hast, hättest du aber ruhig mir geben können, wie den Kühlschrank.« Ich kratze mich hinter den Ohren. Meine Zunge ist mit Sondermüll belegt. Wovon redet er? Jörg plappert weiter: »Ich habe deine Meldung heute Morgen an alle weitergeleitet, die ich kenne.

Alle deine Facebook-Freunde haben es auf ihrer Pinnwand. Bei *First Mover* ist es auch schon. Bei YouTube gibt es bereits 112 Kommentare, und die Leute schlagen sich die Köpfe ein, ob man einfach so Geld verbrennen darf. Und jetzt halt deine eine Socke fest: Es haben sich bei mir zwei Journalisten angekündigt. Die wollen bei dem Start vorbeikommen. Ein alter von der *Rheinischen Post*, den kenne ich noch persönlich von früher, über meinen Papa. Und ein junger von der *Bild-Zeitung*. Ich weiß, die ist sehr böse und du hattest schon ein Interview bei der *Zeit Online*, aber Alter, die *Bild!!!* Was denkst du, wie viele Leute erst deinen Blog lesen, wenn du einmal da drinstehst???«

Ich versuche zu sortieren, wovon mein Nachbar da redet. Ich lasse ihn in der Tür stehen, starte meinen Rechner und surfe auf meinen Blog. Ein neuer Eintrag, gepostet letzte Nacht zur dunkelsten Stunde, in der die meisten Menschen schlafen. Ich lese ihn. Es ist, als mache die Welt einen leisen, knisternden Ruck und wechsle in ein Paralleluniversum.

»Das habe ich geschrieben?«, frage ich Jörg, der die Wohnung betreten hat und bereits hinter mir steht.

»Hat sonst jemand die Zugangsdaten zu deinem Blog?«

»Das klingt gar nicht nach mir.«

Jörg schweigt.

»Kann ich das nicht irgendwie zurücknehmen?«

»Paul! Du hast gestern Nacht gebloggt, dass du hundert Tage ohne Geld auskommst. Alle wissen es. Alle. Sogar schon die Presse.«

»Ja, weil du es heute Morgen sofort verbreiten musstest!«

»Wir haben bereits Mittag.«

»Könnt ihr nicht alle mal ausschlafen?«

»So ist das Internet«, sagt Jörg. »Altkanzler Adenauer konnte noch sagen: *Was interessiert mich mein Geschwätz von gestern?* Heute ist das Geschwätz von gestern die Nachricht von morgen. Oder von heute, besser gesagt, aber das klingt ja nicht, das ist doof und …«

»Jörg!«, stoppe ich seinen Redeschwall. »Was ist mit der Wohnung hier? Ich habe drei Monate Kündigungsfrist.«

»Kein Thema, Paul, die Wohnung nehme ich.«

»Wie bitte?«

»Ja, ich miete sie zu meiner dazu. Ich baue sie zum Dancefloor aus. Oder als Gästewohnung, dann pennen die Leute in Ruhe hier ihren Rausch aus statt bei mir. Die Übergabe können wir filmen wie den Kühlschrankverkauf damals.«

»Du kannst dir zwei Wohnungen leisten?«

»Ich muss keine Freundin mehr durch die halbe Welt fahren. Rosis Reisebüro ist geschlossen. Weißt du, wie viel Geld ich jetzt spare?«

Nicht zu fassen.

Da bräuchte man mal Hindernisse und dann sind einfach keine da.

»Ich muss duschen«, sage ich.

»Ja, vor allem mit der Mundduschen«, sagt Jörg und wedelt mit seiner Hand vor meinem Rachen herum. Schlafmangel macht stinkig. Ich bringe ihn zur Tür: »Ja, wie sagt man? Danke.«

»Gerne, du harter Mann!«

Ich schließe die Tür und setze mich an den Rechner. In meinem Postfach ist die Hölle los. Menschen loben mich. Menschen beschimpfen mich. Menschen beglückwünschen mich.

Dutzende von Kommentaren warten auf Freischaltung. Ich ignoriere alles und suche nur nach Post von Sonja. Ein Teil von mir sucht auch noch nach Post von Benjamin, aber dieser Teil wird immer leiser. Sonja hat mir geraten, nicht auf den bösen Mann zu hören, und was habe ich gemacht? Ich habe so sehr auf ihn gehört, dass ich mich in knapp zwei Wochen als obdachloser, geldfreier Lebenskünstler durch das Land blogge. Sonja wird mir den Kopf waschen und mich fragen, ob ich verrückt geworden sei. Mein Herz klopft, bevor ich ihre Mail öffne. Sie hat den Betreff: *Du bist wahnsinnig!*

04.06. // 07:05

Wahnsinnig männlich!
Welcher Mann lässt sich im 21. Jahrhundert noch zu einer Mutprobe provozieren, bloß weil ein anderer Kerl sagt, er sei ein weiches Wohlstandskind?
Die Antwort? Du, Paul!
Du bist immer noch so sehr Mann, dass Du Dir so etwas nicht sagen lässt. Du stehst nicht mit hängenden Armen in der Ecke herum, kaust Walnussbrot und sagst, dass man das irgendwie alles nicht so ernst nehmen sollte. Nein. Du bist so bescheuert, dass Du eine Hundert-Tage-Wette aufstellst und auf Deinem Balkon Geld verbrennst. Das war zwar schamlos gegenüber denen, die es bräuchten, aber mit diesem Manni-Text dazu durchaus schlüssig. Schlüssig und irre! Und ich finde es toll.
Du liest diesen Satz jetzt vielleicht zweimal, weil Du

denkst, Du hast eine Fliege ins Auge gekriegt. Ich finde es toll. Ich hätte Dir niemals dazu geraten, aber ich bewundere Deine Courage. Du bist jung, Du bist kräftig und sportlich. Du hast noch diese Chance auf ein Abenteuer. Weißt Du, dass ich mir manchmal wünschte, einfach nur weit weg auf einer verregneten Landstraße zu sein? Nur den Rucksack auf den Schultern. Nicht wissen, was morgen ist? Ich freue mich jetzt schon auf die Texte, die Deine hundert Tage hervorbringen werden. Ist das egoistisch? Lass mir diese Freude. Wer riskiert denn heutzutage schon noch was?

Ich habe gestern wieder acht Menschen einen wöchentlichen Systemlottoschein angedreht. Sie hoffen alle nur auf Manni. Sie sagen: Wenn Manni erst mal immer für mich da ist, als VIP-Assistent, *dann,* ja dann sprenge ich alle meine Ketten! Aber sie wissen, dass Manni sie im Grunde verarscht. Das beruhigt sie aber, denn sie haben Angst. In Wirklichkeit trauen sie sich gar nicht, etwas zu ändern. So haben sie eine Ausrede. Und Du? Du sagst: Ich mach's. Ohne Geld. Ab dem 15. Juni. Zack!

Ich muss jetzt arbeiten gehen. Weil ich Manni leider noch brauche.

Mit Kopfschütteln und Bewunderung,

Deine

Sonja

Hätte ich auf Sonjas Reaktion wetten können – dieser Reaktion hätte ich eine Quote von 1:100 zugeschrieben. In ihren Augen bin ich also ein echter Mann. Unvernünftig und waghalsig. Ich lächele. Ich mache es! Ich mache es wirklich. Aber: die Sachen. Es ist noch so viel Zeug da. Es steht noch so viel bei mir rum.

04.06. // 13:07

Liebe Sonja!
Warum sprengst Du nicht die Ketten und schickst Manni in die Wüste? Du bist doch auch so jung wie ich. Ich weiß ohnehin noch nicht genau, wie Du lebst, dabei weißt Du so viel über mich.
Eine Frage zu Deiner wunderschönen Mail. Du hast neulich im Scherz das Angebot gemacht, meine ganzen restlichen Sachen auf einen Schlag zu kaufen, falls ich jemals meine Wohnung abgebe. Ich denke, das wäre jetzt so ein Moment. Würdest Du darauf eingehen?
Soll ich mehr Packband kaufen? Oder soll ich mir ein Auto leihen und es bei Dir vorbeibringen? Ich weiß, 425 Kilometer sind nicht wenig, aber das Porto wird es auch nicht sein. Ich mache am besten mal eine Liste …
Dein
Paul

04.06. // 16:59

Liebe Sonja!
So.
Fast vier Stunden. Hier ist die Gesamtaufstellung.
Ich bin gespannt.
Dein
Paul

04.06. // 17:46

Lieber Paul!
Es wäre nicht nötig gewesen, diese Liste zu machen, aber ich gebe zu, dass sie die staubkornkleinen Zweifel, die ich ohne sie beim Kauf gehabt hätte, wegpustete wie ein Steinmetz die letzten Krümel von der Grabplatte. Das war jetzt ein schiefes Bild, entschuldige.
Es ist nicht alles retro, was Du da hast, und wenn Du sagst, es sind insgesamt sieben große Umzugskartons, dann sage ich: 500 Euro? Ist das okay? Du musst bedenken, dass ich nicht alles wirklich gebrauchen kann. Ich bin bloß eine Callcenter-Agentin, die veraltete Sachen sammelt. Aber ich kaufe mir, wenn ich Manni zu Dir schicke, im Grunde nicht Deine Sachen. Ich kaufe ein Abonnement auf hundert Tage Blog und Mail von meinem liebsten Brieffreund Paul. Hätte ich auch nicht gedacht, dass ich als Mitglied der Telefondrückerkolonne mich mal selbst auf ein Abo einlasse. ☺
Bitte schicke mir die Sachen mit Hermes, Paul. Du

schreibst ganz zu Recht, dass ich nach mehreren Wochen Brieffreundschaft mehr über Dich weiß als Du über mich. Vielleicht ist es an der Zeit, das zu ändern. Ich bin von meinen Eltern weg, aber das weißt Du ja schon. Es war nicht so, dass mich zu Hause jemand geschlagen hätte oder ähnlich Dramatisches. Nicht mal Alkohol konsumieren meine Eltern in größeren Mengen, jedenfalls nicht mehr als die meisten Erwachsenen. Sie waren beide »chen-Trinker«. Meine Mutter trank immer nur ein »Weinchen« und mein Vater ein »Bierchen«. Dafür taten sie das jeden Tag. Das war nicht das Problem. Geflohen bin ich vor dem großen Grau, das sie umgab. Ich musste als Kind zusehen, wie es sie jeden Tag mehr umhüllte. Ich konnte nichts dagegen machen. Als Teenager habe ich täglich zwei Jobs gehabt, damit ich so wenig wie möglich zu Hause sein musste. Ich wollte mir dieses Schweigen nicht ansehen. Diese unausgesprochenen Vorwürfe. Am Tag meines achtzehnten Geburtstages bin ich raus. Es ist viel passiert. Ich bin stolz auf mein eigenständiges Leben, aber ich habe noch Schwierigkeiten, jemand anderen dort hineinzulassen. Ich muss mich sortieren, Paul. Es geht nicht, dass Du vorbeikommst. Noch nicht. Verstehst Du das? Und Du solltest die Zeit vor Deinem Start auch nutzen, um Dich *wirklich* vorzubereiten. Wie Gibbs, wenn es zum Einsatz geht. Denk an alles! Nimm es nicht auf die leichte Schulter.
Ich drücke Dich,
Sonja

Diese Mail berührt mich. Und sie macht mir ein schlechtes Gewissen. Eben wusste Sonja noch mehr über mich als ich über sie, aber jetzt hat sie mich zweifach überholt und überrundet. Ich habe schließlich auch eine Geschichte, die sie nicht kennt. Über die ich nicht rede. Die ich unter den Steinen vergrabe, die in meinem Hals auftauchen, um die Flut zu stoppen, die von innen kommt. Ich habe mehr als ein großes Grau. Ich habe ein schluckendes Schwarz. Einen Abgrund, der alles verschwinden lässt. Ein schwarzes Loch – wie Mirko, nur aus anderen Gründen. Bevor ich den Gedanken weiterverfolge, stehe ich auf, gehe zu Jörgs Tür und bollere nun meinerseits ans Holz.

»Der Irre!«, sagt er, als er öffnet.

»Hilfst du mir beim Packen?«, frage ich und Jörg strahlt.

Wir packen.

Tagelang.

Es ist ein Fluss der Vereinfachung. Es ist kaum zu beschreiben. Die allermeisten Dinge lasse ich los, ohne zu zögern. Ich bin sogar froh, keine mühsamen Auktionsgeschichten mehr erfinden zu müssen. Sonja bekommt bei fünfhundert Euro Pauschalpreis jedes Teil umgerechnet für unter fünfzig Cent. Das ist mir egal. Manni kann mich mal. Für die Post füllen wir Kartons. Für meine Mission fülle ich meinen Rucksack. Ich räume ihn aus, bevor ich ihn einräume. Dann denke ich über jedes Teil nach, das mit in das Abenteuer muss. Jörg und ich sammeln alle infrage kommenden Teile in einer Zimmerecke. Später, wenn klar ist, was definitiv eingepackt wird, stellen wir die Kamera auf und halten sieben Minuten lang still drauf, wie meine Hände die Sachen in den Rucksack räumen. Mich selbst sieht man dabei nie. Den Beitrag dazu werde ich *Gepäckkunde* nennen, da im Alphabet das »G« an der Reihe ist. Ich werde ihn starten mit dem Satz *Gepäck ist ein Arschloch* und ein wenig über den klassischen Urlaub herziehen, wo man sich mit viel zu viel Proviant belastet. Am besten, ich schreibe über die Familie, die ich neulich auf dem Wanderparkplatz sah. Ihr *Wilde Kerle*-Ball liegt schon in einem der Kartons, die zu Sonja gehen, als Bonus. Dann mache ich einen Schwenk in meinem Blog-Text zu meiner Ausrüstung für die hundert Tage und zeichne den Unterschied zwischen Freizeitgepäck und Überlebensgepäck. Im Grunde eine Wiederholung des Unterschieds zwischen »Essen« und »Nahrung«. Warum auch nicht? Ich muss nicht jedes Mal was komplett Neues erfinden. Ich halte den Text kurz und liste darunter auf, was ich einpacke.

Alufolie, Besteck, Blumendraht, Feuerzeug, Handtuch, Isomatte, Kamera mit Akkus, Kapuzenpullover, Kerze aus Talg (kann man zur Not sogar essen), Kompass, Laptop mit Akkus, Medikamente (Basisausstattung gegen Schmerzen und Durchfall), Messer, Nadel und Faden, Schlafsack, Seil (drei Meter), Sonnenbrille, Taschenlampe, Topf & Becher (Alu), Verbandszeug (aus Autokasten), Vergrößerungsglas (als Brennglas zum Feueranzünden, falls Feuerzeug leer), Wechselklamotten.

Stammnörgler Godot, der mir vor wenigen Tagen noch »Respekt« bezeugt hat, vervollständigt die Liste ungefragt.

Godot sagt:

06.06. um 12:25

… Teddybär, Nuckeltuch, warmes Fläschchen …

Ich freue mich auf meine Reise. Es fühlt sich an wie damals, wenn Benny und ich einfach losfuhren. Die ganze Welt verwandelte sich. In dem Augenblick, wo wir die Reise für eröffnet erklärten, wurde der Bürgersteig vorm eigenen Haus zu einem Teil der gleichen Kulisse, zu der auch das französische Gebirgsgewässer mit Riesenlibellen gehört. Das ist er zwar so oder so, aber das vergisst man gern. Man vergisst, was alles möglich ist. Und jetzt, was sagst du jetzt, Benny vom Bamberger Dach? Jetzt ist noch mehr möglich als früher! Jetzt gehe ich noch viel, viel weiter, als wir zusammen jemals gegangen sind!

»Hier ist eine uralte Pappschachtel mit Spongebob drauf. Die kann doch sicher weg, oder?« Jörgs Stimme tönt aus dem Flurschrank. Es hat lange gedauert, bis wir ihn so weit leer geräumt hatten, dass man die Hinterwand sah. Es braucht einen Moment, bis ich verstehe, was er sagt. Dann springe ich auf und renne in den Flur. »Nicht wegwerfen!«, schreie ich und Jörg reißt augenblicklich die Arme hoch und zeigt mir die Handflächen. Ich nehme die Schachtel an mich. Es hat einen Grund, warum sie ganz hinten im Flurschrank versteckt war. Ihr Inhalt ist so aufgeladen mit Erinnerungen, dass allein der Gedanke an sie die Flut in mir auslösen kann. Ich habe sie mir aus den Augen geschafft, damit sie aus dem Sinn ist. Jetzt halte ich sie das erste Mal seit Langem wieder in den Händen. Nur zwei, drei Millimeter Pappe trennen meine Augen von den Sachen in ihrem Inneren. Und diese Sachen wollen, dass ich den Deckel öffne. Du kannst uns nicht jahrelang nicht ansehen, sagen sie, das ist nicht fair. Nicht uns gegenüber, nicht dir selbst gegenüber, aber vor allem nicht *ihr* gegenüber. Sie war doch deine Mami. Die Sachen sagen extra »Mami« statt »Mutter«, damit ich weich werde. Jörg sieht still zu, wie die Schachtel mich hypnotisiert. Er ist jetzt ganz weit weg. Ich schlucke und lupfe den Deckel, sodass ich die ersten zwei Zentimeter ihres Inhalts sehe. Das reicht schon. Die Erinnerungen schießen aus ihr wie gleißendes Licht aus der Büchse der Pandora. Gerüche, Geräusche, Gebilde. Der Duft von selbst gemachtem Glühwein in dieser Winternacht, als Mama und Papa beim »lebendigen Adventskalender« mitmachten und die Feier in unserer Gärtnerei das zweiundzwanzigste Türchen war, um das sich die Nachbarschaft versammelte. Der Klang der Möwen über dem Wattenmeer, während sich der Schlick durch unsere Zehen presst. Die riesige astronomische Uhr an diesem unglaublichen Platz in Prag. Wie die Augen meiner Mama glänzen konnten. Als sie die Welt noch sahen. Und wie der Glanz dem Entsetzen wich, als …

»Paul, ist alles in Ordnung?«

Ich höre Jörgs Stimme wie durch ein Kissen und seine Silhouette wie durch einen Wasserfall. Er steht wohl jetzt vor mir. Er schließt den Deckel der Schachtel und das gleißende Licht zieht sich zurück. Die Erinnerungen werden wieder eingesperrt.

»Ich stelle sie in den Rettungskarton, okay?«

Ich nicke wahrscheinlich, jedenfalls bewegt sich mein Kopf. Ich wische mir das Wasser aus den Augen und sehe, wie Jörg die Schachtel in den Karton räumt, den ich im Haus meines Vaters einlagern werde. Der Boden ist mit neun Staffeln *Navy CIS* bedeckt. Zwei DVDs habe ich entfernt und bereits heimlich in einer Hülle in meinen Rucksack gesteckt. Sie tauchen auf der offiziell gebloggten Packliste nicht auf. Ich brauche sie, denn manchmal überwältigt mich die Stille so wie eben das Licht aus der Schachtel. Wenn das passiert, muss ich Agent Gibbs anschmeißen und die Ermittler plappern lassen, bis ich mich wieder im Griff habe. Das ist meine Art zu überleben und die würde sowieso niemand verstehen.

FLANKEN UND TORE

Zwar bin ich es, der heute das Haus verlässt, doch Jörg ist aus dem Häuschen. Die Party zu meiner Verabschiedung hat über hundert Leute angezogen. Jörg hatte die Einladung auch auf meine Pinnwand bei Facebook gesetzt, was Godot dort mit den rätselhaften Worten kommentierte:

> Dann genieß mal deine Party. Du ahnst ja nicht, was auf dich zukommt.

Türen und Fenster sind geöffnet und die Gäste wimmeln über den Vorplatz, die Treppen und beide Wohnungen wie Playmobilfiguren, die man auf allen Ebenen der Ritterburg verteilt hat. Jörg schenkt Sekt, Saft und Sion Kölsch aus. Er hat die Boxen seiner Anlage ins Fenster gestellt und extra für heute eine Playlist zusammengestellt, die mit Wandern zu tun hat. *I Would Walk Fivehundred Miles, I'm Walking, Walk This Way, Walking On Sunshine, Walking In Memphis*. Er muss sich im Moment wie ein Boxpromoter fühlen, denn sogar die *WDR Lokalzeit* ist mit einem Kamerateam vor Ort, um seinen Schützling, also mich, zu filmen. Die Drehleiterin, Frau Brandi, lässt mich gerade zum siebten Mal die Straße hinablaufen. Das soll eine Szene für den Beitrag werden. Eine schlichte Einstellung, wie ich fortgehe, den Rucksack auf den Schultern. »Nicht in die Kamera sehen!«, wiederholt Frau Brandi und lächelt gequält. Sie hat Fältchen in ihrem braun gebrannten Gesicht und ist sicher schon lange dabei. »Einfach so natürlich wie möglich losmarschieren. Als wären wir gar nicht da.« Ich stelle mich blöd an, da ich die Kamera nicht vergessen kann. Es ist eben nicht meine – und selbst, wenn es meine wäre, filmte ich mich nicht selbst in ganzer Pracht. Ich habe Frau Brandi bei ihrer Ankunft den Vorschlag gemacht, nur meine Füße zu zeigen, aber das lehnte sie ab. Also versuche ich seit einer halben Stunde so sehr, »unverkrampft« zu sein, dass mir schon alles wehtut. Am Wegesrand steht eine junge Frau mit schwarzen Locken. Sie lächelt entschuldigend und tippt mit dem Finger auf ihre große Sportuhr. Ein hagerer Schlaks mit Hornbrille und Fotokamera steht bei ihr. »Wir brauchen nur fünf Minuten!«, ruft die Lockige Frau Brandi zu. Die zwanzig Jahre ältere Kollegin hebt die Hand und sagt zu mir: »Machen Sie ruhig eben das Interview, Herr Planbaum. Wir versuchen es danach noch mal mit dem Laufen.« Die Lockige ist also ebenfalls von den Medien. Ich frage mich, was die alle an mir finden.

»Hallo, Paul«, sagt die Lockige und reicht mir die Hand. »Ich bin die Lea, das ist mein Kollege Linus und wir kommen von der Zeitschrift *Neon*. Robin Piller hat dich uns empfohlen.«

Neon. Die kenne ich. Angeblich das wichtigste Blatt für Menschen zwischen zwanzig und fünfunddreißig. Untertitel: *Bald werden wir erwachsen*. Sie liegt überall aus. Benjamin liest sie gelegentlich. Sie ist die *Bravo* der Studenten.

»Ist dir klar, dass du bei unserer Leser-Community im Netz momentan das größte Thema überhaupt bist?«, fragt Lea. Sie trägt eine offene, schwarze Kapuzenjacke über einem eng anliegenden T-Shirt mit dem Schriftzug der Band Kings Of Leon. Die Wörter »Kings« und »Leon« betonen den Schwung ihrer

Brüste. Was ist denn jetzt los? Kaum werde ich mal von zwei Medien gleichzeitig umschwärmt, achte ich wie ein Popstar verschärft auf Brüste? Aber noch verwirrender: Warum habe ich ein schlechtes Gewissen deswegen und denke jetzt an Sonja?

»Was?«, stammele ich.

»Unsere Online-Community«, sagt Lea und ihr Kollege macht die Kamera bereit, »ist vielleicht die wichtigste überhaupt. Die lieben dich.«

»Das ist schön«, sage ich und fühle mich so verwirrt wie geschmeichelt. Ich stelle mir vor, wie Benny auf seinem Dach in Bamberg sitzt, nur in der Badehose im Liegestuhl, eingecremt mit Sonnenmilch. Er nimmt die neueste Ausgabe der *Neon* zur Hand und liest ein Interview mit mir.

»Okay, das Wichtigste bei dem Artikel im Heft wird dein Blog. Wir zitieren ihn in Auszügen und stellen vor, was du machst. Hier und jetzt brauchen wir im Grunde nur was Knackiges. Dann sind wir auch schon wieder weg.«

»Was Knackiges?«

»Ja. So was wie die drei wichtigsten Regeln für ein Leben ohne Manni.« Sie lacht. »Ein Paul-Programm. Das lieben unsere Leser. Eins, zwei, drei. Was darf man und was darf man nicht, wenn man seiner Sache treu bleiben will?«

»Ja, nun …«, sage ich und will überlegen, aber überlegen dauert Lea zu lange. Und Frau Brandi tippt nun ihrerseits auf die Uhr.

»Man verweigert den Geldverkehr«, legt Lea mir die erste Regel in den Mund.

»Selbstredend«, sage ich.

»Man nimmt sich, was man kriegen kann. Um mit deinem Blog zu sprechen – man isst Nahrung statt Essen.«

»Das wird wohl so kommen«, sage ich.

»Äh, Verzeihung?«, mischt sich plötzlich ein Mann mit Spitzbart und vorstehenden Augenbrauen ein. »Ich bin Karl Kuhnert von der *Bild*. Sind Sie Paul Planbaum?«

»Sie sehen doch, dass wir mitten im Interview sind«, sagt Lea.

»Ich wollte mich nur schon mal ankündigen, ich habe nämlich keine Zeit«, sagt Herr Kuhnert.

»Können wir jetzt mal weiterdrehen?«, ruft Frau Brandi.

»Wie erzeugst du eigentlich deinen Strom unterwegs, mal nur so nebenbei gefragt?«, sagt Lea. Ich nehme meinen Rucksack und zeige stolz auf die daran angebrachte Solar-Charger-Matte, die ich vor wenigen Tagen im Netz erworben habe. Der *WDR* filmt, wie ich sie Lea zeige. Karl Kuhnert späht wie ein Geier und macht sich Notizen. »Darfst du eigentlich trampen?«, fragt Lea. »Oder wäre das Schummeln, sich im Auto mitnehmen zu lassen?«

»Ich bin kein Weichei«, sage ich, noch ehe ich gut überlegt habe, und höre mich hinterherschieben: »Und außerdem schmilzt die Scholle!« Lea lacht. Warum sage ich so was?

»Gut, das war's schon!«, sagt Lea und verabschiedet sich. Kaum, dass ich aus ihren Fängen bin, zerren der *WDR* und die *Bild* an mir herum.

»Ich brauche nur zwei Minuten!«, sagt Karl Kuhnert zu Frau Brandi und diese mustert ihn wie ein Insekt.

»*Das* glaube ich Ihnen gerne«, entgegnet sie und erlaubt auch dem Boulevardmann das Vordrängeln.

»Wie wollen Sie nun genau vorgehen, so ganz ohne Geld?«, fragt er mich und ich antworte: »Keine Ahnung, ich plane nicht. Es kommt, wie es kommt.«

»Was sagt Ihre Freundin dazu?«

»Hab ich nicht«, sage ich, mit zwei Sekunden Verzögerung. Einen Moment lang denke ich an Sonja und was sie zu dieser Antwort sagen würde. Warum denke ich das? Das ist doch irre. Sie ist nur Text.

»Und Ihre Eltern?«

»Sind auf Weltreise.«

Herr Kuhnert nickt, als reiche ihm das schon. Er zeigt auf die Wiese schräg gegenüber. Er ist von der *Bild*. Eben habe ich noch mit der *Neon* gesprochen. Ich muss mir das vergegenwärtigen, sonst komme ich durcheinander. »Können wir da drüben ein Foto machen, wie Sie da mit Ihrem Stock hocken?«

»Mit dem Stock hocken?«, frage ich.

Frau Brandi dreht mit ihrer Hand eine virtuelle Kurbel.

»Ja, mit Ihrem Jagdstock oder was weiß ich?«

»Ich habe keinen Jagdstock.«

»Egal, dann essen Sie eben eine Ameise.«

»Es geht ums Überleben ohne Geld, nicht unbedingt um Ameisen«, sage ich.

»Ich brauche ein Bild.«

»In seinem letzten Video hat er Geld verbrannt«, sagt Frau Brandi.

»Sie haben Geld verbrannt?«, fragt Herr Kuhnert. Der Typ hat also nicht mal mein Video gesehen. »Das mache ich nicht mehr«, sage ich.

»Doch, das ist ein super Motiv!«

»Ja? Dann lesen Sie mal die zweiundfünfzig Mails, in denen mich Leute deswegen beschimpft haben!«

»Wie heißt denn Ihr Blog überhaupt?«

Jetzt werd ich doch nicht mehr. Hat er mich das eben wirklich gefragt? »Pimmelkäse«, sage ich und Frau Brandi kichert zu ihrem eigenen Schreck wie ein Mädchen.

»Ich kann auch wieder gehen«, sagt Herr Kuhnert.

»Ich kann auch statt Geld Ihre Zeitung anzünden«, sage ich. »Oder als Klopapier kleinschneiden, für die Reise.«

Oh.

Das hätte ich wohl nicht sagen sollen. Vor allem, da die *WDR*-Kamera auf mich gerichtet ist und das Licht rot leuchtet. Herr Kuhnert verzieht die Lippen und schaut nach schräg unten, als finde er dort eine Antwort auf die Frage, wie er mir gleich aufs Maul hauen soll. Dann hat er sie. Er sagt: »Das ist eine Spitzenidee!«

»Wie bitte?«

»Herr Veranstalter?« Er winkt meinem Nachbar Jörg, der aus dem Fenster heraus in seinem Onkel-Charlie-Hemd neue Drinks ausschenkt. »Haben Sie mal eine Schere?« Jörg wirft sie ihm rüber. Herr Kuhnert holt eine aktuelle Ausgabe der *Bild* raus und beginnt, sie in klopapierkleine Blättchen zu zerschneiden.

»Was machen Sie denn da?«

»Sie hocken sich gleich in die Wiese und halten diese Klopapierstückchen vor sich. Sie sind ein alternativer Held. Da passt es doch gut, wenn Sie quasi sagen: Ich scheiße auf die *Bild*.«

»Und das drucken Sie dann?«

»Natürlich bringen wir das! Wir machen doch auch diese

Kampagnen mit den Prominenten, die sagen, warum sie uns scheiße finden.«

»Und wenn ich will, dass Sie gar nichts berichten?«

»Das können Sie nicht mehr wollen. Sie sind jetzt eine öffentliche Person.«

Ich lasse diesen Satz einen Augenblick sacken. Herr Kuhnert sagt: »Sie sind neu in dem Geschäft, Junge, das ist okay, deswegen sage ich Ihnen jetzt einfach ganz ehrlich, wie es ist. Ich kann *so* berichten oder ich kann *so* berichten. Aber berichten werde ich auf jeden Fall. Es gibt kein *außerhalb* der Medien.«

»Auf Paul Planbaum«, grölt Jörg und hebt neben seinen Boxen im Fenster das Glas. »Auf den Mann, der für uns alle Zwänge von sich wirft und austestet, ob es auch ein Leben ohne Geld und Gurkensalat geben kann. Dieses Lied ist für dich, Paul Planbaum. Für den letzten echten Kerl, weil du die Band so magst. Rammstein statt Rucola!!!« Jörg dreht die Boxen auf und die psychotischen Schwermetaller aus dem Osten singen: »Ich bin in Hitze schon seit Tagen/So werd ich mir ein Kahlwild jagen/Und bis zum Morgen sitz ich an/Damit ich Blattschuss geben kann.« Ich werde knallrot vor Scham, schnappe mir Herrn Kuhnert und flüchte mit ihm auf die Wiese, um das Foto zu machen. Ich höre noch, wie Frau Brandi zu ihrem Kameramann sagt: »Komm, Fips, wir können packen. Daraus lässt sich wohl was machen, oder?«

Wer hat eigentlich beschlossen, dass meine *Hundert Tage ohne Geld* eine Wanderung sind? Das steht nirgendwo geschrieben. Ich könnte genauso gut an einer Stelle sitzen bleiben. Solange ich überlebe, ohne dass »Manni« mir hilft, würde das zählen.

Aber heute, am ersten Tag, da laufe ich, weil die Leute laufen. Neun Männer sind mitgekommen und »begleiten« mich auf meiner ersten »Route«. Das heißt, sie laufen irgendwo lang, und ich latsche nebenher und tue so, als hätte ich mir das alles so gedacht. Der Einzige, dem dieser Sachverhalt klar zu sein scheint, ist Hans Schlecker, ein kraushaariger Brummkopf mit Schnauzer. Er ist der Redakteur der *Rheinischen Post.* Er war bereits während der ganzen Party anwesend und hat beobachtet, wie seine Kollegen von *Bild, Neon* und *WDR* an mir herumzerrten wie Hunde an einem zu teilenden Stöckchen. Er zerrte nicht mit, denn er hat Zeit. Und nun hat er das Stöckchen für sich allein.

»Hast dir ganz schön was vorgenommen«, sagt er, während wir wandern. Es ist sein erster Satz seit zehn Minuten. Er mag ja Journalist sein, aber er redet so wenig wie ein Gärtner. Wie mein Vater, der auch häufig glaubt, es genügt, beisammen zu sein und darauf zu warten, bis ab und zu ein Gespräch wie Fallobst vor einem auf den Rasen plumpst. In der Zwischenzeit hat er zweimal geschrieben aus Borneo. Langsamer Rechner in der Lobby. Die Nachrichten waren kurz und kryptisch, die Umlaute Sonderzeichen. Es ging um Makaken, Bengalkatzen und Orchideen. Die pflegebedürftigsten Blumen unserer Welt wachsen dort einfach so im Freien. Die wenigen Zeichen, die Vater getippt hatte, sagten mir: Er ist begeistert. Ich schrieb ihm Unverbindliches zurück. Er soll sich keine Sorgen machen.

Ich wackele mit dem Kopf. Hans schaut zu den Männern, die vor uns spazieren: »Freunde?« Ich verneine und belausche mit halbem Ohr das Gespräch.

»50 000 Flüchtlinge befinden sich zurzeit in Somaliland. Das ist der reichere Teil Somalias, wenn du so willst. Sie haben sich 1991 für unabhängig erklärt, wurden aber nie von der Weltgemeinschaft als Staat anerkannt. Deswegen gelten die Menschen, die dort nach Hilfe suchen, auch nicht als Flüchtlinge.«

»Und da helfen die Grünhelme?«

»Ja, zusammen mit einer lokalen NGO, der GAVO.«

Wir gehen langsam. Unsere Sohlen kratzen auf dem Bürgersteig. Ein Bus röhrt vorbei. Hans Schlecker sagt: »Der Kollege von der *Bild* wird sein eigenes Süppchen kochen.« Ich sehe Hans an. Er sagte vorhin, ich solle ihn duzen. Der Wind fährt sanft durch sein umfangreiches Schnurrbarthaar.

»Ja, und?«, sage ich.

»Das Süppchen wird dir wahrscheinlich nicht schmecken.«

Hans lächelt und schließt die Augen, da die Sonne durch die Wolken bricht. Er lässt den Wind seine Schnurrbarthaare kitzeln. Nach einer Weile sagt er: »Weißt du was? Du kannst doch gut schreiben. Verfasse deinen Artikel über dich für die *Rheinische Post* doch einfach selber und schicke ihn mir zu.«

Ich schlucke. »Habe ich was falsch gemacht?«

Hans lächelt. »Nein, wieso? Du weißt am besten, was drinstehen soll. Nur du steckst in deiner Haut. Ich tupfe als Journalist vage darauf herum und tue dann so, als könnte ich dein Inneres erkennen.«

»Aber …«

»Lass mich dir eines mit auf deinen langen Weg geben, mein Junge. Nur eines, und dann bin ich still. Dein Hundert-Tage-Ding hier, die ganze Aktion, das ist wie …« Er sucht nach einer Metapher. »Interessierst du dich für Fußball?«

Ich nicke.

»Gut. Also. Deine Aktion, die ist nicht wie ein Torschuss. Die ist wie eine Vorlage. Du hast den Ball hoch in die Mitte geflankt, aber keinen Einfluss mehr darauf, wie die anderen deine Flanke verwerten. Manche werden den Ball ins Aus dreschen oder ihn aufheben und ins Publikum werfen. Manche werden ein Tor schießen und so tun, als hätte es mit deiner Flanke nichts zu tun gehabt. Manche werden den ganzen Ball umlackieren. Und warum? Weil diese Leute alle noch Karriere machen wollen. Weil sie lieber beim FC Barcelona spielen als bei Fortuna Köln.«

»Und du?«, frage ich.

»Ich spiele gerne in der Regionalliga, wenn wir bei dem Bild bleiben wollen. Ich schreibe seit fünfundzwanzig Jahren für die *Rheinische Post*. Ich muss aus deiner Flanke nichts machen, was du nicht willst, bloß um mich zu profilieren. Du musst nicht mal auf mich flanken, wenn du nicht magst. Du kannst das Tor auch ganz alleine schießen. Wie ich schon sagte.«

Ich denke nach und wir gehen langsam weiter. Eine Ameisenstraße führt quer über den Bürgersteig. Der Mann vor uns sagt zu seinem Kumpel: »Es gibt einen Seehafen in Berbara und zwei kleine Flughäfen. In Hargeisa landen uralte russische Vögel, die früher für Juba Air in der Luft waren. Der Neudeck baut dort ein Versorgungscamp auf. Er sucht noch Krankenpfleger und einen Bautechniker.«

»Und?«, fragt Hans. »Willst du deinen Artikel selber verfassen?«

»Was? Nein. Danke. Mach du ruhig das Tor, ich flanke gerne auf dich«, antworte ich flüchtig, denn meine Aufmerksamkeit ist bei den vor uns Laufenden.

»Krankenpfleger, schön und gut. Aber wer geht dahin? Freiwillig? Auf wirklich harte Sachen lässt sich doch keiner mehr ein. In der Zeit könnte man genauso gut Party machen.« Der Mann lacht verächtlich.

Ich sage: »Entschuldigung?« Sie drehen sich im Gehen zu mir um. Einer von beiden sieht aus wie ein Hippie. Der andere ist glatt rasiert. Sie lächeln freundlich. Aus einem Fenster wird rote Bettwäsche zum Lüften rausgehängt. Es sieht aus, als müsse das Haus hecheln, weil der Sommer langsam sein Thermostat hochdreht.

»Ist einer von euch Nature Boy? Oder Pitch Black?« Sie sehen mich fragend an. Ich lächele verschwörerisch, um zu signalisieren, dass ich die Wahrheit aushalte: »Oder sogar … Godot?«

»Wer ist das?«, fragt der Hippie.

»Das sind User, die auf meiner Seite bissige Kommentare hinterlassen.«

Der Rasierte lacht: »Nein. Wir finden gut, was du machst.«

»Ich bin Wheeler23«, bemerkt ein junger Mann, der ein Stück hinter uns lief. »Von eBay. Ich habe die drei CDs von *A* gekauft!« Er strahlt.

Ich nicke anerkennend und denke an Grünhelme in Somalia.

Am frühen Abend sind alle verschwunden. Nur Hans ist noch bei mir. Wir bleiben beide stehen, sobald der letzte Mitläufer um die Ecke gebogen ist. Hans zeigt auf eine weiße Wand mit Speisekarte, Sonnenschirmen von Fanta und Stühle aus silbernem Leichtmetall: »Willst du eine Pizza? Ich bezahle.«

»Ich weiß nicht.«

»Du wirst Kräfte brauchen. Und geschenktes Essen ist keine Mogelei.«

Zehn Minuten später essen wir. »Wo wirst du die erste Nacht verbringen?«, fragt Hans, und noch bevor ich antworte, vertiefen sich die Lachfalten unter den grauen Schläfen. »Ist schon in Ordnung, wenn du in deinen eigenen Wald willst.«

»Ist das so offensichtlich?«, sage ich.

»Du hast nirgendwo geschrieben, dass du eine Wanderung machst.«

Ich schaue ihn an wie ein Kind, das wortlos fragt, ob es wirklich okay ist, erst mal zu meinem Kauz zu gehen. Ist es das? Ist es okay, wenn ein Abenteurer zugleich ein Gewohnheitstier ist? Ein Abhängiger seiner vertrauten Umgebung?

Ein Windstoß fegt eine Serviette vom Tisch. Hans hält seine Schnurrbarthaare in den Luftzug und lässt sie wie kleine, hauchdünne Segel flattern.

Um 22 Uhr bin ich endlich beim Waldkauz angekommen, schlage mein Lager auf und sehe im Laptop nach, was in der Paulwelt los ist.

15.06. // 18:02

Hallo Paul!
Der gedruckte Artikel kommt nächste Woche, aber dein Manifest haben wir schon online gestellt. Wie gesagt – unsere Community liebt dich.
Tschüssi, Lea von *Neon*

Mein Manifest? Ich klicke auf den beigefügten Link.

Pauls Drei-Punkte-Plan

Für unseren Lieblingsblogger Paul Planbaum (»Log Out!«) hat die Reise ohne Geld begonnen. Uns verriet er, welche Prinzipien er nicht verraten wird.

1. No »Manni«

»Geld werde ich während der hundert Tage selbstredend nicht anrühren. Ich überlebe durch das, was ich finde – und ich teste, wenn möglich, die direkte Tauschwirtschaft.«

2. No Convenience

»Ich ernähre mich von dem, was ich finde. Das wird sicher keine Pizza Calzone sein, die frisch gebacken auf der Straße liegt. Ich gewöhne mich wieder daran, dass es beim Essen um den Erhalt der Betriebstemperatur und nicht um Belohnungen geht.«

3. No Wheels

»Ich mache alle Wege zu Fuß. Ist doch klar. Es geht ja auch um Langsamkeit bei *Log Out!*. Gott lässt Pizzas nicht auf Bäumen wachsen. Und er hat den Menschen mit Füßen statt mit Rädern ausgestattet.«

Anspruchsvolle Prinzipien, die Planbaum sich da selbst gesetzt hat! Prinzipien, die er einhalten muss, wenn er der Held für uns bleiben will. Wir, die wir von seinen Abenteuern lesen, während wir mit dem süßen Café Latte im Becher, das iPad auf dem Schoß, S-Bahn fahren. Eines Tages wollen wir so sein wie du, Paul! Enttäusche uns nicht, wir haben dich im Auge.

Ich lese das und denke daran, was Hans heute Mittag gesagt hat. *Du hast den Ball hoch in die Mitte geflankt, aber keinen Einfluss mehr darauf, wie die anderen deine Flanke verwerten.* Lea hat aus meiner Vorlage mehr gemacht, als ich angeboten habe. Unter ihrer Mail macht eine Mail aus dem Blogsystem mich darauf aufmerksam, dass ich einen Kommentar von Godot freischalten soll. Er hat den *Neon*-Artikel wohl auch schon gelesen.

Godot sagt:
15.06. um 18:57

Keine Räder, niemals? Man sollte vorsichtig sein bei dem, was man sagt. Ich wette, spätestens ab Tag 20 hältst du den Tramperdaumen raus, Frischling!

Der Waldkauz sitzt über mir im Baumloch und schüttelt den Kopf, Feder gegen Feder. *Schmeiß ihn doch einfach raus*, sagt er wortlos. *Er nervt dich doch schon seit Wochen.* »Nein«, sage ich, »natürlich schalte ich den Kommentar frei.« Soll der Typ doch wetten, was er will. Niemand hat gesagt, dass ich die nächsten hundert Tage wandern muss.

DER HUNGER

Am nächsten Morgen um 6:30 Uhr weckt mich eine Hand. Sie ist grob wie eine Schaufel und stupst mich an die Schulter. »Hey! Stehen Sie auf!« Die Stimme ist so grob wie die Hand. Das Gesicht dazu ist rund und knollig. »Wild Campen ist hier verboten.«

»Ich campe nicht«, entgegne ich mit kratziger Morgenstimme, »oder sehen Sie hier irgendwo ein Zelt?«

»Sie können so oder so nicht bleiben. Die nächsten vierzehn Tage gibt's hier Forstarbeiten. Wir fällen und lichten aus.«

Mein Blick schießt augenblicklich zum Baumloch. »Da lebt ein Waldkauz!«

»Wenn ich *hier* sage, meine ich auch nicht genau *hier*. Ich rede vom ganzen Gebiet. Solange hier gearbeitet wird, ist alles abseits der Hauptwege gesperrt.«

»Aber ich bin Paul, der Blogger«, sage ich.

»Und wenn Sie Pius der Papst wären. Sie müssen hier raus.«

Ich rappele mich auf und packe meine Sachen. Der Forstarbeiter kratzt sich am Hintern. Ich brauche Wald, um zu überleben. Ich frage ihn: »Wo finde ich das nächste große Stück Wald, das so ist wie dieser hier? Mit viel Frucht und Wildwuchs.« Der Mann überlegt. Dann zeigt er nach Nordosten. »Da gehen Sie dreißig Kilometer in diese Richtung«, sagt er. »Hier.« Er zeigt es mir auf einer speckigen, alten Karte, in die er mit Kuli Notizen gemalt hat.

»Geht's nicht näher?«, frage ich.

»Doch, früher ging es immer näher. Vor fünfhundert Jahren war hier überall Wald. Im Grunde liegen alle dazu nötigen Samen tief im Boden unter den Baumärkten und Parkplätzen versteckt. Reißen Sie den Asphalt auf und warten Sie fünfzig Jahre. Oder wandern Sie dreißig Kilometer in diese Richtung.«

Wer hat gesagt, dass ich wandern müsste, habe ich gestern gefragt. Nun habe ich die Antwort. »Und Sie garantieren mir, dass Sie diesen Baum stehen lassen?«

»Junge, weißt du eigentlich, wie uns die Naturschützer seit zehn Jahren auf die Finger schauen? Ich muss hier jeden Käfer zweimal umdrehen und seine Seriennummer überprüfen, bevor ich überhaupt noch was tun darf. Im Grunde bin ich froh, dass ich mal einen jungen Mann finde, der noch im Freien übernachtet und sich die Finger schmutzig macht. Viele gehen in deinem Alter studieren, sitzen mit fünfunddreißig Jahren im Umweltministerium, lassen sich E10 in den Dienstwagen tanken, hatten noch nie Dreck unter den Nägeln und schreiben mir dann aus dem Glasbau heraus vor, wie ich meine Arbeit zu machen habe.«

Ich verlasse den Wald und setze mich auf dem Parkplatz auf eine Bank. Eigentlich wollte ich es ruhig angehen lassen. Erst mal ein paar Tage hierbleiben, mich an das neue Leben gewöhnen, ein paar Beiträge über Flora und Fauna schreiben. Jetzt haben sie mich aus meinem eigenen Wald ausgesperrt und ich muss dreißig Kilometer bis zum nächsten hinter mich bringen. Aber gut, was beschwere ich mich? Ich bin ein Läufer. Ich habe bis vor Kurzem jeden Mittwoch zehn Kilometer oder einen Halbmarathon gemacht. Die Luft ist gut und warm, sie duftet wie ein Kurort in den Alpen. Ich habe Zeit. Ich werde es entspannt angehen. Ich muss nur gehen, spazieren, walken. Nicht joggen. Ganz locker. Bevor ich aufbreche, schaue ich im Laptop nach, was es Neues gibt. Die erste Mail ist von Robin Piller.

15.06. // 23:32

Paul,
hast du schon das *Lokalzeit*-Feature gesehen? Lief direkt heute Abend. Klickst du hier und guckst du. ☺ Ich sag nur: Wie geil ist das denn? Du bist ein Zauberer, Paul. Du schaffst es, dass sogar die Spießer von der *Lokalzeit* den Mut zu einem richtig geil trashigen Bericht haben.
Grinsend,
Robin

Ich klicke auf den Link. Ein Videoplayer der *WDR*-Webseite öffnet sich. Die Zeitleiste zeigt an, dass das »Feature« über mich bloß siebenundvierzig Sekunden dauert. Es ist allerdings erstaunlich, wie viel Profis in siebenundvierzig Sekunden erzählen können. Nach zwölf Sekunden ist bereits klar, wer ich bin und was ich mir vorgenommen habe. »Gesamtkunstwerk oder Internet-Kult im Sommerloch?«, fragt die Moderationsstimme und gibt sich selber Antwort: »Zumindest im Umgang mit den Boulevardmedien benimmt sich Planbaum bereits jetzt wie ein Performancekünstler.« Dann sieht man mich, wie ich mit Karl Kuhnert von der *Bild* schimpfe und er die Schere bestellt und seine eigene Zeitung zerschneidet, damit ich auf der Wiese symbolisch darauf scheißen kann. Und das ist gestern in der *WDR Lokalzeit* gelaufen? Gut, dass man die in Borneo nicht sieht. Aber in Bamberg auch nicht. Mist. Da wäre es mir recht gewesen. Jetzt bin ich also auch noch ein »Performancekünstler«.

Sonja schreibt mir eine kurze Gute-Morgen-Mail, und ich antworte ihr, dass ich dreißig Kilometer vor der Brust habe. Dann klappe ich den Rechner zu, schultere den Rucksack und gehe die Strecke an.

Hunger

On. 16.06.2012 · Leave a Comment

Der Hunger ist ein Arschloch.

Er begleitet mich schon seit Stunden. Der Hunger und ich gehen durch Wohnviertel und über Landstraßen. Außer einem bisschen Vogelmiere und Wegmalve zeigt sich uns nichts Essbares. Das reicht dem Hunger nicht. Nicht für einen Marsch von dreißig Kilometern. Da will er mehr. Das Schlimme an ihm ist nicht, dass er quengelt und mault. Das Schlimme ist, dass er gleichzeitig von seinen Erlebnissen in Afrika erzählt. Von Kindern, die in Somalia sterben, weil Guerillasoldaten Hilfslieferungen abfangen.

»Dass ich heute bei dir bin, das ist lächerlich«, sagt er.

Ich grummele und setze einen Fuß vor den anderen.

Er findet es lächerlich, aber er bleibt.

»Du musst einfach mal den Mumm haben, zwei

Tage nichts zu essen«, sagt er. »Nach zwei Tagen verschwinde ich. Dann bin ich weg. Futsch!«

Es ist schon fünfzehn Uhr. Um sieben bin ich losgegangen. Fünfzig Meter vor mir streicht der Wind durch Maisblätter. Das Geräusch erzeugt Bilder saftiger, gelber Kolben in meinem Kopf. Schade nur, dass wir erst Juni haben. Die Pflanzen reichen mir gerade bis an die Hüfte. Deprimiert stehe ich vor den Stängeln. Ein Mann mit Hund spaziert vorbei. »Das wird Silomais, Junge! Den kannst du nicht mal im Oktober essen, wenn er reif ist.«

Denk doch einfach mal nicht an mich!, flüstert der Hunger.

»Halt die Fresse!«, zische ich.

Der Mann mit Hund sagt: »Ist ja gut.«

Ich stutze. »Nein«, sage ich, »ich habe nicht Sie gemeint.« Er legt den Kopf schief. Mein Blick fällt auf eine leere Flasche im Straßengraben. Sein Hund schnuppert daran. Das Herrchen zeigt geradeaus: »Bei Gertis Grill machen sie gute Maiskolben. Ist am Ortseingang. Du musst nur noch bis dahin durchhalten.«

»Das ist sowieso mein Ziel«, sage ich.

»Na dann«, sagt der Mann.

Ich warte, bis er weg ist. Dann sammele ich die Leergutflasche auf.

Die Grillhütte befindet sich tatsächlich kurz vor dem Ortseingang. An den Tischen auf dem Schotterplatz davor sitzen Biker. Schmatzend verschwinden ihre Gesichter hinter Maiskolben. Vor dem Platz stehen die Harleys wie Pferde vor dem Saloon. Eigentlich sollte ich mich gut fühlen, als stolzer Wandersmann, rechtschaffen erschöpft und angefüllt mit postkartentauglichen Erinnerungen. Und was ist? Der Hunger ist noch bei mir. Außerdem habe ich Rückenschmerzen und eine Blase an meiner linken Hacke. Hypnotisiert vom nahenden Futter, gehe ich durch die Tische auf die Hütte zu. »Das wird nicht klappen«, sagt ein Maisschmatzer in Lederweste. Er deutet auf die ausgebeulte Tüte, die an meiner rechten Hand baumelt. Leergut für acht Euro quillt aus ihr hervor. Ich will es für mein Abendessen eintauschen. »So viel nimmt Gerti nicht. Maximal vier Flaschen«, sagt der Biker. »Das ist Gertis Gesetz.« Es klingt endgültig. »Versuch's einfach dahinten«, sagt er und zeigt auf das Schild einer Getränkehandelskette an einem hohen Mast.

Das Kassenkabuff im Getränkemarkt wirkt wie die Kabine eines Hafenkrans. Ihr Kapitän ist jung und türkisch. Er erinnert mich an Mehmet Ekici, den Fußballspieler. Mehmet Ekici schaut auf sein Smartphone, grinst, legt es ab und sagt: »Da ist er ja.« Ich sehe ihn fragend an. »Geile Genauigkeit«, sagt er, »dieser Ortungsservice, mit dem wir dich beobachten dürfen, ist der absolute Hammer!« Ekici kennt mich. Er hat die Paul-Ortungsfreigabe. Er ist ein Leser. Ich stelle die Tasche ab. Der Hunger ist immer noch bei mir. Wie ein

Kind steht er vor einem Kühlschrank mit Bananenmilch und drückt sich an der Scheibe die Nase platt.
»Und was ist das?«, fragt Mehmet Ekici.
»Das ist Buttermais«, sage ich.
»Das ist Leergut«, sagt er.
»Jetzt ist es noch Leergut, aber gleich ist es Buttermais.«
»Und was ist es dazwischen?«, fragt Mehmet Ekici.
Ich bin zu müde, um zu antworten.
»Geld«, sagt er. »Dazwischen ist es Geld. Und wie lautet die erste Regel in Pauls Drei-Punkte-Plan auf *neon.de*?«
»Komm schon«, jammere ich. »Du gehst zu Gertis Grill, holst Mais mit Butter und behältst den Rest des Pfandwertes ein. Dann ist es wie ein Tausch. Und Tauschwirtschaft ist erlaubt. Das steht da auch!«
»Leergut erzeugt Geld. Und Geld ist Schummeln. Fuck Manni. Das steht sogar in deinem eigenen Blog!« Er lacht.
Manni ist ja auch nicht bei mir. Aber der Hunger. Verstohlen knibbelt er an der Klinke des Kühlschranks herum.
»Dann tausche ich die Sachen eben doch direkt bei Gerti ein!«
»So viel nimmt sie nicht«, sagt Mehmet Ekici.
»Muss sie aber!«, klage ich. »Dazu ist sie gesetzlich verpflichtet!«
»In diesem Ort gilt Gertis Gesetz«, sagt Mehmet Ekici.
Ich schüttele den Kopf und sinke auf eine Palette.

»Hier, nimm eine Apfelschorle. Ist ein Geschenk des Hauses. Geschenke sind erlaubt. Und noch ein Wasser dazu, für die Nacht.« Ich zeige auf meinen Pfandsack: »Und das ist mein Geschenk des Hauses.« Ich trinke. Ich merke, dass ich heute viel zu wenig Flüssigkeit hatte. Nur einmal habe ich am Isodrink eines Rennradfahrers geschnorrt. Er bot mir sofort etwas an, von Sportler zu Sportler, von Langstreckenradler zu Langstreckenwanderer.

»Versuch's mal bei der Bäckerei Kanne«, sagt Mehmet Ekici. »Die geben altes Gebäck nach zwei Tagen gratis raus. Musst dich aber beeilen, die machen in einer halben Stunde zu.«

»Wo?«

»Am Ortsrand. Am *anderen* Ortsrand.« Ich stöhne. Da muss ich sowieso hin, denn dort beginnt mein neuer Wald. Der Hunger grinst.

»Schummele nicht«, sagt Mehmet, »auch nicht, wenn der Hunger dich treibt. Du darfst deine Fans nicht enttäuschen.«

Deine Fans.

Wie sich das anhört.

Ich bin Paul Planbaum, nicht Brad Pitt!

Die Bäckerei ist das letzte Gebäude vor dem Ortsausgang. Der Wald ist schon in Sichtweite. Seit fünf Minuten lungere ich vor dem Laden herum. Kunden kommen und gehen. Das Glöckchen bimmelt über der Tür. Ich schäme mich. Plötzlich war dieses Gefühl da und hüllt mich nun ganz ein: die Scham. Der Hunger will es mir ausreden: »Du bist kein Schmarotzer. Du bist ein Blogger, der ein Experiment macht.« Aber wissen die das? Die Damen dort hinter der Auslage? Die lesen keine Blogs. Für die bin ich nur ein Schnorrer. Und ein Schnorrer will selbst der obdachlose Mirko nicht sein. Das Glöckchen bimmelt. Ein Kunde geht und verabschiedet sich pfeifend. Noch eine Minute. Scheiß Stolz. Der Hunger wedelt mir den Brötchenduft unter die Nase. Ich gehe rein.

»Junger Mann, was kann ich für Sie tun?«, fragt die kleine, runde Frau. »Ich kann Ihnen leider kein Geld geben, weil …« Ich seufze. Ich werde rot.

»Ist schon gut«, sagt die Frau und lächelt warm. Sie greift unter die Theke, zieht eine Kiste hervor und packt mir drei einfache und ein Rosinenbrötchen ein. Sie sehen alt und trocken aus, aber für mich wirken sie wie Goldstücke. »Ginge doch sonst sowieso in den Müll«, sagt sie. »Man muss nur fragen.«

Wenig später beißen wir im Wald in diese alten, trockenen Brötchen. Der Hunger und ich. Sie sind derartig trocken, dass ich sie in meinem normalen Leben an die Enten verfüttert hätte. Benjamin hätte einen Scherz darüber gemacht, dass die Rosinen nach toten Fliegen schmecken. Heute Abend schmecken die toten Fliegen wie köstliche Weihnachtspralinen.

Der Blog ist lang geworden.

Ich schrieb ihn, nachdem der letzte Bissen gekaut war. Euphorisch. Aufgekratzt. Ich habe mein Lager im neuen Wald aufgeschlagen. Der Wind raschelt durch die warmen Wipfel. Die Wettervorhersage sagt, dass es ruhig bleibt. Es geht mir gut. Ich bin satt. Wie Essen wirken kann, wenn man wirklich Hunger hat! Ich brauche noch einen Film für den Blog. Ich sehe mich um. Zwischen zwei Zweigen hat eine Kreuzspinne ein Netz gebaut. Sie bewegt sich auf eine kleine Fliege zu, die sich darin verfangen hat. Da habe ich doch meinen Film! Zum Thema Hunger! Ich bringe die Kamera in Position, zoome heran und nehme still auf, wie die Hausherrin das Essen konserviert.

Der Film ist überspielt, der Blog vorbereitet. Das Lämpchen am UMTS-Stick leuchtet angestrengt, weil es die Satellitensignale mühselig durch die Baumkronen zerren muss. Der Rechner lädt das Spinnenvideo in so langsamem Tempo hoch, wie es der Ruhe des Waldes angemessen ist. Ich sitze müde am Baumstamm. Es raschelt und knackt. Da ist irgendwo was. Ich werde beobachtet. Langsam hebe ich den Kopf und schaue instinktiv in die richtige Richtung. Zwanzig Meter von mir entfernt steht ein Reh neben einem Ahorn und sieht mich an. Die Augen sind groß und neugierig und wunderschön. Ich lächele. Das Reh neigt den Kopf ganz sachte zur Seite. Wir beobachten uns wortlos eine ganze Weile, als hätte die Welt gewollt, dass wir uns genau jetzt genau hier begegnen und diesen Moment miteinander teilen. Als der Augenblick vorüber ist, hebt das Reh den Kopf, macht einen Schritt nach vorn, dreht sich dann um und huscht durch das Gehölz davon.

KEIN TRINKWASSER

Inkarnation

On. 18.06.2012 · Leave a Comment

Die Eitelkeit ist ein Arschloch.

Sie kann sich einfach nicht vorstellen, jemand anders zu sein.

Heute Morgen habe ich eine Maus beerdigt. Ich fand sie tot in einer Socke. Die Socke befand sich, gemeinsam mit einer Unterhose, in einer Plastiktüte im zweiten Boden meines Rucksacks. Sie steckte noch darunter seit der Zeit, in der ich aus meiner Wohnung täglich in den Wald gependelt bin. Das hatte ich vergessen. Heute Morgen fiel es mir wieder ein, als die feuchte Nase eines Golden Retrievers mich weckte. Der Hund hatte meine aktuellen Socken im Maul. Das einzige Paar, das ich bei mir habe und das ich regelmäßig wasche oder nachts über einem Stamm lüfte. Ich brauchte also Socken. Da fiel mir ein, dass noch welche im Sack sind.

Stirbt ein Tier im Wald, nimmt die Natur es von selbst wieder zu sich. Im wörtlichen Sinne. Es findet sich schon jemand, der es frisst. Oder es geht in den

Boden ein. Das ist gut so. Leider starb die Maus nicht im Unterholz, sondern in meiner Socke. Vor einigen Wochen. Dann packte ich sie ein, unbemerkt. Nahezu luftdicht verschnürt, konnte sie nicht so verwesen, wie es natürlich gewesen wäre. Als ich die Tüte öffnete, schlug mir ein Gestank entgegen, für den es keine Worte gibt. Als hätten streunende Kater neben mein Lager geschissen und sieben Krankenschwestern rund um die Lichtung alte Bettpfannen ausgeleert. Dazu ein Hauch Erbrochenes, faule Eier und ein seit Wochen abgelaufener Becher mit saurer Sahne. Und das, obwohl die Maus äußerlich intakt war. Gekrümmt lag sie in der schwarzen Höhle, die Äuglein geschlossen, die Krallen so, als hätte sie versucht, Gevatter Tod noch schnell die Augen auszukratzen.
Ich legte die Tüte mit Maus und Socke fünfzig Meter von meiner Lagerstatt entfernt ab und kroch wieder in den Schlafsack, die dreißig Kilometer von gestern noch in den Knochen. Aber der Gestank kam nach einer Minute wieder. Fünfzig Meter in einer Minute, das macht satte 3000 km/h Gestankgeschwindigkeit. Die Natur kann sich diese Maus nicht mehr holen. Dieser Gestank hält selbst Aasfresser ab. Also holte ich die Maus wieder, ging mit ihr einen Kilometer bis kurz vor den Rand eines Wanderweges und begrub sie dort.

Eine Mutter kam vorbei mit Kind und Haushund.
Es war der Golden Retriever, der meine mausfreien Socken gefressen hatte. Das Mädchen fragte mich,

was ich da mache. Ich sagte, ich begrabe eine Maus. Das Mädchen fragte mich, warum. Ich sagte, weil auch eine Maus eine Seele hat. Das verstand sie. Die Mutter verstand es nicht. Sie kann sich nicht vorstellen, eine Maus zu sein. Oder gar eine Ameise. Sie kann sich nicht mal mehr daran erinnern, wie es ist, ein Kind zu sein. Sie denkt, sie ist im Recht, weil sie den Haushalt schmeißt und alles regelt. Sie denkt, wer alles regelt, ist klüger als eine Maus oder als die kleine Tochter. Und dann kauft sie Hühnersuppe mit einem Zehntausendstel Huhn darin und summt unter dem Neonlicht des Supermarkts *Ich bin Rewe, und Rewe bist auch du!*.

Hier draußen sehe ich viele Tiere.
Jeden Tag.
Jeden Moment.
Ich sehe hin und frage mich: Haben die Hindus recht?
Sind wir Seelen, die immer wiederkehren?
Steckt da mein Uropa in diesem Borkenkäfer?

Ich habe langsam den Eindruck, dass es so sein könnte. Ich habe Zeit zu beobachten. Ich merke, dass Tiere der gleichen Spezies sich verschieden verhalten. Als hätte jedes Exemplar einen eigenen, unverwechselbaren Charakter. Ich habe Zeit hinzusehen. Und ich sehe launische Lerchen und melancholische Meisen.

Die Mutter jedenfalls maulte herum. Tiere seien zum Essen da und Mäuse kommen in die Biotonne. Keine Seelen drin. Die Tochter sah mich an und hatte Zweifel. »Was wäre, wenn doch?«, flüsterte ich ihr zu.

Lässt man diese Frage zu, ist die Eitelkeit arbeitslos.

Der Beitrag ist kitschig. Ich merke das, aber es muss sein. Diese Maus zu begraben hat mich nicht kalt gelassen. Als Video dazu filme ich einen Borkenkäfer, den ich entdeckt habe. In aller Seelenruhe knabbert er mit seinen Mandibeln eine winzige Wunde in einer Eichenrinde an und saugt daraus den Pflanzensaft. Ich frage mich, ob es nicht langsam reicht mit meditativen Tiervideos. Ich frage mich, warum ich mich so was frage. Ich lade alles hoch und checke derweil meine Mails.

17.06. // 07:02

Lieber Paul!
Dein Text über den Hunger ist Wahnsinn. Weißt du, was wir hier seit gestern verkaufen müssen? Speziallose für Somalia! Stell Dir das mal vor! Von jedem Los gehen fünfzig Cent an das Rote Kreuz. Das Los kostet 12,50 Euro. Die Leute, die ich anrufe, könnten besser direkt fünf Euro spenden statt fünfzig Cent von 12,50 Euro, aber ich sorge dafür, dass sie das vergessen. Das ist mein Job: Leuten zwölf Euro abzuschwatzen, damit fünfzig Cent nach Somalia gehen. Ich kann da nur sagen: Fuck Manni!

Paul, bist Du Dir sicher, dass Du das hundert Tage lang durchhältst?
Deine
Sonja

18.06. // 15:25

Liebe Sonja!
Bitte mach Dir keine Sorgen. Es ist, wie der Hunger sagt – ich jammere auf hohem Niveau, wenn man an Somalia denkt. Und was Deinen Job angeht: Warum gehst Du davon aus, dass die Leute ohne das Los fünf Euro statt fünfzig Cent gegeben hätten? Sieh es mal andersrum. Vielleicht hätten sie ohne Deinen Anruf gar nichts gegeben?
Ich muss jetzt los, denn meine Wasservorräte sind alle und in diesem Wald hier gibt es leider keinen Bach.
Bis später,
Dein
Paul

»Kein Trinkwasser.«

So steht es auf einem Blechschild an der Mauer neben der alten, gusseisernen Wasserpumpe. Sie steht am Marktplatz der Altstadt. Kopfsteinpflaster, Eiscafés, Fachwerkfassaden. Betätigt man den historischen Schwengel, spuckt der breite Hahn kräftig Wasser, aber das Schild befiehlt, es ungenutzt in das Abflussgitter fließen zu lassen. Das macht mich sauer. Seit ein paar Tagen weiß ich, wie es ist, Wasser rationieren zu müssen. Ich weiß, wie es sich anfühlt, nicht mal eben den Hahn aufdrehen zu können. Den halben Tag bin ich durch die Gegend gelaufen und meine Flaschen blieben leer. Dabei ist es überall! Es ist, als liefe ich auf gigantischen, unterirdischen Tanks herum, Trillionen verfügbarer Liter unter meinen Füßen und überall Leitungen, um diesen Schatz anzuzapfen. Nur leider lässt mich niemand ran. An einem Gartenschlauch bellte mir ein Hund ins Gesicht. An einem anderen schrie ein Mann »Geh arbeiten!« und warf mit einem alten, vollen Kaffeefilter nach mir, den er gerade in die Biotonne stopfen wollte. Wenn niemand die Zähne fletscht oder mich mit Sud bewirft, stehe ich mir selbst im Weg. Ich lasse Schulen links liegen, weil es verdächtig aussieht, wenn ein Landstreicher mit Rucksack über einen Pausenhof schleicht. Restaurants und Gasthöfe würden mir sicher gratis die Flaschen füllen, aber bei jedem finde ich einen Grund weiterzugehen. Der Schriftzug zu altdeutsch, die Gäste zu seltsam, der Wirt zu grimmig. Es ist dämlich und dekadent. Ich missachte dadurch die einzige Regel des Survivals, die wirklich unumgänglich ist. Wahrer als wahr. So elementar wie das Atmen und überall nachzulesen: »Nutze jede Gelegenheit, deinen Wasservorrat aufzufüllen!« Und ich? Ich nutze jede Ausrede, diese Gelegenheit verstreichen zu lassen. Aber nicht bei dieser alten Pumpe. Seufzend vor Wonne, halte ich meinen Kopf darunter und lasse das Wasser fließen. Es fühlt sich an, als zische es auf meiner Haut, so sehr hat der warme Junitag meinen Schädel gerötet. Danach trinke ich mit dem Mund direkt unter dem Gusseisen. Schließlich fülle ich meine Flaschen. Ein Ehepaar mit Kind geht kopfschüttelnd vorbei. Ich setze mich seufzend mit dem Rücken gegen die Mauer neben der Pumpe. Es tropft auf meine Schultern. Es riecht ein wenig rostig, das muss ich zugeben. Ich atme tief ein. Das Wasser, das bei meiner Erfrischungsorgie daneben ging, verdunstet angenehm duftend auf dem glatten Kopfsteinpflaster. Ich lehne den Kopf an die Mauer. Mein Rücken klagt. Die Blase an meiner linken Hacke ist noch in Betrieb. Aus einem Eiscafé dringt leise Musik. Musik ist nicht gut.

Ich sollte aufbrechen.

Gleich.

Nur noch einen Moment sitzen.

Ich fühle mich beobachtet. Langsam hebe ich den Kopf und schaue instinktiv in die richtige Richtung. An einem Tisch vor dem Café sitzen ein paar Mädchen. Eines davon sieht mich an. Die Augen sind groß und neugierig und wunderschön. Ich lächele. Das Mädchen neigt den Kopf ganz sachte zur Seite. Wir beobachten uns wortlos eine ganze Weile, als hätte die Welt gewollt, dass wir uns genau jetzt genau hier begegnen und diesen Moment miteinander teilen, und als wüssten wir das. Es ist wie bei dem Reh im Wald. Als der Augenblick vorüber ist, hebt das Mädchen den Kopf und ruft zu mir herüber: »Was glotzt du denn so, du Opfer?«

Ihre Stimme löscht allen Glanz aus ihren Augen. Sie ist kein Reh, sie ist eine Hirschkuh.

»Bist du ’n Penner, oder was?«

Ich schüttele den Kopf und habe keine Lust, der Hirschkuh zu antworten. Ihre Freundin kaut Kaugummi und schaut beiläufig in die *Bild*. Langsam packe ich meine gefüllten Flaschen ein und schultere mein Gepäck. »Wisst ihr noch?«, fährt die Hirschkuh fort. »Aus dem Brunnen hat Kevin auch mal getrunken, als er besoffen war. Der hat drei Tage lang auf dem Pott gesessen und geschissen. Wir haben ihn danach nur noch Keramik-Kevin genannt! Das war voll lustig!«

Ich schüttele den Kopf und stehe auf, um zu gehen. Die Freundin mit der *Bild* kriegt plötzlich große Augen, schaut auf das Blatt, schaut zu mir, schaut wieder auf das Blatt und sagt: »Ey, Cheyenne, der Typ ist hier in der Zeitung!« Cheyenne nimmt sich die *Bild* und überfliegt den Artikel. »Der ist lebensmüde, schreiben die. Dann wundert es mich nicht, dass er von dem Brunnen trinkt.«

»Was bin ich?«, frage ich und gehe zu den Mädels. Cheyenne zeigt mir die Zeitung. Auf der Titelseite ist links in der Spalte das Bild zu sehen, wie ich mit den zerschnittenen Seiten in der Wiese hocke. Darunter steht: *Verrückter Aussteiger scheißt auf die Bild. Mehr auf Seite 5.* Ich blättere hin.

Kamikaze-Paul will ohne Geld überleben!

Er hatte ein geordnetes Leben. Familie. Partnerin. Freunde. Eine eigene Wohnung. Er ist neunzehn. Doch dann brach für Paul Planbaum alles zusammen. Seine Eltern gingen nach Borneo und sind nicht mehr erreichbar. Auch die Liebe nahm ein jähes Ende. Die Reaktion des jungen Mannes? Freiwillig obdachlos! Er gibt seine Wohnung auf, verschleudert sein Hab und Gut. In einem Blog behauptet er, hundert Tage lang ohne Geld überleben zu können. Mit einer Digicam dreht er unterwegs Filme. Seltsame Videos, in denen sieben Minuten lang nichts passiert. Dazu schreibt

er Texte zur Überlebenskunst und wettert gegen die Wohlstandswelt.
Kunst, sagen die einen. Schwachsinn, die anderen.
Seine Anhängerschaft wächst. 5 227 Freunde verzeichnet er auf Facebook. Seine Filme und Texte wurden fast so oft gelesen wie ein Buchbestseller.
Wer will, darf ihn per Ortungssoftware beobachten und persönlich aufsuchen, um zu prüfen, ob er seinen Prinzipien gerecht wird. Zum Start seiner Mission feierten seine Fans bei ihm vor der Tür, doch Planbaum wirkte seltsam abwesend. Mit *Bild* wollte er gar nicht erst reden. Das Foto zeigt, was er von der Presse hält.
Unter *www.log-out.de* kann man seine Verwandlung vom Wohlstandskind zum Vagabunden verfolgen.

»Gibst du mir ein Autogramm, Alter?«, fragt Cheyenne. Sie ist schlank, hat ihre Jeans aber in Größe 0 gekauft, sodass ihr Hüftfleisch lächerlich über den Rand quillt. Ich gehe und winke ab. Sie schickt mir einen Spruch hinterher: »Viel Spaß, wenn die Rosette reißt, Penner!« Ich tue so, als mache mir ihre Anekdote von Keramik-Kevin keine Sorgen, und laufe, bis ich endlich wieder an den Ortsrand komme.

DER KIRSCHBAUMNAZI

Godot sagt:

19.06. um 21:47

Da hat dich die *Bild*-Zeitung aber gut verarscht. Man kann nicht gegen sie agieren, das haben schon ganz andere versucht. Geschenkt! Aber das Eso-Geschwurbel aus deinem letzten Blogeintrag, das hat dir doch keiner aufgezwungen, oder? Wieso verschwendest du einen Blog für so was? Da haben wir im Internet endlich die Chance zur freien Rede und dann gibst du so einen Mist von dir? Schmalspurbuddhismus ist die Seuche verwöhnter Hausfrauen, die Horoskope lesen! Und das Gefasel von der Wiedergeburt hilft immer nur den Reaktionären. So nach dem Motto: Jede Ungleichheit ist gerecht, denn wir sind genau der, der wir sein sollen. Und wenn du in Somalia verreckst, dann hast du im Leben zuvor eben schlechtes Karma gesammelt. Was hat dein Uropa angestellt, dass er jetzt ein Borkenkäfer ist?

Paul sagt:

19.06. um 22:15

Hast Du was gegen Borkenkäfer, Godot? Ich nicht. Gerade ist mir mein Großonkel ins Ohr gekrabbelt. Der ist jetzt ein Dermaptera.

Godot sagt:

19.06. um 22:47

Oh, da hat jemand immer noch Zeit, die wissenschaftliche Bezeichnung des Insekts nachzuschlagen. Die möchte ich auch haben.

20.06. // 13:20

Liebe Sonja!

Ich muss es zugeben, ich bin wirklich ein Gewohnheitstier. Ich pendele jetzt jeden Tag zwischen meinem neuen Waldstück und der Altstadt hin und her. Ich zapfe also mein tägliches Trinkwasser an einer Pumpe, die offiziell gar kein Trinkwasser führt. Und warum? Weil ich die Pumpe kenne. Weil es jetzt meine Pumpe ist. Ich gehe zweimal hintereinander irgendwohin, und schon ist es eine Gewohnheit, an der ich kleben bleibe. Ich probiere aus, was der Hunger mir empfohlen hat, damit er mich in Ruhe lässt. Zwei Tage lang nichts essen. Ich bin jetzt im ersten Tag. Ich lasse den Magen ruhen und den Blog. Beides tut gut. Meinem Kopf macht dieses Fasten nichts aus. Nur mein Magen knurrt gelegentlich sehr laut, es klingt wie »GROOOOOHHHHH!«, wie der Schlagbohrer eines litauischen Hilfsarbeiters.

Ein Litauer ist auch der letzte Freund, den ich heute bei Facebook bestätigte, bevor ich keinen Bock mehr hatte. Ignas Skerla. Er war der Einzige, auf dessen Profil ich mal draufklickte, aber es war leider so nichtssagend wie die meisten. Ignas mag Fußball, Bier und »schöne Frauen«. Bei Musik hat er Rihanna, Eminem und Bruno Mars angegeben. Gut, was erwarte ich auch? Dass er nur unbekannte litauische Volksmusiker angibt und auf seiner Pinnwand die geheime Geschichte des Baltikums erzählt?

Seit der Artikel in der *Bild* war, stapeln sich die Freundesanfragen. Ich kriege täglich mehr als hundert Mails, den Spam rausgerechnet. Da sind manchmal nur so Drei-Wort-Dinger dabei, nach dem Motto: *Coole Sau, Paul!* oder *Iss eine Made für mich mit!* Komisch das alles, wenn man bedenkt, dass niemand zugibt, die *Bild* zu lesen, oder? Na ja, an der Titelseite kommt man tatsächlich nicht vorbei. Sie sticht einem auf jeder Theke ins Auge, an der Tankstelle, beim Bäcker … Nur der Herr Germanist Benjamin aus Bamberg, der sieht sie nicht. Der guckt wahrscheinlich aus Prinzip die ganze Zeit an die Decke, wenn er an der Tankstellenkasse steht.

Außerdem wird es immer wärmer hier, selbst zwischen den Baumkronen. Ist es bei Euch auch so schwül? Entschuldige, dass ich wie ein alter Spießer vom Wetter rede, aber das Wetter ist relevant, wenn man immer draußen ist.

Dein

Paul

20.06. // 16:37

Lieber Paul!
Es ist sicher sinnvoll, dass Du mal austestest, wie das mit dem Fasten ist, aber übertreibe es nicht.
Im Vergleich zu dem, was ich in meinem Job mache, ist Facebook eine saubere Sache. Jemand will Dein Freund werden, und bevor Du das akzeptierst, kannst Du Dir in aller Ruhe sein Profil ansehen. Die Opfer, die ich anrufe, können das nicht. Ich schreibe ganz bewusst Opfer, damit ich nicht vergesse, was ich mache. Ich habe eine Kollegin, die ist jetzt seit sieben Jahren dabei. Wer so lange durchhält, hat nur zwei Möglichkeiten. Entweder er wird zu einem so heftigen Zyniker, dass Stromberg dagegen ein Teddybärchen ist. Oder er beginnt, sich mit seiner Aufgabe zu identifizieren. Wie beim Stockholm-Syndrom. Kennst Du das? Das ist, wenn ein Entführungsopfer, das jede Hoffnung auf Befreiung verloren hat, anfängt, den Täter zu verstehen und dann sogar zu lieben. Weil es sonst wahnsinnig würde. Das darf mir mit diesem Job niemals passieren! Deswegen sage ich ab jetzt »Opfer« statt Kunden. Damit ich es nicht vergesse.
Jedenfalls, meine Opfer, die haben, wenn ich sie überrumpele, nicht die Option, sich erst mal in aller Ruhe mein Profil anzuschauen. Sie versuchen, sich eine Meinung zu bilden, während ich mit ihnen spreche, aber ich lasse ihnen keine Luft zum Atmen. Keine Muße, keine Pause.

Die Hitze macht sich auch bei uns langsam breit. Wenn ich nach der Schicht aus dem kühl klimatisierten Callcenter komme, ist die Mittagshitze vor der Tür wie ein Schlag in den Magen.
So, ich muss Schluss machen, ich habe heute Abend eine Freundin zu Besuch.
Alles Liebe,
Deine
Sonja

PS: Coole Antwort auf den Kommentar von Godot heute Morgen. Hast Du eigentlich irgendeine Idee, wer das sein könnte?

21.06. // 18:15

Liebe Sonja!
Der zweite Tag ohne Nahrung. Der Hunger hatte recht. Er ist weg! Komplett verschwunden! Ich bin nicht müde, sondern aufgeputscht dadurch. Wie auf Drogen.
Ich bin so hibbelig, dass ich erst mal querfeldein durch den Wald gelaufen bin. Das war lustig. Ich habe mir tausend Filmszenen dabei vorgestellt, wo Leute hektisch querfeldein durch den Wald laufen. *Twilight, Avatar, Surviving The Game*, alles Mögliche. Bei meinen Videos spare ich mir die Schnitte, aber beim Rennen habe ich sie im Kopf gemacht. Immer, wenn ein dickerer Stamm zu überspringen war – zack! –

Schnitt in einen anderen Film. Vampir – Na'vi – Ewok – cut, cut, cut! ☺
Irgendwann hatte ich Durst und ging zu meiner Pumpe. Ich füllte meinen Leib und die Flaschen, hockte mich daneben und nahm den Rechner auf den Schoß. Meine Laune ging sofort in den Keller, denn ich musste wieder klicken. Ich habe drei Stunden lang nur Freundesanfragen bestätigt. Ich prüfe sie nicht, das wäre viel zu viel Arbeit. Der Rücken tat mir weh, die Augen brannten. Drei Stunden, und es sind immer noch 352 Anfragen offen! Mein Vater sagt immer, das Netz sei eine unsichtbare Wolke des Weltwissens. Früher musste man Gelehrte aufsuchen, heute hält man seinen digitalen Zapfhahn in die Luft und zieht es aus der Wolke. Das finde ich auch gut. Nicht gut finde ich, dass es neben der Wissenswolke auch die Kontaktwolke gibt. Da drin sitzen all die Leute, denen man noch nicht geantwortet hat. Sie schauen böse auf einen hinab und schreien: »Was ist jetzt, Paul? Reagiere auf mich!« Der Klickfinger ist schon wund und man hat am Ende des Tages trotzdem ein schlechtes Gewissen. Das hat mich schon immer genervt. Schon bevor ich »Fans« hatte. Was denkst Du, warum mein Profil nur zwei Freunde besaß?
War Deine Feier gut?
Dein
Paul

21.06. // 20:08

Lieber Paul!
Die Feier war nur ein kleiner Umtrunk, aber sehr nett. Meine Freundin interessiert sich auch für obskure Sachen und war beim Anblick der selbst bemalten Playmobilnationalmannschaft hin und weg.
Ich glaube, Du bist undankbar, Paul. Es gibt viele Blogger, die für eine Anhängerschaft in dieser Größenordnung sonst was tun würden. Du begeisterst die Menschen mit Deinem Projekt. So wie mich!
Ich will Dir einen Vorschlag machen. Du bist Paul, der Naturbursche. Du musst das Leben, über das Du schreibst, auch leben. Du kannst tatsächlich nicht den ganzen Tag in den Nesseln hocken und fünfhundert Anfragen beantworten, während Dich von unten die Ameisen auffressen. Daher schlage ich Dir hiermit vor, dass ich die Betreuung Deiner Facebook-Seite übernehme. Du gibst mir die Zugangsdaten und ich bestätige die Freunde und begrüße sie freundlich. Anstatt abends wahllos die Werbetrommel für Dich zu rühren, kann ich meine Energie gezielt einsetzen. Dann kannst Du in Ruhe Dein Ding machen. Oder mir mehr schreiben! ☺
Was sagst Du dazu?
Deine
Sonja

21.06. // 23:02

Oh nein, Paul!
Habe ich Dich jetzt vergrault? Ich habe Dich bestimmt vergrault. Ich fische von Berufs wegen den Menschen die Kontonummern aus der Tasche und jetzt frage ich Dich nach Deinen Facebook-Zugangsdaten.
Was musst Du von mir denken?
Deine
Sonja

21.06. // 23:09

Liebe Sonja!
Du hast Angst, dass ich Dir nicht vertraue?
Im Anhang findest Du eine Datei mit meinen Zugangsdaten.
☺
Und: Danke!
Träum was Schönes,
Dein
Paul

22.06. // 06:25

Liebe Sonja!
Ich bin heute im dritten Tag ohne Nahrung und der Hunger ist wieder da. Er kehrte heute Nacht zu mir zurück, aber frag nicht, wie! Um halb vier Uhr weck-

te mich das »GROOOOOHHHHH!« meines eigenen Magens.
Jetzt, wo ich mich nicht mehr um Facebook scheren muss, nutze ich die Zeit (und den Strom), um die Wissenswolke Internet zum Thema »Leben ohne Geld« anzuzapfen. Dabei fand ich die Seite *mundraub.org*. Da werden Obstbäume aufgeführt, die frei herumstehen und von denen man essen darf. Mit Pins auf einer Landkarte, farbig sortiert nach der Fruchtsorte. In einem Wohngebiet südöstlich meines Waldes soll sich ein Kirschbaum befinden. Die Früchte müssten der Sorte entsprechend schon reif sein. Seit ich von dem Baum weiß, habe ich den Geschmack von Kirschen auf der Zunge. Es ist warm, Sonja. Ich will Wasser. Und vor allem will ich diese Kirschen. Ich breche jetzt auf und finde diesen Baum.
Bis später,
Dein
Paul

22.06. // 07:01

Lieber Paul!
Ganz schnell, bevor Du aufbrichst. Ich habe gestern bis zwei Uhr damit zugebracht, das Chaos in Deinem Facebook zu ordnen. Dabei habe ich eine Anfrage entdeckt, die schon ein paar Tage unentdeckt dort schlummert. Eine Dame von einem Magazin namens *Lichtblicke* will Dich interviewen. Du erreichst sie unter

0163/7425368. Das vergammelt da einfach in Deinen Nachrichten. Gut, dass ich jetzt Deine »Managerin« bin. ☺

Viel Glück bei der Kirschsuche!

Deine

Sonja

Der Kirschbaum ist etwa acht Kilometer entfernt. So etwas empfinde ich mittlerweile als nah. Das macht mich stolz. Es gibt Leute, die fahren zum Einkaufen mit dem Auto eineinhalb Kilometer zum Lidl. Ich laufe mit Marschgepäck acht Kilometer zum Kirschbaum. Während ich wandere, denke ich an Sonja. Meine »Managerin«. Wie sie enthusiastisch vor dem Rechner sitzt und ihre rote Strähne wegpustet. Wie ihre seegrünen Augen glänzen, weil sie für mich Presseanfragen in meinem Postchaos entdeckt. Ich muss darauf reagieren. Ich muss multitaskingfähig werden. Also rufe ich während meines Marsches zum Kirschbaum die Frau von *Lichtblicke* an.

Das Gespräch ist nicht so schnell zu führen. Annemarie von *Lichtblicke* duzt und will geduzt werden, redet ohne Punkt und Komma und hält mich eine Stunde lang in der Leitung, während ich mit jedem Wort mehr schwitze. Die Mittagssonne steht am Himmel, packt die Erde am Kragen und zieht sie so nah an sich ran, dass ihr der Schweiß aus den Poren tritt. Annemarie spricht die ganze Zeit über meinen Blogeintrag *Inkarnation,* in dem ich erwähne, dass der Borkenkäfer vielleicht mein wiedergeborener Uropa sein könnte.

»Dann bist du also auch der Meinung, dass die Schöpfung

einer geistigen Quelle entspringt? Dass jedes Blatt und jeder Borkenkäfer eine Manifestation des Ursprungs ist?«

Ich sage »ja«, weil es das kürzeste Wort ist und am wenigsten Mühe macht. Wenigstens nähere ich mich dem Kirschbaum.

»Alles ist mit allem verbunden, entsprungen aus und verbunden durch den universellen Geist?«

»Ja, nun …«

»Ist deine Praxis der freiwilligen Armut ein Versuch, sich als Mensch von der Anhaftung an das Vergängliche zu befreien? Um das Ewige und Eine wieder sehen zu lernen?«

»Sagen wir mal so. Die Natur steht mir natürlich nahe.«

»Du schreibst, dass du den Charakter jedes einzelnen Tieres erkennen kannst. Glaubst du, dass dir das deine neue gedankliche Haltung ermöglicht hat?«

»Ich habe halt mehr Zeit, genau hinzusehen.«

»Okay. Das heißt nun also …«

»Annemarie.«

»Ja, nur noch …«

»Annemarie!«

»Ja, Paul?«

»Ich bin gerade an einem Kirschbaum angekommen, den ich den halben Tag gesucht habe.«

»Wir sind gleich fertig, Paul.«

Der Kirschbaum steht auf einer frei zugänglichen Wiese neben dem Zaun eines Einfamilienhauses. Die Kirschen sind dunkelrot. Ich stelle meinen Rucksack ab und ziehe die zwei Stoffbeutel heraus, die ich mit mir trage, um Vorräte transportieren zu können. Währenddessen halte ich Annemarie am Ohr und bestätige einfach alles, was sie sagt. Man kann bei dem, was sie macht, auch nicht ernsthaft von fragen reden. Ich teste eine Kirsche und mir entfährt ein Stöhnen. Annemarie hält inne. »Paul?«

»Nur eine Kirsche«, sage ich und stecke mir direkt die nächste in den Mund. »Köstlich!«, schmatze ich. »Das ist so köstlich, Annemarie!« Der Geschmack ist in der Tat unbeschreiblich. Was für eine Explosion nach zwei Tagen des Fastens. Mir wird ganz blümerant. »Annemarie!«, jauchze ich. »Ich preise die Schöpfung! Lasst uns sie mit allen Mitteln bewahren! Koste es, was es wolle!«

»Was zur Hölle machst du da!?« Ein Mann hat die Tür des Hauses aufgeschlagen. Bisher dachte ich, dass man Türen nur zuschlagen könnte. »Was fällt dir ein, meine Kirschen zu pflücken!«, brüllt er und stapft auf mich zu.

»Annemarie, ich muss Schluss machen!«, sage ich und lege auf.

Die Augen des Mannes sind vor Zorn rot geädert. Ich bekomme weiche Knie. Wenn es möglich ist, gehe ich Konflikten aus dem Weg. Ich frage nicht mal in finsteren Gaststätten nach Wasser aus dem Hahn. Andererseits bin ich stolz. Keine gute Kombination.

»Der Baum steht auf öffentlichem Grund«, sage ich. »Oder ist das Ihre Wiese?«

Der Mann hat die Statur eines riesigen, ledernen Boxsacks. Seine Mundwinkel sind nach unten gebogen und seine Augen haben die Form verlorener Eier. Er rüttelt brutal an einem Ast des zarten Kirschbaums, sodass Früchte wie Hagelkörner fliegen. Ein Teil davon plumpst auf seinen Rasen. »Na? Wo fallen die Kirschen hin? Wo fallen die Scheißkirschen hin?« Sein linkes Augenlid zuckt. Die letzte Kirsche fällt auf den Rasen. Es klingt wie ein Tennisball, den man auf eine Turnmatte wirft.

Ich sage: »Die Kirschen auf Ihrer Seite des Zauns nehme ich ja auch gar nicht.« Er macht noch einen Schritt auf mich zu. Seine Nasenflügel blähen sich so nahe an meinen, dass ich den Luftaustritt spüre. Er sagt: »Du nimmst hier gar keine Kirschen, Freundchen. Nicht *hinter* meinem Zaun und nicht *vor* meinem Zaun.« Es ist mir peinlich, es zuzugeben, aber ich zittere. Die ungehemmte Aggressivität des Mannes geht mir durch Mark und Bein. Ich trete einen Schritt zurück, hebe die Hände und sage: »Ist ja gut.« Meine Stimme stolpert dabei. Seine Augen fixieren mich. Ich weiß nicht, ob es ihm passt, dass ich so schnell aufgebe. Er sagt »Besser so« und geht ins Haus zurück. Ich entferne mich und laufe eine Runde durch das Viertel, ziellos, als müsse ich die Angst von mir ablaufen. Gleichzeitig beißt mich mein Stolz. Ich kann das so nicht stehen lassen. Ich denke über meine Optionen nach. Regel #26 nach Gibbs: *Sei Herr über jede Situation.* Meine Situation ist die, dass ich an diese Kirschen ranwill, aber diesen Mann nicht im direkten Kampf besiegen kann. Welche Vorteile habe ich also, die er nicht hat? Was ist mir gerade gegeben, was ihm fehlt?

Die Antwort: Zeit.

Ich habe Zeit.

Ich sehe mich um. Gegenüber dem Haus stehen ein paar Container für Altglas. Ich gehe dahinter in Deckung, beobachte die Tür und warte ab. Es dauert eine knappe Stunde, da klopfen zwei Männer an die Tür des aggressiven Kirschbewachers. »Bodo, mach auf!«, rufen sie, denn das Vorderfenster steht auf Kipp. »Zeit fürs Kartoffelfest!«

Bodo öffnet die Tür und motzt: »Ich habe euch gesagt, ich gehe nicht mit!«

»Komm schon, du Muffel. Göring muss auch mal vor die Tür.« Bodo grummelt, verschwindet im Flur, pfeift, ruft nach Göring und eine Minute später steht er mit einem Dackel vor dem Haus. Er sieht links und rechts die Straße hinab, als sei er schon lange nicht mehr aus gewesen und würde verfolgt. Wäre dem so, sein kleiner Dackel namens Göring könnte ihn nicht beschützen. Als die Männer um die nächste Straßenecke verschwunden sind, schleiche ich aus meiner Deckung und fülle in aller Ruhe meine Stofftasche mit Kirschen.

Ich habe ein Drittel der Stofftaschenfüllung gegessen und den Rest in den Rucksack geräumt. Ein paar letzte Kirschen nasche ich locker aus der linken Hand, als ich über das Kartoffelfest schlendere, von dem die Männer geredet haben. Die Kirschen haben mich unternehmungslustig gemacht, also beschloss ich, das kleine Stadtteil-Ereignis zu suchen. Außerdem tat es mir gut, mir hinter dem Altglascontainer etwas klarzumachen: Im Gegensatz zu den Menschen um mich herum habe ich gerade alle Freiheiten. *Sie* müssen abends wieder nach Hause. Ins Bett. Früh raus. Arbeiten. Die Hypothek bezahlen. *Ich* muss gar nichts. Nur ohne Geld klarkommen.

So schlendere ich also zwischen den Menschen, ignoriere die Lose bei der Tombola und werfe einen Blick auf die karierte Decke eines Jungen, der alte Playmobilfiguren verkauft. Keine davon ist weiß. An einem Bierstand röchelt frisches Pils aus dem Hahn. Das wäre jetzt was. Wie es durch die Zapfanlage zischt, das ist Musik in meinen Ohren. Ich gehe schnell weiter. Vor dem Stand der freiwilligen Feuerwehr steht der Kirschbaumcholeriker mit seinem Dackel Göring. Ich drehe mich um, und meine Nase landet genau in der Duftwolke einer Bude, die gebratene Pilze mit Zwiebeln verkauft. Die Kirschen, die ich gegessen habe, sind auf der Stelle vergessen. Nun ist da nur noch gebratener Pilz auf Röstzwiebeln. Was für ein Duft! Starr stehe ich vor der weißen Hütte. In einem Müllbeutel neben den kleinen Stehtischen liegen die leer gegessenen Schalen. Selbst sie duften noch nach dem Aroma der Champignons. »GROHHHHHHH!« Mein Magen holt augenblicklich wieder den litauischen Schlagbohrer raus. Mein Mund speichelt seine Höhle ein.

Pilze.

Da brutzeln sie.

Für 2,50 Euro das Schälchen.

Die Bratfläche zischt, als die Verkäuferin die Kelle durch die Pilze treibt.

Ich darf nichts kaufen.

Ich darf nicht schummeln.

Für mich nicht.

Für Sonja nicht.

Außerdem habe ich ja kein Geld dabei.

Und selbst wenn, wäre die Gefahr einfach zu groß, dass genau in dem Moment, in dem ich die Schale bezahle, ein Fan mit Handy-Ortungserlaubnis hinter mir auftaucht und mich erwischt. Ich will weitergehen, aber der Duft kettet mich fest.

Es ist verboten, Geld auszugeben. Aber niemand hat gesagt, dass es verboten ist, über das Verbot zu sprechen.

Ich trete an den Stand heran und lächele die Frau an. Sie

mustert mich schnell. Sie hat keine Zeit, um sich ein abschließendes Urteil zu erlauben, da zu viele Kunden bedient werden müssen.

»Ich möchte Sie fragen, ob ich eine Schale gratis haben kann.« Sie mustert mich genauer. Ihr Blick wirkt, als sei ich in diesem Moment dreckiger geworden. Ein Mann neben mir tritt einen Schritt zurück. Eine Mutter legt ihre Hände beschützend auf die Brust ihres kleinen Sohnes. »Nein, nein«, sage ich, »es ist ganz anders. Ich betreibe gerade ein Experiment, und das beinhaltet, dass ich hundert Tage lang ohne Geld überlebe. Es gibt dazu eine Internetseite. Sie hat schon viele tausend Leser. Ich war im Fernsehen, in der *Lokalzeit.*« In den Augen der Verkäuferin bin ich wieder etwas weniger dreckig. Trotzdem sagt sie nichts. Still hält sie die glänzende Bratkelle über die Pilze. »Hier wollen auch Leute bestellen, die Geld haben«, muffelt der Mann. Die Mutter beugt sich zu ihrem Sohn und fragt ihn flüsternd, ob er nicht doch lieber einfach nur Pommes möchte. Die Bude sei gleich dahinten. »Ich war mit meinem Experiment in der *Bild.* Haben Sie das gelesen?« Die Frau lässt meine Worte verklingen wie Fettspritzer an der Innenseite ihrer Grillscheibe. Dann sagt sie: »Ich betreibe hier gerade auch ein Experiment, junger Mann. Das tapferste Experiment, das man in Deutschland betreiben kann. Ich will mit dem Verdienst aus selbstständiger Arbeit überleben.«

Sie sieht mich an. Ich seufze. Sie hat ja recht. Für sie ist es wahrscheinlich auch nicht leicht zu überleben. Was jetzt? Der Duft füllt weiterhin mein ganzes Wesen aus. Ich brauche Pilze. Der Wald ist voll von Pilzen. Ich bin geldlos. Ich mache mir die Pilzpfanne einfach selbst. Pilze im Wald, da fehlen nur

Zwiebeln und ein bisschen Fett zum Braten im Topf. Das Fett gewinne ich aus Teilen meiner Talgkerze. Die ist zwar nur für den Notfall als Nahrung gedacht gewesen, aber ich werde auch nur ein kleines Stückchen brauchen. Fehlt also nur die Zwiebel.

»Sehen Sie den Mann an der Feuerwehrbude? Den mit dem Dackel?« Die Frau beugt sich vor: »Du meinst den Hansen, unseren alten Ortsnazi?«

»Ich habe mit dem gewettet, dass ich eine Zwiebel roh und pur essen kann, einfach so, wie einen Apfel. Wenn ich die Wette gewinne, muss er hundert Euro an die Stiftung *Rheinländer gegen rechts* zahlen.«

»Das finde ich gut«, sagt die Frau. »Das hat er mal verdient!«

»Meinen Sie, Sie können mir wenigstens eine Zwiebel gratis geben? Vielleicht die eine da«, – ich zeige auf ihre Zwiebelkiste auf der Anrichte –, »die rechts am Rand, die mit den Flecken?« Der muffelige Mann stößt ein leises »Boah!« aus und schüttelt den Kopf. Die Frau dreht sich in der kleinen Bude, sieht den Mann an, sagt: »Es geht gleich weiter«, und gibt mir zwei Zwiebeln: »Gib's dem braunen Sack!« Ich bedanke mich und gehe in Richtung des Kirschbaumnazis. Die Frau sieht mir nach, aber nach drei Sekunden hat sie schon keine Zeit mehr zu verfolgen, ob ich meine Wette gewinne, denn die Kunden drängen.

Ich habe Zeit.

Die Leute nicht.

Und ich habe gerade zwei von Gibbs Regeln auf einen Schlag angewendet. Die Nummer #7: *Sei immer spezifisch, wenn du lügst.* Und die Nummer #17: *Suche dir immer das beste Pferd im Stall und feile so lange an einem Deal, bis er platzt. So bekommst du das zweitbeste Pferd für einen Apfel und ein Ei.* Mein zweitbestes Pferd sind zwei Zwiebeln. Und ich bekam sie gratis.

Pilze sind Arschlöcher.

Ich wusste es heute Morgen. Ich weiß es heute Abend. Nur dazwischen, heute Nachmittag, als ich die gebratenen Champignons mit den Röstzwiebeln roch, wollte ich es nicht richtig wahrhaben.

Pilze sind Arschlöcher.

Mein Vater kann jede Pflanze der Welt erkennen, aber für Pilze hat selbst er kein Talent. Mein Opa auch nicht. Pilze sind die Feinde unserer Familie. Von meinem Uropa, dem Borkenkäfer, ist folgende Tagebuchnotiz aus dem Krieg überliefert: »Der Führer will uns einreden, dass hier in den russischen Wäldern der Iwan unser größter Feind sei. Aber er hat unrecht. Der größte Feind des deutschen Mannes ist der Pilz! Vom Iwan weißt du, dass er dich tötet. Der Pilz lässt alles offen.« Genauso ist es. Seit Stunden streife ich durch den Wald und hocke mit meinem Pilzerkennungsbuch neben den kleinen Mistviechern. Immer, wenn ich kurz davor bin, welche zu pflücken, überwältigt mich das Misstrauen. Sind das wirklich Schafchampignons oder doch grüne Knollenblätterpilze? Die einen essbar, die anderen tödlich. Der grüne Knollenblätterpilz ist häufig hell gefärbt und hat wie der Champignon einen Ring. Nur die – ich zitiere das Buch – *weißliche, offen abstehende, zumeist in mehrere Zipfel zerrissene Volva* unterscheidet ihn von seinem essbaren Bruder. Die ist leider oft zerrissen und zerfleddert und das führt zu einer Situation wie vor Gericht in amerikanischen Serien, wenn die Jury sich nicht sicher ist: Es besteht

»begründeter Zweifel«. Dieser Zweifel schwindet nie, denn eine Fehlentscheidung beim Pilz kann dich umbringen. Mein Urgroßvater hatte recht, Pilze sind schlimmer als Russen. Sie sind Heckenschützen: Man passt einmal nicht auf und ist tot.

Ich suche trotzdem weiter, bis es dämmert und der Himmel sich dunkelblau verfärbt. Ich durchquere das ganze Waldgebiet bis an sein östliches Ende. Der Wald endet hier an einer Straße. Ich setze mich auf den Boden und denke an Sonja. Es fühlt sich an wie Heimweh. Kann man jemanden vermissen, den man gar nicht persönlich kennt? Den ganzen Tag bin ich gelaufen. Im Kopf Pilzduft, im Bauch nur ein paar Kirschen. Ich schwitze. Ich stinke säuerlich. Das Wetter wird immer schwüler. Sonja. Ich stelle sie mir vor, wie sie am Telefon im Callcenter die Leute überzeugt. Sie mag es nicht, aber sie kann es. Sie ist ein Vollprofi. Eiskalt wie Ziva David, wenn sie Verdächtige verhört. Sie macht ihren Job. Aber zwischen den Gesprächen, da schweift ihr Blick melancholisch in die Ferne. Sonja ist eine Killerin und ein trauriges Mädchen zugleich. Seit acht Mails möchte ich sie nach einem Foto fragen, aber ich traue mich nicht. Sie könnte denken: *Aha, wenn ich ihm optisch nicht passe, dann will er auch nicht mehr mein Brieffreund sein. Wozu sonst der Test?* Sie könnte denken: *Oh Scheiße, der will grundsätzlich mehr als mein Brieffreund sein!* Will ich das? Ich weiß es nicht. Ich hatte noch niemals eine Beziehung. Nicht in diesem Land. Ich denke an Sonjas Fingerkuppen, wie sie über die Tastatur huschen. Ich stelle mir vor, wie sich ihren Händen zwei andere nähern und sie sanft von den Tasten nehmen. Es sind meine, und sie sind der Meinung, dass wir vier heute noch etwas anderes tun sollten. Ein Lkw unterbricht meine Gedanken. Er braust die Straße hinauf. Er scheint von einer Autobahn zu kommen, denn die Straße führt einen steilen Hügel hinauf zu einem Autohof. Ein gelber Schimmer klebt dort oben im dunkelblauen Himmel. Das goldene M von McDonald's. Gerade eben haben die Gedanken an Sonja meinen Drang nach einer Pilzpfanne verscheucht, da füllt sich mein Gehirn mit neuen Geschmackserinnerungen. Remoulade in weichem Brötchenteig. Fritten und Zwiebelringe. Glänzend rote Currysauce. Knusprig heiße Apfeltaschen. Ich sehe mir selbst dabei zu, wie ich aufstehe und meinen müden Körper samt Rucksack über die Straße den Hügel hinaufschleppe. Als gäbe es jetzt, wo die Knospen auf meiner Zunge einmal aktiviert wurden, überhaupt keine andere Möglichkeit mehr.

Um nicht als Landstreicher zu gelten, setze ich mich mit aufgeklapptem Laptop an einen Tisch. Ich bestelle mir den Code für eine Stunde Gratis-WLAN auf mein Handy. Es piept, ich öffne die SMS, gebe die Kombination ein und sehe als Erstes das Wetter für heute Abend und heute Nacht nach. Das ist die beste Tarnung, seit die Kunden nicht mehr nur zum Essen herkommen, sondern auch, um die eine Stunde Gratis-WLAN zu nutzen. Ich allerdings bin kein »Kunde« mehr, sondern ein Nahrungsnomade. Als solcher weiß ich, dass die leeren Tabletts in der Geschirrabgabe niemals leer sind. Immer lassen die Leute ein paar Fritten oder einen Viertel Burger liegen. Getrieben von den Geschmacksreizen in den Synapsen meines Gehirns, zögere ich nicht länger. Ich nehme mir die Reste, alle Reste, ob Fritten oder Fleisch, hier und jetzt ist es wirklich egal, denn es landet sowieso im Müll und kann stattdessen besser in meinen Magen wandern. Bei jedem Bissen stöhne ich leise vor Befriedigung, aber ich stöhne anders als bei den Kirschen heute Mittag. Es ist eher ein nervöses Brummen; wie ein Junkie brummt, der endlich wieder seinen Schuss bekommt.

Nach zehn Minuten steht der Filialleiter neben mir. Ich erkenne ihn daran, dass er einen Anzug trägt. Das Kleidungsstück wirkt lächerlich an ihm. Damit ein Anzug Eindruck macht, muss man glauben, dass sein Träger Mozart hört und Empfänge besucht. Der Filialleiter aber wirkt, als ob er sich zu *Sexy Bitch* von David Guetta auf Schaumpartys austobt.

»So, Freundchen, jetzt aber gaaaaaaanz flott!«, sagt er. Die Leute an den Tischen sehen zu uns herüber. Sie wissen, dass so ein Tonfall Action verspricht. Ich schaue zu ihm hoch. Sein Bart ist in präzise Streifen rasiert. Auf seinem Namensschild steht Nabil Mahjoub.

»Ich arbeite hier«, sage ich und zeige auf meinen Laptop. »*Ich* arbeite hier«, sagt Nabil, »und meine fünfzehn motivierten Angestellten. Du arbeitest nicht, du nimmst dir heimlich Essensreste, anstatt etwas zu verzehren.« Ich sehe, wie sich in den Blick der anderen Gäste eine Mischung aus Neugier und Ekel einnistet. Anders als das Gebrüll des Kirschbaumnazis heute Mittag macht mich die Anmache Nabils nur wütend. Ich habe keine Angst vor ihm. »Ich nehme mir Reste, *anstatt* etwas zu verzehren?«, sage ich. »Was denken Sie, was ich mit den Resten mache? Sie für eine Ausstellung sammeln?« Ein paar Jugendliche am Nebentisch lachen. Das gefällt Nabil überhaupt nicht. »Auch noch frech werden«, sagt er und will meinen Laptop zuklappen. »Finger weg!«, sage ich und schiebe meine Hand dazwischen.

»Verzehren bedeutet Kaufen!«, sagt Nabil.

»Ach ja?«, gebe ich zurück. »Und was ist mit Somalia?« Das ist zu allgemein, denke ich und habe dabei Gibbs' Regeln im Hinterkopf. *Wenn du lügst, lüge spezifisch.* Ich sage: »Wissen Sie, wo mein Schwager sich gerade aufhält? In Somaliland, bei den Grünhelmen, als Krankenpfleger. Er kämpft dort jeden Tag um das Leben der Menschen, und doch sieht er manche von ihnen an Unterernährung sterben, ohne dass er noch etwas für sie tun kann. Mein Schwager wäre froh, wenn jede einzelne Kalorie, die hier bei Ihnen auf den Tabletts liegen bleibt, in den Körpern dieser Menschen landen könnte!« Der Filialleiter weiß nicht, was er sagen soll. Meine Rede war gut. Komplett erfunden, aber sehr anschaulich. Ganz nebenher stehe ich vor den Leuten um uns herum jetzt souveräner da, weil ich beiläufig den Begriff »Schwager« erwähnt habe. Das bedeutet, dass ich verheiratet sein muss. Oder wenigstens verheiratete Geschwister habe. So oder so: Wer in seinem Leben bereits von einem Schwager sprechen kann, ist erwachsen. Und bürgerlich. Mit gepflegter Buchsbaumhecke, Carpot und goldener ADAC-Karte. Wer einen Schwager hat, ist angekommen. Und wirkt auf jeden Fall souveräner als der, dem man die Schaumparty ansieht. Ich hatte noch nie in einem Streit so viel Oberwasser. Es fühlt sich fantastisch an.

»Es ist trotzdem nicht erlaubt«, sagt Nabil.

Ich stehe auf: »Wo kommt das Zeug von den Tabletts hin?«

»In den Müll natürlich.«

»Aha. Und wenn es stattdessen in einen Magen kommt, ist das verboten?«

»Ja.«

»Warum?«

»Ja, warum? Weil es eben so ist.«

»Denken Sie, das ist sinnvoll?«

»Es spielt keine Rolle, was ich denke.«

»Nein? Ich dachte, Sie sind der Chef?«

Jetzt schnauft er. Die Leute kichern. Sie sind längst auf meiner Seite. Aus dem Fernseher in der braun getäfelten Wand des McCafés tröpfeln die ersten Taktschläge von *Angel.* Ich habe das Gerät bisher gar nicht bemerkt, so leise war es eingestellt, aber dieses Lied dröhnt in meinem Kopf wie ein Schrei in der Nacht. Ich beginne augenblicklich zu zittern. In meinem Hals bilden sich die Steine. Filialleiter Nabil bemerkt, dass etwas mit mir vorgeht. Er weiß zwar nicht, was, aber ein fieses Lächeln huscht über seine Lippen. Ich muss sofort hier raus, sonst halten die Steine nicht. Robbie Williams singt: *»I sit and wait/ does an angel contemplate my fate.«*

Nabil sagt: »Soll ich die Polizei rufen?«

Ich kann ihm nicht antworten. Wenn ich jetzt den Mund öffne, lösen sich die Steine. Das darf nicht passieren!

»Hat es dir jetzt die Sprache verschlagen? Hm? Kleiner Resteverwerter? Willst du zu deiner Mami?«

Zu meiner Mami. Nabil sagt *zu meiner Mami.*

Williams singt: *»And do they know/the places where we go/ when we're grey and old.«* Ich klaube meinen Laptop vom Tisch, ramme ihn in meinen Rucksack und renne hinaus.

»Ja, lauf!«, höre ich Nabil sagen. »Geh schnell deine afrikanischen Kinder retten, du Weichei!« Ich renne über den Parkplatz und ein Stück die Straße hinab. Dann bricht der Steinwall in meinem Hals und die Tränen schießen hinauf. Ein lautes, lächerliches Schluchzen. Die Lichter der Laster verschwimmen in meinen Augen. Ich laufe weiter. Als der Wald sich wieder hinter mir schließt, halte ich an. Keuchend stehe ich zwischen den Nachtschatten. Ich bin allein, und mir wird eiskalt, obwohl es schwülwarm ist. Ich gehe so tief ins Unterholz, dass von der Straße und dem Autohof nichts mehr zu sehen ist, lege meinen Schlafsack auf einen Boden, den ich kaum sehen kann, krieche hinein und schalte den Computer wieder ein. Fahl fließt das Monitorlicht in die Finsternis.

22.06. // 22:31

Liebe Sonja!
Ich kann meinen Tag nicht beschreiben. Ich war heute ein Getriebener, ein Zombie. Es geht mir nicht gut. Es geht mir gar nicht gut. Bitte, ruf mich an!
Ich weiß, wir haben noch nie telefoniert und vielleicht willst Du das auch gar nicht, aber bitte, ich brauche jetzt Deine Stimme.
Ich habe nur Dich.
Ich habe über 6 000 Facebook-Freunde, aber ich habe nur Dich!!!
0163 / 6742115
Dein
Paul

Ich versende die Mail, ohne überhaupt nachzusehen, ob ich im Laufe des Tages von ihr Post bekommen habe, denn ich kann keine Sekunde länger hier sitzen und ohne das Geräusch sein, das ich jetzt brauche. Ich brauche meine Notration, die ich extra für diesen Zweck eingepackt habe. Für den Terror der Stille. Hektisch krame ich die schmale Hülle mit den zwei mitgenommenen DVDs von *Navy CIS* aus dem Rucksack und öffne das Fach des Laptops. Ich zittere. Eine Disc fällt auf den Waldboden. Ich lasse sie liegen und nehme die zweite, stopfe sie in den Schacht wie ein Besessener. Ein paar Sekunden später ertönt das »Zusch!« der ersten Standbildeinstellung und die Folge beginnt. Ich atme aus. Ein kleiner Junge läuft auf einem Rummelplatz in Richtung eines Karussells. Sein Vater ruft: »Hey, Zachory! Was habe ich dir gesagt? Du sollst nicht weglaufen. Nimm dich vor Fremden in Acht!«

Um 1:15 Uhr geht mein Laptop aus. Die Ruhe, die ich empfand, solange meine vertrauten Agenten plapperten, ist augenblicklich verschwunden. »Nein, nein, nein!«, klage ich, obwohl niemand mich hören kann, krame nach den Ersatzakkus und setze einen davon ein. Nichts. Die Dinger können nur laden, wenn sie im Laptop stecken und der wiederum an meiner Solarstrommatte hängt. Ich kann sie nicht alle gleichzeitig vollmachen. Ich probiere den dritten und den vierten, aber sie sind alle leer. Sie sind leer und es ist Nacht. Ich überlege für eine Sekunde, ob ich die Solarmatte mit der Taschenlampe bestrahlen könnte. Ich weiß, dass es Schwachsinn ist. Ich fühle mich so würdelos, dass ich heulen könnte. Da liege ich, obdachlos im Wald und verzehre mich nach Strom, weil nur eine TV-Serie mich weiches Baby in den Schlaf wiegen kann. Ich bin süchtig. Ich bin ein Wrack. Mein Handy klingelt. Ich zucke zusammen, als hätte ein Unsichtbarer im Dunkel in mein Ohr geschrien.

Das Display erleuchtet vier Zentimeter Unterholz. Eine Assel huscht vor dem plötzlichen Miniflutlicht davon. Ich gehe ran, zaghaft, als träumte ich das alles.

»Ja?«

»Paul?«

»Sonja?«

»Ja.«

Sie ruft mich tatsächlich an. Ihre Stimme klingt so, wie es nach einem frischen Regen duftet.

»Du bist noch wach?«, sage ich.

»Ja, ich habe bis eben recherchiert, wie wir das mit dem Spendenbutton bei Facebook hinbekommen. Das ist saukompliziert und ich musste jemanden um Hilfe bitten. Man kann das nicht einfach so machen. Man muss erst eine Applikation installieren, dann das Fan Gate ausschalten und dann einen Code einkopieren.« Sie lacht. »Ich rede das so daher wie McGee, als hätte ich Ahnung. In Wirklichkeit plappere ich nur nach, was Robin Piller mir gemailt hat.«

»Wie? Was? Robin?« Ich will mit ihr eigentlich nicht über Facebook reden, aber ich bin froh, ihre Stimme zu hören. Das tut so gut. Es wundert mich überhaupt nicht, dass ihr die Menschen alles abkaufen. Sie klingt, als ob sie strahlt, hat aber gleichzeitig die raue Rock-'n'-Roll-Kante von Pink in der Stimme. Das ist entwaffnend.

»Ja«, sagt sie, »ich habe dein Netzwerk nach Hilfe durchsucht. Na, jedenfalls hat Robin mir geholfen. Er kann alles sofort einrichten, wenn es dir recht ist. Dann gibt es unter den Reitern für Pinnwand und Fotos bald auch ›Jetzt spenden!‹. So ist es nur noch ein Klick zu den Hungerhelfern.«

»Sonja, was zum Teufel sind die Hungerhelfer?«

»Hast du meine Mails heute nicht gelesen?«

»Nein«, sage ich, »wie ich schon schrieb, ich hatte heute einen grauenhaften Tag.«

»Was war denn los, Paul?«

Diese Frage kommt in einer ganz anderen Klangfarbe als ihre sprudelnden Erklärungen eben. In diesem Moment ist sie eher Abby, die ihren Kopf mit den schwarzen Zöpfen schief legt und die Arme ausbreitet. Ich stürze mich in diese Umarmung und erzähle Sonja alles. Vom Kirschbaumnazi über die Pilzsuche bis zu Nabil. Alles erzähle ich und schütte es in den Hörer in dem dunklen Wald, mitten in der Nacht. Die ganze würdelose Wahrheit. Sonja könnte tausend Fragen stellen, nachdem ich fertig bin, aber sie stellt sofort die entscheidende: »Aber warum macht dich dieses Lied so fertig, Paul? Was hat Robbie Williams dir getan?«

Ich schlucke. Die Steine sind wieder da.

Sonja spürt das. Ich sage: »Lass uns bitte über diese Hungerhelfer reden.«

JAGDFIEBER

Die Hungerhilfe ist eine Organisation, die Hilfsgüter ohne Umwege zu den Menschen bringt. Sie gehört keinem größeren Verbund und keiner übergeordneten Autorität an. Ihr Verwaltungsaufwand ist minimal. Auf ihrer Webseite steht:

> Haben Sie von uns schon mal irgendwo Plakate gesehen?
> Nein?
> Gut so!
> Um sechs Großstädte in einem Bundesland zehn Tage lang mit Großplakaten zu bestücken, müssten wir rund 250000 Euro ausgeben. Ist Ihnen klar, was wir mit einer Viertelmillionen Euro in Afrika anstellen können?
>
> Übliche Hilfsorganisationen geben bis zu 35 % ihrer Spendeneinnahmen für die eigene Verwaltung und teure Werbekampagnen aus.
> Wir nicht.
> Jedes Plakat, das nicht hängt, ist bares Geld für unsere Projekte in Somalia, Mali, Guatemala und dem Tschad.
> Jedes Blatt, das unser Bürodrucker nicht ausspuckt, garantiert einem Kind mehr das Überleben.

Sonja hat diese Gruppe entdeckt. Ihr Gewissen hat sie in diese Recherche getrieben, als sie damit anfing, 12,50 Euro teure Lose am Telefon zu verkaufen, von denen 50 Cent nach Afrika gehen. 50 Cent minus Verwaltungs- und Werbekosten. Die Hungerhelfer werben ausschließlich im Internet und nutzen sämtliche sozialen Netzwerke. So halten sie die Kosten niedrig und erreichen trotzdem mehr Leute als ein altmodischer karitativer Verein, der Plakate verklebt und Broschüren verteilt. Die Begründer der Initiative sind ehemalige Blauhelmsoldaten, die wissen, was wirklich auf der Welt los ist, und die gute Kontakte in die betroffenen Länder pflegen. Ich habe das alles überflogen und sofort gut gefunden. Sonja installiert mithilfe von Robin einen Spendenbutton auf meiner Facebook-Seite, damit es auch irgendeinen sinnvollen Zweck erfüllt, so viele Freunde zu haben. Mein eigenes freiwilliges Hungern könnte also dazu führen, dass den wirklich Hungernden geholfen wird. Sonja und ich haben gestern Nacht noch bis drei Uhr telefoniert und uns über die Hungerhelfer im Speziellen und die Welt im Allgemeinen unterhalten. Es war wunderschön. Ich im Schlafsack im Wald, sie daheim unter ihrer Schreibtischlampe. Sie machte das Fenster auf, während wir sprachen. »Jetzt atmen wir beide die gleiche Nachtsommerluft«, sagte sie. »Und sehen denselben Mond«, sagte ich. Dann musste ich lachen, weil ich plötzlich an die Kitschposter mit dem Wolf im Mondschein denken musste, die mich auf die Idee für die eBay-Geschichten brachten. Es kommt mir vor, als wäre diese Episode Jahre her. Sonja fragte, warum ich lache, und ich erzählte ihr von den Postern. Sie surfte beim Telefonieren auf eBay, fand ein paar aktuelle Auktionen mit dem Motiv, kicherte und fing dann an, aus ihrem offenen Fenster heraus in die Nacht zu heulen. Ich stieg darauf ein und heulte synchron in meinen finsteren Wald. Fünf Minuten heulten wir Stereo, 450 Kilometer voneinander entfernt; wir heulten den Mond an, und wenn wir mal kurz nicht heulten, lachten wir.

Jetzt dämmert es wieder und ich habe die Kamera eingerichtet. Das Gespräch mit Sonja und meine würdelose Sucht, die mich erst in die Fast-Food-Filiale und dann in die Demütigung trieb, brachten mich auf eine Idee für einen neuen Beitrag. Er passt gut zu dem Hungerhilfe-Button. Das Video dazu ist das erste, bei dem ich mir wirklich viele Gedanken mache. Ich habe mir die Szene bis ins kleinste Detail ausgedacht und eine ganze Stunde lang an dem Nest für die Kamera herumgezupft. Der Winkel sollte perfekt sein. Die Linse hat jetzt die Blickhöhe eines Igels, der aus dem Unterholz am Waldrand über die Straße zu dem goldenen M hinaufstarrt. Der Buchstabe der Sucht hängt genau neben dem Vollmond am Abendhimmel. Als hätte ich den Trabanten geangelt und in die richtige Position gezogen. In den dunkelblauen Himmel neben dem M und dem Mond steigt langsam der Dunst aus meinem Campingkochtopf auf. Ab und zu sieht man meine Hand, die mit einem Stock darin rührt. Ansonsten herrscht die Stille einer Waldnacht. Leises Rascheln von Blättern. Hier und da ein knackender Ast. Das Rauschen eines Wagens auf der Straße. Was in dem Topf kocht, bleibt offen. Wichtig ist nur: Da oben ist das böse M. Und hier unten im Wald, da kocht jemand sein eigenes Süppchen.

Jagdfieber

On. 23.06.2012 · Leave a Comment

Das Leckerli ist ein Arschloch.

Unter den Sachen, die ich verkauft habe, befand sich ein Animationsfilm. *Jagdfieber 2.* Der heimliche Hauptdarsteller ist ein Dackel namens Herr Wiener. Er entkam seinem Frauchen und lebte eine Zeit lang mit den wilden Tieren im Wald. Das kann das Frauchen nicht akzeptieren. Sie will ihren Schoßhund zurück. Also lockt sie ihn an, indem sie Leckerli auslegt. Hundekuchen. Das klappt. Herr Wiener lässt sich verführen. Gemeinsam mit seinem Frauchen fährt Herr Wiener ins Haustierparadies *Pet Paradiso*.
Jedes Haustier trägt den Instinkt der Freiheit in sich. Die Ahnung, dass es auch ganz anders gehen könnte. Diesen Instinkt löscht so etwas wie das *Pet Paradiso* aus. Dieser Hundefreizeitpark ist das ultimative Instrument, um jedes Schoßhündchen davon zu überzeugen, dass ein Leben in Knechtschaft viel schöner ist. Man ist zwar gefangen, aber dafür gibt es Futternäpfe an jeder Ecke. Rosa Leckerli und blaue Spielknochen. Ein Unterhaltungsprogramm und eine gigantische Wasserrutsche.

Wir Menschen sind immer im *Pet Paradiso*!
Das Wohlfühlflair umgibt uns jede Minute, rund um die Uhr, überall.

Wir sind Schoßhündchen!
Würdelos.
Willenlos.
Weich.
Und warum?
Weil wir süchtig sind.

Haben wir einmal von den Leckerli gekostet, kommen wir nie mehr ohne sie aus. Unsere Sinne sind vollgestopft mit Geschmäckern, Gerüchen und Geräuschen.

Die Süße einer Mandeltorte von IKEA!
Der Duft eines Schnitzels in Rahmsoße!
Das Zischen beim Öffnen eines kühlen Biers!

Wir reagieren auf diese Reize wie Herr Wiener auf Hundekuchen. Haben wir sie einmal abgespeichert, lassen sie uns nicht mehr los. Unser Kopf feuert und feuert. Wir fragen uns, ob wir noch eine Mandeltorte im Tiefkühlfach haben. Haben wir nicht. Wir kriegen sie aber absolut nicht aus dem Kopf. Wir schauen auf die Uhr. IKEA hat seit Neuestem bis 22 Uhr auf. Fällt uns ein. Das macht uns froh. So eine Vorfreude hatten wir seit der Kindheit nicht mehr. Wir setzen uns ins Auto und fahren fünfundzwanzig Kilometer hin und fünfundzwanzig Kilometer zurück. Für eine Mandeltorte.

Wir sind Haustiere!

Wir tanzen nach der Pfeife unserer Herrchen. Sie hängen ein goldenes M-Logo an einen hohen Mast und wir fahren von der Autobahn ab. Weil wir Hunger haben? Echten Hunger? Nein! Nur, weil plötzlich in unserem Geist die Remoulade rüttelt.

Wir sind Haustiere.

Selbst, wenn wir protestieren, wollen wir die Macht der Herrchen nicht brechen. Wir wollen bloß, dass die Leckerli gerechter verteilt werden. Gerechter heißt: an uns. Sind sie im Napf, geben wir Ruhe.

Unser Instinkt sagt uns, dass wir mal Räuber waren. Wildtiere, die durch die Weite der Wälder streiften und echte Beute suchten. Dieser Instinkt ist der Stachel in unserer Seele. Der Dorn im Auge unseres Stolzes.

Denken Sie jetzt NICHT an …

… das Karamell im Marsriegel
… den Duft frischen Kaffees
… die Melodie von Milka
… das Etikett von Sprite
Haben Sie doch?
Sie haben?
Ich auch.

Und ich will das nicht mehr.
Ich will nicht mehr, dass Leckerlis meine Nase, meine Ohren und meine Augen verkleben. Ich will nicht mehr nach Bedürfnissen leben, die mein Frauchen erfunden hat.
Ich habe es satt, ein Haustier zu sein!
Ich widerstehe den Leckerlis und werde wieder ein Wildtier!

Die Belohnung ist die Freiheit!

Der Jagdfieber-Blog war reinigend. Er war mit Zorn gekocht, aber mit Verstand abgeschmeckt. Er steht gerade mal ein paar Stunden im Netz und produziert schon wieder Reaktionen. Mein Mailfach saugt Post. Ich soll eine Menge Kommentare bestätigen. Alle sind positiv.

Nature Boy freut sich, »dass McDonald's endlich mal wieder was auf die Fresse kriegt«. Pitch Black findet, »so gut hat noch nie jemand formuliert, was Männlichkeit ausmacht«, und sogar Godot lässt sich seit Langem mal wieder zu einem Lob herab.

Godot sagt:
24.06. um 00:06

Genau für so was muss man das Netz nutzen! Das hat Biss! Wir sind schon viel zu lange Schoßhunde! Freut mich, dass du es begriffen hast, Frischling!

Ich lese das alles, und ich weiß nicht, was es mit mir macht. Ich sitze hier im Wald, Herrgott, ich habe Rindenfitzel zwischen den Zehen. Die Hauptsache ist, dass Sonja mir schreibt.

24.06. // 07:35

Lieber Paul!
Dein Blog über die »Leckerli« und den Menschen als Haustier ließ mich an meine Kindheit denken. Daran, wie meine Eltern waren. So wenig sie redeten, so viel schmatzten sie. Es wurde immer gegessen. Der Leib füllte sich, während die Seele hungerte. Sie liebten es zum Beispiel »einzukehren«, das ist auch so ein komisches Wort. Ich denke oft über Wörter nach, wenn ich nach Hause komme und unter der Dusche den Mund aufmache, weil ich das Gefühl habe, mir den Dreck rauswaschen zu müssen. Jedenfalls, »einkehren«, das klingt so, als nehme man einen Besen und schiebe den Dreck von der Straße in ein Restaurant. Aber der Dreck, das waren meine Eltern und ich. Die Gaststätten verschluckten uns. Das hatte mit Hunger nichts zu tun, das war genau das, was Du beschreibst. Ein Reiz, eine Reaktion. Leckerli.
Paul, ich glaube, mit mir passiert was, und zwar durch Dich. Ich will auch wieder ein Wildtier werden. Es war gut, dass ich bei meinen Eltern auszog, aber es ist nicht gut, dass ich jetzt statt ihnen dieser Drückerfirma gehöre. Die will ja auch, dass ich jeden Tag Männchen mache. Ich bin ihr Schoßhund. Wozu?

Paul, ich kann nicht in den Wald gehen wie Du, das ist mir zu hart. Aber ich kann wenigstens versuchen, mein Geld anders zu verdienen. Ich werde nach Wegen suchen. Ich gehe jagen. Ich jage mir einen anderen Job.
Wünsch mir Glück!
Deine
Sonja

24.06. // 07:59

Liebe Sonja!
Es verwirrt mich, dass jemand etwas machen will, weil ich ihn dazu anrege. Eigentlich bin ich immer derjenige, der darauf wartet, dass ihm jemand sagt, was er zu tun hat. Oder dass ich ein Zeichen kriege, was passieren soll. Wirf jedenfalls Deinen Job nicht hin, bevor Du etwas Neues hast. Versprochen?
Dein
Paul

24.06. // 08:07

Lieber Paul!
Ich glaube, Du unterschätzt Dich immer noch, mein Wildtier!
Ansonsten: Versprochen.
Deine
Sonja

Mein Telefon klingelt. Ich habe mich daran gewöhnt, mitten in der Wildnis mit einem Computer zu hantieren, aber wenn das Handy schreit, schrecke ich jedes Mal auf wie ein Luchs.

»Planbaum?«

»Guten Tag, Herr Planbaum!«, sagt ein Mann, und sein Tonfall klingt so, als würde er in einer weiten Badehose, eine Hand am Segel, auf seinen Worten zu mir an den Strand surfen. »Ich bin der Dölz und ich moderiere die Sendung *Querköpfe* bei Radio Powerplay.«

»Aha«, sage ich und Herr Dölz scheint etwas irritiert. Sein Surfbrett ist auf Grund gelaufen. »Kennen Sie uns nicht? Powerplay?« Ich sollte wohl. Ich sage: »Ich höre kein Radio.«

»Natürlich nicht«, lacht Herr Dölz und springt wieder auf. Er paddelt ins Wasser, geht auf dem Brett in die Hocke und kriegt schnell die erste Welle. »Sie sind ja Überlebenskünstler, Sie haben Wichtigeres zu tun, als die Nummer eins der jungen Sender zu hören.« Herr Dölz steht auf dem Brett. Das Segel bläht. Er sagt: »Die Talkshow ist live im Radio und live vor Publikum. Wir übertragen aus einer Kultkneipe in unserer geliebten Metropole. Vier mal fünf Minuten Gespräch, dazwischen Musik von DJ Lassiter. Reichweite zwei bis drei Millionen Hörerinnen und Hörer! Im Publikum sind mehr Hörerinnen, falls Sie das motiviert.« Herr Dölz lacht und macht einen halben Salto auf seiner Welle. »Wir machen die Anfragen üblicherweise immer ein bis drei Monate vorher, aber wir hätten dich gerne schon in der Sendung von übermorgen, Paul! Ich darf dich doch duzen, oder? Ich bin der Dölz!« Während der Dölz plappert, muss ich daran denken, was Sonja mir über ihren Beruf im Callcenter schreibt. Lass den Kunden nie zum Denken kommen. Ertränke ihn in einem Schwall aus Worten. Der Dölz schafft das ganz gut, denn ich kann kaum einen klaren Gedanken fassen, wenn er spricht. Alle klaren Gedanken sind in einer Box mit Holzwolle eingelagert, und ich wühle in dem kratzigen Chaos herum, bis ich einen zu greifen kriege. Ich sage: »Warum schon übermorgen? Ist Ihnen der Top-Gast abgesprungen und ich bin die Notlösung?«

»Nein!«, ruft der Dölz über den ganzen Strand und winkt mit seinem weißen Lächeln, sodass alle es sehen. »Wir schieben den geplanten Gast in die nächste Sendung und ziehen dich vor, wenn du zusagst! Du bist gerade einfach total angesagt, Paul! Meine Redakteurin liest gestern den Blog über Haustiere und Wildtiere und sagt direkt: Den Typ brauchen wir *jetzt* im Studio!«

»Können Sie nicht einfach herkommen?«, frage ich. »Zu mir in den Wald? Eine Live-Schaltung in den Busch?«

Der Dölz strauchelt ein wenig auf dem Wasser, kann sein Segel aber noch halten. »Weißt du, wer der geplante Gast ist, den wir für dich schieben wollen, Paul?«

»Nö.«

»Bülent Ceylan!«

»Wer ist das jetzt?«

Der Dölz plumpst von seinem Brett. Damit hat er nicht gerechnet. Er schluckt Wasser und röchelt. Ein Riesenlärm. Selbst am Strand, im Hintergrund, höre ich Tumulte. Eine Frau ruft: *»Das weiß er nicht???«* Es ist, als hätte ich offenbart, immer noch an die Erde als Scheibe zu glauben. »Du willst mir sagen, der coolste Sensationstyp, seit es Comedy gibt, ist dir nicht bekannt?«

»Ich gucke auch kein Fernsehen«, antworte ich. Der Dölz und seine Strandcrew tuscheln. »Du bist ja wohl die geilste Sau, die es gibt«, sagt er. »Jetzt musst du erst recht in die Sendung kommen.«

»Ich überleg's mir, okay?«, sage ich. Eine Schabe krabbelt an meinem Knöchel. »Ja, überleg's dir«, lacht der Dölz. Er betont das »überleg's« auf komische Art. So, als sei es nur eine Laune von mir als Künstler und am Ende käme ich ja sowieso in seine Show. »Aber wir brauchen bis heute Abend Antwort«, sagt er, »sonst können wir die Werbung nicht mehr rechtzeitig umstellen.«

»Ja, ja«, sage ich und höre förmlich, wie der Dölz den Kopf schüttelt. So, wie Fußballtrainer es tun, wenn ihr Star ein abgezocktes Tor gemacht hat, obwohl er vorher neunundachtzig Minuten mies spielte. So nach dem Motto: Dieser Typ, echt …

»Du geile Sau«, sagt der Dölz noch mal und legt auf. Die sind alle bekloppt. Ich verstaue das Telefon. Vier Stiefel stehen vor mir. Ich folge den dazugehörigen Beinen, Hüften, Torsos und Hälsen bis zu den Gesichtern. Ein Förster und sein Lehrling. »Guten Tag. Eberlein, mein Name«, sagt der Förster und deutet auf meine Sachen. »Sie müssen aus dem Wald raus.« Sein Lehrling funkelt mich misstrauisch an. »Nicht schon wieder«, sage ich.

»Sie gehen ganz schnell freiwillig, wenn ich Ihnen verrate, warum«, sagt Förster Eberlein. Sein Lehrling prüft mit den Augen mein Zeug, als suche er nach Zeichen für Verrat. Er ist siebzehn, achtzehn Jahre jung. Vielleicht liest er meinen Blog und hätte es gern, wenn ich heimlich Ravioli-Dosen mit mir führte. Sein Chef fügt hinzu: »Sie gehen noch schneller, wenn ich Ihnen sage, dass womöglich der ganze Autohof da oben geschlossen wird, bis wir das Problem gelöst haben.«

»Was für ein Problem denn?«, frage ich und ziehe mir endlich den Rindenfitzel aus den Zehen, der da seit Stunden hängt. Man kommt ja zu nichts. »In diesem Wald«, sagt Herr Eberlein und macht eine dramatische Pause, in welcher er schwer den Finger hebt, »sind Wölfe gesichtet worden.« Ich brauche einen Moment, bis ich begreife, was er sagt. Dann lache ich.

»Dreiundsechzig Wölfe sind in Deutschland bereits wieder nachgewiesen«, betont Eberlein, »vor allem in den ostdeutschen Wäldern. Aber Wolfsrudel wandern. Und jetzt ist es so weit, dass sie auch hier …« Ich hebe die Hand, hole Luft und unterbreche ihn, die Lachtränen in den Augen. »Stopp, stopp, stopp! Das war ich! Ich bin der Wolf.«

»Ja, sicher«, zischt der Lehrling, »du bist Jacob Black.« Sein Chef legt ihm die Hand auf den Unterarm und sagt: »Sie sind der Wolf?«

»Ja. Ich habe vorletzte Nacht hier rumgeheult. Aus Spaß!«

»Rumgeheult?«

»Ja, wie ein Wolf. Am Telefon. Mit meiner Freundin. Man kann doch wohl mal einen Jux machen?« Ich habe gerade »Freundin« gesagt. Das kam einfach so. Wie ausatmen. Förster Eberlein lässt den Unterarm seines Lehrlings los und bekommt plötzlich ganz dunkle Augen. Es ist, als hätte ein Windstoß die Freundlichkeit aus seinem Gesicht geweht.

»Ich weiß, wer Sie sind«, sagt er jetzt und sein Lehrling lächelt versonnen. »Sie sind der neue Star des Internets. Mein junger Kollege hier hat es mir erzählt.«

»Was hat denn das mit der Wolfssache zu tun?«

Eberlein hebt erneut den Finger. Alle fünf davon. Die Hand. Den baumstammgroßen Arm. »Ich lasse mich nicht verarschen.«

»Ich verspreche, ich heule nicht mehr nachts«, sage ich, aber das reicht ihm nicht. Der Baumstammarm bleibt oben: »Sie wollen trotz der Wolfsmeldung in diesem Wald bleiben, damit Sie später einen Artikel schreiben können. Leute, seht her, wie mutig ich bin! Ich bin der, der mit dem Wolf tanzt! Aber …« Eberlein macht einen Schritt nach vorne und ich weiche instinktiv zurück. Ich hasse das. Diese Angst, sobald ein Mann älter und lauter ist als ich. Oder zumindest von einem Aussehen, das auf Schützenfeste statt auf Schaumpartys schließen lässt. Der Lehrling hat bemerkt, dass ich mich einschüchtern lasse. Ich sehe in seinem Gesicht, wie er es genießt. »Wenn Sie noch einmal behaupten, Sie selbst seien der Wolf, dann kann ich für nichts garantieren!« Eberlein brüllt das »nichts« in seinem Satz wie ein Halali bei der Hasenjagd. Er lässt mich nicht mehr zu Wort kommen. »Ich verstehe die jungen Leute nicht!«, sagt er. »Sie haben keinen Respekt vor dem Leben oder dem Tod. Sie sind tatsächlich bereit, Ihre Gesundheit aufs Spiel zu setzen für das bisschen Berühmtheit im Internet. Und was kommt dann? Gehen Sie dann ins Dschungelcamp als C-Promi?«

Noch so einer, denke ich.

Noch so einer, der mir erzählt, ich wüsste nichts vom Leben und vom Tod und ich hätte es nie schwer gehabt. Noch so einer, der denkt, ich hätte Zucker im Arsch statt Steine im Hals. Und noch so einer, der denkt, ich spiele hier nur. Ich ziehe mein Handy aus der Tasche, kaue auf den Innenseiten meiner Wangen herum, wähle die Nummer des Radiomoderators aus meinem Anrufprotokoll und schalte den Lautsprecher ein, als er abhebt.

»Hallo, Paul, das ging ja schnell!«

»Spreche ich da mit dem Dölz?«, frage ich. »Von Radio Powerplay?«

»Das weißt du doch, du geile Sau!«, grölt der Dölz und der Lehrling wird weiß im Gesicht. Der Sender scheint wirklich populär zu sein. Ich sage: »Also, ich wiederhole noch mal. Eigentlich ist übermorgen bei euch Bülent Ceylan in der Show, aber wenn ich jetzt noch zusage, nehmt ihr mich?«

»So ist das!«, sagt der Dölz und jetzt kapiert auch der Förster, was los ist. Dieser Ceylan scheint also tatsächlich berühmt zu sein. Zum Glück habe ich mir diesen Namen gemerkt. Des Försters großer Finger schrumpft. Von wegen C-Promi und Dschungelcamp! »Dann sage ich hiermit zu«, verkünde ich und betone, damit der Förster nicht denkt, der A-Promi lasse sich heimlich in Limousinen kutschieren: »Und ich komme selbstverständlich zu Fuß, wie es sich für ein Wildtier gehört!«

»Das musst du aber nicht«, sagt der Dölz. Ich unterbreche ihn. »Aber natürlich! Was ich hier mache, ist echt. Ich bin von euch und dieser Übertragungskneipe, ich schätze mal, sechzig Kilometer entfernt. Das sind zwei Tagesmärsche. Ich komme mit dem Rucksack auf den Schultern in die Sendung gelaufen!«

»Fantastisch!«, sagt der Dölz.

»Ich gehe sofort los«, sage ich und lege auf.

Der Lehrling tötet mich mit seinen Blicken. Der Förster beobachtet still, wie ich zu packen beginne. Als seien die zwei bloß lästige Störenfriede, sage ich, einen Blick über meine Schulter werfend: »Was ist? Müsst ihr keinen Wolf jagen?«

Auf unseren Rucksackreisen lebten Benjamin und ich wie die Hamster. Nachts aktiv und tagsüber am Dösen. Oder im Wasser mit dem schwimmenden Biertablett. Benny sagte immer: »Eis ist am schönsten mit heißer Soße. Und Hitze ist am schönsten mit Schatten.« Von elf Uhr vormittags bis sieben Uhr abends lagen wir unter Baumkronen und beobachteten, wie das Licht im Blätterrauschen glitzerte. Das sollte ich jetzt auch tun, aber ich kann nicht. Ich bin nicht in den Ferien, sondern auf dem Weg zu einer Radioshow – zu Fuß, mit Marschgepäck auf dem Rücken. Die Hitze steht den Sommertagen in Frankreich in nichts nach. Es ist so schwül, dass ich mich durch die Luft wie durch heiße Zuckerwatte drücke. Alles klebt. Ich stinke süßsauer nach Schweiß. Ich habe fünfzehn Kilometer geschafft und schleppe mich gerade durch ein Wohnviertel. Ein Laternenmast ist hüfthoch mit Heckenrosen umpflanzt. Ein Schild mit einer Muschel darauf ist daran angebracht. Es weht kein Wind. Nicht der Hauch einer Brise. Meine Wasserflaschen sind leer. Ich schwitze in den Schritt, die Unterhose verwächst mit der Haut, als faulte ich zwischen den Beinen. Ein schmaler Weg zwischen zwei Wohnhäusern gibt einen Meter Blick auf die Parallelstraße frei. Für den Bruchteil einer Sekunde sehe ich einen Radfahrer an diesem Wegschlitz vorbeirasen. Junger Mann, groß, Arme lang wie Zeltstangen und ein wilder Blondschopf. Das war Benjamin! Ich renne los und haste durch die private Gasse. Feuchte Dunkelheit umgibt mich für einen Moment. Alte Gartengeräte stehen angelehnt und verwachsen mit dem Klinker. Ich stürze aus dem Schlitz und sehe links und rechts die Straße hinab. Der Radfahrer ist weg. Ich atme schwer. Schweiß rinnt über meine Stirn und meinen Rücken. Die Hitze drückt meine Augen zu. Man sagt, ein Sonnenstich kann Halluzinationen hervorrufen. Ich schleppe mich weiter. Ein paar Minuten später höre ich hinter hohen Hecken den Wasserfall eines Teiches. Ich suche den Eingang.

Libellen schwirren herum. Der Wasserfall plätschert über braunen Granitstein. Ich werfe einen Blick auf das Haus. Das Wohnzimmer hat große Erkerfenster. Es ist niemand zu sehen. Wasser ist lebensnotwendig. Hygiene auch. Ich halluziniere. Wenn ich jetzt dieses Gelände betrete, mache ich das nicht, weil ich ein Haustier bin, sondern weil es überlebensnotwendig ist. Ich bin ein Wildtier und ein Wildtier darf kein Wasserloch auslassen. Ich schleiche in den Garten und lege meinen Rucksack ab. Der Teich ist umrahmt von geschwungenen Wegen aus feinem, weißem Kies. An einer Stelle guckt störend ein Stück Lichtkabel heraus. Das Ufer ist ein großer Rand aus Rheinkies, das Innere des Gewässers mehrstufig angelegt, unten im Zentrum mit Natursteinplatten. Der Wasserfall speist sich aus einem Staubecken in einem mit asiatischem Ahorn bepflanzten Hügel. Im Wasser schweben Reste von Grünalgen mit kleinen, dünnen Stäbchen dazwischen, die wie starre Würmer aussehen. Es ist Fischscheiße. Sie und die Hitze des Sommers lassen Algen immer wuchern, egal, wie gut der Pumpenfilter ist. Fischscheiße sollte ich nicht trinken. An der Hauswand kommt ein Wasserhahn. Im Rasen steckt eine Wäschespinne. Ich fülle meine Trinkwasservorräte am Hahn, ziehe mich bis auf die Unterhose aus und hänge die Sachen über die Spinne. Die Berberitzenhecke ist hoch und dicht. Außerdem ist hier wohl niemand zu Hause, also was soll's? Warum lasse ich die Unterhose an? Ich ziehe sie aus, werfe sie auf den Kies und steige langsam in den Teich. Ich weiß, wo ich hintreten muss, damit die Steinverkleidung nicht wie ein Erdrutsch auf den Grund sinkt. Ich kenne solche Teiche, weil ich Vater manchmal dabei helfe, sie anzulegen. Die Goldfische und Elritzen huschen aufgeregt um meine Beine herum. In meinen Haaren bleiben die Fischhäufchen hängen. Trotzdem ist das kühle Wasser ein Genuss. Ich habe seit Ewigkeiten nicht geduscht. Ich hocke mich mit breiten Beinen vor den Wasserfall, halte meinen Schwanz in das fließende Nass, ziehe die Vorhaut zurück und stöhne laut, weil es so guttut. Ich stöhne und grunze und schließlich schreit eine Frau. Ich wirbele herum, stoße nun doch eine Menge Steine gen Grund und lege die liebevoll versteckte Pumpe frei. Was muss das für ein Bild sein für die Dame des Hauses? Ein nackter Mann vorm Wasserfall, glühend von der Tageshitze und mit tropfendem Geschlechtsteil.

»Die Pumpe!«, schreit sie, und ich frage mich für eine Sekunde, ob sie das Gerät oder meinen Penis meint. Sie meint das Gerät. Die Hände an den Schläfen, geht sie mit knisternden Schritten über den Kies und starrt auf die große, schwarze, brummende Oase 8000. Das Gerät war wirklich gut versteckt. Man sah keinen Millimeter des Gehäuses oder des Schlauches.

»Wissen Sie, was für eine Fitzelarbeit es war, das Ding zu verkleiden? Das Mosaik im Petersdom ist mal eben locker hingestreut dagegen!« Ich ziehe beschämt den Fuß ein, der das Kunstwerk zerstört hat. Die Frau senkt den Kopf, schließt die Augen und hält einen Augenblick lang mit Daumen und Zeigefinger ihr Nasenbein fest. »Was machen Sie überhaupt nackt in unserem Teich?« Mein Blick geht zu meinen Klamotten auf der Wäschespinne. Sie folgt ihm. Ich will aufstehen. »Nein!«, befiehlt die Frau so entschlossen, als seien ihre Worte Skulpturen aus Carrara-Marmor, die aus dem Himmel in die Landschaft fallen. »Nicht bewegen! Luft anhalten!« Ich bewege mich nicht und halte die Luft an.

Die Frau nimmt mit spitzen Fingern meine Unterhose vom Weg und das T-Shirt von der Leine. »Vorsichtig anziehen!«, sagt sie und wirft die Klamotten ans Ufer des Teichs. Ich ziehe mich im Wasser vorsichtig an. »Über den Hügel rausklettern. Nicht über den Rand.« Ich klettere über den Hügel raus, mit dem Bauch zuerst. Würdelos krieche ich durch die Pflanzen. Bevor die Frau schimpfen kann, weil ich ihren Pflanzhügel in Unordnung gebracht habe, drehe ich mich um und bringe mit geübten Fingern alles wieder in Form.

»Ich habe Sie doch schon mal irgendwo gesehen«, sagt die Frau. Sie lehnt sich ein Stück nach hinten, als könne sie mich nur so ganz in den Blick bekommen. »Sie saßen auf dem Jeep bei der Firma Planbaum, als ich mich beschwert habe.«

Ich blicke von meiner botanischen Arbeit auf. Mein Sack stiehlt sich links aus der großen Boxershorts. Ich schiebe ihn dezent zurück. In der Tat: Das ist die Dame mit dem Audi, die Stephan an dem Abend angepflaumt hat, als ich vom Flughafen wiederkam. Ich erinnere mich an ihren Namen: Frau Daems. »Ich bin der Sohn«, sage ich kleinlaut.

»Das ist ja eine unfassbare Unverschämtheit!«, schimpft Frau Daems und die Carrara-Marmorblöcke verwandeln sich in böse Steinkrieger. Sie betritt den Kiesweg und legt mit der Fußspitze die Lichtkabel frei. Sie ringeln sich tatsächlich einfach unverkleidet unter den Steinen. »›Ich komme nächste Woche!‹«, sagt sie. »Das höre ich jetzt seit ein paar Wochen von Ihrem

Kollegen. Ja, und jetzt kommt endlich mal einer und was macht der? Er wäscht sich sein Genital unter meinem Wasserfall und zerstört dabei meine selbst gebaute Pumpenverkleidung!« Ihre Stimme wird schrill. Die Steinkrieger ziehen Schwerter und Morgensterne wie die Schachfiguren bei *Harry Potter*. »Das ist nämlich genau die Einstellung, die ihr Fachleute alle habt!« Frau Daems zeigt über die Hecke nach Norden und die Steinkrieger drehen die Köpfe. »Ihr denkt, das ist schließlich eure Baustelle, und auf der Baustelle dürft ihr machen, was ihr wollt.«

»Aber …«, wispere ich. Die Steinkrieger schnellen herum und richten ihre Klingen auf mich, sodass ich verstumme. Zu den Klingen gesellt sich der Zeigefinger der Frau: »Und Sie glauben, Sie haben jetzt lebenslanges Baderecht in diesem Teich? So macht ihr das, oder? Wenn die Leute nicht da sind, fahrt ihr in die Gärten, die ihr gestaltet habt, werft euch nackt ins Wasser und feiert eine Grillparty.«

»Nein, so ist …«

»Ich rufe Ihren Vater an und dann werden wir ja sehen.« Sie zieht ihr Handy aus der Tasche und durchsucht das Adressbuch: »Petric, Piper … hier, Planbaum.«

»Aber …« Sie wählt. Die Steinkrieger deuten mir, ich möge still halten. Im Handy knistert es. »Herr Planbaum?«

(…)

»Was? Ich kann Sie nicht verstehen!«

(…)

»Ihr Sohn sitzt nackt in meinem Teich!«

(…)

»Was? Nein, nicht *gleich*. Teich! Nein, Sie müssen auch gar nicht vorbeikommen.«

(…)

»Was? Orleans? Ich verstehe Sie nicht. Wo sind Sie?«

Der Ton im Lautsprecher verstummt. Frau Daems hält das Telefon vor sich, wählt erneut, hört eine Ansage und sieht mich an, als wäre ich jetzt auch noch daran schuld. »Alle!«, sagt sie. »Ich glaube, es hackt! Der sagt mir, mein Guthaben wäre aufgebraucht! Ich hatte hundertfünfzig Euro aufgeladen! Ich habe doch bloß ein paar Sekunden gesprochen.«

»Ja«, sage ich, »mit Borneo.«

»Was?«

»Sie haben mit Borneo gesprochen.«

Jetzt ist sie baff. Die Steinkrieger diskutieren planlos miteinander. »Mein Vater ist ein halbes Jahr auf Bildungsreise im Dschungel. Sie haben ihn wahrscheinlich gerade zwischen lauter kieksenden Makaken erwischt.«

Sie schluckt, sieht zu den Steinkriegern, nimmt meine Sachen von der Leine, stapft zum Ausgang ihres Geländes und wirft den Wäscheberg in hohem Bogen auf die Straße. »Raus hier!«, brüllt sie und ich nehme meinen Rucksack. »Mach ganz schnell die Fliege, Junge!« Eine Nachbarin kommt mit dem Hund vorbei. Frau Daems wird rot. Da stehe ich, ein junger Naturbursche in Boxershorts, meine Wäsche rund um mich ausgebreitet. Es sieht aus, als hätte ich mit der Frau eine Affäre gehabt und nun setzt sie mich auf die Straße, bevor ihr Mann nach Hause kommt. Der Gedanke amüsiert mich und weitet meine Brust. Mit einem genüsslichen Grinsen auf den Lippen sammele ich meine Sachen auf, grüße die Gassigeherin und setze meine Wanderung in der Hitze fort.

Nach vier Kilometern mache ich Pause auf einer Bank. Das Holz ist heiß. Das Messingschild mit der Aufschrift »Gespendet von der Familie Hubert« glüht wie ein Brenneisen. Da ich nichts zu essen finde, schalte ich meinen Laptop ein, um wenigstens Informationen zu mir zu nehmen. Robin Piller schreibt mir eine Mail mit dem Betreff *ESO-MASKOTTCHEN???* in Großbuchstaben.

24.06. // 10:34

Hallo Paul!
Als Medienprofi muss ich dir leider sagen, dass es sehr suboptimal ist, dich als Maskottchen für diese obskure Eso-Partei zur Verfügung zu stellen. Die Leute assoziieren dich auch mit uns, weil wir dich fördern, und jetzt ist es nur noch ein Zwischenschritt von *First Mover* zu *Die Türkisen*.
Das kostet uns viel Glaubwürdigkeit und Glaubwürdigkeit ist in unserer Branche noch wichtiger als Geldkapital! Ich sage dir das ganz offen, auch für zukünftige Unternehmungen.
Ich habe gerade gelesen, dass du bei dem Dölz im Radio auftrittst. Das wiederum ist einsame spitze! Das sind die Verbindungen, welche die Leute ziehen sollen! Aber diese Karma-Freaks? Hast du das überhaupt autorisiert?

Robin sendet außerdem den Link zu einer Pressemitteilung mit. Sie wurde heute Morgen von der Partei *Die Türkisen* herausgegeben, einer Splittergruppe, die jedes Jahr zu den Wahlen antritt und dabei 0,2 % erreicht.

PRESSEMITTEILUNG
Die Türkisen

Spirituelles Survival
Fürth, 24.06.2012

»Die Schöpfung entspringt einer geistigen Quelle. Jedes Blatt und jeder Borkenkäfer ist eine Manifestation des Ursprungs.« Das sagt nicht etwa der Räucherstäbchenguru aus dem Eine-Welt-Laden um die Ecke – das sagt der junge Blogger und Survivalkünstler Paul Planbaum.

Der Neunzehnjährige wandert derzeit mit dem Experiment *Hundert Tage ohne Geld* durch unsere Wälder und Städte und ließ sich ein paar Kilometer seines Weges begleiten. In einem Interview mit dem parteinahen Magazin *Lichtblicke* bekennt sich der handfeste Abenteurer zu einem spirituellen Weltbild. »Alles ist mit allem verbunden, entsprungen aus und verbunden durch den universellen Geist.« Sein Experiment freiwilliger Selbstbeschränkung und Armut ist für ihn »der Versuch, sich als Mensch von der Anhaftung an das Vergängliche zu befreien, um das Ewige und Eine wieder sehen zu lernen.«

Unglaublich.

Diese Annemarie hat jede Frage, die sie mir gestellt hat und auf die ich nur mit einem halbherzigen Brummen reagierte, zu meinen »Antworten« umgeformt. Sie hatte mir gegenüber nicht einmal erwähnt, dass *Lichtblicke* das Hausblatt einer Esoterikpartei ist. Jetzt begreife ich zum ersten Mal, was »in den Mund legen« bedeutet. Ich schwitze. Die Sonne steht zu hoch, als dass ich vernünftig weiterlesen könnte. Niemand erfindet den blendfreien Laptopmonitor. Ich habe Hunger. Noch achtundvierzig Kilometer liegen vor mir bis zur großen Metropole mit dem Club und der Radioshow. In ungefähr fünfzehn erreiche ich unsere benachbarte Kleinstadt. Sie wäre ein guter Zwischenstopp. Einmal ausgiebig schlafen und dann die zweite Etappe angehen. Aber fünfzehn Kilometer wollen erst mal hinter sich gebracht werden. Ich schreibe eine kurze Mail an Sonja, dass ich morgen Abend in der berühmten Radioshow *Querköpfe* dabei sein werde und diesen Bülent Ceylan ausgestochen habe. Es fühlt sich komisch an, das zu schreiben, wenn man gerade aus Verzweiflung nackt in einen Teich gestiegen ist. Ich trinke meine erste Wasserflasche leer, rupfe einen Löwenzahn aus der Erde neben der Bank, esse ihn komplett auf und gehe weiter.

Immer noch acht Kilometer bis in die Stadt. Alles tut weh. Mücken stechen mir in jede freie Hautstelle. Mein Blick klebt an Nebensächlichkeiten. Manchmal bleibt er minutenlang in den Fugen einer Mauer stecken oder im Schriftzug eines Supermarktes, in dem ich nicht einkaufen darf. Die Kilometer, die seit meiner kurzen Pause auf der Bank hinter mir liegen, waren grauenvoll. Fehlende Fußwege, laute Autos und sich endlos ziehende Straßen. Der Schweiß in meinen Socken wurde zu Salzsäure, also zog ich die Schuhe aus und lief barfuß weiter. Man spürt irgendwann nichts mehr und gerät in eine Trance. Jetzt schleppe ich mich durch ein Wohngebiet. Schritt für Schritt. In einem paradiesisch großen Vorgarten sitzt ein Ehepaar und trennt mit kleinen Gabeln zwischen wuselnden Wespen hindurch saftige Stücke von einer Schokoladentorte ab. Aus weißen Porzellantassen dampft Kaffee. In einer Karaffe schwimmen Fruchtfleischfetzen in kühler, selbst gemachter Limonade. Ein getöpfertes Schild zeigt neben dem Gartentor die Namen an: Bernhard und Angelika Riether. »Junger Mann!«, ruft Bernhard Riether, steht von seiner Tafel auf und kommt zu mir an den Gartenzaun. »Du siehst erschöpft aus. Willst du auf deiner Wanderung nicht eine Rast machen?« Ich höre kaum, was der Mann sagt, da es so unwahrscheinlich klingt. Mit einem putzigen Quietschen öffnet er sein Gartentörchen und lässt mich ein. Zwischen sauber gestalteten Beeten mit Kräutern und farblich abgestimmten Blühpflanzen werde ich zum Tisch geleitet. Herr Riether hilft mir, den Rucksack abzusetzen. Seine Frau lächelt wie eine Ordensschwester. Sie schenkt mir Kaffee und Limo ein und schneidet ein großes Stück Torte ab. »Ich bin die Angelika, das ist der Bernhard. Wir finden fantastisch, was du machst«, sagt sie, während ich dem Messer auf seinem Weg durch die saftige Sahneschnitte folge. »Diese Erfahrung ist wichtig«, pflichtet ihr Bernhard bei, setzt sich und lässt seinen Arm über den Stuhl baumeln, damit ein schwarz-weißer Kater sein Köpfchen daran reiben kann. »Wie lange bist du heute schon unterwegs?«, fragt Angelika. »Gute zwanzig Kilometer«, sage ich und meine Stimme klingt brüchig. Ich trinke einen Schluck Limonade. Sie ist göttlich. Meine Hand zittert, als ich mir das erste Stück Schokotorte zum Mund führe. Die Torte ist geschenkt. Ich darf sie essen. Trotzdem schaue ich über den Gartenzaun, ob uns jemand beobachtet. Nicht jeder meiner Fans interpretiert die Regeln auf gleiche Weise. Diese beiden allerdings gönnen mir ihre Zuckergabe. Sie sind offensichtlich Leser meines Blogs und haben nachgesehen, dass ich heute hier vorbeikomme. Ihre Handys liegen neben Serviettenringen auf dem Tisch. »Zwanzig Kilometer«, sagt Bernhard. »Und das in dieser Affenhitze.«

»Und dann noch barfuß«, bemerkt Angelika.

»Barfuß ist man näher an Gott«, sage ich.

Angelika nickt. »Man berührt den Mutterboden.«

Der Schokoladenkuchen lässt mich aufstöhnen. Ich räuspere mich. »Der Hubertushof ist allerdings geschlossen, das weißt du, oder?« Ich schüttele den Kopf und antworte nicht, da mein Mund voll ist. »Oder willst du erst in der Stadt Herberge machen?« Ich schlucke den Schokosahneklumpen hinunter: »Ja, eigentlich wollte ich es bis dahin schaffen.« Bernhard mustert mich und legt den Kopf schief. »Ganz ehrlich? Du siehst nicht so aus, als ob du die Distanz heute noch bewältigen kannst.« Ich verziehe das Gesicht. Meine Füße glühen. Bernhard wechselt einen kurzen Blick mit seiner Frau. Sie nickt. Er sagt: »Willst du bei uns übernachten? Wir haben ein Gästezimmer.«

»Das ist nicht nötig«, sage ich und denke mir: Ja, bitte!

»Wir sind Anhänger von dem, was du tust«, sagt Angelika. »Welcher junge Mensch begibt sich heute schon noch auf eine Reise zu Gott?« Ich runzele die Stirn und winke ab: »Na ja, ganz so dramatisch muss man es auch nicht ausdrücken.« Sie ignoriert es: »Menschen wie du begreifen, worauf es im Leben ankommt. Sich freizumachen von allen egoistischen Bedürfnissen und sein Leben wieder vollständig in die Hände des Herrn zu legen.« Was soll das? Haben die das neue Programm der *Türkisen* gelesen? »Ich habe meine Verbindung zu Gott vor zwei Jahren fast verloren«, erzählt Angelika nun ungefragt und ein rätselhafter, harter Krümel bleibt mir im Zahn stecken. »Damals hatte meine Schwester Karin einen schlimmen Unfall. Ein angetrunkener Fahrer streifte ihren Wagen auf einer einsamen Landstraße um zwei Uhr nachts. Sie kam von der Straße ab und prallte gegen einen Baum. Der Besoffene fuhr einfach weiter. Zwei Stunden saß sie eingeklemmt im Wagen, bevor sie überhaupt jemand entdeckte.« Warum erzählt sie mir das? Der harte Krümel drückt auf einen Nerv. Der Kuchen verwandelt sich in meinem Hals in die Steine. Angelika schluchzt und bekommt Tränen in die Augen, ihr Mann legt ihr die Hand auf den Unterarm.

»Karin«, sagt sie, »war zwei Stunden dort draußen allein. Allein mit sich und den Schmerzen und der Angst. Sie starb noch im Rettungshubschrauber.« Angelikas Stimme bricht, aber sie fängt sich und strahlt mich unversehens mit einer Art euphorischer Traurigkeit an. Was soll das? Dieser salbungsvolle Blick? Ich sollte betroffen sein und mit ihr mitfühlen, aber dieser Blick macht mich sauer. Sie sagt: »Danach wollte ich nichts mehr sehen und hören. Ich fuhr allein in die Hütte meines Onkels Wilhelm im Altvatergebirge und igelte mich dort ein. Täglich verfluchte ich den Himmel und stellte ihm die Frage: Warum ist Karin tot und ihr Mörder noch lebendig? So nannte ich ihn.

Er wurde bis heute nicht gefasst. Ich bestand nur noch aus Zorn und Bitterkeit. Es waren unaussprechliche Tage. Irgendwann aber, da stand es vor mir. Da wusste ich es. Karin ist in diesen letzten Stunden nicht allein gewesen. Niemand ist allein in Angst und Not. Gott war bei ihr. Und sie würde diesem Menschen verzeihen. Sie würde ihm verzeihen, weil nur die Liebe Leben gibt und der Hass den Hassenden vernichtet. Gott ist immer bei uns. Das ist die Botschaft. Aber wem sage ich das?« Sie sieht mich an, als hätten wir irgendetwas gemeinsam. Aber da schneidet sie sich. Ich dresche die Gabel so heftig auf den Teller, dass das gute Porzellan bricht, und springe auf. Der Stuhl fällt auf die Lehne. »Gott ist immer bei uns?«, stoße ich aus und in mir kämpfen die Bilder um Auslass. Sie rütteln an den Steinen, doch meine Wut hält sie zurück. »Haben Sie noch alle Tassen im Schrank? Sind Sie krank im Kopf? Fühlen Sie sich jetzt auch noch gut und gütig, weil Sie dem Mörder verziehen haben?« Angelika bekommt Wasser in den Augen. Bernhard hebt die Hände.

»Wissen Sie, was ich gesund fände? Ich fände es gesund, diesen Mann bis ans Ende der Welt zu jagen und nicht aufzuhören, ehe seine Existenz auf diesem Planeten beendet ist. Das wäre gesund! Wissen Sie, was Gott mich mal kann?« Bernhard sagt: »Aber junger Mann.«

»Junger Mann am Arsch!«, spucke ich denen über die Tafel, die mir Bett und Dusche anboten. »Wie kommt ihr eigentlich alle darauf, meinen Blog als Gottesdienst zu deuten, bloß weil ich im Spaß erwähnt habe, der Borkenkäfer könne mein Uropa sein? Was kann ich denn dafür, dass diese Tussi von den *Türkisen* mir die Worte im Mund rumdreht? Scheiße!«

»Was denn für ein Blog?«, jammert Angelika. Ich hebe ihr Handy vom Tisch und knalle es wieder hin: »Na, mein Blog! Mein Experiment! Sie haben doch hier auf dem Ding die Ortungssoftware drauf!«

»Was haben wir?«

»Wovon reden Sie bloß?«

»Ja, wovon reden *Sie* denn?«

»Von Ihrer Pilgerreise, verflucht!«, blafft Bernhard zurück und wirkt dabei mit seinen sich rötenden Augen gar nicht mehr so fromm. »Pilgern?«, frage ich.

»Ja. Sie sind hier auf einem Abschnitt des Jakobswegs, junger Mann!«

Ich schaue zur Straße. Moos in den Ritzen, schmierige Bushaltestellen und Stromkästen mit Aufklebern von Fußball-Ultras. Das soll ein heiliger Weg sein? Beschließt das einfach irgendjemand und schon ist der Stromkasten gesegnet? Ich erinnere mich daran, heute Morgen ein kleines Schild mit einer Muschel gesehen zu haben. Der Laternenmast mit den Heckenrosen. Das war kurz vor dem Teich und meiner Halluzination. »Ich pilgere nicht«, sage ich und schultere meinen Rucksack wie ein Vietnam-Veteran, der bei Pazifisten nichts verloren hat. »Und ich bin schon gar nicht auf irgendeinem Scheißweg zu Gott!« Jetzt steht mir das Wasser in den Augen. Es hat die Steine im Hals umspült. Mein Weg aus dem Garten gleicht einer Flucht.

Ich wende mich nach rechts und stampfe die Straße hinab. Unter einem Vordach steht ein junger Mann und lächelt hämisch, als würde er mich erkennen. Ich kann nicht mehr. Ich will mich nicht noch acht Kilometer durch diese Hitze schleppen. Da vorne ist die Bushaltestelle. Ich schaue auf das Schild.

Die Linie führt in die Stadt. Nur sechs Stationen, dann wäre ich da. Ich habe viel geleistet. Mehr als die Leute vor den Bildschirmen. Was wäre so schlimm daran, einmal den Bus zu nehmen? Der junge Mann hat das Vordach verlassen und schlendert auffällig langsam an der Haltestelle vorbei. Beobachtet er mich? Ist das einer der heimlichen Verfolger, die ich mir selbst mit dem Telefonortungsservice verschafft habe? Würde er sofort sein Telefon zücken, wenn ich einsteige, und es herauszwitschern ins ganze Land? Ich lese den Plan. Der nächste Bus geht in fünfundzwanzig Minuten. In fünfhundert Metern sehe ich das blau erleuchtete Schild einer Tankstelle auf der anderen Straßenseite. Ich verlasse die Bushaltestelle und gehe hinüber. Der junge Mann folgt mir nicht. Wäre ja auch zu auffällig. In der Spritbude lasse ich mir den Schlüssel der Toilette geben. Er ist klein, hängt aber an einem Holzscheit, mit dem ich ein Feuer zwei Stunden lang am Flackern halten könnte. Das Klo ist kleiner als eine ausgehöhlte Litfaßsäule. Ein Karibikposter hängt an der Wand. Seine Ränder wellen sich ausgeblichen nach oben. Ich stelle den Rucksack ab und hole trotz der Hitze meinen schwarzen Kapuzenpullover aus den Tiefen des Gepäcks. Meine Sonnenbrille ist bei dem Wetter weniger verdächtig. Ich ziehe beides an, gebe dem fragend glotzenden Tankstellenkassierer den Holzscheit mit Schlüssel zurück und schleiche zur Bushaltestelle. Ein junger Mann mit einem warmen, schwarzen Pulli in der Hitze des Sommerabends, die Augen hinter verspiegeltem Glas. Der Beobachter ist nicht mehr zu sehen. Ich hocke mich in die Haltestelle und warte. Bis der Bus kommt, frage ich mich insgesamt dreiundzwanzig Mal, ob ich das tun sollte. Beim vierundzwanzigsten Mal steige ich ein.

Als sich der Bus der fünften von sechs Stationen nähert, klopft mir jemand auf die Schulter. Der Typ hat fettige Haare und sein Oberlippenbart wächst ihm in den Mund. »Steig aus«, flüstert er und zeigt mit dreckigen Fingernägeln aus dem Fenster in Richtung eines Mannes, der an der Haltestelle wartet. Wir sind in einem Viertel, in dem ich üblicherweise nicht aussteigen würde. »Der ist Zivilkontrolleur«, knarrt der Fusselbart. Er hält mich für einen der seinen, einen schmierlappigen Schwarzfahrer. Ich stehe auf und steige mit ihm aus. Der angebliche Zivilkontrolleur betritt den Bus. Als dieser losfährt, stellt er sich fordernd vor den ersten Fahrgast und zeigt einen Ausweis vor. Ich drehe mich um, weil ich mich bedanken will, doch der Fusselbart ist verschwunden.

Da stehe ich nun also, mitten im einzigen »sozialen Brennpunkt« unserer kleinen Stadt. Eine Kapuze auf dem Kopf, die Augen verspiegelt, einen kalbsgroßen Rucksack auf den Schultern.

Bis zum Zentrum sind es noch zwei Kilometer, aber meine Muskeln fühlen sich an, als schafften sie keine zweihundert Meter mehr. Ich stehe unschlüssig zwischen den Häusern, dreizehnstöckigen Blöcken mit einem Vorplatz voller Betonkübeln, in denen leere Bierdosen in die Stiefmütterchen gesteckt werden. Ein paar Typen nähern sich mir langsam wie Zombies in einem Videospiel. Der einzige Unterschied ist, dass sie mit den Armen schlackern, statt sie gerade vor sich zu halten. Und dass sie im Schritt wippen, als müssten sie bei jedem Meter mindestens einmal mit dem Hosenboden den Asphalt berühren.

»Guck mal da, der Homo mit dem Silberblick!«

»Sieht nach ’nem Opferfest aus.« Mein Herz klopft. So eine

Art von Survival beherrsche ich nicht. »Na, was ist, Sonnenbrillen-Schwuchtel? Was machst du hier?«

Ich hebe die Hände.

»Was? Was willst du, hä? Faust ins Gesicht, bis der Kiefer bricht?« Sie lachen hämisch, alle vier, sie sind wie ein Wesen mit vier höhnischen Köpfen. Gewaltköpfe. Ein wackelndes, lallendes Vierkopfmonster in einer riesigen Hose. »Bist du taubstumm, oder was? Wir wollen wissen, was du hier machst, du Krüppel.«

»Ich bin nur auf dem Durchgang«, stottere ich und das Vierkopfmonster lacht. »Was sagst du, Spast? Du hast Durchfall? Scheiß bloß nicht unser Viertel voll!«

»Was? Der scheißt auf unser Viertel?«

»Ja, hat er eben gesagt, der Lutscher. Er hat gesagt, er scheißt auf unser Viertel!«

»Den mache ich alle, Mann. Den schlitze ich.«

Ich beobachte das Vierkopfmonster, als hätte ich nichts damit zu tun. Ich bin so müde, so unendlich müde. Gleichzeitig frage ich mich, ob das jetzt das Ende ist.

»Der gehört zu mir!«, sagt eine junge, aber entschlossene Stimme. Das Klimpern von Altglas und das Scheppern von Weißblech begleiten sie. Es ist Mirko.

»Zu dir?«, fragt das Vierkopfmonster. »Den habe ich hier noch nie gesehen.«

»Ist neu«, antwortet Mirko. »Aus dem 99er-Turm.« Ich schaue in die Richtung, in die Mirko zeigt. Eine große 99 ist an dem Hochhaus abgebildet. »Lasst ihn. Der hat genug Scheiße an der Backe.« Das Vierkopfmonster brummt. »Aber nur wegen neulich, Zecke«, sagt der Hauptkopf. Er wippt mit den anderen dreien davon. Ich atme aus. Mirko sagt: »Bist du bescheuert? Was machst du hier?«

»Was machst du hier?«, stelle ich die Gegenfrage. »Und wieso haben die Angst vor dir?«

»Die haben keine Angst vor mir. Ich habe dem einen neulich einen Gefallen getan, das ist alles. Das ist unser Viertel. Die riechen einen Fremden wie bissige Hunde.«

»Du sammelst hier?« Ich zeige auf die Tüte. Er nickt.

Ich sage: »Ich musste früher aus dem Bus raus als geplant. Kam ein Kontrolleur.«

»Dein Vater ist voll der Gartengigant und du kannst dir kein Busticket leisten?«

»Darf ich doch nicht!«

»Wie? Darfst du nicht?«

»Ja, die Regeln und so.«

»Was für Regeln?«

Ich vergaß. Mirko ist obdachlos. Er lebt vom Leergut. Er weiß wahrscheinlich nichts von meinem Blog. Ich erkläre ihm in kurzen Worten, was sich getan hat, seit wir uns das letzte Mal sahen und er mich auf seinen Sammelstreifzug mitnahm. Er hört es sich an. Ruhig, aufmerksam, geduldig. Dann schweigt er. Eine Minute. Zwei Minuten. Er sieht mich nur an wie Agent Gibbs, wenn er im Verhörraum Verdächtige mürbe macht, indem er schlichtweg nichts sagt.

»Was ist?«, frage ich und schalte Mirko dadurch ein wie eine Pumpe mit Überdruck. Er stellt seine Leerguttasche ab und brüllt mich an: »Du spielst den Obdachlosen? Für hundert Tage? Und lässt dich feiern? Du wanderst gerade zum Radio in eine Talkshow?«

Ich schlucke.

Er macht weiter: »Weißt du, wie es ist, wirklich auf der Straße zu sitzen? Bist du schon mal in einem Sozialbunker gewesen? Mit den verpissten Klos und den Etagenbetten, wo dir ganz oben zwischen Matratze und Decke noch dreißig Zentimeter bleiben und unter dir liegt der Scheißjunkie und drischt sich die dreckige Spritze rein?« So habe ich das noch nie betrachtet. Es klingt schlimmer als Somalia. Näher. Mirko geht auf der Stelle auf und ab und schüttelt den Kopf. »Verfickte Scheiße! Du hast einen Vater und eine Wohnung und ein Gewächshaus und dann machst du so was!« Ich lasse die Schultern sinken und sehe den jungen Punk an wie ein schuldiger kleiner Junge seinen tobenden Papa in einer amerikanischen Familienkomödie. »Tut mir leid«, sage ich. Meine Stimme klingt wie ein blaues, winziges Stofftier. Mirko sieht mich wieder zwanzig Sekunden lang still wie Gibbs an. Dann zwingt sich ein Lächeln in sein Gesicht. Es stört ihn, aber er kann es nicht ändern. Er sieht an mir auf und ab. »Du stinkst«, sagt er.

»Ich weiß«, flüstere ich stofftierweich.

»Wo pennst du heute Nacht?«

»Keine Ahnung«, wispere ich, nur noch so leise wie ein schwebender Fellfusel.

Mirko seufzt. »Komm mit!«, sagt er.

Er führt mich quer über den Platz zum Betonklotz mit der Nummer 101. Vor der silbrig grauen Haustür zieht er einen Schlüssel aus der Tasche und schließt auf. Ein Scheibchen des schlechten Gewissens fällt von mir ab. »Ich denke, du bist obdachlos«, sage ich und folge ihm zum Aufzug. Auf die Tür hat jemand mit Edding »Fotzenknecht« geschrieben. Wir steigen ein und fahren in den neunten Stock. »So 'n Bekannter lässt mich manchmal bei sich pennen«, erklärt Mirko, als die Digitalanzeige »04« anzeigt. »Aber nur, wenn er nicht gerade selbst die Bude braucht.«

Wir kommen an, die Tür öffnet sich, wir gehen den Flur hinab. Ich trage immer noch meine Kapuze und die verspiegelte Sonnenbrille. Auf dem dunklen Flur steht eine Frau vor ihrer geöffneten Tür und räumt einen Großeinkauf in die Wohnung, während ihr kleiner Sohn einen Ball durch den Flur kickt. Zwei prall gefüllte Papiertüten von Aldi stehen auf der Fußmatte, daneben quietschende Sixpacks Wasser und Limonade in großen Plastikflaschen. Der Sohn schießt und rennt. Die Frau zieht eine Tüte nur an einem Henkel. Das Papier reißt und lässt Konservendosen, Nudelpackungen und Apfelmusgläser auf das Linoleum krachen. Der Sohn quiekt. Die Mutter sieht auf, während sie schwitzend die losen Sachen mit Händen und Füßen über die Matte in die Wohnung schiebt. Ihre Bewegungen haben etwas Grobes und Genervtes, aber ihr Körper ist der einer jungen Frau, die tanzen geht, weil sie Lust darauf hat, und die am Surfstrand aus dem Wasser steigt, ohne dabei unnatürlich große Brüste zu haben. Ihr Körper hat ganz sanfte Kurven, wie behutsam mit Tusche auf eine Leinwand gehaucht. Er hat sich das Mädchenhafte bewahrt. Er ist nicht dafür geschaffen, genervt zu sein. Er ist dafür geschaffen, durch eine Düne zu wirbeln und glücklich zu sein. So, wie ihre Lippen nicht dafür geschaffen sind, zu schimpfen. Ich kann mir viel eher vorstellen, wie sie … »Ach, das findest du lustig, ja, Maurice?«, stoßen diese Lippen nun hervor und unterbrechen meine Gedanken.

Hektisch greift die Frau nach einem Sechserpack Wasser und reißt sich den Fingernagel an. »Scheiße!«, flucht sie. Eine Furche bildet sich über der Stirn. Schwarze Schatten unter den Augen erzählen davon, wie früh jeden Tag ihr Wecker klingeln muss. Dabei ist sie schön, irgendwie. Sie ist in einem mittleren Alter, vielleicht Mitte oder Ende dreißig, aber man sieht noch das junge Mädchen in ihr. An der Spitze der leicht geschwungenen Nase. An der Stelle, wo kleine Strähnchen über die fein geschwungenen Augenbrauen fallen. Aber vor allem an diesem wachen Glanz in den Augen. Früher, als Kind im Wald, da war dieser Glanz das Staunen. Heute, als Mutter im Hochhaus, ist es nur noch Wachsamkeit. Aber trotzdem, er ist da. Bis Maurice einmal zu viel den Ball gegen die Wand bollert. Da verschwindet er und macht Platz für einen grauschwarzen Film aus Verbitterung. Die Mutter faucht: »Verdammt noch mal, Maurice, jetzt komm hier rein!« Maurice lässt den Ball den Flur runterrollen und bleibt verschüchtert stehen. »Maurice!« Der Kleine beginnt zu wimmern. »Oh nein«, sagt die Mutter, »oh nein, mein Freund. Jetzt wird nicht geflennt! Damit fangen wir gar nicht erst an!« Sie sagt das plötzlich, als sei ihr Sohn ein erwachsener Mann, der Spielchen spielt. Als rede sie nicht mehr mit einem Kind, sondern mit einem faulen Schwein von Ehepartner, der nicht mal dabei hilft, Tüten zu tragen, und der abends, statt abzuspülen, sogar die Drittligaspiele verfolgt, seit *Sport 1* auch noch die ausstrahlt. Maurice ist aber nicht ihr Macker. Maurice ist ein kleines Kind.

»Jetzt hör mit dem Geflenne auf!«, schimpft sie lauter, als wären Mirko und ich gar nicht da. Ich kann so was nicht leiden. Menschen, die ihren Frust auf ihren Nachwuchs abladen. Menschen, die so tun, als seien ihre Kinder nur eine Last. Als hätte man sie ihnen eines Tages vor die Tür gelegt, um ihnen das Leben zu versauen. Sie schnauft und beugt sich hinunter, um die Sixpacks aufzuheben. Ich kann nicht anders, als sie dabei anzusehen. Ihre schmale Taille fließt in tolle Hüften und einen Po über, den die meisten meiner Mitschülerinnen beim Abitur nicht zu bieten hatten. Als sie die Wasserpakete hebt, spannen sich ihre Muskeln an. Ihre Arme sind zierlich genug, um zu einer Frau zu gehören, aber gleichzeitig so trainiert, dass sie einen, wenn auch nur im Spiel, kraftvoll aufs Bett drücken könnten. Was denke ich denn da?

Der Ball kullert langsam an uns vorbei Richtung Aufzug und wird von einem Fuß gestoppt. Der Fuß gehört zu einem jungen Mann, den TV-Regisseure für eine Reportage über Problemgegenden auswählen würden. Er trägt weite Gangsterklamotten, eine Uhr aus versilberten Panzergliedketten und klobige Sneakers. Sein Teint ist leicht südlich, ich tippe auf eine deutsche Mutter und einen italienischen Vater. Er wippt im Gang. Auf dem großen, leicht fleischigen Kopf verläuft ein kurz geschorener breiter Streifen schwarzen Haars.

Der Typ hebt Maurice' Kinderball auf und hält ihn sich vor die Augen wie ein Archäologe, der einen Schatz gefunden hat. Maurice geht mutig auf ihn zu. »Ist das deiner, Kleiner?«, fragt der Fleischkopf und treibt dabei seine Backenzähne über ein altes Kaugummi. Maurice nickt. »Die Wilden Kerle, hä?«, sagt der Fleischkopf und seine Augen funkeln wie die eines Wolfes, der ein Kaninchen gestellt hat. »Bist du ein wilder Kerl, Kleiner? Hm? Dann hol ihn dir!« Er hält den Ball so hoch, dass der Junge ihn nicht greifen kann. Maurice bekommt erneut feuchte

Augen. »Oh! Weint der wilde Kerl jetzt schon? Das ging aber viel zu schnell.« Die Mutter hat die Sixpacks verstaut und tritt wieder auf den Flur. Ihr Blick sucht ihren Sohn. Sie schaut links den Flur hinab, dann rechts. Als sie sieht, wie der Kleine verzweifelt versucht, seinen Ball aus der Hand eines arroganten Riesen zu angeln, verändert sich augenblicklich ihr Gesichtsausdruck. Der Glanz ist wieder da, in Form der Wachsamkeit. Eben noch tat sie so, als sei ihr Sohn ihr Feind. Eine ständige Quelle des Ärgers. Eine Kind gewordene Erinnerung daran, wie leicht das Leben sein könnte, hätte man nur für sich selbst zu sorgen. Aber jetzt, wo dieser Sohn gedemütigt wird, rastet ihr Blick wie ein Fadenkreuz auf dem kräftigen, asozialen Zwanzigjährigen ein, der den Ball in der Hand hält. Sie geht los, nimmt sich beiläufig eine Salatgurke vom Boden, hält sie wie einen Knüppel in der rechten Hand, erreicht den Mann mit ein paar Schritten und drischt ihm ohne ein Wort der Warnung das Gemüse auf die Schläfe. Sie schlägt so hart zu, als hätte sie die Wand hinter dem Mann treffen wollen und müsste die Gurke vorher nur kurz durch den Kopf hindurchtreiben. Der Aufprall des Gemüses auf der Schläfe klingt wie ein Körper, der von einem Dach stürzt und aufplatzt. Ein hartes, trockenes »Puck!«, als die Gurke auf den Schädelknochen trifft, gefolgt von einem glitschigen Schmatzen, als die feuchten Fetzen gegen die Wände fliegen. Der Fleischkopf lässt den Ball los, hält sich das Auge und schreit. Was Gemüse für eine Wucht haben kann, wenn es in der Hand einer Mutter zur Waffe wird. Die Frau schiebt Maurice mit der linken Hand hinter ihren Rücken, hebt die rechte mit dem Zeigefinger an und sagt: »Wenn du noch einmal meinen kleinen Sohn anmachst, dann habe ich nicht bloß eine Gurke in der Hand, sondern einen Baseballschläger. Hast du das verstanden?« Der Fleischkopf wimmert und nickt. Die ganze Sache hat nicht mal zwei Minuten gedauert. Der Fleischkopf zieht ab. Die Frau bringt ihren Sohn zur Tür. Ob das so üblich ist, in diesen Häusern? Kinder anmachen? Mit Gurken schlagen? Fände das in unserem Viertel statt, wäre es tagelang Dorfgespräch. Die Frau beachtet uns nicht. Aber ich beachte sie. Die ganz leichte Wölbung ihres Bizeps. Ihre Sanduhrfigur. Diese Augen, die selber irgendwo nach Schutz suchen, aber sofort kampfbereit sind, wenn sie müssen.

»Kennst du die Frau?«, frage ich Mirko und kann irgendwie den Blick nicht von ihr abwenden.

»Nur vom Sehen. Ich weiß nicht mal, wie sie heißt. An der Tür ist kein Schild. Wollen wir jetzt rein?« Ich nicke. Er geht zu einer Tür schräg gegenüber der aufgebrachten Mutter und schließt auf. Ein intensiver Geruch von Bier, Moschus und angebrannter Pizza schlägt mir entgegen. Das Appartement besteht nur aus einem Zimmer mit Bad. Auf klebrigem Linoleum, dem gleichen Bodenbelag wie im Hausflur, liegt ein dunkelblauer, runder Teppich. Eine Jeans und ein BH verzieren seinen Rand. Auf dem kleinen Bett streckt sich uns ein unförmiger Männerhintern entgegen. Er gehört zu einem teigigen Körper mit Tätowierungen an den Oberarmen, über die lange, fettige, schwarze Haare fallen. Die Arme suchen verzweifelt nach den Muskeln, die irgendwann mal in ihnen enthalten waren und die beim Sex von Vorteil sein könnten. Von der Frau, die unter dem Kerl stöhnt, sieht man nur den linken Fuß.

»Jetzt nicht, Mirko!«, bellt der Mann, ohne seinen Kopf zu uns zu drehen. Er hechelt und schwitzt. Der Sex scheint ihm große Arbeit zu machen. Es zuckt ziellos, wo einst sein Bizeps war. Seine Freundin macht trotzdem »ühm!«, was sich sehr süß anhört, viel zu niedlich und genussvoll für diesen schmierigen Typ. Was ist das bloß für ein Haus? Mirko dreht sich um, schiebt mich auf den Flur hinaus und schließt die Tür. Ich muss ihn wohl vorwurfsvoll ansehen, denn ohne, dass ich irgendwas gesagt hätte, verteidigt er sich: »Was soll ich machen? Es ist seine Bude!«

»Und jetzt?«, frage ich und schaue dabei zur Tür von Maurice und seiner Mutter. »Gehen wir raus«, sagt Mirko. »Aber warte, ich nehme noch was mit.« Er schließt erneut die Tür auf und schickt als Vorhut ein höflich gerufenes »Ich nehm mir nur eben was raus« in den Raum. Sein muskelfreier Gönner und die Geliebte reagieren mit einem Laut. Mirko schließt die Tür und hat eine Tüte in der Hand. Im Aufzug öffnet er sie, holt Gartenhandschuhe heraus, zieht sie über und grinst mich an. Draußen vor der Tür frage ich ihn, was das soll.

»Leergut sammeln ist mein Beruf – das ist mein Hobby!«, sagt er und geht vor, an der 99 vorbei und dann rechts.

»Hier geht's nicht in die Stadt«, sage ich. Er antwortet nicht und läuft bis zur nächsten Querstraße, die in der Mitte einen Grünstreifen hat. Ein schäbiges Teil. Nur vertrocknete Bodendecker, grau gewordenes Gras und Müll. Mirko hockt sich hin und stellt seine Tasche ab. Es dämmert. Ich schaue noch mal zur Straße zurück, an der das Hochhaus liegt. Hoch über uns räumt Maurices' Mutter gerade den Einkauf ein. Sie hat alleine einen groß gewachsenen Proleten besiegt. Ich stelle mir vor, wie sie den Kühlschrank öffnet, das gelbe Licht auf ihre Augenbraue fällt und ihre Iris glitzern lässt. Mirko holt eine kleine

Handharke raus und lockert den Boden auf. Dann zieht er Blumenzwiebeln aus Zellophanpapier, sie tummeln sich in seiner Hand wie zutrauliche Tierchen. Er setzt sie in den aufgelockerten Boden ein, genau in der richtigen Tiefe und in einem sinnvollen Abstand. Ich stehe staunend neben ihm und lasse die Arme hängen. »Kapuzinerkresse«, sagt er. »Liebt magere Erde. Super für Verkehrsinseln und Grünstreifen in der Stadt. Gibt rote, orangefarbene und gelbe Trompetenblüten. Ich weiß, ich hätte sie im Frühling setzen müssen. Diese kommen dann erst im nächsten Jahr. Aber das wird cool, nächsten Sommer hier vorbeizugehen und die Insel blühen zu sehen. Das ist die Freude des Guerillagärtnerns.«

»Guerillagärtnern?«

»Ja, noch nie davon gehört, Paul? Seid ihr so elitär? Bauen du und dein Papa nur teure Parks für Bonzen?« Ich antworte nichts. Mirko sagt: »Es gibt Tausende von uns Guerillagärtnern überall auf der Welt. Kann man auch im Internet nachlesen, mit Fotos von den besten Pflanzungen und Codenamen und all dem Palaver. Aber da scheiß ich drauf. In der Zeit, wo ich übers Gärtnern schreibe, kann ich schon wieder meterweise Schafgarbe gepflanzt haben. Als Guerilla Gardening erfunden wurde, gab es auch noch kein Internet. Eine Frau hat sich das ausgedacht, in New York. Liz Christy.« Mirko arbeitet konzentriert, während er mir das erzählt. Reihe für Reihe lockert er den Boden, gräbt die Löcher und setzt die Zwiebeln. Ein Passant schaut zu uns herüber, aber was soll er sagen? *Hört sofort auf, meine Stadt zu verschönern?* »Dieser Liz Christy fiel auf«, fährt Mirko fort, »dass auf verwahrlosten Geländen Tomatenpflanzen aus Müllhaufen wuchsen. Also fing sie mit Freunden an, eigenes Saatgut überall auf freiem Gelände zu verteilen. Sie ließen ungefragt Gärten sprießen. Es war wie im siebzehnten Jahrhundert. Da hatte jedes Haus in New York noch einen eigenen Garten. Und eine Viehweide.« Ich stelle meinen Rucksack ab und knie mich hin, um ihm zu helfen. Immerhin bin ich Gärtner. Bald. Gemeinsam bearbeiten wir öffentlichen Grund. »Deswegen hast du vor unserer Gärtnerei nach alten Pflanzen gefragt«, erinnere ich mich. Mirko nickt, den Blick auf der Krume. Er gibt mir ein paar Zwiebeln für meine Löcher. »Ist wie bei einem Computerspiel«, sage ich. »Die ganze Stadt ist die Kulisse und man verändert ihr Aussehen.«

»Ja«, strahlt Mirko, »man sieht alles mit anderen Augen. Beim Pfandsammeln ist das ähnlich.«

»Oder beim Survival«, sage ich und sehe ihn mit meinem Kleinjungenblick an. Er schnauft und guckt tadelnd zurück. Er schließt sein letztes Loch und sieht mich an: »Es sieht wohl alles danach aus, dass wir beide draußen pennen, oder?«

»Sieht wohl so aus.«

»Soll ich dir mal einen Platz zeigen, den ich sonst keinem zeige? Meinen Lieblingsort? Müssen wir aber ein Stück laufen.«

»Macht nichts«, sage ich und bin erstaunt, dass ich es auch so meine. Ich habe wieder Kraft gewonnen, durch das Plaudern mit einem fremden Menschen, den ich kaum kenne, und vor allem dadurch, dass ich mit ihm gegärtnert habe.

»Dann komm«, sagt Mirko.

Wir gehen fünf Kilometer raus aus dem Ort, an einer S-Bahn-Linie entlang in bessere Wohngegenden. Gegenüber einer Station, die mit ihrem sauberen, weißgrauen Stein und den silbern glänzenden Streckentafeln sehr gepflegt aussieht, führt eine Straße in ein Waldstück. Wir folgen ihr, bis sich links und rechts davon der Wald nicht mehr auf gleicher Ebene befindet, sondern steil in ein Tal abfällt. Mirko klettert über die Leitplanke und sagt: »Jetzt geht's in die Wildnis.«

Ich denke an meinen Blog von wegen Haustier und Wildtier. Steil kraxeln wir in den Wald hinab und schlagen uns durch dichtes Gebüsch und ein Unterholz, in das ich tiefer einsinke als bei allen Wäldern, in denen ich bislang war. Tote Bäume nähren die lebenden. Tellergroße Pilze kleben an den Stämmen. Es gibt Blattformen in diesem Dschungel, die habe ich noch nie gesehen. Mirko geht vor mir und wirkt viel mehr wie jemand, der eigentlich in diesem Dickicht lebt, als ich, der darüber schreibt und filmt. Er ist jung und so gut wie obdachlos. Er lebt vom Leergut und setzt illegal Pflanzensamen in die Erde statt Spritzen in seine Haut. Er hat eine Kondition, als sei er ein Makake auf Borneo. Die Zeit zerfällt in diesem tiefen Tal, bis wir eine kleine Lichtung erreichen. Der Blick in die Baumkronen über uns ist atemberaubend. Das Blätterdach ist vierzig Meter von uns entfernt. Es ist, als blicke man in eine Kathedrale hinauf. »Geil, oder?«, sagt Mirko und breitet die Arme aus. Ich überlege, wo wir eigentlich sind. Das ist kein kultivierter Forst. Das ist … nein! Darüber habe ich bislang nur gelesen, aber es nie aufgesucht. Mirko scheint mir anzusehen, dass ich begreife, wo wir uns gerade befinden. »Deutscher Urwald«, sagt er stolz, als hätte er ihn selbst vor Millionen Jahren gepflanzt. »Ein kleiner Rest vom Paradies. Unangetastet seit Ewigkeiten.«

»Davon habe ich gehört«, sage ich und es stimmt. Mein Vater und ich wollten uns das immer mal ansehen, aber wir ließen ständig etwas dazwischenkommen. Davon abgesehen ist dieses Areal schwer zu finden. Niemand macht Werbung dafür, es ist nicht mal öffentlich ausgezeichnet. Ob es sich dabei wirklich um Urwald handelt, weiß kein Mensch genau. Beeindruckend bleibt es trotzdem. Nach dem Motto »Was ich nicht kenne, verwüste ich auch nicht!« schützt der Mantel des Schweigens diese paar Hektar im steilen Tal. Keine Wildcamper verirren sich hierher. Keine Facebook-Party würde hier ausgerufen. Mirko macht sich ein Lager zurecht. Ich breite meinen Schlafsack aus, stelle den Laptop darauf und stecke den UMTS-Stick hinein.

»Das darf ja wohl nicht wahr sein!«, sagt Mirko. »Wir sind hier im herrlichsten Hain und du machst die Maschine an?«

»Ich muss das Wetter checken«, sage ich. »Das habe ich ganz vergessen. Falls ein Unwetter aufzieht, bin ich weg.«

»Es sieht nicht danach aus. Außerdem hocken wir hier im Tal. Das ganze Wohnviertel liegt höher als das Waldstück.«

»Scheiße«, fluche ich, denn mein Stick kriegt keinen Empfang. Ich halte mein Handy in die Luft. Kein Strich. Das ist in der Tat ein Tal. »Warum …?«, setzt Mirko an, doch ich unterbreche ihn schroff: »Ich hasse Unwetter, okay? Ich muss mich nicht erklären.« Mirko grinst, greift in seinen Rucksack und zieht ein kleines, dunkelbraunes Radio heraus, das so stabil aussieht, als könne man damit Diamanten mörsern. »Es geht auch alles eine Nummer einfacher als Laptop, mein großer Überlebenskünstler.« Ich klappe den Computer zu. Ein Radio. Na super. Ich hasse Radios. Aber ich brauche eine Warnmöglichkeit. Und ich kann zur Not den Ton leiser drehen. Mirko sucht nach Sendern. Es fiept und kratzt. Es rauscht und scheppert. »Das Tal ist wohl selbst für Radiowellen zu tief«, sage ich, doch nach zwei Durchgängen durch alle Frequenzen kriegt Mirko einen lokalen Sender rein. Er stellt das Gerät so vorsichtig ab, als säßen die Moderatoren mit ihrem Miniatur-Studio darin und dürften nicht mehr durchgeschüttelt werden. Es läuft Werbung für Autoglasreparaturen. Ich greife nach dem Gerät, um es für ein paar Sekunden leiser zu stellen, aber Mirko haut mir auf die Hand: »Nicht!«

»Ey, spinnst du?«

»Ich kenne das Gerät und ich kenne diesen Wald. Glaub mir, der Sender kann schon rausspringen, wenn du das Ding auch nur schräg ansiehst.« Ich grummele. »Willst du Nachrichten oder nicht?«, sagt er. »Mir ist das Latte, ich kann auch wieder ganz ausmachen.«

»Nee, lass an.«

Mirko kramt in seiner Tasche und holt eine große Packung Erdnüsse heraus. »Energie?«, fragt er und ich greife zu. Nach einer Weile kommen die Nachrichten und verkünden nichts Außergewöhnliches. Trotzdem wird es mir zu schnell zu dunkel. »Das ist normal«, sagt Mirko, »überlege mal, wie tief wir hier sind. Und wie dicht das Laub.« Der Wald ist wunderschön, aber ich frage mich dennoch, was ich hier mache. Ob ich Post von Sonja habe. Mirko knabbert Nüsse und erzählt vom Guerillagärtnern. Er plaudert wie ein Wasserfall. »Es grollt«, unterbreche ich seinen Redeschwall nach einer Weile. »Nein«, sagt er, »das ist nur mein Magen. Die paar Nüsse reichen ihm nicht.« Ich will es ihm glauben, horche aber dennoch genauer hin. »Es grollt doch!«, insistiere ich. Man kann nicht sehen, ob Wolken aufziehen. Die Baumkrone ist zu dicht. Selbst der Luftdruck fühlt sich hier unten anders an als auf der Ebene. Im Radio plappern die Moderatoren wie aus einer anderen Welt. Dann donnert es. Laut, tumb, näher als gedacht. Das Riesenmonster mit den uralten Baggersee-Augen ist nicht mal mehr Kilometer entfernt. Es wuchtet seinen Leib schon jetzt da draußen vor den Wald. *»Sie hören Radio Rainbow, Ihr Musikmix mit dem Besten aus den Achtzigern, den Neunzigern, den 00ern und den Charts von heute«*, sagt der Mann in Mirkos Radio und synchron zum Donner setzen die ersten Takte von *Angels* ein.

Ich springe auf, Steine im Hals, Panik im ganzen Körper. »Das kann nicht euer Ernst sein!«, krächze ich, halb zum Radio, halb zu Mirko und halb zu den Würfel spielenden Göttern, die sich diese Scheiße hier ausgedacht haben. *»I sit and wait/ does an angel contemplate my fate.«* Ich bin eingeschlossen in einem Tal, im tiefsten Urwald. Bis zur Straße ist es eine Stunde durch das Dickicht, im Dunkeln wahrscheinlich mehr. Über die Wipfel der natürlichen Kathedrale beugt sich das Monster. Unter uns im Unterholz singt Robbie Williams das Höllenlied: *»And do they know/the places where we go/when we're grey and old.«* Mirko sieht mich an, als träte gerade ein Schwert aus meiner Brust aus, das ein lautloser Angreifer durch mich hindurchgestoßen hat.

»Scheiße, du zitterst ja, als hättest du Todesangst!« Er steht auf und lässt die Erdnussdose fallen. Ich zittere nicht nur, ich ertrinke innerlich. Ich kann nicht mehr weg. Ich kann nie mehr weg. Mirko fasst mich behutsam an den Oberarmen. Ich schaue zu dem Radio, unfähig, mich zu bewegen. Meine Augen schwimmen und brennen. »Sie haben nichts von einem Unwetter gesagt«, stammele ich. »Kein Wort. Stattdessen machen sie Werbung für Autoglasreparaturen und spielen dann Robbie Williams.« Ich schluchze. Ein ganzer Schwall spült an den Halssteinen vorbei nach oben. Ich weine. Ich würge. Warum macht Mirko nicht das Radio aus? Warum lässt er es laufen und hält mich stattdessen jetzt fest? Nicht mehr behutsam, sondern richtig? So, wie ein Soldat seinen Kameraden festhält, wenn er ihm sagt, dass er durchhalten soll und dass alles gut wird? Warum macht er das? Ich kenne ihn doch im Grunde gar nicht. Mit ihm habe ich nicht jahrelang Sport getrieben und Libellenteiche in Frankreich bereist. Er ist nicht Benjamin. Er ist doch nur Mirko, der Pfandpunk. Der Guerillagärtner. Ich übergebe mich ins Unterholz. Zu dem sauren Wasser aus meinem fast leeren Magen ergießen sich das salzige Wasser aus meinen Augen und das Regenwasser, das nun durch die hohen Kronen bricht. Aus vierzig Metern tropft es tropisch auf uns herab, weil das Monster mit seinen Fäusten aus Schlick brüllend auf das Kathedralendach schlägt. *»'cause I've been told/ that salvation lets their wings unfold.«* Ich heule. Alles in mir löst sich auf. Mirko hält mich fest und ruft mir durch den Donner ins Ohr: »Was immer es ist, erzähle es mir!« Ich höre ihn, aber um sicherzugehen, fügt er nach zwei Sekunden hinzu: »Erzähle es mir! JETZT!!!!« Und dann ist es so weit. Das erste Mal brechen die Steine in meinem Hals. Der ganze Damm. Er fällt auseinander, und die großen, glitzernden, schleimigen Dinger fallen aus mir heraus, während ich jedes einzelne Wort schreie.

Gegen den Donner.

Gegen das Prasseln des Regens.

Gegen Gott.

»Ich bin aufgewacht«, brülle ich, »ich saß auf der Rückbank des zerquetschten Wagens und bin für eine Minute wieder aufgewacht!« Mirko hält mich fest und sieht mich zugleich entsetzt an. Tropfen glitzern in seinen Augenbrauen. »Ich habe meine Mutter gesehen, auf dem Fahrersitz. Ihr Kopf war nur noch Blut. Ich sah ihr Gesicht im Rückspiegel. Ihr Blick traf meinen, und sie war so, so …«, – ich würge wieder –, »… so entsetzt darüber, dass ich wach war. Sie starb, verfickte Scheiße, sie starb in dem Augenblick, und das Einzige, was sie entsetzte, war, dass ich das mitbekam!« Mirko drückt mich fester. Jetzt glitzert es nicht mehr nur in seinen Augenbrauen, sondern auch in seinen Augen. »Mein Vater war auf dem Beifahrersitz die ganze Zeit bewusstlos. Er hat sie nicht sterben sehen. Aber ich bin aufgewacht! Warum bin ich aufgewacht?« Ich schreie diese Frage in den Donner. Mirko verzieht sein Gesicht und hält mich fest. Ich sage: »Der CD-Player lief noch.« Ich lache wie irre, vielleicht werde ich jetzt wahnsinnig. Vielleicht halte ich es nicht aus, es zu erzählen, das erste Mal überhaupt darüber zu reden, mit einem fremden Menschen. Ich mache dennoch weiter: »Das Auto war ein Wrack, aber der CD-Player lief noch. Ich werde wach, für eine Minute, und Robbie Williams singt *Angels*, während meine Mutter stirbt. Und ich kann nichts tun! Wir waren auf dem Weg zum Konzert. Mein Vater und ich wollten zu Hause bleiben, weil es eine Unwetterwarnung gab, aber meine Mutter hatte die Karten seit über einem Jahr und freute sich darauf wie ein kleines Kind. Sie hat gesagt: ›Das ist so geplant, also fahren wir auch!‹ Kurz nach der Abreise begann es bereits zu donnern und zu blitzen. Der Regen fiel so stark vom Himmel, als hätten die Wolken nicht einmal Zeit gehabt, ihn in Tropfen zu zerteilen. Meine Mutter fuhr trotzdem weiter. Sie wollte ihren Lieblingsmusiker sehen, und wir hatten nicht die Hartnäckigkeit, sie zum Umkehren zu zwingen. Und dann sieht sie im Rückspiegel, wie ich sie sterben sehe. Kannst du dir das vorstellen, Mirko? Sie stirbt, sie hebt den Blick, und dann sieht sie im Spiegel, wie ihr zwölfjähriges Kind auf der Rückbank die Augen aufschlägt!« Mirko schluckt so schwer, dass ich es trotz des Donners höre. Es fühlt sich an, als müsse er sich nun an mir festhalten. Ich weine wieder, eine Minute lang, es fallen Steine, Schlick und Schlamm aus mir heraus. Ich kotze. Mirko hält mir den Kopf. Ich richte mich auf, löse mich von ihm, nehme mir einen großen Ast und zeige in die Luft: »Wer denkt sich denn so was aus? Wo liegt denn da der große Plan, dass ich die Augen öffne, während meine Mama kurz davor ist, sie für immer zu schließen? Und dass wir beide das in dem Moment wissen! Und nichts tun können! Nicht mal ihre Hand konnte ich halten. Und der verfluchte Wichser singt *Angels!*« Ich hole mit dem Ast aus und will das kleine Radio zerschlagen, aber kurz bevor der Ast auftrifft, lasse ich ihn sinken. Nicht, weil das Lied vorbei ist, sondern weil *es* vorbei ist. Die Flut. Der Steinschlag.

Der Donner grollt weiter und es tropft auf uns und in uns und um uns, aber irgendwas ist anders. Mirkos Iro liegt platt wie ein Lappen auf seinem Schädel. »Du hast das noch nie jemandem erzählt, oder?«

Ich schüttele den Kopf.

»Nicht mal deinem Vater?«

Ich denke daran, wie irre das ist. Ich sage: »Er denkt bis heute, ich wäre auch erst im Krankenhaus wach geworden.« Ich sinke auf den Boden und weine wieder, aber anders als gerade. Ich weine aus Bedauern. »Er hat alles für mich getan nach dem Unfall«, sage ich. »Er hat mich beschäftigt, rund um die Uhr. Hat mir die Welt erklärt und mir alles gezeigt. Als bekäme ich neues Vertrauen zum Leben, wenn ich jedem Baum einen Namen geben kann.« Ich lache, schluckend. »Aber Pilze erkennen wir beide bis heute nicht.«

Mirko lächelt und wischt seine Tränen weg. Meine Geschichte hat ihn mitgenommen.

»Sorry«, sagt er.

»Wofür?«, sage ich.

Der Donner zieht langsam weiter. Das Monster kriecht auf der anderen Seite des Kathedralendachs über den Giebel, plumpst auf den Boden und kriecht davon.

»Dafür, dass ich mich vorhin so darüber aufgeregt habe, dass du den Obdachlosen spielst.«

»Hast ja recht«, sage ich.

»Und dafür, dass ich mich freue.«

»Freuen? Worüber?«

»Darüber, dass meine Lebensgeschichte nicht die schlimmste ist, selbst, wenn ich halb auf der Straße sitze.« Ich senke den Kopf und sehe ihn an, als würde ich böse über einen Brillenrand schielen. Ich bin aber nicht böse. Ich bin gerade das erste Mal leer. Im Radio bringen sie eine Unwetterwarnung.

OHNE KOMMENTAR

Am nächsten Morgen sitzen wir in der Einzimmerwohnung von Gerolf, dem muskelfreien Lover. Seine Gespielin ist weg und er brät Spiegeleier für uns alle. Er hat eine obskure alte Hardrock-CD aufgelegt, mit jaulenden Gitarren und einem Sänger, der nach engen Hosen klingt. Mirko zählt Münzgeld. Ich schaue im Netz nach meiner Post. Sonja hat geschrieben.

25.06. // 06:36

Lieber Paul!
Ich habe mir ein Geschäftskonzept ausgedacht, das mich eventuell von der Arbeit im Callcenter befreit. Ich mache das, was ich gerade für Dich gratis tue, für andere Facebook-Nutzer gegen Bezahlung! Ich kümmere mich um ihr Profil. Ich adde Freunde, pflege Kontakte, bestücke die Pinnwand. Das kostet ja alles Zeit. Weißt Du, wie ich darauf gekommen bin? Durch einen Kollegen. Der erzählte mir, dass seine Frau einen virtuellen Bauernhof bei *Farmville* hätte. Immer, wenn sie keine Zeit hat, den zu pflegen, bezahlt sie eine Nachbarin dafür, das zu übernehmen. Stell Dir das vor! Nicht wie früher, echte Blumen gießen, solange man nicht daheim ist! Nein, die digitale Farm pflegen! Für Geld! Damit nicht kaputtgeht, was man aufgebaut

hat! Ich werde mich jetzt auf Facebook umhören, ob das Potenzial hat. Ich bin ganz aufgeregt. Das ist meine Art von Survival.

Noch aufgeregter bin ich, wenn ich heute Abend vor dem Computer sitze, um Dich in dieser Talkshow zu hören. Ich kann den Sender hier bei uns ja nicht im normalen Radio empfangen, also schalte ich den Online-Stream ein. Du hast Bülent Ceylan ausgestochen? Weißt Du eigentlich, was das für eine Liga ist? Ich bin so stolz, dass ich fast Eier lege!

Deine

Sonja

Ich schmunzele. Mirko klimpert. Gerolf lockert die brutzelnden Spiegeleier mit dem Pfannenwender und sagt, dass Patrizia eine ganz süße Maus sei. Sonja hat ein PS unter ihre Mail gesetzt, das ich fast übersehen hätte.

PS: Da ich jetzt erst mal losmuss, sag ich's Dir direkt vorher – reg Dich nicht über die Kommentare an der Pinnwand auf. Du machst das alles richtig!

Pinnwand?

Ich surfe auf mein Facebook-Profil. Godot hat dort die Pressemitteilung der *Türkisen* verlinkt und mit zwei Worten kommentiert: »Süß, oder?« Bestimmt hat er in der Kommentarspalte meines Blogs mehr zu sagen. Ich schaue in meinem Postfach nach und finde seinen Eintrag, den ich wie immer autorisieren und für alle sichtbar freischalten soll.

Du hast gerade alle Möglichkeiten, Paul! Ist dir das bewusst? Ist dir klar, was das bedeutet? Du gönnst dir ein Experiment, das sich die meisten von uns nicht mehr leisten können, und du hast es so gut begonnen. Der tropfende Kühlschrank ist bis jetzt ein Meisterwerk. Eine grandiose »Fuck You!«-Geste. Wie das Video, in dem du unter dem Vollmond und dem McDonald's-M dein eigenes Süppchen kochst. »Fuck Manni!« und »Jagdfieber«? Spitzenmanifeste!

Ich hatte Hoffnung, dass das der echte Paul ist. Ein freier Mann, der sich nichts sagen und sich von niemandem vereinnahmen lässt. Aber dem ist nicht so. Stattdessen bestätigt sich, was man immer schon vermutete, sobald du länger als zwei Sätze über die Natur schreibst. Der echte Paul ist ein Räucherstäbchen! Ein Blümchenflüsterer! Und jetzt auch noch das neueste Aushängeschild der führenden Esoterikpartei. Ein »ganzer Kerl« dank des universellen Geistes. Oder soll ich besser sagen: der Gockel im Korb gackernder Eso-Tanten? Wenn du dich schon den Damen der Schöpfung unterwerfen musst, warum dann ausgerechnet diesen?

Es gibt nur zwei Möglichkeiten. Erstens: Du machst das aus Überzeugung. Dann bist du ein Vollidiot, der zweihundert Jahre Aufklärung verpasst hat! Zweitens: Die Partei bezahlt dich gut. Dann war's das mit dem Leben ohne Geld, oder? Und nebenbei: Wie hoch ist denn die Gage, die du für deinen Auftritt bei *Querköpfe* kriegst? Du großer Rebell?

Da weiß man nicht, ob man lachen oder weinen soll …

»Was ist?«, fragt Mirko, während die Hardrockband quietscht und kreischt.

»Was soll sein?«

»Du schnaufst. Seit fünf Minuten schnaufst du.« Ich zeige auf den Bildschirm wie ein wütender Fußballfan auf das verfehlte Tor: »Ach, der verfluchte Godot da!«

»Wer?«

»Mein größter Kritiker. Ständig unterstellt er mir unlautere Motive. Ich würde den Selbstversuch ohne Geld nur aus Geldgier machen und noch mehr so Scheiße. Er beschimpft mich die ganze Zeit.«

»Dann lösch ihn.«

»Wie? Löschen?«

»Ja, löschen. Ist doch deine Internetseite, oder?«

»Bin ich ein Diktator, oder was? Soll ich meine Leser mundtot machen?«

»Diktatur! Demokratie! Das ist doch Hühnerpisse!«, schimpft Mirko. »Die Fascho-Aufmärsche verbieten sie doch auch meistens. Und womit?«

»Mit Recht!«, sagt Gerolf und lässt die Spiegeleier aus der Pfanne auf drei Teller gleiten. Sein Herd sieht aus, als wären die Fettspritzer zwischen den Platten noch vom Vormieter. Der deftige Duft erzeugt dennoch Vorfreude. Ich schaue auf mein Postfach. Der Gedanke, dem Nörgler sein Genörgel zu verbieten, hat seinen Reiz. »Aber wie sieht das denn aus, wenn ich negative Kommentare lösche und positive stehen lasse?«, wende ich ein. »Lösch einfach alle«, sagt Gerolf und stellt mir den Teller auf den Schreibtisch. Sorgsam legt er billiges Besteck mit blauen Plastikgriffen daneben. Ich schaue ihn an. Er zeigt auf den Monitor. »Deaktiviere die komplette Kommentarfunktion.« Diese Idee wäre mir nie gekommen. Gerolf sagt: »Es ist doch dein Blog, oder? Dein Werk. Im Grunde ist es doch nicht mehr und nicht weniger als ein Buch auf dem Bildschirm. Du bist Schriftsteller. Geht Stephen King hin und lässt bei seinen Romanen zehn leere Seiten für Leserkommentare? Stellt euch das mal vor. Jedem Buch liegt Rückporto dabei, vom Autor selbst bezahlt, damit der Leser es zurückschicken und ihn zünftig beschimpfen kann. Auf seine Kosten.« Mirko lacht und kommt mit dem Zählen durcheinander. Eine Gitarre heult auf. Gerolf redet sich in Rage: »Wer hat eigentlich gesagt, dass jeder, der was ins Internet stellt, die Pflicht hat, sich dafür auf seiner eigenen Seite beschimpfen zu lassen? Was soll das? Und dann diese Knöpfe überall. *Gefällt mir* und *Gefällt mir nicht*. Das ist ja wohl die allergrößte Affenscheiße! Es liegt doch im Auge des Betrachters, was einem gefällt. Ich kann mir zum Beispiel nicht vorstellen, dass ihr beide gestern Abend vor Entzücken gejubelt habt, als ihr hier reinkamt und ich gerade mit Patrizia zugange war.« Ich winke ab und Mirko murmelt Beschwichtigungen. »Ach kommt, seid ehrlich!«, poltert Gerolf. »Ihr habt euch doch gedacht: ›Was macht der da? Hat der Sex oder erwürgt der ein Gürteltier?‹ Aber wisst ihr was? Uns hat es beiden gefallen. Weil wir uns lieben. Jawohl. Oder hier …« Er dreht den schmierigen Hardrock lauter und brüllt in das Getöse: »Das sind Poison.

Haarspray-Hardrock von 1988. Das hört heute keine Sau mehr. Aber mir gefällt's!« Er regelt den Pegel wieder runter. Er zeigt auf meinen Laptop: »Lösch alle Kommentare. Mach einfach dein digitales Buch. Fertig, aus!«

»Dann muss ich das aber auch erklären.«

»Wie lautet Gibbs' Regel?«, fragt Mirko. Ich habe ihn auf dem Rückweg aus dem Wald pausenlos von *Navy CIS* erzählt. *»Entschuldigungen sind ein Zeichen von Schwäche.«*

»So ist es«, sagt Mirko.

»Mach die Kommentarfunktion aus«, sagt Gerolf. Ich atme tief durch, gabele mir das halbe Spiegelei in den Mund, kaue die fantastische Mischung aus weichem Gelb, krustigem Weiß und ordentlich viel Salz, beuge mich über die Tasten und befreie den Blog *Log Out!* von allen Kommentaren.

Meine heutige Wanderung zum Club im Zentrum der Großstadt dauert dreißig Kilometer. Sie macht mir keine Angst, denn diesmal habe ich mich vorbereitet. Ich habe mir von Gerolf die Wasserflaschen füllen und ein paar Bananen spendieren lassen. Mittels Google Earth suchte ich mir eine Strecke heraus, auf der ich möglichst oft barfuß auf Gras oder Wildwiesen gehen kann, da es die Gelenke am wenigsten belastet. Es beflügelt mich, dass mein Blog keine Spielwiese für Nörgler mehr ist und dass ich mir die Arbeit spare, täglich Dutzende von Kommentaren lesen und freischalten zu müssen. Ich wandere jetzt seit viereinhalb Stunden und habe siebzehn Kilometer hinter mich gebracht, als vor mir ein rustikaler Gasthof erscheint. Mein Wasser ist fast aufgebraucht und die zwei Bananen sind längst verdaut. Noch vor ein paar Tagen wäre ich an dem Restaurant vorbeigelaufen und hätte mir selbst eingeredet, warum es besser gewesen ist, nicht nach dem Notwendigsten zu fragen. Heute aber fühlt sich alles anders an. Heute drücke ich den Rücken durch, überfliege die mit Kreide auf eine Tafel gemalten Gerichte des Mittagstisches und trete ein. »Ich bin ein Wanderer und habe kein Geld«, sage ich zum Hauswirt, bevor er mich begrüßen kann. Ich lächele dabei. Dann erkläre ich ihm meine Mission. »Wie wäre es mit einem Tauschgeschäft?«, schließe ich meinen Monolog ab. »Ich tue etwas für Sie und bekomme dafür ein einfaches Gericht.« Der Hauswirt sieht mich an. Schuhe, Hose, Rucksack, Stirn. »Was kannst du denn, Junge?«

»Ich kann spülen, putzen, aufräumen …«

»Kinderkacke. Kann jeder. Ich spreche von Fähigkeiten. Hast du was gelernt?« Ich räuspere mich. »Nun ja, mein Vater ist Landschaftsgestalter und ich werde wohl bald Gärtner.«

»Landschaftsgestalter? Welcher?«

»Planbaum.«

»Du bist der Sohn von Jürgen Planbaum?«

Ich nicke. Manchmal frage ich mich, wo der Umkreis aufhört, in dem man die Firma meines Vaters kennt. Unter hundert Kilometern sicher nicht. »Komm mal mit«, sagt der Hauswirt. Er führt mich durch einen schmalen Gang an den Toiletten vorbei in den Hinterhof. Hier muss einmal ein Biergarten gewesen sein. Nun wächst Löwenzahn und Sauerampfer aus den Ritzen der Terrasse und die Grünfläche dahinter ist ein strukturloses Gemisch aus Brombeerbüschen, Efeu und Kriechspindel. »Du gehst bald bei deinem Vater in die Lehre?«

»Nun ja, das kann man so …«

»Deinen Papa kann ich gerade nicht bezahlen. Aber wie wäre

es, wenn du mir nach deiner Wanderung einen schönen Plan für diesen Hof machst? Es sollte was Einfaches sein. Etwas, das ich dann selbst umsetzen kann, nur mit Spaten, Harke und ein paar Fahrten zum Gartenbaumarkt. Ich bin ein fleißiger Mann. Ich hab's nur nicht so mit dem Kreativen. Du planst, ich baue.«

»Ich plane nicht«, sage ich.

»Es wäre mir ein schönes Mittagessen wert. Drei Gänge. Du bekommst es als Vorschuss. Es kostet dich nur einen Eintrag in den Terminkalender. Du versprichst mir, dass du später vorbeikommst und mich mit Ideen unterstützt, wie ich aus dieser Wildnis einen Garten für Gäste machen kann.«

»Ich habe keinen Terminkalender«, sage ich.

»Aber einen Computer, oder? Sonst könntest du nicht dein Internettagebuch machen.« Er geht in den Speiseraum zurück und ich folge ihm. Er hält mir die Tageskarte unter die Nase. »Such dir was aus.« Mein Magen und meine Geschmacksknospen lesen das Angebot schneller als meine Augen. Sie sorgen dafür, dass ich nacheinander die Zwiebelsuppe, das scharfe Käsegratin, die selbst gemachten Steak Fries mit Barbecuesoße und den Apfelstrudel antippe. Der Hauswirt gibt die Bestellung an eine kleine Kellnerin mit Schürze weiter, zeigt auf meinen Rucksack, bis ich den Laptop rausziehe, und sagt, als die Maschine hochgefahren ist: »Da ist doch der Kalender.«

»Ja«, sage ich. »Der ist aber nur für Geburtstagserinnerungen.«

Der Hauswirt öffnet das Menü, klickt bis zur ersten Woche nach dem vorgesehenen Ende meiner hundert Tage und trägt dort die Aufgabe *Gartenplanung beim Gasthof Furtwängler* ein. Es ist das erste Mal, dass ich länger als zwei Monate im Voraus weiß, was ich an einem bestimmten Tag tun werde. Selbst unsere Rucksackreisen haben Benny und ich immer spontan begonnen. Ich weiß nicht, wie ich mich fühlen soll, als Herr Furtwängler den Termin speichert. Ich staune nur darüber, dass es zumindest kein schlechtes Gefühl ist. Keine Steine im Hals. Eher so wie damals, wenn man als Kind Baumeister spielte. Oder wie dieser Stolz, den ich als Vierzehnjähriger hatte, als ich das erste Mal meinen Vater zu einer Gartenbaustelle begleitete. Ich fühlte mich gut als Teil des Teams, wie ein Fußballspieler mit Rückennummer. Wie ein Musiker, der einen Pass für den Bereich hinter der Bühne hat. Herr Furtwängler gibt mir die Hand und steht auf. Und ich, befeuert von diesem seltsamen Gefühl, schreibe endlich mal wieder einen Blog, während ich auf den ersten Gang meines gegen Gartenplanung getauschten Menüs warte.

Kerle

On. 25.06.2012

Der Mann ist ein Arschloch.

Weil er kein Mann mehr ist.
Warum ist er kein Mann mehr?
Weil er es allen recht machen will.

Zitternd torkelt er durch das Leben und hofft inständig, dass jeder, der mit ihm zu tun hat, auf den *Gefällt mir*-Knopf drückt. Das ist seine größte Sorge. Sonst hat er ja keine mehr.

Wenn ihn jemand bedroht, ruft er die Polizei, überlegt sich aber, ob er das dem Angreifer wirklich antun kann oder ob der vielleicht nur eine schlechte Kindheit hatte.

Wenn jemand seine Familie beleidigt, wird er sauer, fordert den Beleidiger aber nicht zum Zweikampf auf, da der Klügere immer nachgibt.

Sein Geld verdient er im Sitzen.
Seine Stimme gibt er »dem geringsten Übel«.

Er macht nie, was er will, sondern was er wollen soll.
Er sagt nie, was er denkt, solange es den anderen »nicht gefällt«.
Er hat immer genug Gründe, warum er etwas nicht tut.

Wenn Bands ein neues Werk veröffentlichen, schreiben die Kritiker: »Linkin Park *melden sich* zurück.« Oder: »Green Day *legen* eine neue Platte *vor.*«

Genauso fühlt sich der moderne Mann.

Er glaubt, er hat Meldepflicht.
Und was immer er macht, er »legt es vor«. Wie ein Junge, der schüchtern eine Schularbeit über den Tisch des Lehrers schiebt.

Der moderne Mann ist eine Marionette.
Ohne Muskeln.
Ohne Willen.
Gelenkt von den Fäden derer, die auf *Gefällt mir* klicken.

Er spürt einen Rest von Scham.
Er ahnt, dass er den Ernstfall nicht überstehen würde.
Doch genau für den ist er geschaffen.
Zelle für Zelle.

Wenn er sich daran nicht mehr erinnert, schafft er sich ab.

Ich lese den fertigen Text, während ich den heißen Apfelstrudel esse. Er ist kurz, aber ich habe ihn oft korrigiert. Bei der Zwiebelsuppe. Beim Käsegratin. Bei den Steak Fries mit Barbecuesoße. Mit dem letzten Happen des Strudels fällt mir ein, was für ein Video dazu passen könnte. Ich gehe auf die Toilette und richte die Kamera auf das kleine Waschbecken aus. Auf dem Rand steht eine Seifenspenderflasche mit durchsichtiger Füllung. Bunte Fische sind auf der Innenseite abgebildet. Ich filme zwanzig Sekunden das Becken, dann kommen meine Hände ins Bild und ich wasche sie exzessiv. Hände aus dem Bild. Zwanzig Sekunden nichts. Dann Schritte. Die Hände kommen zurück und ich wasche sie noch mal. Schritte weg. Stille. Schritte hin. Wieder waschen. Immer dieselben Hände. Sieben Minuten lang. Der Mann kann nicht gehen. Neurotisch wäscht er weiter. Der Saubermann. Ich speichere den Film, spiele ihn auf den Laptop, mache alles bereit und schaufele mein neuestes Werk über die langsame UMTS-Verbindung aus dem Gasthof ins Netz. Da habt ihr's, denke ich, macht damit, was ihr wollt. Ich bin satt und zufrieden.

Die »Kultkneipe«, aus der die Radioshow übertragen wird, liegt in einem »Kultviertel«. Mein Vater sagt immer, »Kultviertel« bedeutet, dass die Leute keine Gärten haben und die Besoffenen auf die Straße scheißen – nur, dass sie dazu die richtige Musik hören und vorher Trendbier gesoffen haben. Mein Vater kann sehr direkt sein. Mir fällt erst jetzt auf, wie sehr es ihm egal ist, ob jemand bei ihm auf den *Gefällt mir*-Knopf drückt. Außer seinen Kunden, natürlich. Die Kneipe heißt *Desperados* und wird von dem gleichnamigen Bier gesponsert. Als ich vor ihr ankomme, applaudieren ein paar Dutzend Leute, jubeln und klopfen mir auf die Schulter. In den Fenstern hängen Plakate. *Querköpfe live: Paul Planbaum.* Als müsste man mich kennen. Die Plakate tragen das Logo des Radiosenders und ein paar weiterer Sponsoren. Die Bar ist randvoll mit Publikum. Am Ende des Raumes ist eine hell erleuchtete Bühne mit zwei Sesseln und einem Tisch. Dahinter steht DJ Lassiter an seinem Pult und legt zur Einstimmung in den Abend verruchte Westernmusik auf. Neben der Tür ist ein kleiner Stand aufgebaut, der wie ein Büchertisch aussieht. Darauf liegen Flugblätter und Faltbroschüren. Auf rotem Hintergrund ist als schwarze Comiczeichnung ein Geschäftsmann mit Koffer abgebildet. Er hat krauses Haar, eine übergroße Armbanduhr und einen glänzenden Goldzahn. Der Schriftzug über ihm dringt erst in mein Bewusstsein, nachdem ich ihn zweimal gelesen habe. Da steht, in einer Schrift, wie man sie vom *A-Team* kennt, in Großbuchstaben: FUCK MANNI!

Ich nehme eine Broschüre in die Hand und schlage sie auf. »Geld ist ein Arschloch!«, steht da. »Ein Hochstapler. Nennen wir ihn Manni.« Darunter steht mein Name. Es folgt ein Text darüber, wie Geld die Welt kaputtmacht, und ein Verweis auf eine Webseite namens *www.fuck-manni.org*, die dazu dienen soll, »Mannis verheerendes Werk der Vernichtung rund um die Welt« zu kategorisieren und »kreativen Widerstand« auf die Beine zu stellen. Ein Screenshot der Homepage ist abgebildet, es ist alles bestens zu erkennen, da die Broschüre in Farbdruck auf Hochglanzpapier erstellt wurde. Mit grimmigem Humor wird die Reise Mannis dargestellt. »Manni in China«, »Manni auf den Philippinen«, »Manni in Afrika«. Ich lese Begriffe wie »Ausbeutung« und »Schwitzfabriken«, als ich von einer jungen Frau unterbrochen werde, die sich hinter den Stand nestelt. Sie war an der Bar und hat sich ein Bier geholt. Ihr enges Shirt in Militärgrau betont ihre Brüste. Ihre schmale Taille umschlingt ein Nietengürtel. Ihr Outfit und ihre meerblauen Augen erinnern mich an ein Mädchen, mit dem ich in Frankreich eine Nacht verbrachte, während Benjamin sich rücksichtsvoll mit seinem Schlafsack hinter die Düne verkroch. Ihre roten Haare und der leichte Aufwärtsschwung ihrer Nase erinnern mich an Sonja. Die Sonja in meinem Kopf.

»Paul!«, ruft sie, als würden wir uns schon ewig kennen. Ich halte die Broschüre hoch und sage: »Davon wusste ich ja gar nichts.«

»Ist auch noch ganz jung, das Projekt. Wir haben dir doch geschrieben. Ich bin Claudia.« Sie strahlt. »Du kriegst wahrscheinlich zu viel Post, hm? Musst dir bald ein Management suchen.« Sie lacht.

Ich weiß nicht, was ich von der Sache halten soll. *Ich* habe »Fuck Manni!« erfunden. Es ist mein dämlichster Slogan, aber die Idee dahinter ist gut. Dürfen die beides einfach so verwenden? Es ärgert mich, aber es schmeichelt mir auch. Ich spüre diese französische Nacht in mir und zugleich vermisse ich Sonja. Es zieht in der Rippe unter meinem Herzen. »Du guckst so skeptisch«, sagt Claudia, »ist irgendwas?«

»Na ja, es ist komisch, das so zu sehen. Man schreibt was und dann wird eine ganze Kampagne daraus.«

»Ja, sicher. Eine gute Idee gehört doch allen.« Claudia lässt kurz ihre schmalen Augenbrauen tanzen. »Oder willst du das patentieren lassen und dann an den Meistbietenden verkaufen? Da wäre dann ein bisschen zu viel Manni im Spiel, oder?« Sie lacht wieder und zieht kräftig an der mexikanischen Bierflasche. »Hey, Paul!«, sagt ein Mann an meinem rechten Ohr. Es ist Robin Piller. Er nickt mir zu und zeigt auf den Platz, wo er gleich während der Show sitzen wird. »Wir reden später.« Ich nicke. Mein Handy pulsiert in meiner Hose. Sonja simst:

> Internetübertragung ist an. Mit Bild! Ich sehe schon die leere Bühne live! Und gleich sehe ich Dich! Hab viel Spaß! Deine Sonja

Ich lächele. Was mache ich mir hier Gedanken? Manni gehört allen. In der Menge erhebt sich ein Arm. Er gehört zu einem Mann, der jetzt schon ein Headset trägt und zehn Zentimeter größer ist als alle, die sich im Raum aufhalten. »Paul, du geile

Sau!«, ruft er. Es ist der Dölz, der aufgedrehteste Moderator der Welt. »Schön, dass du da bist!«, johlt er und zieht mich vom Stand weg durch die Menge und an der Bühne vorbei. »Das ist Paul, unser Star heute Abend!«, ruft er DJ Lassiter zu, und der nickt, wobei nicht ganz klar ist, ob das Nicken wirklich mir gilt. Er wechselt von Western zu Dub und wippt mit dem Kopf. Der Dölz stößt eine Tür auf, die mit einem laminierten Schild beklebt ist, auf dem *Nur Crew* steht. Sie führt in eine quadratische Garderobe mit zwei Couchen, einem kleinen Beistelltisch und einer Anrichte mit beleuchteten Spiegeln. Neben der Couch brummt ein Desperados-Kühlschrank, vollgestopft mit Bier. Auf der Anrichte steht eine Thermoskanne mit Tassen. »Und du bist wirklich den ganzen Weg gelaufen?«, fragt mich der Dölz, wartet aber keine Antwort ab. »Geile Sau!«, sagt er und schüttelt den Kopf. Er nestelt ein Tütchen aus seiner Hemdtasche. »Koffein?«, fragt er und zeigt auf die Thermoskanne. »Oder was Stärkeres?« Er setzt sich auf die Couch und legt das Tütchen auf den kleinen Tisch neben den Obstkorb. Ich gieße mir einen Kaffee ein. »So, pass auf«, sagt der Dölz, »das geht alles ganz easy, ganz spontan, okay? Wir reden viermal fünf Minuten, das hab ich schon gesagt, oder? Hab ich das schon gesagt? Machen wir ganz easy. Erst so, was das Ganze soll, hundert Tage ohne Geld und alles, und wie es dazu kam. Ich lese was aus deinem Blog vor, vom Anfang, hier, die Kiste mit dem Trashfilm und mit den Top 5 der beklopptesten Sachen in deiner Wohnung. Darf ich doch, oder? Sicher darf ich das. Brauchst du Zucker oder Milch? Oder mehr?« Er redet schneller, als Spitzmäuse rennen, und breitet währenddessen ein weißes Pulver auf dem kleinen Tisch aus. Ich glaube nicht, was ich da sehe, aber das muss Koks sein. Ich kenne es nur aus Filmen. In den Filmen schieben es die Männer mit einer goldenen Kreditkarte zu schmalen Linien zusammen und schnupfen es durch Tausend-Dollar-Scheine. In der Wirklichkeit verwendet der Dölz einen alten Fünfer und seine Krankenkassenkarte. Er ist bei der Novitas BKK. Mit einem schleimigen Schnurzen drängt sich das Pulver seinen Nasenflügel hinauf. »Leck mich am Arsch!«, sagt er und schaut zur Tür, durch welche die Musik von draußen bollert. »Was spielt der Lassiter heute wieder für eine Scheiße!« Er schiebt sich eine zweite Line zurecht. »Auch?«, fragt er so selbstverständlich, als würde er mir ein Hanuta hinhalten. Ich bin der Star des Abends und ein Moderator bietet mir Koks an. Ist es normal, dass mich das gerade irgendwie stolz macht? Ich lehne ab, zapfe mir aber noch einen Kaffee und nehme mir dazu ein Bier aus dem brummenden Kühlschrank. In einer Viertelstunde beginnt die Show. Eine junge Frau betritt den Raum und hat ein Headset mit Sender in der Hand. »Das ist Wilma, die verkabelt dich jetzt, du geile Sau!«, sagt der Dölz und nimmt noch eine Nase.

Die Sendung selbst geht vorbei wie ein Traum. Ich weiß nicht, woran es liegt. Daran, dass ich vor Sendebeginn noch weitere drei Tassen Kaffee und zwei Bier getrunken habe? Daran, dass vor mir hundertzwanzig Menschen sitzen, die auf jeden Satz von mir reagieren? Mit Applaus. Mit Lachen. Mit Blicken, die mir sagen: Du sagst es, wie es ist! Aber auch: Du bist da, wo wir mal hinwollen! Da, wo sonst Bülent Ceylan gesessen hätte. Du darfst hinter die Tür, auf der *Nur Crew* steht. Ist das der Grund, warum ich mich so fühle wie als Vierzehnjähriger beim ersten Gartenbau mit Vater, nur tausendfach so gut? Damals war ich stolz, den Schlüssel zum Landrover zu haben und im Cockpit Pause zu machen. Heute genieße ich, dass mir draußen unsichtbare zwei Millionen zuhören. Und Sonja. Vor allem Sonja, die nicht hier ist und die ich so gerne hier hätte. Stattdessen lächelt mir Claudia zu, vom Tisch mit dem »Fuck Manni!«-Plakat. Im letzten Block der Sendung habe ich Lust, ihr zu gefallen. Ich drehe richtig auf, zittrig von der Mischung aus Koffein und Alkohol in meinem Blut, die umso heftiger wirkt, da ich die letzten Wochen recht abstinent gelebt habe. Ich wettere gegen das Geld und das goldene M, das uns süchtig macht und die Erde zerstört. Claudia applaudiert und der Dölz grinst in seinem Sessel. Ich rufe dazu auf, dass Memmen wieder Männer werden und sich auflehnen sollen gegen die Herrchen und Frauchen, die uns zu Haustieren machen. Ich glaube, ich recke sogar eine Faust. Ich erlebe das Ganze, als stünde ich neben der Bühne. Ich bin ganz Aufregung und Licht und Koffein und Alkohol. Erst, als die Sendung längst vorbei ist und um Mitternacht alle Gäste gegangen sind, finde ich langsam wieder zu mir. Breitbeinig hänge ich mit dem Dölz, DJ Lassiter und Robin Piller in den tiefen Couchen der Garderobe. Vier verwegene, männliche *First Mover*.

»Du geile Sau!«, sagt der Dölz. DJ Lassiter kaut einen Apfel. Robin spielt mit seinem Smartphone. Wilma betritt den Raum und drückt mir einen Schlüssel in die Hand. »Dein Zimmer«, sagt sie. »Hotel Eden. Einmal die Straße runter.«

»Hotel?«, frage ich.

»Ja, sicher«, antwortet der Dölz anstelle seiner Praktikantin. »Denkst du, wir lassen unsere Stars auf der Straße pennen?«

»Aber …«

»Spendieren wir dir«, sagt der Dölz. »Spendiert zählt.«

»Ist auch kein gutes Hotel«, sagt Robin, lacht und klatscht den Dölz ab. »Ich penne auch da. Kann sowieso nicht mehr fahren.«

»Ich weiß nicht, ob das richtig ist«, sage ich.

»Ist der süß!«, sagt der Dölz zu Robin, als sei ich sein Hündchen und er hätte mich mitgebracht.

»Er hat halt noch Ehre im Leib«, sagt Robin.

»Weißt du, wie das läuft, wenn wir Prominente hier haben, die schon seit Jahren dabei sind?«, wendet sich der Dölz wieder an mich. Ich zucke mit den Schultern. »Die sozialkritischen Kabarettisten wollen grundsätzlich ein Fünf-Sterne-Hotel. Nichts drunter. Einen mussten wir sogar in die nächste Stadt verfrachten, weil ihm alle Unterkünfte hier nicht zusagten. Bei den Rockstars sind die Kumpeltypen am besten. Erst kumpeln sie rum und dann fragen sie dich nach einer Hure. Und neulich hatten wir einen Regisseur, der hat einen Spielfilm über die Generation Komasaufen gemacht. Dem mussten wir eine Pulle Wodka hinstellen. Vorher ging der gar nicht auf die Bühne.«

»Ihr schwindelt doch«, sage ich.

»Er muss noch viel lernen«, sagt der Dölz.

»Das ist es, was ich neulich mit der Esoterikpartei meinte«, sagt Robin. »Hier hinten kannst du machen, was du willst. Aber da auf der Bühne, da musst du deiner Rolle treu bleiben.«

»Ich spiele keine Rolle«, sage ich.

Wilma verabschiedet sich und geht. Alle vier schauen wir ihr auf den Hintern, als sie die Tür schließt.

»Du geile Sau!«, sagt der Dölz.

Robin rülpst.

FELIX ATER

Ich köpfe gerade ein Ei, als Robin Piller sich zu mir setzt. Im Frühstücksraum des Hotel Eden läuft leise ein Radio. Es versetzt mich nicht in Panik. Ob das eine Nachwirkung der Sendung gestern ist? *Männer statt Memmen?* Paul, die Rampensau? Ich fühle mich stark, obwohl ich stinkmüde bin. Ich frühstücke in einem Hotel und war der Star in einer Radioshow. Meine Augen sind noch halb geschlossen. Ich habe mir eine Scheibe Gouda auf ein Marmeladenbrötchen gelegt. Robin legt sein Smartphone vor meinen Teller und dreht es quer. Sofort folgt der Bildausschnitt und schnappt vom Hoch- zum Querformat um. In mikroskopisch kleiner Schrift ist eine Webseite aufgerufen.

»Du musst aufpassen«, sagt Robin.

Ich reibe mir die Schläfen. Robin tippt auf den Bildschirm und vergrößert einen Ausschnitt der Seite. Ich lese meinen Namen. Ich schaue genauer hin. Vor grünem Hintergrund ist in Schwarz eine Videokamera auf einem Stativ gezeichnet, eine Filmklappe und ein paar Geldscheine darüber. Daneben steht: *Poser Paul.*

»Was ist das denn?«, murmele ich.

»Eine Anti-Paul-Seite«, antwortet Robin. Ich nehme das Smartphone in die Hand und lese den bislang ersten und einzigen Eintrag.

Angeschmiert
On. 25.06.2012

Paul ist ein Poser.

Seit einigen Wochen ist Paul Planbaum das Internetphänomen der Stunde.
Er lebt ohne Geld von Luft und Löwenzahn – angeblich.
Er ist gegen Gier, Glamour und Ruhm – angeblich.

Tatsächlich aber nimmt der Aussteiger-Held mit, was er kriegen kann. Er tritt bei *Radio Powerplay* auf, lässt sich in trendigen Magazinen ablichten und stellt sich sogar als Wahlhelfer für eine reaktionäre Eso-Partei zur Verfügung. Der *Bild*-Zeitung verweigert er das Interview nicht etwa, sondern fällt auf den einfachsten Marketing-Trick der Welt rein – er lässt sich von der *Bild* in einer Anti-*Bild*-Pose fotografieren!

Planbaum bietet seinen Fans an, ihn per Handy-Software zu orten, um zu überprüfen, ob er schummelt. Seltsam nur, dass sein Handy zwischendurch eine ganze Nacht lang ohne Empfang ist.

Planbaum ließ auf seinem Blog bis vor Kurzem alle Kommentare zu – jetzt hat er die Möglichkeit freier Meinungsäußerung unterbunden. Er beginnt, uns den Mund zu verbieten!

Doch selbst, wenn ihm bislang keiner nachweisen konnte, auf seiner Reise Geld in die Hand genommen zu haben, unterstützt er mit seinem »Ausstieg« das, was er scheinbar bekämpft.
Ein Formatradio, das von Werbegeldern lebt.
Eine Sekte, die mit ihrem Geschwafel vom Karma jedes gesunde Denken verdirbt.
Und eine Boulevardzeitung, deren Rufmordpolitik Leute schon in den Selbstmord getrieben hat.

Paul ist mehr als eine Person.
Paul steht für ein Phänomen.
Paul ist die Rebellion, die Kasse macht.
Selbst ohne Geld in der Hand.

»Der kopiert mich«, sage ich und sehe Robin an. »Der schreibt wie ich.«

»Ist gestern ins Netz gegangen«, sagt Robin. Er gibt mir einen Klaps auf den Hinterkopf, wie es sonst nur Agent Gibbs bei seinen Untergebenen tut. »Wahrscheinlich, weil du die Kommentarfunktion in deinem Blog gelöscht hast, du Nase!«

»Das ist ja wohl mein gutes Recht!«, sage ich.

»Ja, wenn du's von vorneherein machst. Aber *während* der laufenden Aktion? Das ist grenzwertig.«

»Und dann bringt er innerhalb von vierundzwanzig Stunden einen Gegenblog an den Start?«

»Wahrscheinlich hat er den schon länger in der Röhre und du hast ihm den endgültigen Grund geliefert.«

»Scheiße.«

»So ist das Netz.«

»Das Netz ist ein Arschloch«, sage ich. »Und es besteht aus Menschen.« Ich suche nach dem Impressum. Wahrscheinlich ist Godot der Urheber, aber wenn er so was macht, muss er einen echten Namen angeben. Im Impressum steht:

Felix Ater
Weidengasse 12
38170 Kneitlingen

Wer ist das?

»Jetzt musst du noch öfter über deine Schulter gucken«, sagt Robin. »Das ist aber typisch. Als ich mal Vegetarier war, da haben alle in meiner Familie nur darauf gewartet, mich mit einer Scheibe Wurst zu erwischen. Ich meine, selbst wenn ich mal ein paar Gramm Fleisch gegessen hätte, wären es bei denen immer noch zehn Zentner mehr gewesen. Aber sobald du etwas Besonderes vorlebst, wollen alle dich fallen sehen. Und wenn du es öffentlich machst, erst recht. Es sei denn, du bist nicht berühmt. So gesehen ist es ein Kompliment, dass du jetzt deinen eigenen Anti-Blog hast.« Ich lege das Brötchen ab, als ob ich nicht mehr weiter dieses vom Radio bezahlte Frühstück genießen dürfte. »Ich muss weiter«, sage ich.

Robin legt die Hand auf meinen Unterarm. »Bevor du gehst. Pro7 hat bei mir angefragt. Die Redaktion von *Life@theCity*. Kennst du das?«

»Ich sehe nicht fern.«

»Ach ja, klar. Das ist so ein Trendmagazin. Daher fragen die auch mich. Die suchen *First Mover* nach Themen ab. Sie haben eine neue Rubrik in ihrer Sendung, so Fünfminüter. *Survive@theCity*. Die letzte Folge handelte davon, wie man immer einen Parkplatz findet, ohne das Gesetz zu verletzen. Sie wollen eine Folge mit dir machen nach dem Motto: *Im Wald kann es jeder, aber wie überlebt man ohne Geld in der Großstadt?* Dürfen die dich anrufen?«

»Ich bin ein Kommerzschwein«, sage ich und zeige auf das Smartphone, auf dem immer noch *www.poser-paul.de* aufgeschlagen ist. Dann füge ich hinzu: »Natürlich dürfen die mich anrufen.«

Robin grinst.

Eine Stunde später bin ich wieder auf der Straße. Und genau so fühlt es sich an. Die Großstadt »pulsiert« nicht um mich herum, wie man so sagt, sie hat eher Kopfschmerzen und Fieber. Alles ist dreckig und trist. Die abgerissenen Plakate in den Unterführungen. Der Dreck auf den Felgen der Autos. Die gelben Klackerkästen für Blinde an den Ampeln.

Was mache ich hier?

Wie bringe ich den Tag rum?

Gestern Abend hatte ich eine Aufgabe und Gesellschaft. Ich war der Star der Sendung und saß bis Mitternacht mit den Verrückten auf der Couch. Jetzt frage ich mich, was ich tun soll. Was soll ich später bloggen? Was kann ich heute tun, das bloggbar ist? Ich muss was erleben, damit ich schreiben kann. Oder zumindest eine neue Idee in die Welt setzen. Der Buchstabe L ist dran. Was kann ich zu L erzählen? Was beginnt mit L und ist ein Arschloch? Langsamkeit? Nein, die ist gut. Lust? Nein, das wäre auch wieder nur eine Variante der Beiträge über Synapsen und Sucht. Das wird langsam echt zur Arbeit, denke ich mir und erschrecke mich, da mein linker Fuß fünfzehn Zentimeter tiefer aufsetzt, als ich erwartet habe. Der Bordstein war zu Ende, ohne dass ich es merkte. Ich knicke um und falle nach vorne. Ich rudere mit den Armen, ohne Halt zu finden, und pralle mit der Brust auf den Bullenfänger eines parkenden Jeeps am Straßenrand. Das schwere silberfarbene Eisen trifft auf meine Rippen und nimmt mir die Luft. Der Rucksack drückt zusätzlich von hinten wie eine Horde Fans, die einen beim Konzert gegen die Absperrung treibt. Ein stechender Schmerz fährt durch meinen ganzen Körper, garniert von Scham. Es muss lächerlich aussehen, wie ich aus heiterem Himmel vom Bordstein gegen den Jeep falle. Alle, die es beobachten, werden den *Gefällt mir nicht*-Knopf drücken. Oder das Gegenteil, aus Schadenfreude. Ich sinke neben dem Jeep auf den Bordstein. Jeder Atemzug brennt wie Feuer. Jede Bewegung treibt mir die Tränen in die Augen. Meine Augen suchen Halt, an den Reifen des Jeeps, in den Ritzen des Asphalts, an den vorbeihuschenden Ledersohlen der Passanten. Als der Akutschmerz in den Rippen abnimmt, spüre ich die Schwellung meines Knöchels. Er bläht sich auf zu einem rosaroten Ball. Wie ein nasser Sack bleibe ich zwanzig Minuten neben dem Wagen sitzen, atme schwer und mache mir sogar noch Sorgen darüber, ob der Besitzer kommt.

Seit einer Stunde schleppe ich mich durch die Stadt. Irgendwie erwarte ich, dass die Menschen bemerken, wie schlecht es mir geht. Als seien sie alle meine Familie und ich der kleine Junge, der am zweiten Weihnachtstag heulend im Schnee sitzt. Sie sind aber keine Familie. Nur Hosen und Hüte und Riemchensandalen und Einkaufstüten. Eine kreisrunde Sitzbank schlingt sich um eine Kastanie. Von der Bank fällt der Blick auf einen kleinen Supermarkt und eine Apotheke. Ich denke daran, wie es wäre, Diclabeta auf meine Rippen und den pochenden Knöchel zu schmieren. Das ist ein kühlendes Gel für stumpfe Sportverletzungen. Benny und ich verwenden es, wenn wir umknicken oder uns prellen. Ich brauche jetzt dieses Zeug, aber selbst, wenn ich mir als Notfall erlauben würde, es zu kaufen – ich habe kein Geld in der Tasche und keine EC-Karte, um welches zu holen. Außerdem weiß ich nicht, ob ich beobachtet werde. Da drüben stehen die Tuben, hell erleuchtet im Glanz der Apothekenauslage, aber sie sind genauso weit weg für mich wie eine Reise in die Arktis. So müssen sich Menschen fühlen, die wirklich mittellos sind. Immer. Nicht nur für hundert Tage. Alles ist in greifbarer Nähe und doch ist eine unsichtbare Scheibe davor. Ich atme flach. Ich brauche dieses Schmerzgel. »Verzeihen Sie«, spreche ich eine Frau in brauner Buntfaltenhose und beiger Bluse an, doch sie wird durch meine Worte nur schneller und fegt vorbei wie der Wind. »Hallo?«, versuche ich es bei einem Mann, der wie ein bärtiger Psychiater aussieht, aber er frotzelt nur: »Geh arbeiten!« Ich frage mich, was er arbeitet, wenn er mit Mitte vierzig mittags in der Stadt rumläuft. Zwei Hip-Hopper mit weiten Hosen spreche ich gar nicht erst an, aber obwohl ich nichts sage, mustern sie mich wie Abschaum. »Guck die schwule Ratte«, zischt der eine, und der andere spuckt aufs Pflaster, um das ausgewogene Urteil zu bekräftigen. Ein Banker mit Aktentasche rennt an mir vorbei wie ein Footballspieler, der die Pille festhält. Ein Mittdreißiger mit einer großen Tüte von Saturn folgt in seinem Windschatten. Ich nehme all meinen Mut zusammen und sage, so entschlossen ich kann: »Bleiben Sie bitte stehen!« Meine Stimme bricht fast vor Schmerz, was den Saturnmann dazu animiert, anzuhalten und sich umzudrehen. Was soll er auch machen? Er trägt eine Xbox360 in einer Elektromarkttasche mit sich herum, da kann er einem Armen keine milde Gabe verweigern, selbst wenn die Konsole nur noch halb so viel kostet wie bei ihrer Markteinführung. Der Mann seufzt und zieht einen Fünf-Euro-Schein aus der Tasche. Ich will ihn gerade nehmen, als ich sehe, wie der Banker vor dem Supermarkt stehen geblieben ist und so tut, als würde er die Obstauslage begutachten. Macht er aber nicht. In Wirklichkeit tippt er etwas in sein Handy und schaut zu uns herüber. Hat er mich erkannt? Ist das einer meiner Prüfer? Einer meiner Feinde? Ein Leser der Anti-Paul-Seite? Wartet er nur darauf, dass ich Geld annehme und benutze, um es mit seinem iPhone zu filmen? Der Saturnmann wedelt mit dem labberigen Fünfer: »Na, was ist jetzt?«

»Ich…« Was soll ich jetzt sagen? Ich schiele zum Banker. Er nimmt eine Nektarine in die Hand, bleibt aber stehen.

»Ähm, ich brauche kein Geld«, sage ich. Der Saturnmann winkt gütlich ab: »Es ist mir egal, was Sie damit machen. Ich weiß, die meisten Leute sagen: Ich gebe Ihnen das nur für Essen. Aber meinetwegen können Sie sich mit den fünf Euro besaufen. Ich bin da ganz locker.«

»Nein, Sie verstehen nicht«, sage ich, »ich brauche dringend Schmerzmittel. Ich habe mich verletzt.«

»Ja, sicher, Schmerzmittel, so kann man das auch nennen. Korn, Schnaps, Wodka, alles gute Schmerzmittel.«

»Ich trinke nicht, ich habe wirklich…«

»Jetzt diskutieren Sie doch nicht mit mir rum, wenn ich Ihnen seit einer halben Stunde einen Fünfer unter den Riechzinken halte! Ich habe keine Zeit, ich muss zu einem Geburtstag und vorher noch was verpacken.«

»Können Sie nicht einfach da reingehen und mir das Zeug kaufen?«

»Verkauft Ihnen der Supermarkt keinen Fusel mehr? Haben Sie Hausverbot?«

»Nein, die Apotheke!«

»Ach, auch noch tablettensüchtig!«

»Ich habe Schmerzen!«, schreie ich und der Mann weicht mitsamt seinem Fünfer zurück, geht drei Schritte rückwärts und ergreift dann die Flucht. Der Banker an den Nektarinen ist verschwunden, dafür wenden sich jetzt die Blicke der anderen Passanten zu mir. Da ich ohnehin schon auffalle, füge ich laut hinzu: »Ich habe Schmerzen! Interessiert das denn keinen?« Ein Mann löst sich aus der Menge der Statisten. Er trägt Bundeswehruniform und hat einen Militärrucksack auf. Er kommt schnell auf mich zu und macht eine Geste mit dem Kopf, als wolle er mit der Nase einen kleinen Ball in die Luft stoßen. »Hemd hoch!«, sagt er und ich gehorche augenblicklich. Mit geübten Händen tastet er meine Rippen ab. Als er die Stelle links unter meinem Herzen berührt, schießen mir die Tränen in die Augen. »Heul nicht, wie sieht das denn aus?«, sagt der Bundeswehrsanitäter, und ich bemühe mich, die Schmerzen zu unterdrücken. Stattdessen hauche ich wie eine alte Frau im Hospital: »Und der Fuß.« Er drückt mich auf die Bank. Ich hebe das rechte Bein. Der Mann knetet meinen geschwollenen Knöchel. »Prellungen, Stauchungen, nichts gebrochen«, sagt er. Er öffnet seinen Rucksack und holt eine Salbe heraus. Nicht das komfortable Sportgel, sondern eine schlichte weiße Tube, die nichts hermacht. »Schmier drauf«, sagt er und drückt mir aus der Tube einen guten Klecks in die Hand. Ich verteile ihn vorsichtig auf meinen Rippen, während er den Knöchel einschmiert. Als er fertig ist, zieht er meine Socke drüber wie das Höschen eines Babys, das man frisch gepudert hat. »So, jetzt kannst du weitermarschieren«, sagt er.

»Danke«, hauche ich.

»Jammer nicht so rum!«, sagt er. »Du bist doch ein Mann, oder? Was machst du erst, wenn du eine wirkliche Verletzung hast? Wir sind für den Ernstfall geschaffen. Also reiß dich zusammen.« Er schultert sein Gepäck und marschiert davon, ohne sich umzusehen. Für den Ernstfall geschaffen? Habe ich das nicht in meinem letzten Blog geschrieben? War das ein Leser? Ich lehne mich auf der Bank zurück und zische durch die Zähne, weil die Dehnung meine Rippen noch einmal aufheulen lässt. Am Obst vor dem Supermarkt steht wieder der Banker. Eine Tüte hängt jetzt an seinem Handgelenk. Er tut so, als würde er nicht zu mir rübersehen. Was mache ich hier? Warum gehe ich nicht einfach nach Hause? In das Haus meines Vaters? In das Haus meiner Kindheit, wo die Familie merkt, wenn man weinend auf dem Rasen sitzt und sich alleine fühlt. Es gibt eine Badewanne in diesem Haus. Meine Mutter hat mir damals immer ihre Spezialmischung gemacht: Fichtennadel, Eukalyptus und Lavendel. Ich hatte einen Harry-Potter-Bademantel. Würde Mama wollen, dass ich hier sitze, wie ein Penner, voller Schmerzen und ohne Geld? Beobachtet von Menschen, die darauf warten, dass ich einen Fehler mache? Wofür?

Ich ziehe mein Handy aus der Tasche und wähle die Nummer von Sonja. Es ist früher Mittag. Wahrscheinlich hat sie Dienst. Es tutet drei Mal. Dann geht sie ran.

»Sonja?«

»Paul?«

»Oh, ist das schön! Ich dachte, du bist im Callcenter.«

»Bin ich auch. Ich habe kurz Pause. Die Betonung liegt auf kurz. Ich habe dich gestern in der Sendung gehört. Und gesehen! Das war fantastisch! Aber dieser Dölz hat irgendwo einen Krümel im Kleinhirn, oder?«

Ich antworte nichts darauf. Jedenfalls kein Wort. Nur ein Wimmern.

»Süßer, was ist denn?«

Sie hat mich Süßer genannt.

Ich sage: »Ich kann nicht mehr, Sonja. Ich höre auf. Ich breche das ab. Das ist doch alles verrückt.«

Jetzt sagt sie nichts. Jedenfalls kein Wort. Nur ein Schnaufen.

Ich erzähle ihr von meinem Sturz und den Schmerzen, vom koksenden Dölz und vom Bundeswehrsanitäter. Sie wartet ab, bis ich fertig bin. Dann sagt sie: »Du armer Mann. Hast eine Prellung statt eines Bruchs und bekommst auch noch Hilfe von einem Fremden, nachdem du den Abend zuvor im Backstage einer Radioshow das Koks ablehnen durftest.«

»Das klingt bei dir viel zu positiv.«

»Paul! Ich würde lieber gegen einen Jeep laufen, als gleich meine Schicht weiterzumachen. Komm, bring mir einen! Stell ihn unten auf den Parkplatz und ich nehme Anlauf und renne davor.«

»Ich will zu dir kommen!«, sage ich.

»Was?«

»Lass mich zu dir kommen. Jetzt gleich. Ich setze mich in den Zug und komme zu dir. Ist mir scheißegal, ob das jemand beobachtet. Ob jemand auf den *Gefällt mir nicht*-Knopf drückt. Ich will dich sehen!«

Sie schluckt. Das höre ich bis hierher. Ein lautes »Glunk!«, als hätte sie einen Eimer Götterspeise runtergeschlungen.

»Paul?«

»Ja?«

»Ich sage jetzt was, und ich sage es schnell, bevor ich es mir anders überlege, denn ich weiß nicht, ob das klug ist, okay?«

Jetzt schlucke ich. Sie klingt anders als gerade. Es ist, als würde sie ihre grünen Augen, ihre roten Strähnchen und ihre Nasenspitze zum Klingen bringen.

»Du hältst deine hundert Tage durch, bis zum letzten Blog. Egal, was kommt. Dann können wir uns sehen. Versprochen?«

Ich stelle es mir vor. Die Mission vollendet. Langsam gleitet der Rucksack von meiner Schulter, während sie am Ende des Bahngleises erscheint. Ich sehe sie, und ich weiß, ich darf sie auch spüren. Gleich. In hundert Metern. In dreißig Sekunden. Mein Herz klopft.

»Versprochen«, sage ich.

Sie atmet aus, als sei sie erleichtert. Dann sagt sie heiter: »Ich habe schon fünf potenzielle Kunden für meinen Facebook-Pflegedienst. Ich baue an meiner Freiheit, Paul. Damit ich hier rauskann. Das ist mein Survival.« Ich lächele. Ihr Ton wird ernster: »Du musst durchhalten, sonst halte ich auch nicht durch.«

»Okay.«

»Ich muss wieder an meinen Platz.«

»Viel Erfolg«, sage ich, denke an die armen Omas, die sie betrügen muss, und füge hinzu: »Oder auch nicht.«

Sie lacht.

Gegen Abend ruft mich die Redakteurin von *Life@theCity* an. Sie heißt Pia Ina und erklärt mir das Konzept: »Wir nehmen das Wort Großstadtdschungel wörtlich, verstehst du? Du zeigst uns, wie man darin ohne Geld was zu essen findet. Oder Medizin. Oder einen Schlafplatz. Das soll aber keine Obdachlosenfolge werden, verstehst du? Es geht nicht ums Betteln. Das muss irgendwie überraschender sein.« Ich sage »hm, hm« und »ja, ja«, während sie plappert. Ihre Stimme ist unangenehm. Nur Höhen, keine Bässe und ständig ein Kiekser bei jedem Vokal. Ich möchte sie fragen, ob sie erst vierzehn ist. Während ich telefoniere, komme ich an einem Biergarten vorbei. Hinter dem hohen Zaun an seiner Querseite liegt ein Parkplatz mit staubiger Erde und ein wenig Grasbewuchs. Ich setze mich auf den weichen Boden und lehne mich an den Zaun, hinter dem die Gäste speisen. Es ist eine dünne Trennwand, wie man sie auch in Gärten verwendet. Ich atme seufzend aus. Mein Knöchel und meine Rippe schmerzen immer noch. Es ist warm, aber der Gedanke, dass ich heute Nacht kein Bett habe, lässt mich frösteln.

»Wir können schon morgen drehen, wenn du magst«, flötet Pia Ina und wir verabreden uns für elf Uhr vormittags am Hinterausgang des Bahnhofs. »Ich freu mich«, sagt sie und fügt in einem lang gezogenen Singsang das Wort »Tschüssi!« hinzu. Ich habe mich getäuscht. Diese Lifestyle-Redakteurin ist nicht vierzehn. Sie ist zwölf. Ich schließe einen Moment die Augen.

Großstadtdschungel. Es ist wirklich schwerer, hier zu überleben als im Urwald, selbst wenn ein Unwetter kommt. Hinter dem Zaun höre ich das Klimpern von Halblitergläsern und das Klappern von Besteck. Ein Mann mit schwäbischem Akzent sagt seufzend: »Morga frieh goht's widder hoim.«

»Jo, Papa. Es war schön, dess du da warsch.«

»Jürgen, ich sag dir, diese Großschdadd, des isch nix für mich.«

»Hods der nedd gfalla?«

»Oh, jo, de Schdadd selbsch scho, abr d' Menschenmeng. Diese Anonymidäd. Bei uns im Dorf kennd jedr jeden. Abr hir? Diesr Trubel. Diese Feischbug-Pardys. Hir kannsch in irgendoi Haus schleile und jedr denkd, du gehörsch dazu.«

Ich zupfe gerade einen Löwenzahn aus dem Boden und stecke ihn in den Mund, als ich begreife, was der schwäbische Mann da soeben gesagt hat. Langsam kaue ich das Blatt weich und grinse dabei wie eine Kuh, denn mir fällt ein, wie ich mir heute Nacht im Großstadtdschungel als Überlebenskünstler ein Bett sichern kann.

Lebensräume

On. 27.06.2012

Platz ist ein Arschloch.

Es ist genug von ihm vorhanden. Überall. Für alle.
Jederzeit.
Aber er macht sich rar. Er lässt sich bezahlen. Von
Manni.

Jede Nacht suchen Menschen ein Bett. Ein Dach über dem Kopf. Einen Lebensraum. Sie schleichen an Hotels vorbei und wissen: Darin sind zwanzig Zimmer frei. Jetzt. Sie sehen Häuser, groß wie kleine Städte, in denen nur zwei Menschen leben. Oder einer. Geschieden. Reich und reumütig.

Jede Nacht fliehen Menschen vor dem Sturm. Sie verkriechen sich in Hütten und Hauseingängen. Bis der Blitz kommt. Oder der andere Obdachlose, der sie bestiehlt, während sie schlafen.

Der Großstadtdschungel bietet eine Lösung für dieses Problem. Partys. Große Partys. Gemeinschaften gut gelaunter Gesellen, die nichts mehr mitkriegen. Man suche nach einem Haus, in dem mehr als hundert Leute unter 30 versammelt sind. Man achte auf erleuchtete Fenster, laute Musik und Rudelbildung vor der Haustür. Man gehe hinein und lege sich zur Ruh.

Das Haus, das ich heute finde, ist ein brüchiger Altbau mit ungepflegtem Garten. 20, 30 Menschen stehen auf dem verhungerten Gras. Die wenigen Halme sehen aus wie das spröde Resthaar eines verbitterten Mathelehrers. In einer Stahlmülltonne flackert Feuer. Im Heck eines geöffneten VW-Busses sitzen Männer auf einer Matratze und hören die Foo Fighters. Auf den Fensterbänken knutschen Pärchen. Ich schlurfe wie selbstverständlich die Vortreppe hinauf und betrete

das Haus. Der quadratische Flur dient als Tanzfläche. Rechts führt eine Treppe hinauf, geradeaus geht es in eine große Küche. Kurt Cobain brüllt sich die längst ausgehauchte Seele aus dem Leib. Ein paar Männer schubsen sich dazu umher. Die meisten hier sind älter als ich, aber ich falle trotzdem nicht auf. Ich habe mich lange nicht rasiert. Die Ringe unter den Augen und das geplagte Gesicht tun ihr Übriges.
Im Obergeschoss liegen die Luftmatratzen und Schlafsäcke schon im Flur herum. Da ich als einer der Ersten schlafen gehe, gönne ich mir das große Doppelbett im Elternschlafzimmer. Dass die Eltern nicht da sind, liegt ja auf der Hand. Ich wähle die Seite der Mutter. Auf dem Nachttisch liegen eine Lesebrille, ein Roman von Joy Fielding und ein Pandora-Armband mit silbrig grauen Mondelementen. Die Matratze ist tief und weich. Für das Bettzeug wurden zweitausend Enten gerupft. Ich versinke zwischen dem Federkern und den Oberbetten wie ein kleines Kind, dessen Eltern im Erdgeschoss noch lange feiern. Niemand beschwert sich. Niemand fragt, wer ich bin.
Um zwei Uhr torkelt ein dicker Typ in das Zimmer, furzt wie ein Hirsch und schließt von innen die Tür ab. Er kriecht auf die Seite des Vaters, seufzt zufrieden und schreckt kurz auf, als er spürt, dass schon jemand auf der anderen Hälfte liegt. »Boris?«, fragt er lallend, sinkt aber in den Schlaf, noch bevor ich eine Antwort geben kann. Für den Rest der Nacht hebt und senkt sich seine Decke synchron zu seinem Schnarchen auf

und ab wie ein Bergmassiv. Trotzdem ist es eine behagliche Nacht.

Ich stehe früh auf, steige über Dutzende bewusstloser Menschen und räume die Küche auf. Wer aufräumt, wird nicht danach gefragt, was er im Haus zu suchen hat. Zumindest nicht von Männern. Wenn man Männern ihr Zeug wegräumt, ist ihnen egal, woher man kommt. Ich sortiere Altglas, spüle und wische, bis der erste Typ in der Küche erscheint. Statt mich zu fragen, wer ich bin, sagt er: »Oh, schon fleißig, so früh am Tag?« Er trägt Boxershorts und setzt einen Kaffee auf. Auf dem Tisch steht mein Laptop. Er lädt gerade den Blog und den Film hoch. Ich habe sieben Minuten lang das schnarchende Bergmassiv gefilmt. Nur die Bettdecke, wie sie meditativ aufsteigt und herabsinkt. Der, der da schnarchte, betritt nun die Küche. Ein Kilimandscharo von Mann mit einem gutmütigen Gesicht und einer kleinen Brille auf runden Wangen. Über seinen Bauch spannt sich ein schwarzes T-Shirt mit der Aufschrift *Jo9/11b.*

»Die Sachen stehen da, Martin«, sagt der Kaffeekocher in Boxershorts und zeigt auf eine Klappkiste, in der sich Videospiele, CDs und alte Comics befinden. Martin setzt sich ächzend, sagt: »Danke, Philipp«, stellt sich die Kiste wie eine kleine Schachtel auf seine breiten Beine und wühlt das Zeug durch. Er kennt sich aus und inspiziert jedes Teil so sorgsam wie ein Antiquitätenhändler alte Porzellantassen. Mich beachtet er gar nicht. Er ahnt nicht, dass mein Rechner gerade ein Video mit ihm hochlädt, auch wenn er nicht zu erkennen ist. Die Maschine ist damit fertig, und ich will den Computer eigentlich ausschalten, doch ich kann nicht widerstehen nachzusehen, ob es einen neuen Eintrag auf der Anti-Paul-Seite gibt. Sie existiert nur, weil ich keine doofen Kommentare mehr auf meinem eigenen Blog lesen wollte, und jetzt möchte ich unbedingt wissen, ob dort über mich gelästert wird. Philipp stellt mir einen Kaffee hin, weil ich so fleißig war. Ich nippe an der heißen Tasse und verschlucke mich fast. Bei *www.poser-paul.org* gibt es einen neuen Eintrag.

Betrug?

On. 26.06.2012

Auf Paul Planbaums Facebook-Seite gibt es einen Button für Spenden. Sie gehen an die Organisation »Hungerhelfer«. Das ergibt Sinn. Ein Wohlstandskind kommt hundert Tage ohne Geld aus, verdient dabei aber was für die, die länger hungern müssen. Aber wer sind die Hungerhelfer?

Auf ihrer Webseite schreiben sie: »Übliche Hilfsorganisationen geben bis zu 35 % ihrer Spendeneinnahmen für die eigene Verwaltung und teure Werbekampagnen aus. Wir nicht.« Reklame machen sie nur im Netz, denn: »Jedes Plakat, das nicht hängt, ist bares Geld für unsere Projekte in Somalia, Mali, Guatemala und dem Tschad.« Angeblich sind die Gründer der Organisation ehemalige Blauhelmsoldaten.

Recherchiert man ein wenig über diese heldenhaften Einsätze, finden sich Berichte und Artikel seltsamerweise nur in Blogs oder dubiosen Online-Magazinen. Nichts in der seriösen Presse. Keine einzige Meldung der dpa. Eine Anfrage beim DZI (Deutsches Zentralinstitut für soziale Fragen), welches das Spendensiegel für seriöse Wohltätigkeitsarbeit vergibt, ergab nur ein Schulterzucken. Sind die Hungerhelfer so bescheiden, dass sie niemand kennt? Oder steckt mehr dahinter? Oder besser – weniger?

Die Adresse der im Impressum angegebenen Geschäftsstelle liegt laut Google Earth mitten in einem Wohnviertel. Der Chef, ein gewisser Eugen Billermann, ist niemals zu erreichen. Auf Mails reagieren die Hungerhelfer nicht.

Oder gibt es sie vielleicht gar nicht? Und wenn nein, wo landet das Geld? Fragen, die nur die unbeantwortet lassen wollen, die sich schnell ein gutes Gewissen erkaufen wollen. Da jubelt Manni – oder Paul?

Was ist das nur für ein Arschloch? Hat der kein Leben? Warum muss man was Gutes kaputtmachen?

Ich surfe zur Webseite der Hungerhelfer, schaue mir das Impressum an und suche nach Artikeln über den Verein. Sicher, die Seiten, auf denen die Berichte stehen, sind nicht die vom *Spiegel* oder vom *Stern*. Aber ist etwas nur wirklich, wenn Günter Jauch ihm seinen Segen gegeben hat? Auf den Fotos ist immer jemand anderes zu sehen. Neben Hilfslastern. Auf staubigen Straßen. Junge Männer, grau melierte Männer. Ich starte eine Bildersuche zu *Eugen Billermann*. Es zeigen sich nur das Hungerhelfer-Logo und ein paar andere Eugens und Billermanns, aber kein Mensch, der beide Namen gleichzeitig trägt. Ich rufe Sonja an. Neun Uhr morgens. Dienstzeit. Ihre Mailbox geht ran. Ich sage: »Hier ist Paul, es ist wichtig. Ruf mich mal zurück, wenn du kannst, ja?« Ich lege das Handy auf den Tisch, trinke Kaffee und reibe mir die Schläfen. Martin sieht von der Inspektion der Kiste auf, schiebt seine Brille auf die Nasenspitze, sieht mich an und weitet seine Augen: »Nein! Dich kenn ich doch! Du warst bei *Querköpfe* neulich. Da war ich live dabei. Leck mich am Arsch!« Martin lässt seine Zunge wie eine Blindschleiche über die Lippen tanzen. »Was machst du auf Philipps Party? Philipp, der Typ ist berühmt!«

»Ah, ja?«, sagt Philipp und hält mir eine Banane hin, einen gammelig gelben Hänger. Ich nehme sie gern. »Zieh das T-Shirt aus, Martin«, sagt Philipp. »Ich will solche dreisten Verschwörungstheorien in meinem Haus nicht sehen.«

»Das ist nicht dein Haus«, sagt Martin. »Das ist das Haus deiner Eltern. Hab übrigens im Ehebett gepennt. Ich glaub, da war noch ein anderer drin. Der Typ hat die ganze Nacht geschnarcht wie 'ne Laubsäge.«

»Warum kannst du nicht dein *Geil & Willig*-T-Shirt tragen wie sonst auch?«

»Philipp, glaub mir, der 11. September *war* ein Insider-Job!«

»Verschwörungsscheiße.«

»Wenn El Kaida so was alleine könnte, warum gab's dann danach nie mehr irgendwas Vergleichbares?« Philipp schüttelt den Kopf. Martin wühlt weiter in Philipps Kiste. Der Mann veranstaltet nicht nur Riesenpartys in seinem Elternhaus, er mistet auch gleich noch sein altes Kinderzimmer aus. Martin zieht ein Comicheft heraus: »Alter Falter, was ist das denn? *Wastl?* Die habe ich ja seit zehn Jahren nicht mehr gesehen!«

Ich blicke auf.

»Der erste Teil davon ist in gutem Zustand hundert Euro wert.«

»Echt?«, frage ich.

»Ja, sicher. Und bis runter zur Nummer 29 liegst du bei fünfundzwanzig bis zwanzig. Aber wie gesagt, nur in perfektem Zustand!« Ich überlege, welche Nummern ich aus der Reihe hatte. Die sind alle für umgerechnet fünfzig Cent pro Stück an Sonja gegangen. Im großen Sammelverkauf. Aber egal. Sie waren definitiv nicht in perfektem Zustand. Wobei, was heißt schon perfekt?

»Wie ist das denn so, im Wald leben und alles?«, fragt mich Martin. »Ja, nun, jetzt ist er gerade in meiner Küche, oder?«, sagt Philipp. Mein Handy klingelt. Sonja. »Paul, ich hoffe, dass es lebenswichtig ist. Weißt du, wo ich gerade sitze?«

»Nein.«

»Auf dem Klo. Ich darf hier nicht so mir nichts, dir nichts Pause machen. Ich hocke in der Kabine. Also schnell, flott!«

»Ja, äh, also. Es gibt doch diesen neuen Blog gegen mich, und vielleicht ist es nur Rufmord von diesem Typen, der den schreibt, aber es sieht so aus, als wenn mit diesen Hungerhelfern was nicht stimmt.« Sonja atmet zweimal ein und aus. Es hallt von den Wänden der Klokabine wider. »Und deswegen rufst du mich an?«

Ich antworte nichts und knibbele an der Bananenschale. Martin legt die *Wastl*-Hefte zur Seite, so sorgsam, als wären es Luther-Bibeln. »Ich habe den Blog heute Morgen auch gelesen«, sagt Sonja. »Die Hungerhelfer sind noch jung. Weißt du, wie lange es dauert, in dieser Wohltätigkeitsszene ernst genommen zu werden? Das ist ein einziges Hauen und Stechen. Die Riesen der Branche, die sich Plakatwände leisten können, die zahlen dafür, dass die Hochglanzmagazine über sie berichten. Und warum finde ich die Hungerhelfer so gut? Weil sie genau das *nicht* machen!«

»Es gibt keine Bilder vom Billermann. Immer nur verschiedene Helfer.«

»Nein, natürlich nicht. Er will kein Popstar sein. Das ist doch gerade das Konzept. Nur die Sache. Kein Schnickschnack.«

Ich komme mir blöd vor. Seit Wochen schreibe ich Sonja vertrauliche Mails, und jetzt glaube ich lieber einem anonymen Nörgler, der seit dem ersten Tag gegen mich wettert, als ihr? Ich lasse Sonja auf dem zugigen Klo sitzen, um sich gegen ein Phantom zu verteidigen?

»Weißt du, welche Rockband am meisten für den Regenwaldschutz ausgibt?«, fragt Sonja.

»Keine Ahnung.« Ich rate: »U2?«

»AC/DC«, sagt Sonja. »Da bist du baff, oder? Unpolitische Hardrocker in Schuluniform. *Highway To Hell.* Nicht Bono, der jeden zweiten Sonntag dem Papst die Schleppe richtet.«

»Und warum weiß das keiner?«

»Weil sie Wert darauf legen zu helfen und nicht darauf, beim Helfen beobachtet zu werden. Das weiß ich übrigens von Herrn Billermann.«

Ich sage: »Hm.«

»Paul?«

»Ja?«

»Hast du dich eigentlich jemals gefragt, wer dieser Anti-Paul-Blogger ist?«

»Ja, wahrscheinlich Godot. Der vorher in der Kommentarspalte von *Log Out!* gelästert hat.«

»Und wer ist Godot?«

»Was weiß ich?«

»Keine Idee?«

»Nö. Woher auch? So ist das Netz.«

»Das Netz sind Menschen«, sagt Sonja.

»Worauf willst du hinaus?«

»Ist dir niemals in den Sinn gekommen, dass dein virtueller Feind dein bester Freund sein könnte?«

»Benjamin???« Ich belle den Namen so entsetzt in die Küche, dass Philipp und Martin aufschrecken.

»Du hast seit seinem Weggang nichts von ihm gehört, oder?«

»Nein, aber …«

»Und was habt ihr vorher jahrelang gemeinsam getrieben?«

»Urlaub? Spaß?«

»Wettbewerbe, Paul! Das Erste, was du mir erzählt hast! Sport und Kampf! Jede Woche seid ihr dreimal gegeneinander angetreten. Nicht miteinander. Gegeneinander! Das Schlimmste ist für dich, dass es im Laufen immer noch unentschieden steht! 156 Matches in jeder Disziplin. Ich wollte ja eigentlich nichts dazu sagen, aber das ist doch schon manisch! Wer macht denn so was? Ihr beide wart wettbewerbssüchtig. Und dann? Der Junge geht nach Bamberg als Literaturstudent, räumt seine Bude ein, und ehe er sich's versieht, ist sein alter Kumpel Paul der neue Star im Netz. Autor, Blogger, Videokünstler. Gefeiert von der *Bild* bis zum Feuilleton. Für ihn hast du damit ein neues Match eröffnet. Das ist seine Art, dich herauszufordern.«

»Schwachsinn!«, schimpfe ich. Sonja hat nicht das Recht, so ein Urteil zu fällen. Nicht über Benny.

»Das ist Sport, Paul. Meinungskampf. Sei nicht so zimperlich. Bei der Fußball-WM vor fünf Jahren hat Zinedine Zidane diesen Italiener mit dem Kopf umgerammt, weil der ihn die ganze Zeit provoziert hatte. Vielleicht will Benny ja *deine* Aufmerksamkeit. Und wenn die darin bestünde, dass du ihm den Kopf in den Schädel rammst. Bildlich gesprochen.«

Was Sonja sagt, ist wie aus einer anderen Welt. Als würde sie behaupten, mein Vater hätte mich nur adoptiert. Ich sage: »Im Impressum von *Poser-Paul* steht kein Benjamin.«

»Tatsächlich?«, sagt Sonja.

Mehr nicht.

Das Wort ist scharf wie ein Rasiermesser.

Ich stelle mir vor, wie sie mich dabei ansieht, an einem Tisch in einer dämmerigen Bar. Ihre Augen fixieren mich. Ihre Lippen glänzen im Licht, das von einer alten Laterne vor dem Fenster hereinfällt. Ihre Hand liegt einen Millimeter neben meiner auf der Tischdecke. Selbst wenn sie Dinge sagt, die ich nicht hören will, ist sie sexy. Benjamin. Was für ein absurder Gedanke!

»Ich lege jetzt auf«, sagt sie, »ich kann nicht den ganzen Tag auf der Keramik hocken.«

»Okay«, sage ich.

»Was ist denn da los?«, fragt Martin, als würden wir uns schon lange kennen, stellt die Comickiste ab und kommt zu mir um den Tisch. Ich wähle das Impressum der Anti-Paul-Seite an.

»Martin«, sage ich, »ich muss dir was gestehen.«

Ich zeige ihm den Film, in dem er jetzt der Star ist. Die atmende Bettdecke. Er ist nicht böse, im Gegenteil. Er flippt durch die Küche wie ein euphorischer Samoaner. Er lacht sich kaputt. Den Blog darüber, wie ich ins Haus geschlichen bin, findet er auch gut. Philipp weniger. Aber immerhin habe ich aufgeräumt. Ich gebe Martin ein Rätsel auf, denn Verschwörungstheoretiker lieben Rätsel. Er soll für mich herausfinden, was Felix Ater aus der Weidengasse in Kneitlingen mit Benjamin zu tun hat. Oder mit Godot. Oder mit sonst wem. Ich erzähle ihm von meinem alten stillen Freund im Bamberg-Bermudadreieck. Er sagt, er macht sich sofort daran, wenn er nach Hause kommt. Ich gebe ihm meine Handynummer.

Ich bin unterwegs mit dem Drehteam von *Life@theCity*. Pia Ina findet alles »unglaublich«, was ich sage. Ich streichele eine Brennnessel auf einem Baugrundstück von unten nach oben, ohne mir wehzutun? Unglaublich! Ich gehe barfuß auf dem heißen Pflaster? Unglaublich! Ich identifiziere einen Baum als Rotdorn? Unglaublich! Pia Ina ist nicht zwölf, sondern siebenundzwanzig und ihre beiden Kollegen an der Kamera und am Ton sind schweigsame, groß gewachsene Gesellen. Wie Basketballer. Pia Ina nennt sie »ihre Drehbären« und schmeißt sich wegen dieses Witzes weg. Das Sendekonzept ist lächerlich, aber die Tatsache, dass endlich wieder gedreht wird, stimmt mich glücklich. Es fühlt sich so an, als machte ich das alles schon seit Jahren. Alles hat sich umgekehrt. Die Berichterstattung ist wichtiger geworden als das Survival-Leben selbst. Als wäre die Zeit zwischen den Augenblicken, in denen Medienmenschen mich umgarnen, nur noch ein mühseliger Leerlauf, den ich irgendwie hinter mich bringen muss. Die Schmerzen in meiner Brust und an dem geschwollenen Knöchel haben dank des erholsamen Schlafs im Ehebett von Philipps Eltern nachgelassen. Sie hatten sogar Diclabeta im Haus, das wunderbare Sportgel, im Spiegelschrank über dem Waschbecken.

Wir haben uns um einen Haselnussstrauch versammelt und Pia Ina sagt zu ihren Drehbären: »Ich mache jetzt noch mal die Anmoderation, okay?« Die Bären brummen. Das Licht an der Kamera geht an. Pia Ina sagt: »Für uns ist dieser Haselnussstrauch nur eine Zierde im Einheitsbrei der Stadt, aber der Überlebenskünstler Paul Planbaum sieht alles um uns herum mit ganz anderen Augen.« Es folgt ein Spaziergang durch den Großstadtdschungel, der für mich keine Dekoration, sondern Lebensraum ist. Ich rede mit großen Gesten daher und genieße, dass Passanten uns beobachten und sehen, dass ich gefilmt werde. Es ist ein ähnliches Gefühl wie bei der Radioaufzeichnung. Mein Handy klingelt. Die Drehbären schalten ihre Kameras auf Pause. Ich gehe ran.

»Paul Planbaum?«

»Guten Tag, Herr Planbaum. Perko von der Talkshow *Fünf nach Zehn*.«

»Ja?«

»Wir verfolgen schon seit geraumer Zeit, was Sie tun, und hätten Sie gerne in unserer Sendung. Jetzt ist es so: Eigentlich wollten wir Sie für die Show in zwei Wochen einladen, aber uns ist ein Gast für übermorgen abgesprungen.«

»Lassen Sie mich raten – Bülent Ceylan?«

»Äh, nein, Fritz Wepper. Wieso?«

»Nur so.«

»Ja, jedenfalls wollte ich Sie fragen, ob Sie bereit wären, spontan zu kommen. Wir proben tagsüber und senden abends live, sodass wir für Sie eine Nacht vor und eine Nacht nach der Sendung im Hyatt buchen würden.«

»Das klingt anständig«, sage ich und denke mir: das Hyatt, unglaublich.

»Gage wäre zweitausend Euro plus Reisekosten.«

»Äh, ich komme aber schon wegen meines Hundert-Tage-ohne-Geld-Projekts. Das ist Ihnen klar, oder?«

»Ja, ja.« Sie lacht. »Können Sie ja spenden oder so. Ich sende Ihnen alle weiteren Infos an die Mail, die bei Ihnen auf der Homepage steht?«

»Machen Sie das.«

»Gut, dann bis übermorgen, Herr Planbaum.«

»Bis dann, Frau Perko.«

Ich lege auf. Pia Ina und die Drehbären sehen mich an. Ich genieße den Moment und zögere heraus, es zu sagen. Es ist einfach ein zu gutes Gefühl. Und es soll beiläufig klingen. So, als bekäme ich einen Anruf für einen Zweitausend-Euro-Auftritt mit Fünf-Sterne-Hotel in einer großen Fernsehsendung jeden Tag. Freundlich lächelnd und sanft schlendernd sage ich, als langweile es mich fast: »Wir können weitermachen. War nur *Fünf nach Zehn*, wegen der Sendung übermorgen.«

Nach zehn Minuten erreichen wir ein Parkhaus. Auf einem extrem schmalen Grünstreifen neben der Ausfahrt wachsen wunderschön blühende Ringelblumen. Sie heben sich vom schmutzigen Grau des Betons ab wie kleine, singende Figuren aus einem Kinderbuch. Ich stelle mir vor, die Blüten hätten Gesichter. Guten Mutes wippen sie in dem feindlichen Gebiet neben der Parkhausausfahrt hin und her und trällern ein Lied auf das Leben. Es krampft etwas in meinem Magen, als ich das sehe. Diese Ringelblumen sind nicht zufällig gewachsen. Ich denke an Mirko. Wie wir auf der Verkehrsinsel Kapuzinerkresse pflanzten. Wie er mich hielt, als das Unwetter über uns tobte, und mir zuhörte bei meinem Gebrüll, Regen in den Augenbrauen und Tränen in den Augen. Ich bleibe stehen und hebe die Hand, damit die Drehbären die Kamera ausschalten. »Wisst ihr was?«, sage ich. »Ich glaube, ihr könnt heute zwei Beiträge zum Preis von einem haben.« Die Drehbären tanzen stumm. Pia Ina sieht mich an wie ein Mädchen, das gleich *Hannah Montana* gucken darf. »Eure Sendung heißt doch *Life@theCity*, oder?« Sie nicken. »Dann will ich euch jemanden vorstellen, der in der City Leben erschafft, obwohl sein eigenes fast den Bach runterging!«

Wir fahren mit dem Van des Teams in die Vorstadt, die sich selbst nie so nennen würde. Auf dem Weg erzähle ich ihnen die Geschichte von Mirko. Dem Jungen, der seinen saufenden und schlagenden Vater verlässt, um Wasser trinkend vom Leergut zu leben und nebenbei Blumen zu pflanzen. Eine bessere Geschichte als meine. Eine Geschichte, die es verdient hat, erzählt zu werden. Pia Ina ist begeistert, guckt aber skeptisch, als die Hochhäuser vor uns auftauchen. Die Drehbären parken den Bus vor der Nummer 99 und folgen mir über den Platz.

»Ist er denn zu Hause?«, fragt Pia Ina.

Zu Hause ist gut. »Weiß nicht«, sage ich. »Das werden wir

sehen.« Ich habe gute Laune. Ich habe den Einfluss, ein Fernsehteam dort hinzubringen, wo es was Gutes zu drehen gibt. Ich schlage nicht mehr nur den Pass. Ich mache das Tor. Ich denke an Hans Schlecker von der *Rheinischen Post*. Seinen Artikel habe ich nie gesehen. Wahrscheinlich stand der nicht mal online. Wir fahren mit dem Aufzug in das Stockwerk, in dem Gerold wohnt. Die Kabine saust wieder hinab, kaum, dass wir den Flur betreten haben. Wir gehen zu Gerolfs Tür und ich klopfe, ein Drehteam im Gepäck.

Nichts.

Ich lächele entschuldigend und klopfe erneut.

Drinnen herrscht Stille. Lediglich der Kühlschrank gurgelt ein wenig. Das Drehteam sieht sich um und tippt mit den Sohlen ungeduldig auf Linoleum. Der Aufzug kommt wieder und öffnet sich quietschend. Kaum, dass die Ritzen weiter als zwei Zentimeter auseinander sind, quillt genervtes Gekeife von Maurice' Mutter aus der Kabine. Sie muss die ganze Fahrt über mit ihm geschimpft haben. »Es kann nun mal nicht immer nur nach deinem Willen gehen!«, zetert sie. »Ich kann dir nicht alles kaufen, was du siehst!« Maurice widerspricht überhaupt nicht. Mag sein, dass er in der Fußgängerzone bettelte und quengelte, aber seitdem hat er wahrscheinlich auf Durchzug geschaltet. Seine Mutter hält einfach weiter Vorträge: »Ich weiß, die Kinder in der Schule haben ein Nintendo DS und eine Playstation Portable und Turnschuhe, mit denen man in die Wolken springen kann. Und die Eltern haben einen Mercedes und ein Haus mit Swimmingpool. Ich weiß das alles.« Sie schiebt Maurice mit der linken Hand aus dem Aufzug. Mit der rechten zieht sie etwas hinter sich her. »Aber ich habe nun mal nicht so viel Geld wie der Papa von Maximilian oder die Mama von Penélope.« Die Tür der Kabine schließt sich, doch das Ding, welches die Mutter an der rechten Hand rumpelnd hinter sich herzieht, unterbricht die Lichtschranke und die beiden Türhälften knarren erschrocken zurück.

Der Lichtschrankenschocker ist ein Einkaufstrolley.

Ein Einkaufstrolley in Knallrot.

Maurice kickt seinen Ball durch den Flur.

Ein Ball der *Wilden Kerle.*

Aufgesammelt auf einem Wanderparkplatz.

Die Mutter zieht ihren Trolley durch den Flur, einen Trolley in Knallrot.

Gekauft auf dem Trödel zum Einzug in die erste eigene Wohnung.

Der Ball rollt vor meinen Füßen aus. Die Wilden Kerle. In Orange. Die Frau hebt den Kopf und wird kreidebleich. Heute trage ich keine Sonnenbrille. Bis zu diesem Augenblick hoffe ich immer noch auf einen Zufall. Es gibt viele rote Trolleys auf der Welt und noch mehr Bälle der Wilden Kerle. Immerhin habe ich mir beim ersten Mal auf diesem Flur überhaupt nichts dabei gedacht, als ich Maurice mit dem Ball spielen sah. ›Es kann immer noch alles ein Zufall sein‹, rede ich mir ein, bis in den letzten Sekundenbruchteil hinein strecke ich diese Ausrede, aber wie der Mutter jetzt das Blut aus dem Gesicht schießt und sie sich an die Wangen greift – das vernichtet alle Zufälle. Mein Mund trocknet auf der Stelle aus. Die Dürre zieht durch meine Kehle bis in meinen Magen. Alles stirbt. Zerrissene, zerfurchte Erde, bis an den Horizont. Ich werde zu Somalia.

»Paul«, haucht die Mutter, die Sonja ist.

»Nein«, krächze ich, tausend Jahre Trockenheit in mir. »Du wohnst *hier?* Neben der Tür von Mirko?«

»Wer ist Mirko?«, fragt Sonja, ihr Blick ein einziges großes Bedauern.

»Mein bester Freund«, brülle ich, »na ja, zumindest seit Benjamin …« Der Satz erstirbt in meinem Hals, weil der andere sich erneut vordrängelt wie eine Bulldogge: »Du wohnst *hier???*«

»Paul, lass mich das erklären …«

Ich trete mit dem Fuß in die Wand des Hausflurs. Zu meiner Überraschung drücke ich sie topftief ein. Putz bröselt auf den Boden. Maurice versteckt sich hinter seiner Mutter. Ein Drehbär hebt die Kamera. »Runter damit!«, belle ich ihn an.

»Ich dachte, du bist achtzehn«, sage ich. »RetroGirl. Ein Mädchen. Und jetzt?« Ich zeige mit den flachen Händen an ihr auf und ab, als wäre sie ein Totalschaden, den ich reklamieren will. Dabei ist sie es gar nicht. Im Gegenteil. Ich will ihr aber wehtun. Ich muss ihr wehtun. Sie hat mich belogen, verraten, getäuscht.

»Ich habe das doch nicht geplant!«, sagt sie, und ich muss bitter lachen, während sie fortfährt: »Du warst wie alle anderen, die auf eBay ihre Sachen verscherbeln, nicht wissend, was sie wert sind.«

»Wie bitte?«

Sie verdreht die Augen wie jemand, der sich ärgert, weil er sich verplappert hat. Ich erinnere mich daran, was Martin heute Morgen in Philipps Küche gesagt hat, und schreie sie an: »Ach, *deswegen* wolltest du, dass ich tatsächlich meine Wohnung aufgebe und dir alles zusammen für fünfhundert Euro verkaufe! Hatte ich die erste Ausgabe von *Wastl* zwischen meinen Sachen? Das Hundert-Euro-Heft? Und noch mehr wertvolles Zeug, von dem ich dachte, es sei Pfennigware? Hat es sich gelohnt für dich?« Sie winkt ab, aber ich habe recht. Über der vertrockneten Steppe in mir tobt ein Sturm. Der Himmel verdunkelt sich. Jetzt ergibt alles einen Sinn. Dass ich nicht zu ihr kommen durfte. Dass sie am Anfang nicht mal telefonieren wollte, wahrscheinlich aus Angst, dass ich an ihrer Stimme ihr Alter erkenne.

»Die Hungerhelfer existieren auch nicht, oder?«, sage ich. »Dieser Anti-Paul-Typ, der hat recht! Und du willst mir einreden, es sei Benjamin! Von wegen ›keine große Werbung‹. Du hast diese Organisation erfunden. Deswegen gibt's auch nur obskure Artikel und seltsame Bilder und nichts über Eugen Billermann im Netz. Die Spendengelder gehen *an dich!*«

»Ja, und ich bin schon stinkreich!«, bricht es jetzt aus ihr heraus und alles Bedauern scheint wie weggeblasen. Sie zeigt auf die Tür, den Flur, das Loch in der Wand. »Mein Sohn wird von Penélopes Chauffeur im Rolls-Royce zur Schule gefahren und ich lebe wie eine Göttin in Frankreich!«

»Nein«, sage ich, »nur wie eine Heuchlerin im Hochhaus.«

»Deine Mails haben mir das Leben gerettet!«, schreit sie und wirft den Trolley um. »Jedes Wort von dir rettet mir den Tag!«

»Gelaber!«, sage ich.

»Ich gehe ins Callcenter«, sagt sie, »jeden verdammten Tag! Und trotzdem muss ich noch tricksen und feilschen und, ja, meinetwegen betrügen, um irgendwie über die Runden zu kommen. Aber das, worauf es ankommt, das war echt!«

»Sicher!«, tobe ich. »Es kommt ja auch gar nicht darauf an, dass du in Wirklichkeit einen Sohn hast und deine Eltern wahrscheinlich schon tot sind und du, was, einhundert Jahre alt bist?«

Pia Ina schreckt zurück, als ich Sonja diese Beleidigung ins Gesicht knalle. Die Drehbären schütteln die Köpfe. In Sonjas Augen schießen Tränen. Es sieht so aus, als habe gerade *sie* Steine in den Hals bekommen. Ich schäme mich für diese billige Verletzung, so bin ich nicht, aber ich fühle mich, als müsste ich um mich treten. Mich hat noch nie jemand so verraten. Ich schnaufe und gehe den Flur hinab. Ich muss hier weg. Auf den Aufzug kann ich nicht warten, also öffne ich die schwergängige Tür zum Treppenhaus. Ich stürze die zehn Stockwerke hinab. Mein Handy klingelt. Wahrscheinlich wollen mich die Drehbären zurückpfeifen. Ich gehe ran und belle: »Verfickte Scheiße, was?«

»Martin hier. Ist's gerade schlecht?«

»Ach. Sprich.«

»Ich habe was herausgefunden. Wenn hinter dieser Anti-Paul-Seite wirklich dein alter Kumpel steckt, gibt er uns putzige Hinweise.«

»Wieso?«

»Er heißt Benjamin Schwarz, nicht wahr?«

»Ja.«

»Gut. Benjamin ist Hebräisch und heißt ›Glückskind‹. Felix kommt aus dem Lateinischen und heißt ›vom Glück begünstigt‹.«

Ich verlangsame mein Treppensteigen. Martin sagt: »Der Nachname, Ater, das ist ebenfalls Latein und heißt was?«

»Schwarz?«, rate ich.

Martin klatscht im Hörer.

Ich halte an, ich bin im fünften Stock. Ein Feuerlöscher hängt an der Wand. Jemand hat mit schwarzem Edding »Analfissur« daraufgeschrieben. Martin sagt: »Ich habe nicht rausfinden können, ob Felix Ater auch dieser User namens Godot ist, der vorher auf deinem Blog die ganze Zeit gegen dich gelästert hat, aber es ist sehr wahrscheinlich.«

»Warum?«

»Ja, kennst du das Stück nicht? Das Theaterstück? *Warten auf Godot?*«

»Nein.«

»Da sitzen zwei Typen an einer Straße und warten auf einen, der nie kommt. Sie wissen nicht mal genau, ob es ihn überhaupt gibt. Und wenn ich das richtig verstanden habe, wartest du auf Antwort von Benjamin, die auch nie kommt, oder?«

Was ich da höre, lässt das Treppenhaus unter mir schwanken. Als wackele draußen ein schwarzes, schattenhaftes Monster am Hochhaus, sodass das Gebäude sich mit seinen Stahlträgern hin und her biegt. Ich denke an Martins T-Shirt vom 11. September. Was mache ich hier? Ich lasse mir von einem schnarchenden Verschwörungsfreak einreden, Benny würde mich seit Wochen verarschen und hätte mir ein Rätsel geliefert, für dessen Lösung ich diesen Nerd gebraucht habe? Kann das sein? Ist das ein Spiel? Ein neuer Wettbewerb? Würde er das tun?

»Hey, Paul? Bist du noch dran?«

»Martin?«

»Ja.«

»Wie viel Geld hast du Philipp für seine *Wastl*-Comics gegeben?«

Der Themenwechsel verwirrt ihn für einen Moment. »Hundert Euro für zehn Hefte. Wieso? Ich weiß, für dich, der gerade freiwillig aufs Geld verzichtet, muss das eine Menge Kohle sein, aber ich kann ihn ja wohl kaum über den Tisch ziehen und so tun, als wüsste ich nicht, was die Hefte wert sind, oder?«

»Nein, das kannst du nicht«, sage ich und lege auf, obwohl ich weiß, dass ich mich noch bedanken müsste. Es ist mir egal. Alles ist mir egal. Sonja ist eine schimpfende Hochhausmutter mit Sohn. Benjamin sitzt möglicherweise in Bamberg an seinem Rechner und lenkt mich wie eine Marionette.

Godot.

Wegen seiner Provokationen bin ich überhaupt losgegangen! Wegen ihm konnte ich meinen Stolz nicht zügeln!

Alle haben mich verarscht. Ich renne die restlichen Stufen hinab und laufe vor der Haustür in Mirko hinein. Seine Tasche fällt hin, Plastikpfand kullert mit hohlem Bumpern über den Boden.

»Paul!«

»Gehörst du auch dazu?«, mache ich ihn an und zeige den Turm hinauf. »Ist das hier wie bei *The Game*, oder was? Oder meine *Truman Show*?«

»Wovon redest du?«

»Sonja ist eine Mutter.«

»Welche Sonja?«

»Deine Nachbarin, die von Maurice.«

»Ach, Sonja heißt sie …«

Mirko sagt das alles spontan und natürlich. Er schaut nicht nach links unten dabei, wie es das Zeichen von Lügnern ist. Er ist ehrlich und unschuldig. Ich spüre das, ich habe Hunderte von Verhören bei *Navy CIS* gesehen. Sonja kannte ich nur als Text und Benjamin habe ich seit Wochen nicht in die Augen sehen können. Ich hätte es sonst bemerkt. Alles. Alles Lügen. Wie habe ich mich angestrengt, dass ich auf meinem Blog niemals lüge. Dass ich mich immer wirklich so anstrenge, wie ich es öffentlich behaupte. Was habe ich mit meinem Gewissen gekämpft, als ich einmal den Bus nahm, anstatt zu laufen. Ich habe gehungert und geschwitzt. Und wofür? Ich stehe vor Mirko, der mit den Füßen scharrt, weil er dringend sein Leergut aufsammeln will. Ich weiß, was ich jetzt tun werde. Ich sage: »Mirko? Hast du Lust, mal zwei Nächte in einem Fünf-Sterne-Hotel zu verbringen?«

Er prüft skeptisch, ob ich ihn verarschen will. Dann strahlt er über das ganze Gesicht.

IM AUGE DES BETRACHTERS

Gegen die Garderobe hier beim Fernsehen ist der kleine Raum hinter dem Schild *Nur Crew* im *Desperados* eine Abstellkammer. Breite Couchen aus Chrom und schwarzem Leder. Ein richtiges Buffet. Meterlange Spiegelanrichten an drei Wänden wie ein eckiges U, in dem man Fußball spielen und sich dabei von allen Seiten beobachten könnte. Der Flur des Hochhauses spukt mir im Kopf herum. Sonja und ihr Sohn. Dieser miese, hinterhältige Betrug. Aber: Vielleicht gehört es ja dazu, wenn man Teil der ganz großen Show-Welt sein will. Die haben doch alle einen Knacks, oder? Es gab bereits zwei Proben in dem beeindruckenden Studio, dessen Decke aus Hunderten verschieden großer Scheinwerfer an Schienen besteht. Die anderen Gäste der heutigen Sendung sind ein *Tatort*-Kommissar, ein Handballnationalspieler und eine Lyrikerin. Sie hat kürzlich einen bedeutenden Literaturpreis gewonnen. Ich kenne sie alle nicht, genauso wenig wie den Moderator, und ich wäre weit mehr beeindruckt, wenn statt des *Tatort*-Darstellers Mark Harmon zu Gast wäre, der Schauspieler, der in *Navy CIS* Agent Gibbs darstellt. Trotzdem: Das Gefühl, sich hier aufzuhalten, ist stark. Es lenkt ab. Es macht stolz. Man kann sich einreden, es wäre nichts Besonderes, derartig hofiert zu werden, aber das ist es. Man gehört nicht mehr zu den vielen Zuschauern, sondern zu den wenigen, die das zu Schauende produzieren. Man ist »drin«. Man leidet innerlich, aber man ist drin. Ob der *Tatort*-Darsteller auch eine Frau verflucht?

Die erste Probe galt der Sitzordnung und der Ausleuchtung unserer Gesichter und Klamotten. Die Lyrikerin und der Handballer mussten sich umziehen. Der Handballer, weil sein kariertes Hemd im Fernsehen flackert, und die Lyrikerin, weil ihr Outfit angeblich nicht so gut in die Gesamtkomposition der Runde passt. Eine Kostümbildnerin führte sie zum Austesten anderer Sachen in die Requisite. Sender halten Hunderte von Kleidungsstücken zu diesem Zweck bereit. Ich durfte meine dreckigen Sachen anbehalten, weil ich ja wirken soll wie eben aus dem Unterholz gekrochen. Mirko habe ich gestern Abend mit auf das Hotelzimmer genommen, das der Sender für zwei Nächte gebucht hat. Er bezahlt sogar alles, was wir aus der Minibar nehmen. Hier hinten in der Garderobe trinkt man Kaffee, Tee, Wein und frisch gepressten Orangensaft. Niemand kokst. Der *Tatort*-Kommissar sitzt vor dem Spiegel und beobachtet sich selbst beim Telefonieren mit seinem fünfhundert Euro teuren Telefon. Sein Hemdärmel rutscht zurück und gibt eine große Uhr frei. Gerade haben wir die zweite Probe hinter uns, eine Rohfassung der Show, die nachher live ausgestrahlt wird. Man spielt durch, wer wann dran ist und was man ihn fragt. Der Handballer und die Lyrikerin trugen schon ihre neuen Klamotten. Der Handballer sah darin zufrieden aus. Mirko ist auf dem Klo.

»Sechzigtausend Euro?«, dröhnt der Kommissar in sein Handy und steht auf. »Denen muss klar sein, dass ich mich in so einer Klamotte lächerlich mache.« Er stapft durch den Raum zur Tür und nickt mir entschuldigend zu. Sein Gesprächspartner brabbelt eine Entgegnung, doch er sagt: »Wir sprechen hier von *Crazy Race 5*, nicht von einer anständigen Komödie.

Also sag ihnen, dass ich mein Ansehen nicht für ein Handgeld verkaufe. Nein, auch nicht für ein Zwei-Hände-Geld!« Die Tür schließt sich. Einen Augenblick später betritt Mirko den Raum. »Das Klo sieht besser aus als jede Sozialwohnung.« Er wirft sich auf die Couch, legt die Füße auf das schwarze Leder und lässt sich Weintrauben in den Mund plumpsen. »So lässt es sich leben.«

»Eben ist ein Schauspieler höflich aus dem Zimmer gegangen, um *mich* nicht zu stören, wenn er lautstark eine Sechzigtausend-Euro-Gage ablehnt.«

»Auf der Straße würde der Typ uns beide wie Abschaum behandeln«, sagt Mirko.

»Das bedeutet eben, *drin* zu sein«, sage ich.

»Tut mir leid, dass dich *Life@theCity* jetzt nicht mehr filmen wird, nachdem ich sie auf dem Flur mit Sonja stehen ließ.«

Er winkt ab, Trauben kauend. »Ist schon gut. Ich will nicht ins Fernsehen. Backstage und Hotel reichen mir völlig. Außerdem wäre ich ja blöd, wenn ich mich beim illegalen Gärtnern auch noch filmen ließe.« Er schaut auf die Uhr. »Ja, mein lieber *Drin*-Seier. Nicht mehr lang, und du bist wohl eher wieder draußen, oder?« Er nimmt meinen Laptop auf den Schoß und sagt: »Ich muss mir das noch mal angucken, was ganz Deutschland gleich live zu sehen bekommt.« Er schaltet das Gerät ein. »Und du bist dir sicher, dass du das durchziehst?«, fragt er mich, heute schon zum fünften Mal.

Ich zucke mit den Schultern. »Ich habe versprochen, dass ich in der Show live meinen neuesten Blog vorlese und das Video zeige, noch bevor heute Nacht alles online geht. Das kann ich jetzt nicht mehr zurücknehmen. Und ich will es auch nicht.«

»Das ist Punkrock!«, sagt Mirko. Dann stutzt er. Auf meinem Rechner ist der Einwahlbildschirm angegangen.

»Äh«, sagt Mirko und zeigt auf das Display, »auf diesem Computer kann man sich als zwei verschiedene User anmelden.«

»Ja«, bestätige ich und zupfe eine Weintraube vom Strunk.

»Als Paul und als Benjamin.«

»Und?«, sage ich. »Wenn Benny früher bei mir war, hat er den Rechner ab und zu benutzt. Also hat er ein eigenes Profil.«

Mirko runzelt die Stirn.

»Was?«, sage ich und hebe die Hände.

»Passwort?«, fragt er.

»Für Paul oder für Benjamin?«

»Du kennst seins auch?«

»Klar«, sage ich. »Es gab mal eine Zeit, da konnte ich ihm vertrauen.«

»Herr Planbaum, was war bislang das Peinlichste, was Ihnen beim Leben auf der Straße passiert ist?« Der Moderator beugt sich interessiert nach vorne, als wäre ihm die Frage gerade eingefallen. Genauso hat er sich bereits vorhin in der Probe vorgebeugt. Die Sendung läuft. Das Studiopublikum lächelt. Die Lampen der Kameras leuchten rot. Kabelträger hocken dahinter. Ganz Deutschland sieht uns draußen zu. »Ich habe nackt in einem Gartenteich gebadet und wurde von der Besitzerin erwischt.« Der Moderator kneift linkisch die Augen zusammen und wippt mit dem Kopf auf und ab. Das Publikum lacht. »Und Sie haben in der ganzen Zeit tatsächlich kein Geldstück in die Hand genommen?«

»Nein«, sage ich, »deswegen kriege ich die sechzigtausend Euro Gage für heute Abend ja auch per Banküberweisung.« Größeres Gejohle. Der Kommissar, der bislang in seinen Schritt guckte, hebt den Kopf. Die Fragen sind abgesprochen, aber bei den Antworten improvisiere ich. Ich fühle mich gut. Ich weiß, ich werde gleich das ganze Land schockieren. *Bleib dran*, hat Sonja gesagt, *halt die hundert Tage für mich durch*. Lügnerin. Ich muss nicht mehr durchhalten und das ist irgendwie entlastend. Der Moderator kreist mit dem Zeigefinger, als würde er einen unsichtbaren, winzigen Hula-Hoop-Reifen daran wirbeln lassen: »Herr Planbaum, ich kann nicht so richtig glauben, dass Sie das alles spontan gestartet haben. Die Texte, die Filme: Das hat doch künstlerische Qualität.« Der Kommissar nickt. Die Lyrikerin verdreht im Off leicht die Augen.

»Wenn Sie meinen«, sage ich.

»Wir können uns ja jetzt mal selbst überzeugen.« Der Moderator dreht sich in eine andere Kamera, schaut dem Fernsehpublikum in die Augen und hebt die Stimme: »Denn Paul Planbaum, der Internetstar der Stunde, wird hier und jetzt als Weltpremiere seinen neuesten Blog vorlesen, der erst heute Nacht ins Netz geht. Und dazu sehen wir, gleichsam synchron, das neueste Video. Nicht wahr?«

»So ist es«, sage ich und spüre, wie mein Adrenalinpegel steigt. Ich halte den Ausdruck meines Blogtextes in der Hand.

»Dann Film ab!«, sagt der Moderator, zeigt auf die Blätter in meiner Hand und fügt hinzu: »Und bitte, Herr Planbaum!«

»Manipulation

Die Wahrheit ist ein Arschloch.

Sie liegt immer im Auge des Betrachters.
Und da liegt sie gut.«

Die Kamera zeigt mein Gesicht, in Nahaufnahme. Sehr nah. Sie startet in meinem Auge. Das erste Bild ist ganz Pupille. Dann zoomt sie langsam heraus.

»Was wäre, wenn man einem Kind schon mit vier Jahren sagte: ›Du? Die Welt ist ein schlechter Ort. Männer fahren auf Jeeps mit Gewehren durch die Gegend und schießen Leute tot. In Somalia.‹

Was wäre, wenn sich Kollegen in der Teeküche der Firma sagten, was sie voneinander denken?

Was wäre, wenn man wüsste, dass man morgen stirbt?«

Die Kamera zeigt mich von Kopf bis Oberkörper. Ich bin in einem Unterstand aus breiten Blättern oder alter Zeltplane. Es ist zu dunkel, um es richtig zu erkennen. Man hört nur den Regen darauf prasseln. Saure, schwere Tropfen.

»Die Wahrheit ist immer das, was gerade gilt.

Lebt das Kleinkind eine Lüge, weil es glaubt, die Welt ist schön – und von den Soldaten auf den Jeeps noch nichts weiß?

Ist es nicht klug, dass die Kaffeekollegen nur das Nette sagen?

Ist dieser Tag nicht genauso viel wert, auch wenn wir ihn anders verbracht hätten, wenn wir unseren nahen Tod vorausgesehen hätten?«

Die Kamera zeigt den Schlafsack, den ich um meine Hüften geschwungen habe, und Seilreste aus Gras, die von der Decke hängen. Es donnert laut. Ein Grollen wie aus dem Urgrund der Erde.

»Ich bin Paul Planbaum.
Ein Künstler?
Ein Überlebender?
Ein Überlebenskünstler?«

Die Kamera zeigt das komplette Innere des Unterstandes, in den das Wasser zu laufen beginnt. Der Donner ist ohrenbetäubend. Ein Blitz erleuchtet für eine Tausendstelsekunde mein gequältes Gesicht.

»Die Wahrheit ist: Ich bin ein Wohlstandskind, das ausgemistet hat.«

Donner.

»Die Wahrheit ist: Ich schreibe so knapp, weil ich verschnörkelt nicht kann.«

Blitz.

»Die Wahrheit ist: Ich lache mich über meine Filmkunst kaputt.«

Donner.

»Die Wahrheit ist: Man kann gut davon leben, so zu tun, als würde man von nichts leben.«

Blitz.

»Die Wahrheit ist: Sie wollen glauben, was Sie glauben wollen.«

Die Kamera fährt aus dem Unterstand hinaus in ein riesiges Badezimmer. Der Unterstand ist ein Zelt in einer Dusche. Das Unwetter kommt aus einem tellergroßen Duschkopf für die warme Regendusche. Der Donner ist das Intro einer Heavy-Metal-CD aus einem Gettoblaster neben dem Waschbecken. Der Blitz ist das Aus und Ein des Lichtschalters.

»Die Wahrheit lag im Auge des Betrachters.
In Ihrem Auge.

Lassen Sie sich nicht verarschen.«

Das Video endet vor Ablauf der üblichen sieben Minuten. Ich lasse das Blatt sinken. Das Publikum ist sprachlos. Der Kommissar nickt merkwürdig. Ich bin gespannt, was jetzt passiert. Ich hoffe, dass Sonja vor der Glotze sitzt und sieht, wie ich alles zerschlage. Dieses lächerliche Schauspiel, das alle für Kunst gehalten haben, obwohl ich schon in meinem allerersten Interview mit *Zeit online* ganz ehrlich zugab, dass es keine ist. Jedenfalls nicht absichtlich. Der Moderator schluckt, lässt seine Augen einmal quer durch die Runde huschen und braucht einen Moment, um sich zu fassen. Dann sieht er mich an, hebt die Hand, lässt wieder den unsichtbaren Mini-Hula-Hoop um seinen Zeigefinger kreisen und sagt: »Ich habe es geahnt.«

Wie?

Damit habe ich nicht gerechnet. Eher mit einem Rauswurf. Aber was weiß ich schon, ich bin neunzehn Jahre alt und sehe niemals fern. Der Moderator erklärt, was er meint. Seine Augen glänzen: »Sie haben das von Anfang an geplant, oder?«

»Was?«, ächze ich.

»Survival hin, Survival her, es ging nie um Survival. Was Survival angeht, ist alles schon da gewesen. Der tropfende Kühlschrank, sieben Minuten, ohne Text – *das* war das Entscheidende! Da hätten wir alle schon schalten müssen. Und dann Ihre Texte! Das war alles eine große Performance. Sie wollten austesten, wie wir darauf anspringen. Wie damals, als Hape Kerkeling sich einen Bart angeklebt und vor einem gelehrten Musikpublikum ein Nonsenslied namens *Hurz!* gesungen hat, um zu gucken, wie sie reagieren. *Log Out!* war ein Kunstwerk über die Funktionsweise der Medien. Ein Rorschachtest!«

Der Moderator ist außer sich vor Freude, meine Absichten

erkannt zu haben, die ich niemals hatte. »Von Anfang an geplant«, sagt er noch mal und schüttelt den Kopf, wie man es bei besonders klugen Schelmen tut.

»Wie oft soll ich es denn noch sagen!?« Ich springe auf und die Kamera folgt mir ruckartig. Ich wende mich absichtlich in sie hinein und blaffe: »Ich plane nicht!« Dann reiße ich mein Kragenmikrofon ab und werfe es samt dem Sender an meiner Hose auf den Sitz. Der Moderator ist immer noch nicht entsetzt, obwohl niemals verabredet war, dass ich gehe. Er applaudiert stattdessen und ruft: »Natürlich! Paul Planbaum plant nicht! Grandios!« Zaghaft beginnt auch das Publikum zu klatschen. Ich verlasse das Studio und kann es nicht fassen. Man sagt ihnen, dass man sie betrogen hat, und sie denken, das gehört zur Show. Ich muss an die Worte von *Bild*-Redakteur Kuhnert denken: »Es gibt kein *außerhalb* der Medien.« Er hat mich gewarnt, beim Start meiner Reise. Heute rufe ich ihr Ende aus und er hat recht behalten.

Beim Empfang nach der Sendung klopfen mir viele Menschen auf die Schulter. Der Kommissar raunt etwas über Eier in meiner Hose. Der Moderator unterstreicht jedes Lachshäppchen, das er sich zwischen die Lippen schiebt, mit den Worten: »*Ich plane nicht.* Genial, genial.« Nur die Lyrikerin spricht mit mir kein Wort. Sie musste ihre Klamotten wechseln und hat trotz ihres Literaturpreises bedeutend weniger Leser als ich »mit einem dämlichen Blog«. So nennt sie es, ich höre das, denn ich belausche sie zufällig, wie sie hinter dem Buffet in ihr Handy spricht. »Der verarscht die Leute hier gleich doppelt«, sagt sie und zuckt zusammen, als ich ihr über die Warmhaltewannen hinweg zuproste. Die einzige Person, die mich durchschaut, hasst mich. Das Fleisch in der Wanne sieht matschig aus und fad. Es lag zu lange im eigenen Saft. Ich fühle mich genauso.

Ich hatte gehofft, mich nach meiner Enthüllung befreit zu fühlen. Stattdessen denke ich an Sonja. Nicht an die Mutter aus dem Hausflur, die genervt an ihrem Sohn und meinem roten Trolley zerrt, sondern an mein RetroGirl, das es nie gegeben hat.

Das Hotelzimmer gehört mir für eine weitere Nacht. Heute müssen Mirko und ich keinen Film mehr in der Dusche drehen. Nur den Blog und das Video hochladen, das mich noch mehr zum Künstler macht als seine Vorgänger, obwohl es das gar nicht will. Vielleicht verstehen die normalen User es ja richtig.

»Soll ich?«, frage ich – vor dem edlen Kirschbaumschreibtisch des Nobelzimmers sitzend, auf dem mein Laptop an einer hyperschnellen DSL-Kabelverbindung hängt.

»Hau es raus!«, sagt Mirko. »Der Blog muss einen guten Abschluss haben. So oder so.«

Ich lade hoch.

Mirko macht den Fernseher an. Ich nehme mir ein Bier aus der Minibar. Mirko aktiviert das Pay TV und schaltet durch bis zum Pornokanal. Eine Blondine mit Arschgeweih geht vor einem Spanier mit Sixpack in die Knie und stülpt langsam ihre vollen Lippen über seinen Schwanz. Rhythmisch beginnt sie, den Kopf zu bewegen. Der Mann fasst sie am Hinterkopf, um das Tempo zu bestimmen. Mit leichtem Nachdruck zwingt er die Blonde, sein pulsierendes Teil bei jeder Bewegung nach vorne eine Sekunde länger ihren Mund ausfüllen zu lassen, als sie es ohne seine Hand zugelassen hätte. Das Blut schießt mir zwischen die Beine, ohne dass ich es unter Kontrolle habe. Mein Körper aktiviert uralte Instinkte, während mein Geist mich aufstehen und das Fenster öffnen lässt, um in die gelbrot erleuchtete Stadt hinabzublicken.

»In Wahrheit hassen Frauen Blowjobs«, sagt Mirko. »Deswegen wird in den Pornos so viel auf der Flöte gespielt. Weil das in echt kaum ein Mann kriegt.«

Ich reagiere nicht auf ihn und beobachte eine Pizzeria zwei Stockwerke unter uns. Ein Pärchen wartet auf seine Bestellung. Sie spielen hinter dem Rücken mit ihren ineinander verschränkten Fingern. Das Mädchen hat rote Haare, trägt ein Kapuzenshirt und ein schwarzes Nietenhalsband. Sie sieht so aus, wie ich mir Sonja vorgestellt habe. »Du hältst deine hundert Tage durch, bis zum letzten Blog. Egal, was kommt. Dann können wir uns sehen.« Das hat sie gesagt, als sie noch Retro-Girl war, meine Pink-Abby-Ziva-Croft. Es hat sie nie gegeben. Aber warum ist sie dann noch da? Was macht sie hier, in jeder Faser meines Seins? Vielleicht, weil das Mädchen da unten vor der Pizzeria viel mehr hat als nur einen Look, den jede Sekretärin am Wochenende überstreifen kann. Eine leicht nach oben geschwungene Nasenspitze, eine Strähne vor schmalen Augenbrauen und vor allem diesen Blick. Wie ein kleines Mädchen, das sich eigentlich anlehnen will, aber doch seit langer Zeit wie eine Soldatin kämpfen muss. Dieser Blick fasziniert mich. Es ist der Sonja-Blick. Der Blick der echten Sonja.

»Sperma schmeckt nicht«, sagt Mirko auf dem Bett, »außer, der Mann ist Nichtraucher, Antialkoholiker, Vegetarier und isst gern rotes Obst. Himbeeren sollen es tatsächlich süß machen. Hey, da müsstest du doch beste Chancen haben, oder? Du isst doch nur so Beerenkram im Wald. Du bist voll Bio, an dir lutschen die Ladys sicher gerne.«

»Hör auf!«, sage ich.

»Wie viele Freundinnen hast du eigentlich schon gehabt?«

Ich verziehe den Mund und schaue weiter runter zu dem Mädchen vor der Pizzeria. Um einen quengelnden Sohn wie Sonja zu haben, hätte sie mit zehn schwanger werden müssen. »Sag nicht, du hattest noch keine Perle?«, spottet Mirko. »Du hast einen athletischen Sportkörper und bist ein Naturbursche.«

»Ich hatte Sex«, sage ich. »Mit Benjamin.«

»Was?«

»Ja, nicht *mit* Benjamin. Auf unseren Rucksackreisen. In Frankreich, in Spanien, in Belgien, in Holland. Irgendwo gab es immer Mädchen. Campingplätze, Strände … an solchen Orten ist es einfach. Lagerfeuer, Bier, Mondschein. Man sitzt nebeneinander. Man gefällt sich. Jeder weiß, dass es um nichts Ernstes geht. Alle sind im Urlaub. Da reicht ein Blick und …«

Ich schlucke. Mirko setzt sich auf.

»Und dann hast du's einfach getrieben und bist weitergereist?«

»Mehr oder weniger.«

»Und hier? Im Alltag? Im echten Leben?«

Ich drehe mich um, den Hintern an der Fensterbank, die Nacht im Rücken. Mirko begreift. Er lacht, schüttelt den Kopf und zieht seine Schuhe aus. Sie plumpsen auf den Teppich. Im Fernseher stöhnt der Spanier und führt den Kopf der Blonden immer schneller hin und her. »Also nein!«, sagt Mirko. »Das heißt also, du meidest Beziehungen und hast Sex grundsätzlich nur im Ausland?«

»So formuliert, klingt das sehr ungünstig für mich.«

Er hüpft auf den Knien auf der pervers dicken Hotelmatratze herum, wie ein Kind kurz vor der Kissenschlacht. Ich kann nicht mit ihm lachen. Ein Blick nach draußen zeigt mir, dass das Mädchen vor der Pizzeria verschwunden ist. Der Spanier spritzt ab, die Kamera zeigt sein verkrampftes Gesicht und nach einem weiteren Schnitt verteilt die Blonde lustvoll den Rest seines Saftes auf ihren Lippen. Er muss viele Himbeeren gegessen haben.

»Es tut so weh, dass sie nicht sie ist«, platzt es aus mir heraus und die Tränen in meinen Augen bilden sich in Sekundenschnelle. Mirko setzt sich auf dem Bett in den Schneidersitz und hebt den Kopf. Er ist jetzt ganz bei mir und nicht mehr beim spermenden Spanier. Er hat ja schon Übung darin, mir beim Verzweifeln zuzuhören.

»Wer?«

»Sonja! Die Mails, die wir uns schrieben … Das war das Intimste, was ich jemals mit einem Mädchen gemacht habe. Im Urlaub habe ich, ich weiß nicht, zehn oder zwölf gehabt. Und weißt du was? Eine hat mir sogar die Flöte geputzt! Auch ohne Himbeeren.« Mirko lächelt. Ein Lachen regt sich in mir, aber es wird ein Schluchzen draus. Ich zeige aus dem Fenster, als wäre Frankreich direkt hinter der nächsten Ampel. »Das war aufregend und unglaublich, sicher. Ich weiß, dass viele Jungs sich das wünschen. Ich bin dankbar dafür, es war geil. Aber eben auch nur das: geil. Sonst nichts. Diese Mädchen, die hatten … nichts.

Verstehst du? Aber Sonja zu schreiben, nachts aus dem Wald, oder sie anzurufen, als ich verzweifelt war … Was sie mir alles erzählt hat von sich! Und dann ist sie eine, eine, eine …«

»Jetzt weiß ich, was hier los ist!«, sagt Mirko und lacht. »Es geht gar nicht darum, dass sie dich beschissen hat. Es geht nicht mal darum, dass sie in Wirklichkeit über dreißig ist. Es geht darum, dass sie über dreißig ist und du trotzdem noch auf sie stehst!«

»Erzähl nicht so eine Scheiße!«, sage ich, aber Mirko macht weiter. »Da stehst du vor ihr und denkst dir: Als sie ihren ersten Sex hatte, bin ich eingeschult worden. Sie zog einem Jungen das Gummi über den Schwanz und ich zog knisternde Bonbonpapiere aus der Schultüte.«

»Darum geht es nicht!«, brülle ich und spüre, dass mir mein Herz davonläuft wie eine panisch gewordene Hauskatze, die im Maisfeld verschwindet.

»Ach nein?«, spottet Mirko. »Worum geht es dann?«

»Darum, dass sie eine Betrügerin ist! Sie fälscht eine komplette Spendenorganisation! Wer macht denn so was? Und mir erzählt sie, sie hätte Skrupel, alten Omas am Telefon Benefizlose für Somalia aufzuquatschen. Ich war nur ein naiver Melkbeutel für sie.«

Mirko rutscht auf dem Bett bis zum Rahmen, stopft sich ein Kissen in den Rücken und zieht sich die Decke an die Brust wie ein Kind, das gleich schlafen will. Er will etwas anmerken, aber er überlegt noch.

»Was jetzt noch? Sag schon!«

Er knetet die Bettdecke: »Es gibt einen wahren Satz, den mein Vater früher gesagt hat: ›Dienst ist Dienst und Schnaps ist

Schnaps‹. Nur schade, dass er irgendwann keinen Dienst mehr hatte und nur der Schnaps übrig blieb.« Mirko lacht bitter.

»Was hat das mit Sonja zu tun?«

»Glaubst du, sie würde mit Maurice noch in dem Hochhaus leben, wenn sie nicht müsste? Sie ergaunert sich ein bisschen Geld zusätzlich zum Überleben? Na und? Scheiß drauf! Es sind nicht alle Menschen verwöhnte Landschaftsgärtnersöhne, die es sich leisten können, freiwillig für hundert Tage den Obdachlosen zu spielen.« Ich kann das nicht mehr hören. Wohlstandskind. Verwöhnt. Wie kann er so tun, als ob mein Leben leicht war, nachdem ich ihm als Einzigem *alle*s erzählt habe?

Mirko sagt: »Du verstehst immer noch nicht, was Überleben heißt.«

Ich schreie und werfe die Flasche Bier mit voller Wucht gegen die Wand neben dem Bett. Die Splitter fliegen auf den Nachttisch und die Minibar. Mirko heult schrill auf und springt auf den Teppich. Es geht wahnsinnig schnell, wie ein Reflex. Für den Bruchteil einer Sekunde sehe ich die Unterseiten seiner Socken wie schmutzig weiße Mäuse über die Bettkante huschen. Nun liegt er zwischen Bett und Wand auf dem Boden, die Arme über dem Kopf, zusammengerollt wie ein Käfer. Er löst sich ganz langsam aus dieser Haltung, als brauche seine Seele einen Moment, um zu begreifen, dass er vor mir keine Angst haben muss. Dann steht er auf, huscht mit wenigen Sockenschritten zu mir, packt mich am Kragen und drückt mich gegen die Fensteröffnung. Seine Augen glühen. »Mach das nie wieder!«, schreit er, aber nicht wie ein Angreifer, sondern wie einer, der überlebt hat.

»Was ist denn los?«, stammele ich. Er lässt mich los und zeigt auf die Scherben. »Flaschen gegen Wände werfen – das ist *mein* Robbie Williams. *Mein* Unwetter, klar? Das hat mein Vater gemacht, bevor es losging!«

Ich schäme mich und weiche seinem Blick aus. Er bleibt laut: »Ich habe mir geschworen, mich nie mehr wie ein Insekt auf die Erde zu schmeißen! Nie mehr! Meinetwegen trink in meiner Gegenwart, aber wage es nie wieder, dabei aggressiv zu werden!«

»Aber ich …«

»Ich! Ich! Ich! Es geht nicht immer nur um dich, Paul! Obwohl …«, – er lässt mich los, macht zwei Schritte zurück in den Raum und fixiert mich mit seinem Blick –, »vielleicht geht es ja *nur um dich.*« Seine Augen wandern an mir auf und ab und glänzen böse. »Deinen Benjamin, den habe ich nie gesehen. Eure Urlaube sind reine Geschichten. Und die Sportarten, die ihr immer betrieben habt? Schwimmen, Laufen, Radfahren? Das kann man alles alleine machen. Da kann man auch gegen sich selbst antreten.«

»Was redest du da?«, stoße ich hervor, aber er macht weiter: »Vielleicht bist du ein derartig gelangweiltes Wohlstandskind, dass du sogar die Anti-Paul-Kommentare selber geschrieben hast. Deswegen hast du auch zwei User auf dem Laptop!« Er eilt nah an mein Gesicht heran: »Habe ich recht? Na, habe ich recht? Sag schon – Benjamin!«

Ich wische mit der Hand vor ihm herum. Meine Schläfen pochen. »Hör auf damit!«, sage ich, doch er hört nicht auf: »Ich weiß ja nicht mal, ob dein Vater existiert! Und sag jetzt nicht, ich kann ihn gerne anrufen. Dann kommt nur ein Rauschen im Hörer, denn er ist ja auf Borneo.«

»Lass das!«, dränge ich und halte mir die Hände an die Ohren. Das Hotelzimmer wirkt auf einmal wie der falscheste Ort, an dem ich auf der Welt sein kann. Eine Falte im Kissen schreit mich an wie eine Bergschlucht. Die Maserung des Kirschbaumtisches sieht aus wie schreiende Münder mit Augen. Mirko springt aufs Bett und hockt sich auf die Kante wie ein Nachtelf, die Knie spitz nach links und rechts abstehend und die Hände dazwischen um das Holz gelegt: »Oder vielleicht ist es ganz anders und du bist in diesem Hotelzimmer in Wirklichkeit allein? Ich meine, was für ein Zufall soll das bitte auch sein? Freund weg, Vater weg, du sitzt verlassen auf dem Landrover, und wer schleicht genau in dem Moment die Straße entlang und tritt in dein Leben? Ich! Einer, der auf der Straße lebt und gerne gärtnert. Einer, den du gar nicht kennst. Und ausgerechnet dem erzählst du als erstem Menschen, wie das damals war, in dem Unfallauto? In einem Stück Urwald, das du mit einem Radio betrittst, ohne vorher nach Unwetterwarnungen zu surfen? Wie wahrscheinlich ist denn das?«

»Hör auf!«

»Immer wenn wir zusammen waren, hat niemand mit mir geredet, außer dir. Vor der Tür der Gärtnerei, beim Pfandsammeln, im Wald, beim Guerillagärtnern, im Backstage vorhin. Niemand hat mich angesprochen. Ist dir das aufgefallen?«

»Hör verfickt noch mal auf zu reden!!!«

Der Nachtelf steigt von der Bettkante und schlüpft lautlos in seine Lederstiefel. »Vielleicht schafft man sich im Leben manchmal die Welt, die man braucht«, sagt er, nimmt seinen Rucksack und öffnet die Tür. »Die Wahrheit liegt im Auge des Betrachters, oder?«

Die Tür streicht langsam über den Teppich und schließt sich mit einem so klaren Klicken, als öffne sie sich fortan nie mehr. Als sei dieses Hotelzimmer ein Kubus, der alleine in einem schwarzen Nichts schwebt.

Hat Mirko recht?

Die Bilder des Unfalls schießen mir wieder und wieder in den Kopf. Wie ich die Augen öffne und aufwache. Meine Mutter im Rückspiegel, der Song in der Anlage, leise und schreiend zugleich, das Blut.

Bin ich aufgewacht? Oder liege ich seit dem Unfall im Koma und bin niemals neunzehn Jahre alt geworden? Eine irre Hoffnung keimt in mir auf. Ich bin noch zwölf und meine Mutter lebt. Sie sitzt mit Papa jeden Tag an meinem Bett in der Klinik und wartet, dass ich aufwache. Und langsam, ganz langsam spüre ich das auch. Deswegen träume ich in meinem Koma von einer Mailfreundin, die sich am Ende als was entpuppt? Als Mutter!

Was würde ich dafür geben, meinetwegen Koma, alles egal, Hauptsache, Mama lebt und schlendert jede Nacht von meinem Raum zum Kaffeeautomaten und zurück, und während die Bohnen mahlen, gönnt sie sich die leise Hoffnung, bei der Rückkehr in das Zimmer meine Augen offen zu sehen. Wenn das so wäre, wenn ich zwölf bin und in einem Bett liege, dann hätte ich auch die Jahre mit Benjamin nur geträumt. Den ganzen Sport, die Reisen, die Libellen in der Provence und den Sex mit den Mädchen an den Stränden … Wer hat schon einfach so Sex mit hübschen Französinnen? Wer ist so stählern, dass er jede Woche dreimal freiwillig Leistungssport macht?

Ich bin niemals aufgewacht, das steht mir noch bevor!

Aber was, wenn nicht?

Was, wenn ich lebe und mich nach dem Unfall seelisch gerade so über Wasser halten konnte, während mein bester Freund, mein Vater und die Crew von *Navy CIS* mich beschäftigten? Und dann, als das alles weg war, erfand ich mir Mirko als imaginären Freund, einen Überlebenskünstler und Guerillagärtner.

Oder bin ich tot und in einer Zwischenwelt gefangen, wie beim Ende der Serie *Lost*, wo alle so lange ein Leben weiterleben, bis sie ihre größten Sorgen verarbeitet und ihre tiefsten seelischen Wunden geschlossen haben? Ich schüttele heftig den Kopf, als könnten diese Gedanken wie aus einem Nudelsieb aus mir herausfliegen, aber mein Schädel ist dicht und sie rappeln nur mit einem dumpfen »Tuck, tuck« von innen gegen die Wände wie Plastikspielzeug in Überraschungseiern.

Ich nehme meinen Rucksack, stürze hektisch den Inhalt auf das Bett, durchwühle ihn nach den *Navy CIS*-DVDs, reiße das Laufwerk meines Laptops auf und stopfe eine Disc hinein. Mein Atem geht Stakkato, bis das erste graue Standbild erscheint und die Folge beginnt. Tony ärgert McGee. Ziva schüttelt den Kopf. Gibbs rennt durch das Bild und sagt: »Nehmt euer Zeug!« Mein Atem beruhigt sich ein wenig. Ich brauche jetzt vertraute Menschen um mich. Vertraute Menschen und gewohnte Abläufe. Sonst verliere ich mich völlig.

Solange sich in der Folge nur die Männer unterhalten, fühle ich mich gut. Am besten fühle ich mich bei den Szenen, in denen Ducky im Keller der Autopsie Leichen seziert. Doch als Abby Sciuto in ihrem Labor ihre tänzelnde Lebensfreude versprüht, muss ich wieder an Sonja denken. In dem Moment zeigt mir das

Mailsymbol am unteren Bildschirmrand an, dass Post gekommen ist. Ich unterbreche Abby mitten im Dialog, sie legt gerade den Kopf schief und ihre schwarzen Zöpfe wirbeln herum. Das Programm zieht Post von Menschen, die meinen Auftritt im Fernsehen kommentieren, Spam, Newsletter, eine Rechnung für meine UMTS-Flatrate – und einen Brief von Sonja. Ich halte die Luft an, stehe auf, öffne die Minibar, nehme die kleine Plastikflasche Whiskey heraus, hole ein Zahnputzglas aus dem Bad, kippe die Bürste heraus und den Jim Beam hinein, trinke und lese, was sie zu sagen hat.

29.06. // 01:07

Lieber Paul!
Mit achtzehn Jahren bin ich weg von meinen Eltern. Das war wie eine Flucht vor dem großen Grau, das wie ein dichter, mich erstickender Nebel war.
Ich lebte bei Marek. Das fühlte sich wie Freiheit an, in der ausgebauten Lagerhalle mit Oberlichtern, durch die Efeu hineinwuchs. Wir lebten von Mareks restaurierten Autos und Motorrädern. Das konnte er prima. Er hat uns ein tolles Bett selbst geschmiedet. Mann, war der begabt. Aber er war ein echter Arsch. Beim ersten Mal dachte ich noch, es wäre meine Schuld oder er wäre gestresst. Dabei habe ich ihm nur mal widersprochen. Ich weiß nicht mal mehr, weswegen. Dann merkte ich langsam, dass er nicht viel von einem Helden hatte. Er war nur ein dummer Macho mit blöden Sprüchen über »die Weiber«, der dachte, er hätte

sich seine Freizeit in der Kneipe mit seinen Kumpels verdient. Und den anschließenden Schnellfick auf mir auch. Mit einem Atem aus Alkohol, Zigaretten und oft genug Erbrochenem oder fremder Muschi. Als ich gehen wollte, sperrte er mich ein. In einem Verschlag im Winter. Ich sollte gehorchen lernen. Ich lernte zu schauspielern, bis er nicht aufpasste. Dann bekam er einen 16er-Schlüssel in die Eier und ich lief wieder davon.

Diesmal schwor ich mir, komme, was wolle, auf mich aufzupassen. Ich nahm eine Stelle als Raumpflegerin in der Uni an. Tagsüber habe ich so getan, als wäre ich eine Studentin, und habe mir einen besseren Mann gesucht.

Nach ein paar Studenten, die sich als echte Luschen oder Abzocker herausstellten, war ich mal wieder pleite. Immerhin hatte ich meinen Putzjob.

Und dann kam Alexander. Er hatte wirklich was drauf, Wirtschaftsstudent und Informatiker, hatte ein Unternehmen mit zwei Freunden. Sie stellten personalisierte Navigationssysteme her, das war ganz neu zu der Zeit. Da sprach dann ein Kölner oder ein Bayer und beschimpfte dich zünftig im Dialekt, wenn du nicht rechtzeitig abgebogen bist. Es gab Büros in einem echten Firmengebäude in einem Medienpark mit blitzsauberen Straßen. Alexander rupfte sich die Nasenhaare, hörte Jazz und sanfte Elektronik und trug mich auf Händen. Er wollte kein Geld von mir, er verwöhnte mich. Er gab mir einen Job in seiner

Firma, im Sekretariat. Als wir etwas über anderthalb Jahre zusammen waren, zogen wir zusammen. Ein paar Monate später flogen wir auf die Seychellen und hatten am Strand Sex unterm Vollmond. Die schönste Zeit meines Lebens wurde vom schönsten Moment gekrönt! Ungelogen.

Als wir wieder zu Hause waren, blieb meine Periode aus. Ich war schwanger. Das war nicht geplant, aber es war doch Schicksal, oder? Ein kreolisches Strandkind! Wie könnte man das nicht als Geschenk ansehen? Dachte ich. Als Alexander es erfuhr, verwandelte er sich zum hilflosen Jungen, an dem die Arme wie tote Zweige herabhängen. Er wartete darauf, dass ich von mir aus sagte, ich lasse das Kind wegmachen. Dann sagte er, mitten in unserer gemeinsamen Wohnung, dass er doch gar nicht wüsste, ob ich die Frau seines Lebens sei!

Ich ging dann ins Frauenhaus. Diesmal hatte ich ja nicht mal mehr einen Job. Ich musste noch mal von vorne anfangen. Alexander meldete Privatinsolvenz an und kommt seitdem um die Alimente herum. Trotzdem lebt er in einer Villa und fährt einen Jaguar. Gehört alles nicht ihm. Arsch.

Eine Weile nach Maurice' Geburt zog ich vom Frauenhaus für den Übergang in die 101. Das Sozialamt hat sie mir zugewiesen. Ich hab den Job im Callcenter angenommen, um da wieder rauszukommen. Der Übergang dauert jetzt sechs Jahre an und es ist kein Ende in Sicht.

Maurice ist so ein toller Junge. Er ist mein Ein und Alles. Ich würde wirklich alles für ihn tun und mache es eben so wie damals Marek. Kaufen und verkaufen. Die kleinen Dinge wie selbst bemalte Playmobilfiguren der Nationalmannschaft und Wilde-Kerle-Fußbälle, die darf Maurice behalten. Die wertvolleren muss ich wieder verkaufen. Das geht nicht immer fair zu. Aber ich muss handeln!

Maurice' Geburt beendete die Funkstille mit meinen Eltern. Sie unterstützten mich ein bisschen, so weit es bei ihnen ging. Mama bekam dann Leukämie und machte alles, was die Ärzte sagten. Sieben Monate später war sie tot. Papa lebt noch in dem alten Haus. Er ist krank, braucht eine Tagespflegerin und dämmert vor sich hin. Nur wenn der medizinische Dienst kommt, um die Pflegestufe zu prüfen, führt er stolz vor, was er noch alles selber kann – und die Pflegeversicherung nutzt das, um die Bezüge zu kürzen. Der Rest bleibt an mir hängen. Echt, ich weiß nicht, wie ich das alles schaffen soll. Es ist unglaublich teuer, einen Menschen pflegen zu lassen. Ich musste mir was einfallen lassen. Die gefälschten Hungerhelfer halfen mir. Es ist leicht, den Fake zu durchschauen, will aber niemand. Sie wollen nur das Gewissen beruhigen. Dann ist es auch egal, ob sie arme afrikanische Kinder oder einen depressiven deutschen Rentner füttern.

In den Mails mit Dir habe ich seit Jahren das erste Mal wieder losgelassen. Du warst nach Alexander der erste Mann, bei dem ich offen war. Also so offen, wie es irgendwie ging. Aber ich konnte den Gewinn, der bei Dir mitzunehmen war, nicht einfach ignorieren. Das ist nichts Persönliches gewesen. So, wie Du jede Wasserquelle mitnehmen musstest, muss ich jede Einnahmequelle mitnehmen. JEDE. Dennoch genieße ich unsere Mails! Sie sind der Höhepunkt meines Tages. Und ich konnte so tun, als hätte ich meine ganzen Fehler nie gemacht.

Aber in der Essenz habe ich Dich nie belogen, Paul.

Ganz ehrlich!

Hast Du mir Deine Essenz erzählt? Weiß ich von Dir wirklich das, worauf es ankommt?

Ich denke, das sind genug Erklärungen für heute.

Erklärungen, keine Entschuldigungen.

Regel #11.

Die Wahrheit liegt im Auge des Betrachters.

Du hast es heute Abend im Fernsehen gesagt.

Deine

Sonja

Regel #11: *Entschuldige dich nicht, das ist ein Zeichen von Schwäche!* Die Überzeugung unseres gemeinsamen Lieblingsagenten Gibbs. Er hat auch Geheimnisse, die selbst seine engsten Mitarbeiter lange nicht kannten. Zählt ihre gemeinsame Zeit deswegen nicht? Ich lese die Mail von Sonja wieder und wieder. Der Whiskey im Zahnputzglas ist längst alle. Sie entschuldigt sich nicht. Das beeindruckt mich am meisten. Sie hat sich durchgekämpft, obwohl sie Schutz gebraucht hätte. Der Pornokanal läuft noch. Ein tätowierter Mann nimmt eine Frau von hinten auf der Motorhaube eines Oldtimers. Ich schalte den Fernseher aus und schreibe, obwohl das Projekt *Log Out!* für mich beendet ist, doch noch einen letzten Blog.

Nähe

On. 29.06.2012

Das Netz ist ein Arschloch.

Es verführt uns zu spielen.
Nicht mit Moorhühnern, Farmen oder Orks, sondern mit Rollen.
Wir geben uns als jemand anders aus.
Wir geben uns als jemand anders auf.

Wir beschimpfen andere, weil wir ihnen nicht in die Augen sehen müssen.
Wir behaupten, was uns in den Sinn kommt, damit die Story stimmig wird.
Wir sind alle Produzenten eines Films mit uns als Hauptfigur.

Jeder Film trägt eine tiefere Wahrheit in sich.
Haben wir sie einmal erkannt, sollten wir die Kamera ausschalten, die Lichter im Studio verlöschen lassen und draußen gemeinsam einen trinken gehen.
Whiskey aus Nagelgläsern.
Oder was essen, aus Pappschachteln, und dabei gemeinsam lachen.

Ich lade den Blog hoch und packe natürlich keinen Film dazu. Ich überlege, ob ich Sonja eine Mail mit dem Link senden soll, aber ich entscheide mich stattdessen zu duschen und abzuwarten. Nachdem ich zwanzig Minuten später den Duschgelvorrat des Fünf-Sterne-Zimmers komplett auf meinem Körper verteilt habe und im Hausbademantel über den Teppich zum Computer schlurfe, habe ich eine neue Mail von Sonja.

29.06. // 02:59

Lieber Paul!
Legen wir die U-Boote offen und essen wir was aus Pappschachteln. Ich lade Dich ein. Ich entschuldige mich zwar nicht, aber das bin ich Dir schuldig. Und da ich mir nicht mehr leisten kann als Pappschachteln und Du keine Wurzeln aus dem Wald mehr essen musst, schlage ich vor, wir benehmen uns wie süchtige Haustiere und gehen zum goldenen M. Ich nehme Maurice mit.
Was sagst Du dazu?
Deine
Sonja

Ja, was sage ich dazu?

Was zum Teufel sage ich dazu?

Ihre Enttarnung hat mich geschockt, verletzt, ein Erdbeben in meine Welt geschlagen. Ihre Mail eben allerdings … Ich kann nicht aufhören, sie zu lesen. Noch mal. Und noch mal. Ich denke dabei daran, wie sie sie schreibt. Ihre Augen besorgt, aufgewühlt und zugleich entschlossen. Entschlossener als meine. Eine Soldatin. Ein Mädchen. Beides gleichzeitig.

Nehmen wir an, ich verzeihe ihr. Okay. Aber sie lädt mich ein. Sie will mich sehen. Will ich sie sehen? Mirko hat es ja gesagt: Als sie ihren ersten Sex hatte, zog ich Bonbons aus der Schultüte. Meine eigene Mutter war kaum älter, als sie starb. Was tue ich hier?

Ich stehe auf, verlasse das Zimmer und gehe ins Treppenhaus. Die Stufen sind irrsinnig breit, obwohl sie niemand benutzt. Überall roter samtener Teppich. Auf den Zwischenetagen stehen Topfpflanzen unter Gemälden. Das Hotel hat zehn Stockwerke. Ich steige die Treppen hinauf und beginne zu laufen. Mit jedem Schritt werde ich schneller. Spanne die Waden an. Jogge. Renne. Es ist zwanzig nach drei mitten in der Nacht. An der Hotelbar unten mögen noch ein paar versprengte Geschäftsleute an ihren Whiskeys nippen, aber ansonsten schläft alles hinter den teuren Türen oder spielt sich gedankenverloren zu den Bildern des Pornokanals am bereits wieder erschlafften Glied herum.

Ich laufe.

Zehn Stockwerke hinauf und zehn Stockwerke hinab. Immer wieder, immer schneller. Ich brauche Antworten und ich finde sie nicht durch Nachdenken. Zwölf Mal renne ich den Fünf-Sterne-Teppich hinauf und hinab, zweitausendvierhundert Stufen, bis ich keinen Kubikzentimeter Luft mehr in mir habe. Man muss völlig leer werden, um bei entscheidenden Dingen klar denken zu können. Die Weltformel kritzelt man ja auch nicht zwischen Terminen und Telefonnummern auf eine Schreibtischunterlage. Mit brennender Lunge und einem Sturzbach voller Schweiß auf dem Rücken stecke ich die Schlüsselkarte in die Tür, schließe auf und schreibe eine Mail an Sonja, bevor ich es mir anders überlege.

29.06. // 04:18

Liebe Sonja!
Okay: Gehen wir zum goldenen M auf dem Autohof, aus dem ich damals geflüchtet bin. Dann erzähle ich Dir auch meine »Essenz«. Und auf Maurice freue ich mich. Ich wandere dorthin, aus Tradition.
Wie kommst Du?
Dein
Paul

29.06. // 04:22

Lieber Paul!
Ich bin sehr froh, ich dachte, Du antwortest nicht mehr. Musstest Du erst mal 100 Runden um den Block laufen? Ich könnte das verstehen.
Morgen Abend, 19 Uhr?
Ich komme mit meiner alten Rostlaube, einem Fiat Cinquecento. Und wahrscheinlich mit Ringen unter den Augen, wenn ich bedenke, dass ich gleich schon wieder aufstehen muss. ☺
Deine
Sonja

EINE HELDENTAT REICHT NICHT

Ich bin eine Stunde zu früh, obwohl der Weg weit war. Einen Teil fuhr ich mit dem Bus. Einen Teil ging ich zu Fuß. Den letzten quer durch den Wald. Ich kam an der Stelle raus, an der ich von schräg unten den dampfenden Topf filmte und das goldene M neben dem Vollmond.

An der Straße zum Autohof hängt ein langes Stofftransparent zwischen den Bäumen. Es ist vom Naturschutzbund. Darauf steht: »Schließt den Autohof – schützt die Wölfe!« Ich gehe hinauf, betrete das Schnellrestaurant und setze mich mit meinem Laptop wieder an den Tisch, von dem Nabil mich damals verjagt hat. Niemand spricht mich an. Ich surfe. *First Mover, Neon* und die *Bild* bringen neue Artikel über mich und meinen Fernsehauftritt. Annemarie von den *Türkisen* fragt, ob sie mich noch mal interviewen dürfte. Eine Bekleidungsfirma für Outdoorklamotten bietet mir an, mich zu sponsern, falls ich doch mit *Log Out!* weitermache. Nur auf der Anti-Paul-Seite steht kein neuer Eintrag.

Felix Ater schweigt.

»Wieder mal Reste essen angesagt?«, höre ich eine Schaumpartystimme neben mir. Nabil. Er grinst süffisant. Ich erinnere mich daran, wie ich vor ihm stand und fast heulte. Wie Robbie Williams sang und die Steine mich würgten. Es scheint mir Jahrhunderte her. Ich kann dem Jungen nicht mal böse sein. »Heute zahle ich«, sage ich und denke daran, dass ich immer noch dieselben Klamotten wie damals trage. »Ich warte nur auf meine Frau und meinen Sohn.«

»Ja, sicher. Frau und Sohn, alles klar.«

»Habe ich damals was von meinem Schwager erzählt oder nicht?«

»Der Schwager in Somalia«, sagt Nabil und will sarkastisch klingen. Ich lächele an ihm vorbei in den Raum, denn ich sehe Sonja das Lokal betreten. Einen Augenblick suchen ihre Augen den Raum ab, dann kommt sie mit Maurice zu mir. Ich stehe auf und sage: »Hallo, Schatz.« Sie schaut zu Nabil. Ich sehe den Marokkaner an und befehle: »Dürfte ich jetzt mit meiner Frau in Ruhe essen, oder nicht?« Der Schaumpartychef nickt mit halb geschlossenen Augenlidern, dreht sich langsam um und blafft einen unnötigen Befehl in Richtung des Chicken-McNugget-Heißmachers.

»Deine Frau?«, fragt Sonja.

Ich erkläre es ihr. Dann bestellen wir uns das Essen in Pappschachteln. Maurice bekommt eine Kinderbox mit Spielzeug von *Cars* und Sonja und ich lassen unsere Burger fast kalt werden, da wir die ganze Zeit reden. Ich beobachte ihr Gesicht, während sie spricht. Die sanften Bewegungen ihrer Nase. Das Leben in ihren Augen, die nicht grün sind, sondern blau. Ich warte darauf, dass sie sich wieder ihre Strähne wegstreicht, die nicht rot ist, sondern dunkelblond. Sie ist nicht so, wie ich mir RetroGirl vorgestellt habe, aber trotzdem werden mit jedem Wort, das sie sagt, ihre Augen ein wenig grüner und ihre Haare ein wenig roter. Ich erzähle ihr meine *ganze* Geschichte, und es klappt, ohne dass ich dabei schreie und Dinge zerschlage. Sonja schickt Maurice nach draußen auf den Spielplatz mit der großen, gelben Rutsche. Dann hält sie meine Hände. Ihre Finger sind warm und weich und wunderbar. Sie ist nicht mehr die genervte Mutter, die ihr Kind anpflaumt, sondern eine wunderschöne Frau, der das Leben übel mitgespielt hat. So wie mir. Sie kann mich verstehen. Wir sind beide Überlebende. Survival-Künstler. Und wir lieben Agent Gibbs. Sie sieht mich an, und ihre Pupillen huschen schnell von links nach rechts, als würde sie in meinen Augen Zeile für Zeile lesen, was ich gerade denke. Was ich mir ausmale. Die Geschichte eines Lebens, das möglich sein könnte. Einer Zukunft, die wir zusammen schreiben könnten, auch wenn ich selber darüber erstaunt bin, dass ich mir das plötzlich vorstellen kann. Sich mit ihr treffen, klar. Das wollte ich, das war klar nach zweitausendvierhundert Treppenstufen. Aber eine Zukunft? Undenkbar dort im Hotelzimmer, um halb fünf morgens nach unserer Verabredung per Mail, als ich mir den Treppenschweiß abspülte. Und jetzt, hier, in Nabils Fresstempel, hat der Gedanke plötzlich nichts Befremdliches mehr. Außer der Tatsache, dass er nichts Befremdliches mehr hat. Aber warum nicht? Ziva David ist auch zweiunddreißig. Und Abby Sciuto von *Navy CIS?* Ich habe das nachgeschlagen. Abby, also die Schauspielerin Pauley Perrette, ist zweiundvierzig! Älter als Sonja!

Sonja liest das alles in meinen Augen, während ich es denke, und als ich endlich innerlich die Klappe halte, sagt sie sanft, aber entschlossen, den Blick zwischendurch auf ihrem die Rutsche erkletternden Sohn: »Paul. Ich mag dich wahnsinnig. Aber sollte ich jemals wieder einen Mann in mein Leben lassen, muss es einer sein, der hundertprozentig weiß, was er will. Der Herr über sein Leben und sich selbst ist. Einer, der Entscheidungen trifft und dabei bleibt. Ich kann einfach niemandem mehr beim Suchen helfen. Kannst du das verstehen?«

Ich sehe sie traurig an und drücke ihre Hände.

Ich schlucke.

Ich glaube, ich liebe gerade zum ersten Mal. Leider überspringe ich sofort die Beziehung und gehe direkt in den Liebeskummer über. Ohne Schnitt, wie in meinen Filmen. Soll ich ihr trotzdem meine Gefühle gestehen? In voller Länge? Oder hat sie sie bereits begriffen? Das frage ich mich, als großer Lärm von draußen das Restaurant ausfüllt.

Auf dem Parkplatz sieht man eine Rotte von zwanzig oder dreißig Menschen. Sie sind schwarz vermummt, skandieren etwas und halten Schilder in die Luft. Bilder von Käfighühnern sind darauf abgedruckt und eine Kuh, die in der Schlaufe eines Krans schreiend an einem Bein hängt. Ronald McDonald als böser Monsterclown, daneben Che Guevara. Auf einem Schild steht *Massenmörder!*, auf einem anderen *McDeath.* Aber auf gleich sieben Schildern steht in Militärschrift: FUCK MANNI! Nabil stürzt aus der Küche in den Raum. Angestellte starren zu den Fenstern oder lehnen sich über die Theke. Der Mann am McDrive-Schalter zieht ein Telefon und spricht hektisch hinein. Nabil winkt sich zwei männliche Angestellte herbei und tritt vor die Tür. Einer der Vermummten gibt ein seltsames Signal in Richtung der Autos auf dem Parkplatz und mit einem Mal erscheinen drei Männer hinter den Wagen und richten Gewehre auf den Restaurantchef und seine Jungs. Keine Sekunde später prasseln blutrote Paintball-Kugeln auf den Marokkaner und das Gebäude ein. Mit einem lauten »Plonk!« hinterlassen sie breite Flecken auf den Scheiben. Nabil geht zu Boden, da eine Patrone ihn am Kopf getroffen hat. Zwei rote Kugeln treffen die Rutsche. »Maurice!«, ruft Sonja, und ich springe auf, fliege durch die Tür und hole den Jungen vom Spielplatz, der verwirrt und wie eingefroren neben der Rutsche steht. Ich trage ihn in die Filiale und bekomme dabei einen Schuss auf den Rücken ab. Es zwirbelt und zieht, als hätte man mir mit voller Wucht einen Peitschenhieb verpasst. Ich habe nie Paintball gespielt und weiß jetzt auch, warum. Der Schuss kommt aus locker sechzig Metern Entfernung und hat immer noch so viel Druck, als wäre die Kugel im Nahkampf abgeschossen worden. Ich gebe Maurice seiner Mama, die ihn fest in die Arme schließt. Die Vermummten brüllen: »Mörder! Mörder!«, während sie weiter mit den Farbpatronen auf den am Boden kauernden Nabil losballern. Er hat die Arme um seinen Kopf geschlungen wie Mirko im Hotelzimmer. Die Kugeln zerplatzen daran. Es bilden sich sofort blaue Flecken. Sonja erkennt erst jetzt, was auf den Schildern steht, und haucht ungläubig: »Das ist ja dein Slogan!« Tausend Gedanken toben durch meinen Kopf. Gedanken an Godot und Felix Ater, an Somalia und Ärzte, die um Leben kämpfen, an Wohlstandskinder in schwarzen Kapuzen, an vorlaute Journalisten mit zusammengekniffenen Augen und kichernde Talkshow-Moderatoren. Tausend Gedanken, verteilt und zerstreut auf dem Wüstenboden in meinem Inneren. Ein Wirbelsturm sammelt sie auf und lässt sie mitten in der tosenden Hose zu einem einzigen verschmelzen: Die Wahrheit liegt *nicht* im Auge des Betrachters. Und ihr da draußen nutzt nicht meine blöde Idee, um mit Farbpatronen auf Kinder zu schießen! Ich gehe zur Tür, nehme mir ein Tablett, halte es wie ein Schutzschild vor mich und trete hinaus. Nabil und die zwei Angestellten liegen zerschunden auf dem Boden. Zwei, drei Patronen werden abgefeuert und prasseln auf das Tablett, mit dem ich mein Gesicht schütze. Eine trifft meinen Oberschenkel und ich lasse das Ding kurz sinken. Ein Vermummter ruft: »Stopp!«, da er mein Gesicht erkennt. Der Vermummte ist eine Sie. Ich erkenne es an den Augen und der Stimme. Es ist Claudia, die im *Desperados* den »Fuck Manni!«-Infostand gemacht hat.

»Paul?«, fragt sie.

»Was macht ihr für eine Scheiße?«

»Was machst du bei McDonald's?«, fragt sie und klingt dabei so entsetzt, als stünde ich vor einem Konzentrationslager, fies grinsend und blutige Folterzangen in der Hand.

»Was schießt ihr hier auf meinen … Neffen?«

»Es sind dreckige Mörder!«

»Mein siebenjähriger Neffe ist ein dreckiger Mörder?«

»Du hast gesagt, wir sollen uns auflehnen gegen das goldene M! Du hast deine Faust gereckt im Radio. Du hast dazu aufgerufen, dass Memmen wieder Männer werden und sich auflehnen gegen die Herrchen, die uns zu Haustieren machen!«

Nabil steht auf und hilft seinen Angestellten auf die Beine. Er nickt mir zu. Einer der Vermummten filmt alles mit einer kleinen Kamera.

»Da drinnen sitzen Mütter und Kinder!«, rufe ich. »Da drinnen jobben anständige Menschen, die nur überleben wollen. Mag sein, dass sie einen unanständigen Arbeitgeber haben, aber was bleibt ihnen übrig? Sie haben jedenfalls keine Eltern, die ihnen genug Geld zuschießen, damit sie sich leisten können, in Ruhe demonstrieren zu gehen und privat Paintball-Gewehre zu kaufen!«

Claudia lehnt den Oberkörper zurück, als hätte ich sie angespuckt. Ihre Truppe raunt und schüttelt die Köpfe.

»Verräter!«, brüllt ein Typ hinter einer Maske, der mich nicht mal kennt. Vielleicht ist es ja Nature Boy. »Schoßhund!«, fügt Claudia hinzu und das nette Mädchen vom Infostand ist nun eine zischende böse Schlange.

»Nein, Schatz!«, höre ich Sonja hinter mir, doch ihr kleiner Maurice hat schon die Tür aufgerissen, um nach draußen zu stürmen und mir zu helfen. Claudia macht zwei Schritte auf ihn zu und sagt: »Hey, Kleiner! Schmecken dir die toten Hühnchen und Rinder?« Sie packt ihn an den Schultern. Sonja stürzt aus der Tür. Die Scharfschützen geben ein paar Farbpatronen ab. Sie wird an der Stirn getroffen. Nabil und die Angestellten eilen zu ihr und decken sie und Maurice mit ihren Rücken ab. Ich packe Claudia am Kragen wie Mirko mich im Hotel und brülle sie an, dass sie sofort ihre beschissenen Spielkinder mit den Patronen zurückpfeifen soll. Sie grinst süffisant und sagt: »Das geht nicht. Ich bin nicht ihr Frauchen. Wir Wildtiere haben flache Hierarchien.« Dann spuckt sie mir ins Gesicht. Ich gebe ihr eine Ohrfeige, noch bevor ich es selbst merke. Jetzt schießen sie aus allen Rohren. Ich greife nach dem Tablett, kriege vier, fünf schmerzhafte Kugeln ab, bevor ich mich halbwegs schützen kann, und flüchte in die Filiale. Gemeinsam mit Nabil verrammeln wir die Türen, aber die Verrückten ziehen ab, weil sie wissen, dass es nicht mehr lange dauern kann, bis die Polizei da ist. Der Kameramann macht das kleine Gerät aus und steckt es in seinen schwarzen Sackpulli. Sie müssen den Rückzug antreten, aber sie haben mehr bekommen, als sie wollten. Auch, wenn sie es nicht geplant haben.

Nach der Schlacht von McDonald's wollen wir nicht bleiben und nicht auseinandergehen. Wir sprechen mit der Polizei, Nabil erzählt den Beamten alles und Sonja bezeichnet mich als »Helden«. Einige Gäste bestätigen das. In mir keimt eine Hoffnung auf, und ich mache ihr den Vorschlag, den Abend an einem ganz besonderen Ort ausklingen zu lassen. In meinem Wald, unter meinem Baum, dort, wo alles begann. »Ich zeige euch den Waldkauz!«, sage ich, und spätestens, als Maurice mit strahlenden Äuglein auf und ab hüpft und »Waldkauz! Waldkauz!« ruft, kann Sonja nicht mehr ablehnen und wir setzen uns in ihr Auto und fahren zum Forst.

Es ist schon dunkel, als meine Taschenlampe uns den Weg weist und am Stamm das Astloch sucht. Im Schein der Lampe kneift der flauschige Vogel seine Augen zusammen. Ich bin erleichtert, dass es ihn noch gibt. Maurice sagt, er müsse seinen Freunden in der Schule unbedingt von dieser Nachtwanderung erzählen. Der Rückweg ist stockfinster, aber die Kreuze auf den Bäumen sind immer noch vorhanden. Kreide ist zäh. Ich zeige Sonja meine Markierungen und gebe zu, dass ich Robin gegenüber damals geflunkert habe. »Die Wahrheit liegt im Auge des Betrachters«, sagt sie. Wir stehen auf dem Parkplatz vor dem Wald, wo ich Maurice den Ball besorgte, noch bevor ich wusste, dass es den Jungen gab. Sonja setzt den Kleinen ins Auto und schließt die Tür. Sie will selber einsteigen, doch ich halte sie zurück. Das Licht der Laterne ist bloß ein Spot in der Dunkelheit, zerfurcht von Mottenschatten.

»Sonja«, sage ich und mein Herz schlägt mir bis zum Hals. Noch niemals hat es das getan, egal, was die Mädchen in Frankreich mit mir gemacht haben. Es hat mich heiß gemacht, aber mein Herz kaltgelassen. Jetzt verbrenne ich innerlich, obwohl die Nacht milder und kühler ist als all die Wochen zuvor. Ich nehme Sonjas Hand und versinke in ihren Augen. Mein Puls beschleunigt stärker als bei jedem Radrennen und meine Kehle ist gefüllt mit neuen Steinen. Steinen der Hoffnung und der Angst und des ungläubigen Staunens darüber, dass ich hier tatsächlich einen Moment erlebe, der mein Leben entscheiden kann. Ich beuge mich vor und schließe halb die Augen, um sie zu küssen. Wenn sie mir jetzt entgegenkommt und die sanfte Bewegung erwidert, wird es passieren. Mein Blut pumpt überall, ich muss doppelt so viel davon im Körper haben wie sonst. Meine Ohren sausen. Doch da ist nichts. Sie nähert sich nicht. Sie drückt nur fester meine Hand und legt ihre rechte auf meine Brust. Traurig sieht sie mich im Laternenlicht an, fürsorglich bedauernd wie Abby, wenn sie einem lieben Menschen schlechte Nachrichten bringen muss.

»Aber ich war vorhin ein Held«, flüstere ich.

»Das warst du.«

»Ich liebe dich.«

»Das glaube ich dir.«

Sie streicht mir über die Wange. »Eine Heldentat reicht nicht, Paul. Selbst Liebe reicht nicht. Du bist neunzehn. Du wirst irgendwann daran denken, was du verpasst hast. Und dann bleibe ich zurück.«

»Nein«, sage ich und spüre, wie die Tränen kommen.

»Doch«, sagt sie. »Glaub mir.« Sie nimmt meine Hände in ihre und küsst sie.

»Dann ist das hier ein Lebewohl?«, frage ich, denn ich kann ihr keine Mails mehr schreiben, mit ihr telefonieren oder sie sehen, wenn *wir* nicht sein können. Das hätte mir vor ein paar Tagen jemand sagen sollen.

»Dann ist das hier ein Lebewohl!«, sagt sie. »Aber vorher bringe ich dich nach Hause.«

»Nein«, sage ich und zeige auf den Wald. »Ich gehe morgen heim. Heute Nacht bleibe ich noch hier. Ein letztes Mal.«

»Bist du dir sicher?« Sie sieht mich an, als sei es wahnsinnig, jetzt wieder in den Wald zu gehen, mitten in der Nacht. Wahnsinnig männlich. Aber es reicht nicht aus. Ich nicke. Wir umarmen uns ein letztes Mal. Sie steigt ein. Ich winke Maurice am Fenster. Dann knirschen Reifen auf dem Kies.

BRIEFWECHSEL

»Jetzt hör dir das mal an«, sage ich am nächsten Morgen zu dem Waldkauz und lese ihm einige von den Artikeln vor, die ihm und mir beweisen, dass das Projekt *Log Out!* nun tatsächlich am Ende ist. Niemand mehr, der behauptet, ich hätte alles von langer Hand geplant. Niemand mehr, der alles, was ich tue, zur Kunst erklärt.

BILD
01.07.2012

Survival mal anders: Naturbursche schützt McDonald's

Der Star-Blogger Paul Planbaum, der seine Survival-Abenteuer kürzlich live im Fernsehen als Lüge entlarvte, lieferte sich gestern eine Schlacht mit linken Chaoten vor der McDonald's-Filiale am Autohof Mommert. Die Anführerin der Vandalen, die mit Paintball-Kanonen auf Frauen und Kinder schossen, fing sich von Planbaum eine Ohrfeige. Besonders pikant: Die Randalierer beriefen sich auf Slogans, die Planbaum selbst erfunden hat. Der junge Mann, der sein Abenteuer vor einigen Wochen als »Kamikaze-Paul« startete, ist nun angekommen: bei der Vernunft.

»Ich werde von der *Bild* gelobt«, sage ich dem Waldkauz. »Das wünscht man sich im Leben, oder? Aber jetzt pass auf. Spitz deine kleinen Ohren. Mein alter Freund Robin Piller meint auch, sich äußern zu müssen.«

First Mover
01.07.2012

Aussteiger im Abseits!

Paul Planbaums *Log Out!* begann als progressives Experiment mit künstlerischer Vision. Sogar seine Selbstentlarvung im Fernsehen war Teil des Werks. Doch jetzt kursiert ein Video im Netz, das seine Laufbahn als alternative Ikone beendet.

»Da drinnen jobben anständige Menschen, die nur überleben wollen!«, rief Paul Planbaum gestern den Aktivisten zu, die vor einer McDonald's-Filiale gegen Massentierhaltung und die Geschäftsmethoden des US-Konzerns protestierten. Die Demonstranten entstammten dem Umkreis der »Fuck Manni!«-Kampagne, die sich auf der Basis von Planbaums populären Pamphleten gegründet hatte. Angestachelt von Provokationen Planbaums, der die Öko-Aktivisten als »Wohlstandskinder« beschimpfte, denen »die Eltern den Protest finanzieren«, eskalierte die Lage, sodass sich Planbaum schließlich dazu hinreißen ließ, vor laufender Kamera eine Frau zu schlagen.

»Hier zeigt sich das wahre Gesicht des Blogger-Stars«, sagte das Opfer, Claudia Ransmeyer. Der Medienpsychologe Professor Werner Triefenbach von der Universität Mainz, der das Internetphänomen Planbaum seit geraumer Zeit analysiert, kommentierte: »Es gibt sicher einen Grund, warum Planbaum sich dem Applaus von falscher Seite nie richtig verweigert hat. Seine Überlebensaktion war in ihrer gesamten Wortwahl und Ästhetik immer eher am reaktionären als am fortschrittlichen Rand angesiedelt. Man beachte etwa nur seine Auslassungen zur »echten Männlichkeit« und seine Kooperation mit der fragwürdigen Partei *Die Türkisen.*

Wir von First Mover haben Planbaum von Anfang an gefördert und unterstützt, distanzieren uns aber hiermit ausdrücklich von einem Mann, dem die Waldbeeren wohl zu Kopf gestiegen sind. Wer Frauen schlägt und politisches Engagement verhöhnt, findet bei uns nicht länger ein Forum.

Robin ist mit seiner Auffassung nicht allein. Auch alle anderen, die mich hofiert haben, wenden sich von mir ab. *Neon* meldet, ich sei »verrückt geworden«. Die *Türkisen* haben den Artikel über mich von ihrer Webseite genommen. Sie wollen mit McDonald's-Verteidigern nichts zu tun haben. In Foren diskutieren die Leute darüber, ob ich ein Held oder ein Teufel bin. Nur auf *www.poser-paul.org* werden die neuesten Entwicklungen immer noch nicht kommentiert. Entweder ist Felix Ater im Urlaub oder Benjamin betrachtet das Match als beendet. Auf YouTube sieht man mich, wie ich Claudia schlage, doch die Aktivisten waren zu blöd, die prasselnden Farbkugeln völlig rauszuretuschieren, die währenddessen auf Claudia, Maurice und Nabil niedergehen. Es gibt siebenundneunzig Kommentare. Die Hälfte der User fragt sich, wer hier eigentlich angefangen habe und ob die anderen nicht sähen, dass ich lediglich ein Kind verteidige?

Ich will mit alldem nichts mehr zu tun haben. Ich will nur noch nach Hause. Ich packe meine Sachen, sage dem Kauz, dass er nun endlich vor mir Ruhe hat, und wähle Robin Pillers Nummer, während ich meinen Wald verlasse. Es tutet ein Mal. Dann denke ich daran, was Sonja mir damals geraten hat, als ich um die Aufmerksamkeit von Benny bettelte. Niemals zugeben, dass man verletzt ist. Robin hat mich nicht mal nach meiner Sicht der Dinge gefragt. Er fand es »suboptimal«, dass *Die Türkisen* mich damals zu ihrem »Maskottchen« machten, da er Angst hatte, es könnte auf ihn abfärben. »Das kostet uns Glaubwürdigkeit und Glaubwürdigkeit ist in unserer Branche wichtiger als Geldkapital!« Robin lebt davon, dass andere bei ihm auf den *Gefällt mir*-Knopf drücken. Da braucht er keinen, der dünne Demonstrantinnen schlägt. Ich denke, er kann mich suboptimal am Arsch lecken, und lege auf.

Am Vormittag spuckt mich der Bus an der nächstgelegenen Haltestelle zur Gärtnerei aus. Ich gehe noch einen Kilometer zu Fuß, dann biege ich in unsere Straße ein. Die endlosen Felder. Die Zypressen am Horizont. Mein Zuhause. Es gibt Nächte hier, in denen es vollständig still ist. Doch jetzt höre ich seltsame Stimmen wie Fußballgesänge. Vor dem Haus und der Gärtnerei stehen rund zwanzig Personen. Sie brüllen und gestikulieren. Einer beugt sich zum Boden, als hebe er einen Stein zum Schmeißen auf. Scheiße. Das sind sicher die »Fuck Manni!«-Aktivisten. Sie wollen Rache für die Ohrfeige an Claudia und greifen jetzt das Lebenswerk meines Vaters an. Der Landrover steht immer noch, wo er stand, als Mirko in meinem Leben auftauchte. Ob er gleich den ersten Stein abbekommt? Ich renne los, trotz des schweren Rucksacks auf meinen Schultern. Wütend. Furchtlos. Wie nannte mich die *Bild*, als alles losging? Kamikaze-Paul! Ich erreiche die Vandalen und muss feststellen, dass sie für Autonome merkwürdig aussehen. Sie tragen blaue Jeans, helle Hemden und graue Haare. Eine Frau hat sogar ein türkises Kostüm an. Es ist Frau Daems mit dem Teich, in dem ich gebadet habe. Sie hat die Lichtkabel aus ihrem Kiesweg ausgerissen und hält sie als Bündel in der Hand. Das ist keine Demo gegen mich. Das sind wütende Kunden, die sich vor der Firma zum Aufstand versammelt haben!

»Das ist der Sohn!«, ruft Frau Daems, mit dem Kabelsalat wedelnd, und alle Gesichter wenden sich mir zu. »Das ist der Sohn?«, murmelt einer, da ich zerzauste Gestalt wahrscheinlich weniger wie ein Sohn aussehe, sondern eher wie ein ausgerupfter Busch, der noch nicht auf den Grünschnitt geworfen wurde.

»Ich komme nächste Woche!«, krakeelt Frau Daems und reißt ihre Kabel in die Luft, als schleudere sie das isolierte Kupfer den Göttern entgegen. »Ich erledige das schon!«, fügt ein Mann hinzu, mit großen Augen und rund geformtem Mund, als spiele er Theater. Ich erkenne den Tonfall. Diese Leute machen die

Ausreden und Vertröstungen Stephans nach. Sie lassen ihren Frust ab, indem sie den Vertreter meines Vaters parodieren.

»Vertrauen Sie mir!«

»Das wird ganz schnell erledigt!«

»Am Dienstag sind wir da!«

»Ich rufe Sie an!«

»Wenn ich es doch sage …«

Der Regen aus Enttäuschung und Vorwürfen prasselt auf mich hernieder. *Du musst Stephan nicht auf die Finger gucken!*, hat mein Vater vor seiner Abreise gesagt. War er so naiv, dass er Stephan vertraute? Oder wollte er mich testen? Jetzt bin ich jedenfalls hier, er weilt immer noch bei den Makaken, und Stephan sitzt entweder daheim oder verschanzt sich im Gewächshaus. Ich atme tief durch, hebe die Hände und sage: »Ruhig!«

Der Beschwerderegen prasselt langsam aus. Wie beim Kühlschrankvideo warte ich, bis der letzte Tropfen gefallen ist, gehe zum Landrover, stelle meinen Laptop auf die Motorhaube und sage: »So. Jetzt sagt mir einer nach dem anderen, was gemacht werden muss und wieso er mich köpfen will. Außer Frau Daems, bei der weiß ich es schon.« Sie nimmt ihre Hand mit dem Kabelsalat vom Himmel und wehrt sich erfolgreich gegen ein Lächeln. Ein paar Kunden schaffen das nicht. Ich öffne das Terminprogramm, in dem ich früher nur den Geburtstag meines Nachbarn eintrug, um rechtzeitig flüchten zu können, falls er die falsche Musik spielte. Ein Termin steht schon darin. *Gartenplanung beim Gasthof Furtwängler.* Mein Tausch gegen ein gutes Essen.

»Und was ist mit dem … dem Vertreter des Chefs?«, fragt der Graubart, als hätte ich hier keine Befugnisse.

Eine Welle packt mich und trägt mich wie von selbst aufwärts. Wie ein Film läuft in mir alles ab, was ich in den letzten Wochen erlebt und bewältigt habe. Was sind dagegen ein paar sauber arrangierte Termine? Nichts. Und doch alles.

»Ich bin der Sohn von Jürgen Planbaum«, sage ich feierlich, fasse meinen Laptop noch mal an beiden Seiten, als müsse ich ihn geraderücken, und füge hinzu: »Und ich plane jetzt!«

Es dauert eine Stunde, dann sind die Leute durch. Jeder hat einen Termin, eine konkrete Stunde an einem konkreten Tag. Es ist mir egal, ob Stephan und die Gehilfen da können oder nicht. Diese Kunden warten seit Wochen, also sind sie jetzt dran. Ich bin der Sohn. Ich bestimme so was durch mein Blutsrecht. Der Laptop rauschte die ganze Zeit auf der Motorhaube. Wir gingen nicht mal rein. Frau Daems ließ allen anderen Kunden den Vortritt und steht nun als Letzte neben mir und dem monströsen Auto. Ich gebe ihren Termin ein und drücke auf Enter.

»Was war das damals mit dem Teich und dem Nacktbaden?«

»Haben Sie einen Zettel da?«

Sie zieht ein kleines Büchlein und einen silbernen Kuli aus der Handtasche. Ich notiere ihr die Adresse meines Blogs. »Da steht alles. Es ist aber jetzt vorbei.« Sie liest die Notiz. Ich frage: »Haben Sie die Pumpe wieder verkleiden können?« Sie lächelt das erste Mal. »Ich habe meinen Mann reingeschickt.«

»So soll es sein«, sage ich.

Sie verabschiedet sich. Als auch sie weg ist, stehe ich einen Augenblick in der Stille. Nur die Zypressen rauschen kaum hörbar am Horizont. Am Ende der Straße rumpelt es. Der Firmen-Lkw nähert sich, kommt zum Stehen und gurgelt griesgrämig aus. »Stephan!«, sage ich und fühle mich vor dem Haus und dem Landrover wie ein Farmer in einem alten Western, dem das ganze Land rauf bis zum Holy Creek gehört.

Stephan steigt lachend aus dem Wagen, zwei Gehilfen springen hinterher wie Wühlmäuse. »Paul! Du bist wieder da?«

Die Hände in den Taschen, gehe ich auf ihn zu. »Wo wart ihr?«

»Bei Herrn Triebel. Der war vielleicht pingelig! Ich sollte …« Ich unterbreche ihn und erzähle ihm von den Kunden, die vorhin vor der Tür standen, und den Terminen, die ich für sie alle gemacht habe.

»Hm«, sagt er lediglich, »wenn du meinst.« Als sei ich ein Kind, das eine Stunde lang folgenlos Büro gespielt hat.

»Was soll das heißen, wenn ich meine?«

»Wir haben unsere Aufgaben.«

»Ja, eine nach der anderen. Und diese Leute warten schon, seit ich weg bin!«

»Diese Leute sind Nervensägen!«, platzt es aus Stephan heraus und die Augen des sonst so gutmütigen Mannes blitzen trotzig. Verächtlich gibt er der Luft Ohrfeigen in Richtung der Straße. »Lass mich mal raten, wer hier alles vor der Tür stand, am Vormittag! Die Frau Daems mit ihren Kabeln, richtig? Und der Herr Menke mit seinem grauen Bart? Na? Liege ich richtig? Das sind Nervensägen!« Er sucht nach Worten für seine Wut. »Und, und, und … Rentner! Oder Hausfrauen! Oder Freiberufler! Ja, Freiberufler! Die sind völlig frei von Beruf! Sie sind den ganzen Tag daheim und haben Zeit, sich über ein herausguckendes Kabel aufzuregen.«

Ich kann das so nicht stehen lassen. Ich würde den Streit gerne vermeiden, es wäre einfacher. Papa hat gesagt, ich brauche Stephan nicht auf die Finger zu gucken. Aber es hat auch keinen Sinn, wenn mein Vater aus Borneo heimkommt und die Firma ist ruiniert.

Ich habe das beobachtet, auf den Baustellen, seit ich vierzehn war. Papa war all die Jahre viel zu sanft mit Stephan. Papa mit seinen halb geschlossenen Augen. Gütig und geduldig erinnerte er ihn an all die Schritte, die er vergaß. »Er meint es doch nicht böse«, sagte Papa dann immer, »er ist halt ein wenig vergesslich.« Es kostet mich Überwindung, diesen Kampf zu führen. Als Stephan hier anfing, war ich vier Jahre alt. Doch jetzt baue ich mich vor ihm auf und sage: »Du denkst also, Kunden, die aus deiner Sicht mehr Zeit haben, weil sie Rentner sind oder zu Hause arbeiten, können ruhig ewig auf dich warten?« Genau das denkt er. Ich sehe es in seinen Augen. Er zeigt mit dem Finger auf meine Brust und macht einen Schritt Richtung Gewächshaus: »Ich muss mir von dir nicht meinen Job erklären lassen.«

»Doch, das musst du wohl. Ich bin Jürgens Sohn. Und als solcher sag ich dir: Als Erstes werden jetzt diese frustrierten Kunden versorgt!«

»Aber ich hab keine Leute!«, klagt Stephan und breitet theatralisch seine langen Arme aus. »Daniel ist in den Ferien, Rafael ist krank, Wout ist im Vaterschaftsurlaub. Ich habe nur die Gehilfen.« Die Angesprochenen lugen hinter dem Lkw hervor und winken.

»Du brauchst kompetentes Personal?«

»Ja! Wenn ich wenigstens *ein*en hätte, der wirklich was auf dem Kasten hat! Einen, der richtig gärtnern kann und weiß, was er tut. Das würde mir schon sehr weiterhelfen!«

»Gut«, sage ich, »kriegst du. Heute noch.«

Die 101 liegt wie ein grauweißer Monolith im Nieselregen. Die Sonne scheint noch und die feinen Tropfen lassen die Luft glitzern. Die Blumen in den Betonkübeln leuchten gelb, rot und blau. Auf dem Vorplatz wackelt das Vierkopfmonster in seinen weiten Hosen, aber ich habe keine Angst mehr vor ihm. »Opferfest!«, lallt es, aber ich gehe einfach an ihm vorbei. »Hast du die Ohren kaputtgefickt? Ey, Homo, ich rede mit dir!« Ich reagiere nicht und es fällt einfach in sich zusammen, ein schweigender Hosenberg. Da vorne ist Mirko. Er rupft eine vertrocknete Blume aus einem der Kübel und setzt eine neue. Er ahnt nicht, wie froh ich bin, dass ich ihn sehe. Wahrscheinlich denkt er, ich will nichts mehr mit ihm zu tun haben, nachdem er mich im Hotelzimmer im wahrsten Sinne des Wortes verrückt machen wollte. »Wusste ich's doch«, scherze ich, »ich habe mir dich nicht eingebildet!« Mirko sieht von seiner Arbeit auf. Eine Sprudelflasche steht neben ihm auf dem Boden. Ich habe ihn erreicht und drücke ihm das Blatt in die Hand, wegen dem ich hergekommen bin. Ganze dreißig Minuten musste ich in den verwirrend angelegten Ordnern des Firmencomputers suchen, bis ich endlich den Vordruck fand.

»Ein Arbeitsvertrag?«, fragt Mirko ungläubig.

»Befristet«, sage ich. »Bis mein Vater wieder da ist. Dann entscheidet er. Aber wenn du bis dahin für die Firma Planbaum so gut pflanzt, wie du es freiwillig auf der Straße tust, mache ich mir keine Sorgen.« Der Gründaumen mit Iro beäugt mich wie ein Eingeborener, dem ein Missionar eine eigene Farm mit Brunnen verspricht, wenn er im Gegenzug zum Christentum übertritt. »Ich soll jeden Tag mit einem Vorarbeiter in einem Grünlaster sitzen und reichen Frauen das Unkraut rupfen?« Ich nicke. »Ich soll mich bücken, wenn andere sagen, dass die Fuge gekratzt werden muss?«

»Ja.«

»Ich soll meine Unabhängigkeit aufgeben und das Leergut gegen die Lohntüte eintauschen?«

Er wird es nicht machen. Er liebt seine Freiheit zu sehr. Ich nehme ihm den Vertrag ab und drehe mich um. Nach zwei Schritten überholt er mich und sagt: »Aber natürlich mache ich das!!!« Er drückt mich so fest, dass ich meine längst vergessene Rippenprellung wieder spüre. Der Hosenberg, der sich langsam wieder zum Vierkopfmonster aufgeblasen hat, sagt: »Guck ma', die umarmen sich, die Schwuchteln.«

Mirko sagt: »Lass uns hier abhauen!«

LANDSCHAFTSGESTALTUNG

Ich lehne mich mit dem Oberkörper auf das Waschbecken des Gasthofs Furtwängler und betrachte die Fische in der Seifenspenderflasche. An diesem Becken habe ich das Video zu meinem Blog über die verlorene Männlichkeit gedreht. Immer wieder Hände waschen. Sauber werden. Nach Anerkennung suchen. Kann man alles lassen. Nur einen guten Job machen, das sollte man. Stephan hat die zwanzig Leute, die er vergrätzt hat, gemäß meiner Terminliste abgefahren. Ich war dabei mit Vaters Landrover. Frau Daems stellte uns Kaffee und Kekse hin, als Stephan, Mirko und ich endlich das Lichtkabel unter dem Unkrautvlies vergruben. »Sie sind ja vollständig angezogen, Paul!«, sagte Frau Daems und lachte endlich. Ein respektvolles Lachen. Mirko hat gemosert, er sei kein Elektriker, sondern Gärtner. Aber er sah glücklich dabei aus.

Heute habe ich mir unseren Pflanzpunk geschnappt, um das Versprechen wahr zu machen, das ich vor ein paar Wochen dem Gastwirt Furtwängler gab. Wir planen seinen Hof. Mirko hat viele Ideen, er sondert Pflanzennamen ab wie Fußballfans Mannschaftsaufstellungen. Seine geliebte Kapuzinerkresse kommt in jeder Variante vor, für sie setzt er sich ein wie Rudi Völler früher für seine inkompetente Mannschaft, die nun als Playmobilmännchen in Maurice' Spielzeugkiste liegt.

Jetzt betätigt Mirko die Spülung und tritt aus der Kabine. »Hypnotisierst du die Seife?«

»Nein, nur die Fische in der Seife.«

Er lacht. Ich stemme mich hoch und gebe das Becken frei, damit er sich die Hände waschen kann.

»Also, wir planen diesen Hof jetzt im Tausch gegen ein Essen, das du dir schon vor ein paar Wochen hast schmecken lassen – und dann baut er sich den Garten selbst?«

»Der Mann hat halt kein Geld übrig.«

»Hm.«

Mirko trocknet sich die Hände ab.

Sein »Hm« ist kein ernsthaftes Zweifel-Hm. Kein Kritik-Hm. Es ist ein »Ich-bin-so-froh-dass-ich-endlich-einen-ernsthaften-Job-habe-in-dem-mein-Talent-gewürdigt-wird«-Hm.

Nach drei Stunden des Planens und Plauderns mit dem redseligen Gastwirt fahren Mirko und ich im Landrover vor der Firma vor wie Männer, die das alles schon seit Jahrzehnten machen. Es fühlt sich gut an. Wäre da nicht diese eine Sache, die immer noch an mir nagt. Die zwickt und eitert wie ein eingetretener Dorn im Fuß, den man nicht herausziehen kann, den der Körper aber auch nicht aufzulösen imstande ist.

»Was hast du?«, fragt Mirko, dem nicht entgangen ist, dass ich die gesamte Rückfahrt über geschwiegen habe.

»Nichts«, lüge ich.

Mirko zieht die Brauen hoch.

»Ach, es ist nur …«, – ich reibe meine Wange –, »Benjamin, der Sack! Jetzt betreibe ich schon als Chef eine ganze Firma und selbst das kriegt er nicht mit.« Ich schlage auf das Lenkrad und zeige mit der Hand auf die weitläufigen Hallen hinter der alten Kastanie. »Ich meine, irgendwo ist das, was wir jetzt machen, doch noch krasser als Survival, oder? Interims-Chef einer Firma! Mit neunzehn!«

Mirko greift nach dem Türgriff. »Ich glaube, ich bestelle uns jetzt erst mal zwei Pizzen. Willst du einen Trostfladen?«

»Trostfladen?«

»So nenne ich es, wenn vierfach Käse und doppelt Salami drauf ist.«

Ich lache. Wir steigen aus.

»Paul!!!«, ruft ein Mann, und wir sehen uns um, woher die Stimme kommt. Ein Radfahrer strampelt auf uns zu und hält quietschend an. Es ist Jörg, mein ehemaliger Nachbar. Er klappt den Ständer aus und umarmt mich. Auf seinem Gepäckträger halten Spanngurte ein Paket.

»Ich habe die ganze Zeit deinen Blog und die ganze Berichterstattung verfolgt und mir gedacht: Jetzt wird er bestimmt bald nach Hause kommen. Endlich erwische ich dich!« Er beugt sich vor, als dürften es die Grillen im Feld nicht hören: »Und auf dem Video – das sieht doch jeder, dass du da den kleinen Jungen vor diesen Irren beschützt. Haben die wirklich mit Paintball-Markierern geschossen? Die spinnen doch alle!« Er hebt die Hand und weitet die Augen: »Ah! Hier, pass auf!« Seine Hände lösen die Spanngurte und er gibt mir das Paket. »Das kam exakt einen Tag nachdem du deine Reise angetreten hast, bei dir an. Also bei mir als deinem Nachmieter. Ich habe es gut verwahrt. Wollte dir immer mal zwischendrin Bescheid sagen.«

Ich schaue auf den Absender.

Benjamin Schwarz, Am Heidelsteig 27, 96052 Bamberg.

Mirko beugt den Kopf über das Paket und liest die Adresse

ebenfalls. Wäre er ein Hund, würde er nun weit die Ohren abspreizen.

Ich halte das Paket in den Händen wie ein Baby und hebe langsam den Kopf. »Warum?«

»Wie, warum?«

»Warum hast du mir nicht zwischendurch Bescheid gesagt?«

»Wusste nicht, dass es so dringend ist. Außerdem …« Jörg druckst herum und zermalmt ein Löwenzahnblatt am Wegesrand mit dem Schuh.

»Außerdem?«

»Außerdem hatte ich zu tun. Rosi ist zurück.«

»Nein!«

Er rollt verlegen mit den Augen. Charlie Harper ist wieder zu Alan geworden.

»Ich muss jetzt da rein, Dinge regeln«, sage ich und zeige auf das Haus.

»Sehen wir uns?«

»Sicher.«

Jörg steigt auf und radelt zu Rosi. Wahrscheinlich muss er Rucola-Salat machen. Mirko folgt mir ins Haus.

Drinnen stelle ich das Paket auf den Küchentisch und hole ein Messer aus der Schublade. Ich sehe meine Mutter vor mir, wie sie mit mir gemeinsam Paprika für die Pizza schneidet. Das Bild macht mich langsamer. Als wäre es falsch, jetzt zu hetzen. Ich schneide das Paketband auf. Zwischen Styroporkugeln befinden sich mehrere in Zeitungspapier gewickelte Flaschen Bier von kleinen Bamberger Privatbrauereien. Die Sorten tragen Namen wie aus Fantasy-Filmen oder Mittelalter-Computerspielen, in denen die Bürger in Lederwämsen zufrieden durch die Kopfsteingassen torkeln. *Ambräusianum, Aecht Schlenkerla, Klosterbräu.* Eines heißt sogar *Greifenklau*, also auf Englisch »Ravenclaw«, wie die eine Hausgemeinschaft bei Harry Potter, die so schön rätselhaft ist, weil man von ihr am wenigsten weiß. »Boah, sehen die lecker aus«, sagt Mirko. »Schade, dass Alkohol drin ist.«

Auf den Etiketten sind Unterschriften. Ich bemerke sie erst beim zweiten Hinsehen, da ich zunächst dachte, sie gehörten zum Druckdesign. Zwischen den sorgsam verpackten Bieren liegt ein Briefumschlag. Die Seiten darin sind handgeschrieben, mit dem Füller. Benjamin hat sie in Bamberg zwei Tage vor dem Datum verfasst, an dem ich meine Wohnung verließ.

Bamberg, 2. Juni 2012

Lieber Paul!

Es ist schon über zwei Wochen her, dass ich nach Bamberg gezogen bin, und Du hast von mir nur eine SMS und meine allgemeine Rundmail an alle bekommen. Ich muss Dir nicht sagen, wie sehr es mir in den Füßen und Armen juckte, wenn unsere Sporttage dran gewesen wären. Donnerstags spürte ich Chlorwasser auf meiner Haut. Ich dachte jeden Tag: Melde Dich bei Paul. Melde Dich richtig bei Paul. Er ist Dein bester Freund und hat Besseres verdient als Mails. Ein handfestes Paket und einen echten

Brief, geschrieben mit Tinte und Füller, wie es sich für einen angehenden Literaturstudenten gehört. Es zog sich schließlich etwas, diese ganzen Flaschen zu sammeln, denn ich habe sie nicht gebündelt in einem Getränkemarkt gekauft, sondern jede einzeln in der jeweiligen Privatbrauerei. Die Brauereimeister persönlich haben sie auf dem Etikett signiert. Bamberg ist Deutschlands bedeutendste Bierstadt. »Eine Symphonie in B«, sagt man hier: Bürger, Burg, Barock, Brezn, Bier ... und Benjamin! Das ist das neueste B.

Ich weiß, ich habe gesagt, ich käme schnell wieder vorbei. Jedes Wochenende. Vielleicht mache ich das auch, wenn das Studium begonnen hat und ich eine gewisse Routine mein Eigen nenne. Bis dahin muss ich hierbleiben und ein Experiment machen. Ich habe vor einer Woche damit begonnen und unterbreche es gerade nur, um Dir diesen Brief zu schreiben. Worin es besteht? Ich lese. Und sonst NICHTS. Ich verweigere mich allen Medien, inklusive Internet und Mail. Ich habe mich sozusagen ausgeloggt.
Du fragst Dich jetzt sicher, warum.
Erinnerst Du Dich noch, wie ich Dich immer geneckt habe, weil Du so wenig liest und dafür 2000 DVDs besitzt? DVDs mit dem größten Trash? Wie ich darauf herumgeritten bin, dass Du jeden Satz von Agent Gibbs kennst, aber keinen Satz von Goethe? So, wie Du Dich dabei gefühlt haben musst, fühlte ich mich, als ich mein WG-Zimmer eingerichtet und ein paar Abende mit meinen Mitbewohnern verbracht hatte. Sie heißen Benedikt und Ralph. Sie studieren

ebenfalls Germanistik und dazu noch Philosophie und Theaterwissenschaften. Ralph ist im sechsten Semester. Benedikt hat bereits seinen Master und ist schon wissenschaftliche Hilfskraft bei einem Professor. Du kannst Dir nicht vorstellen, was die alles wissen! Was sie gelesen haben! Ich fühle mich ihnen gegenüber wie ein Kulturbanause. Ralph schwärmt mir jeden Tag von dem Dramatiker Grabbe vor, und Benedikt hat Texte von Goethe gelesen, von deren Existenz ich nicht einmal wusste. Du müsstest seine Augen sehen, wenn er vom »Briefwechsel mit Zelter« spricht. Nicht vom »Faust« oder vom »Werther«, nein, von Goethes Briefen. Ich habe so was nie gelesen und ich will Germanist werden! Weißt Du, was die damals in Briefen geschrieben haben?
Darf ich mal eine Formulierung zitieren? Pass auf! Goethe schreibt seinem Freund darüber, dass man sich am besten fühlt, wenn einem egal ist, was die anderen Menschen von einem denken. Das heißt dann bei ihm: »Man kann sehr glücklich sein, wenn man die Beistimmung der anderen nicht fordert; daher ist Eurer, der Musiker, Glück und Unglück beides übermäßig.« Zelter war nämlich Musiker und Komponist. Hätte es damals schon das Internet gegeben, hätte Goethe ihm geraten, sich bloß nicht über schlechte Rezensionen bei Amazon oder ein »Gefällt mir nicht« bei Facebook zu ärgern. Goethe hat sich allerdings selber über Kritiker aufgeregt, das findet sich auch in den Briefen. Über einen Journalisten, der seinen Freund Schiller verrissen hat, schreibt er an Zelter: »Dieser Stock heißt Herrmann, ist aber so wenig ein Herr als der rechte Mann,

denn dass in diesen Tageblättertagen ihm kein Verleger seine Exkremente abkaufen will, muss doch etwas sagen wollen.«

Paul, ich sitze hier unterm Dach und ich weiß gar nichts. Ralph fragt mich, wie ich die expressionistischen Stücke von Hasenclever finde. Ich gucke ihn an wie ein Kaninchen. Irgendwann meinte Ralph im Scherz, ob ich wirklich Germanistik studieren wolle. Es hätte den Anschein, ich hielte selbst Fontane für einen Springbrunnen statt für einen Schriftsteller. Da reichte es mir! Ich beschloss, die kommenden Wochen nur noch in der Bibliothek zu verbringen. Ich kann mit meinem Halbwissen kein Studium antreten. Das wäre ja fast so, als könntest Du keine Buche von einer Eiche unterscheiden. Also: log out! Kein Fernsehen, kein Radio, kein Netz und keine Kommunikation. Morgens gehe ich in die Bibliothek. Sie ist still und verschlungen und schön. Dann greife ich irgendwo ins Regal und lese. Den ganzen Tag. Ich ignoriere die Nachrichten. Ich verschwinde in einem Kokon.
Alles, was ich gerade erfahre, ist zeitlos. Benedikt und Ralph scherzen nicht mehr über mich. Sie finden es fantastisch, dass ich das alles nachholen will. Benedikt meint, kein Germanistikstudent wäre heutzutage mehr so gewissenhaft.
Die haben alle kein Gewissen mehr, die haben Credit Points.

Ich hoffe, Du bist mir wegen dieser Maßnahme nicht böse und Du findest in der Zwischenzeit Deine Ausbildungsstelle als Gärtner. Oder Du gönnst Dir mit diesem leckeren Bier als Begleiter eine Auszeit bis zum Herbst und gehst dann doch Landschaftsarchitektur und Gartenbau studieren. Die Hochschule Weihenstephan-Triesdorf ist bloß 130 Kilometer von Bamberg entfernt und muss ein Paradies sein. Ein Hogwarts der grünen Daumen.

Wenn Du mir zurückschreiben willst, mache es bitte mit der Hand. Wie damals bei Goethe und Zelter. Auf allen anderen Kanälen sind die Schotten bei mir dicht. Du weißt ja jetzt Bescheid. Ich bin aus der Welt draußen, um in mein Fach hineinzufinden.

Alles Liebe,
Dein
Benjamin

Ein Tag.

Wäre ich einen Tag später losgegangen, hätte ich das Paket noch bekommen. Benjamin hat mich nicht vergessen. Er hat mir einen wunderbaren Brief geschrieben, mit signierten Bierflaschen als Begleitgeschenk. Und das per Schneckenpost, die sonst niemand mehr benutzt.

Wie hätte ich darauf kommen sollen?

Mirko schweigt und klopft mir einfach nur auf die Schulter. Er nimmt sich eine kleine Colaflasche aus dem Kühlschrank, hebelt den Kronkorken ab und hält mir den Öffner hin, damit ich eines von Bennys Bieren koste.

Ich schüttele den Kopf und blicke von dem Paket auf. Der

Karton mit den Sachen, die ich von meiner Wohnungsauflösung übrig ließ, steht auf der Anrichte. Ich öffne ihn und hole die Pappschachtel heraus, die ich damals mit Jörg nicht öffnen konnte, weil mir der Inhalt die Steine in den Hals trieb. Ich stelle sie neben Bennys Brief auf den Tisch. Ich schlucke.

Mirko sagt: »Gewittermoment?«

Ich nicke.

»Willst du alleine sein?«

Ich schüttele den Kopf … und hebe den Deckel an.

Die Dinge darin schießen mir Erinnerungen entgegen, aber das tut diese Küche auch. Ein Foto fällt heraus. Papa, Mama und ich rund um einen dampfenden Campingkochtopf im Wald. Die Linse hat die Blickhöhe eines Igels, der aus dem Unterholz hinaus in den Abendhimmel schaut. Unsere drei Köpfe ragen ins Bild. Wir strecken der Kamera die Zunge heraus und klemmen den Vollmond genau zwischen unseren Stirnen ein, wie einen leuchtenden Ball. Ein Laut entsteht in meinem Hals. Keine Steine, aber ein schiefes, klagendes Kieksen, das ich nicht unter Kontrolle habe.

Mirko nimmt Körperspannung an, als bereite er sich darauf vor, mich aufzufangen, wenn ich einfach umfalle. Ich schiebe das Foto wieder in die Schachtel.

Was denke ich mir? Einmal Rumschreien im Wald, und dann kann ich mir die ganzen Sachen aus der Schachtel wieder ansehen, ohne verrückt zu werden? So einfach ist es nicht.

»Sie läuft nicht weg«, sagt Mirko. »Du hast viel Zeit.«

Ich streiche liebevoll über die Schachtel. Er hat recht. Ein Foto ist ein erster Schritt. Er reicht für heute.

Vielleicht wäre Mama stolz auf mich.

EPILOG

15.06.2013 // 22:35

Hallo Paul!
Weißt du noch, was du vor einem Jahr um diese Zeit gemacht hast?
Du hast einen Rucksack gepackt und bist einfach alleine in den Wald getigert. Keine Verpflichtungen. Keine Kosten. Nicht mal Geld in der Tasche.
Du Sack!
Machst einfach so 'n Männertraum-Freiheits-Ding, und ich sitze zu Hause vor dem PC und bin froh, dass meine Freundin endlich pennt. Weil: Wenn sie nicht pennt, keift sie. Und ich springe herum wie ein Flummi. Denn: Schwangere Frauen haben immer recht.
Früher hatte meine Freundin auch einen Rucksack, wie du. Sie stand morgens da und sagte: »Ich will jetzt nach Andorra!« Bulli angeschmissen, tucker, tucker, ab in die Pyrenäen. Einfach so.
Aber dann?
BAMM!
Leben vorbei.
Ab jetzt alles durchgeplant. Windeln, Bausparvertrag, Carport, KITA … usw. … alles festgelegt, mindestens die nächsten achtzehn Jahre, bis das Kind aus dem Haus ist.

Ahhhh!
Und du?
Gehst in den Wald und machst, was du willst.
Du Sack!
Also, bevor du abschaltest und dir denkst: Was labert der da?
Mein echter Name ist Felix Zabel. Mensch, ich bin erst vierundzwanzig. Ich will was erreichen. Ich arbeite hart dafür. TU Braunschweig. Mathematisches Institut. Das ist nichts für Blöde oder Weicheier.
Und dann kommt so ein Typ wie du daher, der eigentlich nix auf die Reihe kriegt, aber Freiheit leben will. Ganz nebenbei entscheidet meine Freundin über mein Leben, statt mal vernünftig abzutreiben. In unserem Alter! Mann.
Erst habe ich Amazon-Bücher über Babyglück verrissen. Oder Romantic Comedy. Oder Coldplay.
O. k., das würde ich immer wieder machen.
Aber dann habe ich die Poser-Paul-Seite online gebracht. Ich war Godot. War Felix Ater. Ich war daran schuld, dass du überhaupt losgegangen bist. Ich hab die Hundert-Tage-Wette provoziert. Hab dich Weichei genannt, bis du aufs Ganze gegangen bist. Du hast deine Freiheit doch gar nicht zu schätzen gewusst.
Trotzdem. Ich bin vermutlich einen Hauch zu weit gegangen. Also das mit dem *Fünf-nach-zehn*-Auftritt und der McDonald's-Schlacht hab ich erst gestern auf YouTube gesehen. Dann habe ich nach mehr Infos gesucht und fand die Artikel, in denen dich die

Schmierfinken als Frauenschläger hinstellten, und dass du deine Site und dein Profil gelöscht hast. Ich verstehe das gut, und, Mann, echt, mir tut es leid, dass du so angegriffen wurdest.
Als kleine Entschädigung hänge ich ein paar Bilder von meiner kleinen Viola an. Ist sie nicht niedlich? Auf dem ersten ist sie erst einen Tag und auf den anderen eine Woche alt! Boh, das ist echt das Größte!
Mach's gut, Alter. Halt die Ohren steif.
Godot

15.06.2013 // 23:55

Lieber Godot!
Das passt schon.
Eine süße Tochter hast Du da.
Ich hänge Dir auch ein paar Fotos an.
Foto 1: Hofgarten auf dem Weihenstephaner Berg
Foto 2: Obstbaumlehrgarten in Triesdorf.
(gehört beides zu meiner Uni)
Foto 3: Mein Freund Benny und ich in der Bamberger Altstadt

Paul

PS: Liebe Grüße an Frau & Tochter

Oliver Uschmann / Sylvia Witt

© Sylvia Witt

Ein Roman? Ein Selbstversuch! *LOG OUT!* entstand als Gemeinschaftsproduktion von Oliver Uschmann und seiner Frau Sylvia Witt, die schon seit Jahren als Kreativteam zusammenarbeiten und vor allem durch die *Hui-Welt* rund um *Hartmut und ich* bekannt wurden.

Während sie austestete, mit welch hanebüchenen Geschichten man den Leuten bei eBay den halben Hausstand andrehen kann, zog er geldlos durch westfälische Wälder und Dörfer, um von Wurzeln, Beeren und den Kirschbäumen gefährlicher Gartenbesitzer zu leben. Der Roman entstand aus Dateien, die sie sich gegenseitig zusendeten. Das Ehepaar lebt mit Katzen, Fischen und Nachbarn auf dem Land.